강재형의
말글살이

일러두기

1. 이 책은 국립국어원의 어문 규정을 따랐습니다. 원칙적으로 뜻풀이는 《표준국어대사전》을 따랐으며, 그 이외의 것에는 사전명을 따로 밝혔습니다. 단, 위키백과를 비롯한 온라인 사전은 수시 업데이트 되는 웹사전의 특성상 본문 내용과 다를 수 있습니다.
2. 기존에 출간된 적이 있는 도서 및 사전은《 》, 논문이나 일간지는 〈 〉, 위키디피아 백과사전, 브리태니커 백과사전은《 》로 표기했습니다.
3. 온라인 사전에 속하는 온라인 가나다의 경우 ' '로 표기했습니다.
4. 이 책은 〈한겨레〉 칼럼과 〈아나운서저널〉에 실렸던 글들을 바탕으로 엮었습니다.
5. 이 책의 읽기는 순서를 따르지 않아도 되지만, 따분하거나 어려운 내용이라도 꼭 참고 읽기 바랍니다. (또는 어렵거나 따분한 내용은 건너뛰어도 됩니다.)
6. 298쪽의 영화 · 연극 · 소설 등의 여자 주인공의 의미인 'heroine'은 글을 쓸 당시만 해도 '헤로인'으로 표기되었으나 2016년 127차 외래어심의회에서 '히로인'으로 표기할 것으로 결정되었습니다.

강재형의 말글살이

상식과 이치로 보는 우리말 특강

MBC아나운서 강재형 지음

기쁜하늘

추천의 글 1

우리 말글에 대한 애틋한 사랑 이야기입니다

그동안 우리말 우리글을 다듬고 펼치는 데에 온힘을 다해 온 강재형 아나운서가 이번에 《강재형의 말글살이》를 펴냈습니다. 바람직한 말글 생활을 위해 곁에 두고 읽고 또 읽을 지침서라는 점에서 매우 반가운 일입니다. 아나운서로서, 그리고 미디어언어연구소장으로서 한결같이 우리 말글에 애틋한 사랑을 쏟아온 강재형 아나운서는 저와 국립국어원에서 국민들에게 바람직한 언어생활의 방향을 제시하는 일에서 인연을 맺어 지금 한글학회에까지 이어오고 있습니다. 그래서 저는 이 책이 지닌 가치를 어느 누구보다도 잘 알고 있기에 추천의 말씀을 올립니다.

지은이가 1987년에 아나운서를 시작하였으니 방송 생활 30년이 넘었습니다. 이 책은 지은이가 지난 30년 동안 방송 현장에서 겪고 생각한 우리 말글의 사랑 이야기를 고스란히 담았습니다. 〈한겨레〉에 연재했던 우리 말글 이야기에 설명을 더하기도 하였습니다. 특히 방송 언어를 비롯하여 공공 언어, 스포츠 용어 등에서 발견한 표현과 규범의 잘못을 바루어 말글살이의 올바른 방향을 제시하였습니다. 과히 우리말의 쉬운 표현과 바른 표기의 훌륭한 교과서라 해도 지나치지 않을 것입니다. 덧붙여 음식과 관련한 우리말을 맛깔나게 풀어 재미를 더해 주었습니다.

아무쪼록 이 책이 온 국민의 말글 생활에 유용한 나침판이 되어 우리 모두가 더욱 더 쉽고 정확하게 소통하고 더욱 더 품격 있는 말글 생활을 이끌어 나갈 수 있길 기대합니다.

2018년 봄

한글학회장 권재일

바른 언어생활이 삶을 풍요롭게 합니다

지금 한국어는 새로운 전기를 맞고 있습니다. 전 세계에서 한국어 사용 인구가 8,000만 명을 넘어서고 있으며, 세계 각지에서 한국어를 배우려는 사람들이 늘고 있습니다. 하지만 막상 국내 언어생활 전반을 되돌아보면 한국어가 갈등과 반목을 치유하는 소통의 도구로 잘 작동하고 있는지 생각해 보게 됩니다. 어려운 외국어나 한자어가 마구 쓰임으로써 정보가 사람들에게 고루 퍼지지 못하거나 뒤틀려 전달되는 일, 줄임말을 쓰거나 외계어가 난무해 같은 언어를 사용함에도 이질감이 들게 합니다.

하지만 '말'은 일상 속에서 편하게 사용할 수 있는 것이어야 합니다. 서로의 생각과 의견을 명확하고 바르게 개진할 수 있을 때 '말'의 기능이 제대로 작동하기 때문입니다. 이 책은 그런 의미에서 일상생활 속에서 말을 어떻게 사용해야 하는지, 그동안 잘못 사용하고 있는 말은 어떤 게 있는지 조목조목 알려 줍니다. 어려운 어문 규정이나 맞춤법 강의가 아니라 생활 속에서 얼마든지 쉽게 사용할 수 있는 실제 맞춤 한국어 특강입니다.

2018년 4월

국립국어원장 송철의

들어가는 글

방송하며, 공부하며, 말글살이 하며

원고 쓰는 데 5년 그러모으는 데 1년. 더뎠지만 순조로운 듯했다. 흩어진 원고 뭉치를 갈래 잡고 다스리려 바닷물 밀고 써는 충청도 언저리를 들락거렸다. 작업을 핑계 삼아 드나든 서산 갯가의 '맑은품' 펜션을 둘러싼 논밭은 모내기와 가을걷이를 거쳐 하얗게 눈밭으로 변했다. 문화방송 TV 주조정실의 정파 후 적막함은 쌓인 글 정리하기에 딱 좋았다. 상암동에서 심야 작업은 간간이 이어졌다.

글감 챙기려 눈과 귀의 감각을 벼리었다. 여의도 MBC의 아나운서국 사무실, 번잡한 노천카페를 작업실 삼아 매주 한 꼭지씩 토닥였다. 손에 익은 컴퓨터 자판의 쫀득함은 자칫 엉킬 수 있는 생각의 타래를 정갈하게 풀어내 주었다. 천 자 남짓한 초고는 만만한 동료 여럿의 도움으로 제법 태가 나는 원고로 거듭날 수 있었다. 잊히지 않을 만큼의 주기로 돌아오는 마감은 일상에 적당히 팽팽한 긴장감을 안겨 주었다.

'인간은 가치와 의미를 좇아 사는 존재이다'. 빅토어 프랭클(Viktor Frankl)이 짚어 준 경구이다. 그에 따르면 나는 '인간'이다. 내 삶의 가치와 의미를 가늠할 깜냥이 있다고 스스로 여기기 때문이다. 아, 그랬으나, 지난 몇 해 회사 일이 난삽해지면서 내 삶도 흐트러졌다. 헝클어진 일상을 아무렇게나 동댕이칠 수는 없었다. 마음 다잡아 쌓인 잡문을 하나씩 끄집어내어 추슬렀다. 아나운서국에서 시작한 일을 편성국에서 정리하여 다시 아나운서국으로 복귀해 비로소 매듭짓는다.

흩어진 원고 뭉치를 갈래 잡고 다스려 책 틀을 갖춘 게 지난 한글날 즈음. 그 이후 석 달을 꿍치고 있다 설날을 코앞에 두고 털어 냈다. 오십 몇 년 전 김장 날 한 아기가 태어나고 그만큼의 세월이 흐른 오늘 책 한 권을 엮어 낸다. 이 책은 내 어머니의 산고 덕분이다. '방송국 집 막내아들'을 홀리듯 방송으로 이끌고 내려다보시는 내 아버지의 음덕 덕분이다. 묵묵히 곁을 지켜 준 함께 사는 결, 입대 앞둔 아들, 입학 앞둔 딸의 덕분이다. 밤하늘의 총총한 별 같은 동료, 초롱한 눈빛으로 함께 한 학생들의 성원 또한 큰 힘이었다. 책 펴내는 데 한몫 보탠 이들의 고마운 이름은 따로 밝힐 기회가 있을 것이다.

이 책은 〈한겨레〉에 4년 반 동안 연재한 〈방송말〉과 〈말글살이〉 칼럼, 〈아나운서저널〉에 기고한 '말글살이+'의 원고를 깁고 보태어 엮었다. '글감 궁리'를 벗 삼아 지낸 결과인 셈이다. 도마 위에 올리고 싶었지만 여차여차하여 요리하지 못한 이러저러한 낱말과 글월이 뇌리에 맴돌지만, 어쩌랴 싶다. 말쟁이 아나운서가 말빚을 졌으니 글 빚으로 갚을 날 있을 것으로 믿기 때문이다. 방송 지켜봐 주시고 이 책 읽어 주시는 여러분의 은혜는 두고두고 갚으려 한다. 방송하며, 학생들과 공부하며, 말글살이 하며, 그렇게 말이다.

단기 4351년(서기 2018년) 봄에

수색역 내려다보이는 상암동 문화방송 아나운서국에서

강재형

차례

제3장 밖에서 들어온 우리말
_낯설지만 많이 쓰는 외래어, 한자어

제4장 이해하기 쉬워야 할 공공 언어
_뜻과 의미가 명확해야 할 우리말

제5장 따라하면 좋은 방송 언어
_일상어와 같아 본보기가 되는 우리말

제6장 살아 있는 스포츠 용어
_외래어가 난무해서 헷갈리는 우리말

제7장 투박하지만 정감 있는 토박이말
_사라지고 있는 살가운 우리말

제8장 명확한 말글살이를 위한 바루기

_일상 속 잘못 쓰고 있는 우리말

제9장 곱씹어 볼 우리말

_헷갈리고 모호해서 쓸 때마다 되짚어 볼 우리말

제1장

말과 삶이 뒤섞이는 말글살이

–인생과 더불어 가는 우리말

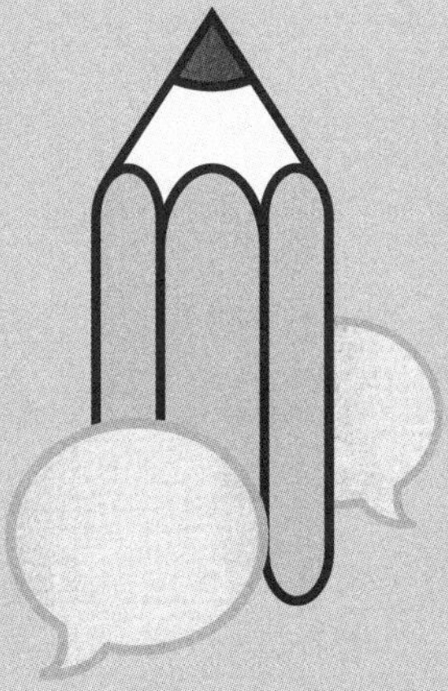

갈등은 푸는 것

이런들 어떠하며 저런들 어떠하리/만수산 드렁 칡이 얽혀진들 어떠하리/우리도 이같이 하여 백 년까지 누리리라. 고려 말 이방원이 정몽주의 마음을 떠보려 읊은 시로 알려진 〈하여가(何如歌)〉이다. 이 시를 받은 정몽주가 〈단심가(丹心歌)〉에 흔들리지 않는 마음을 담아 답한 것은 널리 알려진 사실이다. 멋들어진 시에 뜻을 담아 주고받은 두 사람. 한 명은 훗날 왕이 되었고 다른 한 명은 선죽교에 핏빛 이슬로 사라졌음을 역사는 전하고 있다. 역사의 주인공 둘을 식물에 비유하면, 이방원은 칡, 정몽주는 등나무가 아니었을까.

모두 고려왕조의 신하였지만 이념이 달랐던 두 사람. 콩과의 낙엽 활엽 덩굴성 식물로 뿌리는 같지만 꽃 피우는 것부터 다른 두 식물. 칡꽃은 여름철 하늘을 향해 꼿꼿이 피어나고, 등꽃은 봄철 땅에 이끌리듯 줄기에 매달려 꽃을 드리운다. 덩굴 뻗어 오르는 방향도 다르다. 칡은 왼쪽으로 등은 오른쪽으로 휘감아 오른다. 사뭇 다른 '삶의 방식'으로 함께 살기 어렵다. 둘이 한데 어우러지면 난잡해진다. 그래서 '(칡과 등나무가 서로 얽히는 것과 같이)개인이나 집단 사이에 목표나 이해관계가 달라 서로 적대시하거나 충돌함. 또는 그런 상태'를 갈등이라 한다. 갈(葛, 칡)과 등(藤, 등나무)을 붙여 만든 말이다.

"후보자 사퇴를 둘러싼 갈등을 서둘러 봉합하고 나섰습니다(ㅅ방송 앵커멘트).", "안가 회동, 당청 갈등 봉합(ㅎ방송 자막)."에 드러난 '갈등 봉합'은 어색하다. 갈등은 붙이거나 꿰맬 게 아니라 풀어야 할 일이다. 이 경우에는

'갈등(반목, 불화) 수습(진정)'이라 하는 게 더 좋겠다.

_〈한겨레〉, 2011년 1월 27일

이 글은 퇴직한 어느 선배의 '제보 전화'에서 비롯되었다. 전화로 건네진 '제보' 내용은 대충 이랬다. "요즘 방송과 신문 보도를 보면 답답하기만 하다. 자기네 잇속만 챙기려는 정치인의 행태도 못마땅한데 그걸 전하는 매체에서는 '갈등 봉합'이라는 말을 버젓이 쓰고 있으니 문제이다. 갈등은 풀어야 할 일이지 대충 덮고 갈 일이 아니잖은가. 갈등의 원뜻을 모르는 '무식한 기자'와 '정치꾼'에게 따끔하게 한마디 해 주었으면 좋겠다…"는 것이다. 듣고 보니 그랬다. '갈등'은 엉킨 것이니 풀어내는 게 바른 해법이다. '갈등'과 '봉합'을 《표준국어대사전》은 이렇게 밝힌다.

갈등(葛藤): (명사)

1. 칡과 등나무가 서로 얽히는 것과 같이, 개인이나 집단 사이에 이해관계가 달라 서로 적대시하거나 충돌함. 또는 그런 상태. (보기) 노사 간의 갈등/세대 간의 갈등/갈등을 겪다/갈등을 빚다/갈등을 일으키다/갈등을 해소하다/큰아들과 막내아들 사이에 갈등이 생겼다.(《행복어 사전》, 이병주)
2. 〈문학〉 소설이나 희곡에서, 등장인물 사이에 일어나는 대립과 충돌 또는 등장인물과 환경 사이의 모순과 대립을 이르는 말.
3. 〈심리〉 두 가지 이상의 상반되는 요구나 욕구, 기회 또는 목표에 직면하였을 때, 선택을 하지 못하고 괴로워함. 또는 그런 상태.

봉합(縫合): (명사)

〈의학〉 수술을 하려고 절단한 자리나 외상(外傷)으로 갈라진 자리를 꿰매어 붙이는 일. ≒꿰맴.

사전 뜻풀이에서 알 수 있듯이 '갈등+봉합'은 어울리지 않는 조합이다. 앞서 내보인 칼럼의 초고는 이 같은 '갈등 봉합' 표현의 모순성을 드러내려 했었다. 그런데 원고를 받아 싣는 편집자의 의견은 달랐다. "(정치 기사에서) '갈등 봉합'은 '갈등 해소'와 다른 의미로 쓰일 때가 있으니 '갈등 봉합'은 관행으로 받아들일 수 있다"는 것이다. 방송과 신문 기사를 찾아보니 그의 말처럼 '갈등 봉합'의 쓰임이 적지 않았다.

뉴스를 전하는 아나운서들이 무심히 흘렸던 '갈등 봉합에 나섰습니다' 따위의 기사는 1980년대 중반에 간간이 나타나다가 1990년을 전후해 본격적으로 등장한다. 기사 내용에 기대어 '갈등 봉합'의 뜻을 풀어 보면 '갈등 해소가 어려운 상황에서 임시방편으로 (짐짓 모르는 체) 덮어 버리다'쯤 될 것이다. 이런 표현을 쓴 기사의 관련 대목을 살펴보면 이렇다.

'여권 지도부는 백담사 쪽과의 갈등을 봉합할 수 있는, 즉 여권 내부 갈등을 치료할 수 있는 인물을 대표위원에 임명해야 한다는….'

_〈한겨레〉, 1990년 1월 5일

'민자당 내 계파 간의 갈등의 골은 봉합하기 어려울 정도로 깊어지고 있다.'

_〈한겨레〉, 1990년 5월 4일

'대권 후보 갈등 시한부 봉합.' _〈동아일보〉, 1991년 8월 10일

'국민회의 일괄 사표-대통령 청남대 行(행) 2與(여) 갈등 봉합.

_〈매일경제〉, 1999년 7월 9일

'엉클어진 상황(갈등)'을 봉합한다는 것은 '일의 빈구석이나 잘못된 것을 임시변통으로 이리저리 주선하여 꾸며대'는 미봉(彌縫)일 뿐이다. '갈등 봉합'은 곧 '눈가림만 하는 일시적인 계책'인 미봉책(--策)인 것이다. 정치판에 '갈등 봉합'이란 표현이 등장한 때는 '6월 항쟁' 이후 정국이 갈피 잡기 어려웠던 시기와 얼추 비슷하다. 민주정의당(민정당)과 통일민주당, 신민주공화당이 합당한 민주자유당(민자당) 시대부터 '(정치 기사에서) 관용적'으로 쓰이기 시작한 것이다. 인터넷 기사 검색 결과를 보면 '갈등-해소'(약 3,200건) 조합이 '갈등-봉합'(약 620건)보다 5배 정도 많이 쓰인다.(구글 검색) '갈등은 (모르는 체 덮을 것이 아닌) 풀어내는 게 정답'이라는 걸 언중(言衆)은 알고 있다는 방증이다.

서두에 옮긴 칼럼을 쓸 당시, '갈등 봉합'을 어떻게 다룰 것인가를 두고 신문 편집자와 갈등을 겪었다. '바람직하지 않은 현상을 얼버무리듯 덮고 가는 표현을 남발하는 것은 옳지 않다'는 내 뜻과 '정치적 관용 표현이니 인정하자'는 편집자 의견은 원고의 끄트머리 몇 줄을 손보는 것으로 절충되었다. "…'무엇보다 갈등을 봉합하고 경제를 살리는 일이라고 봐야 할 것 같습니다.'(ㅇ 케이블방송 기자 리포트), '안가 회동, 당청 갈등 봉합'(ㅎ 방송 자막)에 드러난 '갈등 봉합'은 어색하다. 갈등은 붙이거나 꿰맬 게 아니라 풀어야 한다." 이랬던 원고는 글머리에 내보인 내용으로 뭉뚱그려져 〈말글살이〉 칼럼으로 게재되었다. '갈등 봉합'은 앞뒤 호응 관계가 어색하니 '갈등(반목, 불화) 수습(진정)'으로 다듬는 게 좋다는 정도로 '편집자 의견을 일부 수용'한 것이다. '어색한 표현(현상)이니 바로잡아야 한다'며 밀고 나가다가 '원고 마감'에 막혀 결국 '갈등 봉합'을 한 꼴이 된 것이다.

박물관은 살아 있다

내린 눈이 세상을 하얗게 덮은 어느 날 우리나라는 은세계로 반짝이고 있었다. 세상은 넓고 기후는 다양하다. 한국은 한겨울이었지만 지구 건너편 남반구의 브라질은 영상 30도를 오르내리는 한여름이었다. 우리와 정반대 날씨인 브라질의 리우데자네이루에서 날아온 기사 한 줄이 눈길을 끌었다. "2013년 2월에 펼쳐질 '리우 카니발'에 호랑이 로봇상과 '반가사유상'이 앉아 있는 초대형 무대 차량이 선보일 것"(ㅈ 일보)이란 내용이었다.

'반가사유상'은 반가부좌의 준말인 '반가(半跏)'와 생각하는 불상이라는 뜻의 '사유상(思惟像)'을 합친 말로 이런 모습의 불상은 현재 우리나라에 38구가 전해지며, 그 가운데 금동으로 만든 것은 24구가 남아 있다고 한다.《위키백과》[1] '금동 미륵보살 반가사유상'의 이름을 풀어 보면 재질(금동)과 주인공(미륵보살), 형태(반가사유)를 알 수 있다. 유물 이름으로 '정체'를 알 수 있는 것이다. 아쉬운 점은 유물 이름이 '청동은입사포류수금문정병(靑銅銀入絲蒲柳水禽文淨甁)'처럼 어려운 한자로 전해졌다는 것이다.

국립중앙박물관에서 만난 이 유물에는 '물가풍경무늬 정병'이란 이름표가 붙어 있었다. 상감기법의 하나인 '은입사'로 만든 '포류수금(창

---

1 위키백과(wiki百科) 혹은 위키피디아(wikipedia)는 모두가 함께 만들어 가며 누구나 자유롭게 쓸 수 있는, 다언어판 인터넷 백과사전이다.

포, 버드나무 따위의 물가 식물과 물오리, 기러기가 어우러진 물가 풍경)' 무늬의 '정병(물병)'이니 편한 옷으로 제대로 갈아입는 셈이다. 이것만 그런 게 아니었다. '수뉴문병(垂紐文甁)'은 '끈무늬 병'으로, '주자(注子)'는 '주전자'로, '미원계회도(薇垣契會圖)'는 '사간원 관리들의 친목 모임'처럼 쉬운 이름으로 바뀌어 관람객을 맞고 있었다. "국립중앙박물관이 2005년 시월 용산으로 터전을 옮기면서 '전시 용어 개선 작업'을 한 덕분"이라는 게 박물관 쪽의 얘기이다. 어려운 한자어 속에 갇혀 있던 유물의 본색을 쉬운 우리말로 풀어낸 덕에 자칫 퀴퀴해질 수 있는 박물관이 우리 곁에 살아 있는 것이다.

[끈키다]

한창 추울 때면 봄이 기다려지고, 무더위가 기승을 부릴 때면 서늘한 가을바람이 그리워진다. 어느 해 입춘(立春)이 지난 봄날의 기억이다. 매서운 강추위 끝에 산들 불어오는 바람은 봄 느낌을 안고 있다. 혹한 탓에 전기도 끊기고 수돗물도 끊길 만큼 그해 겨울은 참으로 추웠다. 서울 지하철 2호선이 날씨 탓에 멈춰 서는 사고도 있었다. '연이은 한파가 계속되면서 전기를 공급하는 전차선의 금속 지지대가 수축되어서' 발생했다고 지하철 운영 당국은 밝혔다. 이 소식을 전한 어떤 방송기자는 "지하철 운행이 끈겨서[끈겨서] 출근길 시민들이 불편을 겪었다."라고 했다.

설 연휴를 앞둔 세밑에 수돗물 공급이 끊긴 일도 있었다. 서울 강북

정수장에서 수도권 일부 지역으로 연결되는 대형 상수도관이 추위를 버티지 못하고 터져 발생한 일이다. "수돗물 공급이 끈기면서[끈기면서] 설을 앞두고 해당 지역 주민이 큰 불편을 겪었다."는 내용도 전파를 탔다.

이어져 있던 것을 떨어지게 하거나 공급하던 것을 중단하는 것은 '끊다'. 발음은 받침의 히읗이 뒤 음절 첫소리와 합쳐진 [끈타], '끊다'의 피동사 '끊기다'는 [끈키다]이다. 'ㅎ(ㄶ, ㅀ)' 뒤에 'ㄱ, ㄷ, ㅈ'이 결합되는 경우에는, 뒤 음절 첫소리와 합쳐서 [ㅋ, ㅌ, ㅊ]으로 발음한다(표준발음법 12항).

봄의 문턱 입춘이 지나면 새싹 돋는 우수, 개구리 겨울잠 깨는 경칩이 머지않다. 동장군이 물러가면 '연분홍 치마 휘날리는' 봄바람이 불어온다. 봄바람 불면 지하철도 수도관도 추위 때문에 끊길[끈킬] 일 없어진다. 새봄이 올 때면 '대동강 물 풀리듯' 정치판에 끊겨[끈켜] 있던 언로도 이어졌으면 좋겠다는 바람을 품어 본다.

▶ 표준발음법 제4장(받침의 발음)의 제12항(받침 'ㅎ'의 발음)의 해설 1번의 '붙임 1'은 [ㄱ, ㄷ, ㅂ] 다음에 'ㅎ'이 오는 경우에도 [ㅋ, ㅌ, ㅍ]으로 발음한다고 명시한다.

정직하다[정:지카다], 만형[마텽], 궂하다[구타다], 입학[이팍], 급하다[그파다]….

'붙임 2'는 둘 이상의 단어를 이어서 한 마디로 발음하는 경우에도 마찬가지임을 밝힌다.

온갖 힘[온:가팀], 몇 할[며탈], 밥 한 사발[바판사발], 국 한 대접[구칸대접]….

'똑똑하다[똑또가다]', '법학과[버박꽈]'의 표준 발음은 [똑또카다], [버팍꽈]이다.

목소리 성형

의젓한 김연아 선수. 세계무대에서 빛을 발할 때 즈음이 말 그대로 묘령(妙齡, 스무 살 안팎의 여자 나이)이었다. 어른이지만 '어린 말투'를 쓰는 또래 젊은이가 많은 시대에 그의 말씨는 돋보인다. 그의 인터뷰를 보면서 어느 날 '아이처럼' 말하기 시작한 서른 즈음의 여자 후배가 떠올랐다. 남자 친구와 헤어진 뒤끝의 변화였다. 새로운 남자 친구를 찾아 나서기 위해 예쁘게 아기처럼 소리 내려 했던 것이다. 이런 것을 '위장발화(僞裝發話)'라 한다. 사람의 목소리에는 표현하기 어려운 에너지와 파장이 숨어 있다. 예쁜 목소리가 반드시 좋은 목소리가 되는 것은 아니다. 목소리는 타고나는 것이지만 그것만으로 좋은 목소리가 되는 게 아닌 것이다.

"가수나 성우, 아나운서의 성대는 예쁘게 생겼다. 같은 가수여도 판소리하는 사람을 보면 혹이나 굳은살이 박인 성대가 많다. 쉿소리를 내는 사람은 성대가 가지런하게 맞닿아 있지 않다." '성대를 보면 직업을 알 수 있다'는 이상덕 이비인후과 전문의의 말이다. 성대에 따라 목소리가 결정된다는 얘기지만 고운 목소리가 곧 좋은 목소리의 필수 조건은 아니라고 그는 덧붙인다. 성대는 악기와 같은 것이어서 연주법을 제대로 익혀 갈고닦으면 투박한 악기(성대)로도 훌륭한 연주(발성)를 할 수 있기 때문이다.

'목소리 성형'의 기본은 바른 발성과 발음에서 시작한다. 그렇다고 '성형'이 '호감 있는 소리'를 보장하지는 않는다. 좋은 음색에 훌륭한 발성으로 말해도 불편하게 들리는 경우가 있는가 하면 투박한 목소리여도 편하게 들리는, 가슴 울리는 소리가 있기 때문이다. 조선 후기의 문신 채제공은《번암집》에서 '말이란 마음에서 나온다'라고 했고, 같은 시기 프랑스 철학자 조르주루이 뷔퐁(Buffon, Georges-Louis Leclerc de)은 '스타일(화법, 문체)은 그 사람 자신이다(Le style est l'homme même)'라고 했다. 말(글)은 곧 사람, 인격인 것이다. 호감 있는 소리를 내려면 예쁘게 고치거나 만드는 '성형'만큼이나 인격(마음)을 바로잡는 '정형'에 힘써야 하는 이유이다.

낱말장

내 생애 첫 단어장은 중학교 1학년 때 교복 주머니에 넣고 다니던 것이었다. 단어와 뜻풀이를 새겨 놓은 단어장 크기는 넓적한 성냥갑만 했다. 단어장을 만지작거릴 때 손끝에 느껴지는 반질반질한 느낌이 좋았다. 모퉁이 한쪽을 리벳(rivet)으로 고정한 단어장은 여느 제본처럼 넘기는 게 아니라 부채처럼 펼치는 형태였다. 중학교 1학년 2학기 단어장 끄트머리 낱말에는 '이그재미네이션(examination)'이라고 씌어 있었다. 단어 하나하나에는 발음기호 밑에 한글로 발음 밝혀 적은 것은 발음기호가 익숙하지 않은 학생들을 위한 배려 아닌 배려였을 것이다.

요즘도 나는 단어장과 함께한다. 영어 단어가 아닌 우리말 낱말을 담아 학생들과 함께 엮어 가는 우리말 '낱말장'이다. 매 학기 변함없는 우리 반 학생들의 숙제는 평소에 잘 쓰지 않았던 낱말(표현)을 떠올려 수업 게시판에 올리는 것이다. 이것으로 끝이 아니다. 자신이 올린 낱말은 하루에 한 번은 꼭 써야 한다. 이렇게 낱말을 하나씩 늘려 가면 어느 날 '기름진 말밭'을 가꾸는 자신을 발견할 것이라 꼬드기는 게 선생인 내가 하는 짓이다. 훌륭한 글쓰기와 말하기는 어휘에서 비롯한다고 믿기에 그렇다. 학기 말이면 학생들 각자가 올린 낱말을 한데 모아 '우리 반 낱말장'을 만든다.

언젠가는 학생들이 꼽은 낱말을 한데 모아 '끗발'부터 '흰소리'까지 531개를 담아 140쪽 남짓한 제법 두툼한 낱말장을 만들었다. 언젠가 자개바람(요란한 소리를 내며 빠르게 일어나는 바람) 일으킬 굄성(남의 사랑을 받을 만한 특성) 짙은 젊은이들과 엮어 내는 낱말장 덕분에 내 마음은 늘 오달지다(마음에 흡족하게 흐뭇하다). 오달진(허술한 데가 없이 야무지고 알찬) 학생들이 낱말 톺아보며(샅샅이 톺아 나가면서 살피며) 만드는 낱말장은 선생인 내게 가르침을 준다. 한무릎공부(한동안 착실히 하는 공부)는 학생들만의 것이 아니라는 가르침이다.

온 누리 두루 흐림

'사람이 아니무니다.' 한때 유행했던 코미디의 대사가 아니다. 미국 시사주간지 〈타임〉이 선정한 '올해의 인물'을 두고 하는 말이다. 이 잡지가 1972년 '올해의 인물'을 선정하기 시작한 이후 사람이 아닌 것을 뽑은 첫 주인공은 컴퓨터. 당시 '경쟁자'는 메나햄 베긴(Menachem Wolfovitch Begin) 이스라엘 전 수상, 마거릿 대처(Margaret Thatcher) 영국 전 총리, 영화 주인공인 '이티(ET)'였다. 1982년의 일이다. 이렇듯 서양 문화권은 한 해를 마무리하며 사람이나 사물을 떠올리지만 한자 문화권인 한·중·일 삼국은 관념적인 한자로 지난해를 돌아본다.

〈중국신문망(中國新聞網)〉은 2012년 '올해의 한자'로 '멍(夢)'을 선정해 발표했다. 올림픽의 성공과 유인 우주선 발사, 노벨상 수상을 비롯한 '중국의 꿈'이 실현된 성취감을 담은 것이라고 언론은 풀이했다. 〈일본한자능력검정협회〉가 꼽은 '올해의 한자'는 '카네(金)'이다. 소비세 증세 논란 따위의 돈 문제로 떠들썩했던 일본 경제를 반영한 것이라 한다. 한국의 〈교수신문〉이 그해에 고른 '올해의 사자성어'는 '거세개탁(擧世皆濁)'이었다. '정권 끝자락에서 윤리와 도덕이 붕괴되고 편법과 탈법이 판을 치는 세상'을 반영했다는 게 선정에 참여한 교수의 말이다.

한·중·일 삼국이 한자에 세상을 담아내는 방법도 다르다. 중국과 일본은 한 글자, 한국은 사자성어이다. 고려 중엽부터 전해 오는 시조의 4음절 음보에 맞기 때문일 것이다. 사물과 현상을 인식하는 방식의 다름은 '올해의 사자성어(한자, 인물)'에서도 드러나는 걸 보니, 미국의 심리학자 리처드 니스벳(Richard E. Nisbett)이 《생각의 지도》에서 공자의 후손과 아리스토텔레스 후손의 문화를 비교 분석한 것은 괜한 게 아니었다. 한글날이 23년 만에 공휴일인 2013년부터는 '올해의 낱말(글월)'도 뽑아 보면 어떨까, 기대했었다. '거세개탁'이라면 '두루 흐린 온 누리'나

'흐린 세상', 시빗거리 많은 세상이라면 '따따부따(딱딱한 말씨로 따지고 다투는 소리, 또는 그 모양)'처럼 말이다.

우울한 한국어

'우울한 한국어' 제목을 단 기사를 보았다. 미국의 한 연구팀이 거대자료(빅데이터, Big Data)를 바탕으로 인터넷 사용자 수 상위 10개 언어를 분석한 결과를 전한 것이다. 한국어가 우울하다? 결론부터 말하면, 그렇지 않다. 기사 내용은 분석 대상에서 잦게 나오는 우리말 단어에 '우울한 단어' 출현 빈도가 높은 편이었다는 것이다. 관련 기사를 뜯어보니 그랬다. 연구팀은 인터넷 검색어와 노래, 영화 대사 등 24개 자료에서 빈도 높은 단어 1만 개를 추린 뒤 그 언어를 쓰는 사람 50명에게 느낌을 묻고 결과를 종합했다. '웃음'처럼 긍정적인 느낌의 말은 높은 점수, '테러범' 따위의 부정적인 표현은 낮은 점수를 매기게 해 종합한 결과를 보니 '한국어 점수가 상대적으로 낮았다'는 것이다.

21세기 청춘들은 어떤 말을 떠올리며 살까. 지난 몇 년간 함께 공부한 학생들이 수업 때마다 제출한 '낱말장'을 한데 모아 분석해 보았다. '낱말장'은 수업에 참여하는 학생들이 '자신이 쓰고 싶거나, 새롭게 알게 된 낱말'을 모아 놓은 것이다. 학생 김은정 양이 정리한 낱말장의 참여 학생은 445명, 중복 단어를 포함한 낱말 개수는 7,626개이다. 낱말장을 성별, 국적별로 정리해 보니 의미 있는 결과가 나왔다. 남학생은

‘피곤하다’, ‘바쁘다’, ‘힘들다’처럼 부정적인 표현을, 낯선 말보다는 흔히 쓰는 표현을 많이 꼽았다. 여학생의 경우는 달랐다. ‘시나브로’, ‘미쁘다’, ‘깜냥’처럼 말맛이 예쁘고 뜻이 좋은 말, 낱말 자체의 아름다움에 주목하는 경향이 두드러졌다. 외국인, 주로 중국에서 유학 온 학생들은 ‘힘들다’, ‘괴롭다’ 같은 ‘우울한 표현’의 비율이 한국 학생에 비해 높았다. 유학 생활의 어려움에서 비롯한 결과일 것이다.

우월한 언어, 열등한 언어가 따로 없듯이 행복한 언어, 우울한 언어도 존재하지 않는다. 언어에 긍정적인 빛이 퍼지는 것은 ‘낙천적 사회’가 비춰지기 때문이고, 우울한 느낌이 드리워지는 이유는 ‘우울한 사회’의 그림자 탓일 것이다.

통음

“주정꾼을 가리켜 후(酗, 주정하다)라 한 것은 그 흉덕을 경계함이오, 술그릇에 주(舟, 배)가 있는 것은 배가 엎어지듯 술에 빠질 것을 경계함이지요. 배(盃, 잔)는 풀이하면 ‘불명(不皿, 가득 채우지 마라)’이 되고, 창(戈) 두 개가 그릇(皿) 위에 있는 잔(盞)은 ‘서로 다툼을 경계’한 것이고… ‘술 유(酉)’ 부에 졸(卒, 죽다)의 뜻을 취하면 취(醉)자가 되고 생(生, 살다)이 붙으면 술 깰 성(醒)자가 되지요”

다산 정약용이 간밤의 통음했던 자리를 떠올리며 영재 유득공에게 보낸 답장 중에 나오는 말이다. 말년에는 차를 즐겼던 다산이지만 젊었을 때는 작취미성(昨醉未醒, 어제 마신 술이 아직 깨지 않음)의 날이 없지 않았던 모양이다.

> 中夜拍案起(중야박안기) 한밤중에 책상 치고 벌떡 일어나/歎息瞻高穹(탄식첨고궁) 탄식하며 높은 하늘을 쳐다보네,/(…)/拊念腸內沸(부념장내비) 생각하면 할수록 속이 끓어오르니/痛飮求反眞(통음구반진) 술이나 진탕 마시고 무심으로 돌아가 볼까/(…)/深念焦肺肝(심념초폐간) 곰곰 생각하면 속만 타기에/且飮杯中醁(차음배중록) 또 술잔이나 들어 마신다네.

다산이 43세 때 쓴 212행의 한시 〈하일대주(夏日對酒, 여름날 술을 앞에 놓고)〉의 한 대목이다. 집권 세력이었던 노론에 밀려 유배 생활을 했던 다산이 통음했던 까닭은 자신의 개혁 프로그램을 제대로 펴기 어려웠던 아픔을 달래기 위해서였을 것이다. 통음(通音)을 위한 통음(痛飮)이기도 했을 것이고.

통음(痛飮)의 뜻은 '술을 매우 많이 마심'으로 침음(沈飮), 호음(豪飮)과 비슷한 말이고 통음(通音)은 '소식이나 편지 따위를 주고받음'이다.《표준국어대사전》'음(音)'에는 '말, 언어'의 뜻이 있으니 통음(通音)의 한자 뜻을 새겨 넓게 해석하면 '말이나 뜻이 통함'이기도 하다. 통음(通音)은 곧 '소통'인 것이다. 2012년 12월에 뽑힌 '새 대통령'이 국민을 통음(痛飮)하게 하지 않는 '통음(通音) 대통령'이 되기를 바라는 간절한 마음을 담아 쓴 글이다. 그 이후의 일은 이미 다 아시는 바와 같다.

멀쩡함

〈교수신문〉이 2014년 '올해의 사자성어'로 뽑은 말은 지록위마(指鹿爲馬)이다. '사슴을 가리켜 말이라 한다'는 뜻이다. '2014년에는 온갖 거짓이 진실인 양, 수많은 사슴들이 말로 바뀌어 말의 진짜 모습은 볼 수 없는' 요즘 현실을 담아낸 표현이다. 선정 이유가 '말(馬)'과 '말(言)'의 뜻이 뒤섞인 중의적 느낌으로 다가왔다. 사슴을 두고 말이라 하는 것은 거짓'말'이기 때문이다. 멀쩡한 사슴을 보면서 멀쩡한 세상에 멀쩡한 사람이라면 '그것은 말'이라고 멀쩡한 거짓말을 할 수 있을까 싶지만, 멀쩡한 인간들에게는 충분히 가능한 일일 것이다.

다섯 차례 거듭한 '멀쩡하다'는 중의적이고 다의적이다. '중의적(重義-)'은 '한 단어나 문장이 두 가지 이상의 뜻으로 해석될 수 있는, 또는 그런 것'이고, '다의적(多義-)'은 '한 낱말이나 표현에 여러 가지 뜻이 있는, 또는 그런 것'이다. 사전은 '멀쩡하다'의 뜻으로 다섯 가지를 제시한다.

(흠이 없고 아주 온전한) 멀쩡한 사슴을,

(지저분한 것이 없고 아주 깨끗한) 멀쩡한 세상에

(정신이 맑고 또렷한) 멀쩡한 사람이,

(그릇된 짓을 하는 태도가 예사롭거나 뻔뻔한) 멀쩡한 거짓말을 할 수 있을까?

(속셈이 있고 아주 약삭빠른) 멀쩡한 사람은 밥 먹듯 하는 일일 것이다.

'올해의 사자성어', '올해의 인물'처럼 한 해를 보낼 때면 빼놓을 수 없는 말이 '송구영신(送舊迎新)'이다. '묵은해를 보내고 새해를 맞는다'는 말이다. 멀쩡한 거짓말로 뒷일 모른 채 눈앞의 권력에만 붙어사는 멀쩡한 사람들을 보며 '송구영신'의 원말을 떠올린다.《한서(漢書)》'왕가전(王嘉傳)'에 나오는 '송고영신(送故迎新)'이다. '구관(옛 관리)을 보내고 신관(새 관리)을 맞이하다'라는 뜻이다. '십상시'에 '문고리 3인방', '7인회'가 유령처럼 떠돌던 그해, 2014년은 역사 속으로 사라졌다.

용수철

사슴뿔[2]이 달린 머리는 낙타 형상이다. 생김새는 돼지 코에 토끼 눈, 소의 귀를 닮았고 몸통은 거대한 뱀과 비슷한데 비늘로 덮여 있다. 발은 호랑이 주먹 같은 게 네 개 달렸는데 발톱은 매의 발톱이다. 깊은 못이나 늪, 호수, 바다 같은 물속에 사는 이 녀석은 때로 하늘에 올라가 풍운을 일으킨다고 한다. 기린, 봉황, 거북과 함께 상서로운 동물의 하나로 꼽히는 상상의 존재인 이것은 용이다.

용은 임금의 얼굴인 용안(龍顔), 임금이 타는 수레인 용거(龍車)처럼 임금이나 제왕같이 비범한 사람을 가리키는 뜻으로 쓰이기도 한다. 정

2 사전 뜻풀이가 재밌다. 사슴뿔: 사슴의 머리에 난 뿔. 나뭇가지처럼 생겼다. ≒녹각「1」. '녹용'은 '새로 돋은 사슴의 연할 뿔'로 '녹각'과 구별한다. 동물의 뿔로 표제어로 오른 것은 쇠뿔(소의 뿔), 산양 뿔, 무소뿔뿐이다. 사전의 '－뿔' 대부분은 '원뿔', '삼각뿔', '육각뿔'처럼 생김을 이르는 말이다. 개뿔(별 볼일 없이 하찮은 것을 경멸하는 태도로 속되게 이르는 말), 쥐뿔(아주 보잘것없거나 규모가 작은 것을 비유적으로 이르는 말), 고뿔(감기)이란 표현이 있지만 학생들에게 관심 있는 '뿔'은 '에이뿔(A⁺)'일 것이다.

치권에서는 이러한 특성을 담은 용 얘기가 잊을 만하면 튀어나온다. 국회의원 선거는 어변성룡(魚變成龍)을 꿈꾸는 정치 신인들의 등용문(登龍門)이 될 것이고, 대통령 선거에서는 잠룡(潛龍)들이 맞설 것이다. 큰일할 사람을 비유해 이르는 와룡(臥龍)들 또한 기회를 놓치려 하지 않을 것이다. 그런가 하면, 용의 형상과 기운에 기댄 상술도 눈에 띈다. 가발 회사는 '龍毛(용모)[3] 단정'을 내세워 손님을 끌고 '액운을 막고 복을 가져온다'는 '달마도'는 '흑룡 달마도'로 변신해 팔리고 있다. 용띠 해가 되면 나오는 상술이다.

서울의 인사동을 비롯한 관광 명소에 가면 눈에 띄는 과자가 있다. 달콤한 반죽 덩어리를 실타래처럼 만든 '꿀타래'이다. 네 갈래씩 여섯 번 손으로 뽑아내면 1만 6,384가닥의 아주 가는 실처럼 되기에 '용수염'이라고도 한다. 이처럼 가는 국수를 만들어 '용수면'으로 내놓는 식당이 있다는 얘기도 들었다. 하지만, '용수염'은 숲속 축축한 곳에서 자라는 볏과의 여러해살이풀을 가리킬 뿐이다.《표준국어대사전》 용의 수염은 그냥 '용수(龍鬚)'라고 한다. 용수는 명주실 타래처럼 곱고 부드럽지 않을 것이다. 용 그림을 뜯어보면 수염은 양쪽에 한 가닥씩 뻣뻣하게 나 있을 뿐이니까. 게다가 '늘고 주는 탄력이 있는 나선형으로 된 쇠줄'을 '용수철'이라 하기에 그렇다. 나긋한 '용수염' 같은 삶도 좋고, '용수철' 같이 탱탱하고 꿋꿋하게 살아가는 삶 또한 좋다. 어찌 살든 남에게 손가락질 받지 않는다면 말이다.

---

3 사람의 얼굴 모양을 뜻하는 말은 용모(容貌)이다. 얼굴 용(容), 얼굴 모(貌).

전설의 마녀

드라마를 보며 지내는 날이 많아졌다. 출근하면 보지 않을 수 없는, 일삼아 보는 연속극인데도 재미가 여간 아니다. 일일, 주말 드라마와 미니 시리즈, 단막극의 본방송은 물론 재방송까지 '복습'하며 '드라마 왕국'이 헛것이 아님을 새삼 실감한다. 일할 때마다 '모니터'를 하다 보니 흥미로운 현상을 알게 되었다. 〈압구정 백야〉, 〈빛나는 로맨스〉, 〈소원을 말해 봐〉, 〈장미 빛 연인들〉 따위에 담긴 공통점이다. 〈오로라 공주〉, 〈왔다! 장보리〉, 〈웃어라 동해야〉, 〈내 딸 서영이〉, 〈제빵왕 김탁구〉도 마찬가지. 그렇다, 제목에 주인공 이름이 들어 있는 것이다.

여주인공 이름(백야, 오빛나, 한소원, 백장미)을 중의적으로 표현한 재치가 엿보인다. '도보리'는 '장보리'가 되어 막을 내렸다. '오대산'의 사남매는 우주를 담았다. 세 아들은 '왕성, 금성, 수성'이고 막내딸이 '로라'이다. 〈보석 비빔밥〉도 딸 '비취'와 '루비', 아들 '산호'와 '호박'이 비벼진 제목이다. 웃어넘기기에는 여운이 남는 〈황금 무지개〉의 형제 이름도 있다. 큰아들 '김만원'부터 '천원, 백원, 십원, 열원, 일원, 영원'까지 이어지는 일곱 남매('십원'과 '열원'은 쌍둥이)가 그렇다.

'주인공 이름을 제목에 넣는 게 출연자 섭외에 도움 될 때가 있기는 하지만, 요즘 경향이라 단정하기는 어렵다. 작명 원칙의 최우선은 드라마 내용을 잘 드러내는 것이다'. 작품성과 시청률, 두 마리 토끼를 잡는 한 피디(Program Director, PD)의 말이다. 시청률 20%를 훌쩍 넘기며 눈길을 끌었던 드라마의 원제목은 〈전설(傳說)의 마녀〉, 방송 제목은 〈전설(湔雪)의 마녀〉이다. '전설(湔雪)'은 설욕과 한뜻이다. 앙갚음의 이유가 분명한 여자 주인공들이 엮어 가는 드라마를 보면 고개가 끄덕여지는 제목이다. 동음어의 한자를 살짝 비틀어 드라마의 맛을 더한 주성우 피디는 대학 영어 연극반에서 함께 놀았던 후배이다. '마녀의 전설'이었으면 더 우리말다웠을 것이다, 그에게 한마디 건넸다. 씩 웃으면서….

봄

오래전 어느 뉴스에 '하천 전투기'가 등장한 적이 있다. 미국 방위사업체 제너럴다이내믹스(General Dynamics Corporation)가 1964년부터 1976년까지 562대를 생산한 가변익 전투기인 이 비행기의 본명은 'F111'이다. 멀쩡한 제 이름 두고 다른 것으로 방송 전파를 탄 까닭은 엉뚱한 데 있었다. 뉴스를 전한 아나운서가 로마자 '에프(F)'와 숫자 '111'을 한자 '하천(下川)'으로 오독한 것이다. 육필 원고가 대부분이던, 한자를 섞어 갈겨써 '해독'이 필요했던 시절에 벌어진 일이다. 비슷한 시기에 '춘래불이춘'이라 구성지게 읊은 방송인도 있었다. 당나라 시인 동방규의 시 '오랑캐 땅에는 꽃도 풀도 없으니(胡地無花草)/봄이 와도 봄 같지 않다네(春來不似春)'의 '사(같을, 似)'를 '이(써, 以)'로 잘못 보았기 때문이었다.

'춘래불사춘'이 자주 오르내리는 때는 입춘 무렵은 봄의 문턱이다. 어느 해 그즈음에 서울 예술의전당에서 '봄'을 만났다. 슈만의 교향곡 1번 〈봄〉은 트럼펫으로 봄의 열망을 드러내며 씩씩하게 시작했고, 바이올린 선율로 새들의 지저귐을 담아낸 비발디의 〈봄〉은 싱그러움으로 빛났다.

흔히 봄을 '여인의 계절'이라 하지만 봄날의 여인이 아름답게만 읽히는 것은 아니다. 손로원의 노랫말에 박시춘이 가락을 입혀 백설희가 부른 〈봄날은 간다〉의 '연분홍 치마'는 왠지 처연하고 '씹어 무는 옷고름'은 봄날 보내는 이의 절절함을 더한다. 이은상이 노래한 〈봄처녀〉에는 '새 풀 옷 입고' 날갯짓하는 '봄처녀 나비'의 팔랑거림이 '하얀 구름 너울'에 겹쳐 보이는 듯하다.

봄의 '말밭'에는 여느 계절에 없는 게 있다. '봄을 맞아 이성 관계로 들뜨는 마음이나 행동을 비유적으로 이르는' 봄바람이 본보기이다. 그저 부는 바람인 가을(겨울)바람과 다른 것이다. 봄기운, 봄나들이, 봄노래, 봄놀이, 봄맛, 봄소식 따위도 다른 철에는 나타나지 않는 조어이다. 방 한쪽의 매화가 수줍은 듯 하얗게 꽃망울 터뜨리는 걸 볼 때면 봄날을 예감한다.

간절기

어느 봄날의 하루가 떠오른다. 옷장을 열어 본 아내가 배시시 웃으며 '입을 옷이 없다'라고 했던 날이다. 딱히 답할 말 찾지 못해 멋쩍게 웃는 나와 다르게 당시 중학생이던 딸은 그 뜻을 알겠다는 듯 까르르 웃었다. 이 얘기를 들은 갓 스물의 여학생들은 '여자는 철이 바뀔 때마다 입을 옷이 없는 게 맞다'며 깔깔 웃는다. 남자들은 모르는 '여성 공감'의 힘이다. 한마디로 '입을 옷이 없다'는 '입을 만한 옷'이 없다는 뜻이니, 곧 '(마음에 드는) 새 옷이 없다'는 의미라는 것이다.

봄의 문턱을 넘어서나 싶으면 초여름 날씨가 이어진다. 환절기가 짧아진 것이다. 환절기(換節期)는 뜻 그대로 '철(節)이 바뀌는(換) 시기(期)'이다. 철이 바뀔 즈음에는 큰 일교차로 면역력이 떨어지기에 건강 상품이 인기를 끈다. 옷장을 열어 보며 한숨 쉬는 여성들을 위한 패션 상품도 쏟아져 나온다. '환절기 건강', '간절기 패션'처럼 같은 때를 두고 표현이 달라지기도 한다. 인터넷 검색 결과를 보면 쓰임의 차이가 또렷해진다. '환절기 건강'(약 400만 건)－'간절기 건강'(약 70만 건), '환절기 패션'(약 100만 건)－'간절기 패션'(약 330만 건)이다.(구글 검색) '간절기 패션'(약 1,880 건), '환절기 패션'(약 880 건)처럼 뉴스 검색 결과도 다르지 않다.(네이버 검색)

1990년대 등장한 '간절기'는 2000년 국립국어원 '신어 자료집'에 오르면서 세력을 얻는다. 뜻풀이는 '한 계절이 끝나고 다른 계절이 올 무렵의 그사이 기간'이니 '환절기'와 다르지 않다. '간절기'는 일본어 '節氣の間(절기의 사이)'의 '간(間, あいだ)'을 앞에 앉혀 만들었을 것이다. 하지만 이 절기(節氣)는 '계절 바뀜'과 무관한 것이니 '간절기'를 우리말답게 쓴다면 '주로 패션 업계에서'처럼 쓰임을 명시하고 한자도 '간절기(間節期)'로 밝혀야 한다. 수다한 동의어와 유의어는 말글살이를 풍요롭게 하기도 하지만 혼란을 불러오기도 하기 때문이다.

복 받으셨다 하니

인사의 형식과 방법이 많이 바뀌었다. 새해 인사도 그렇다. 모름지기 인사라면 얼굴 맞대고 하는 게 제격이지만 여의치 않으면 통화나 우편으로 대신하기도 한다. 디지털 기기의 '붙여 넣기'를 이용해 출처 분명치 않은 사진이나 동영상으로 인사치레하는 이가 많아졌고, '새해 첫날 카톡 메시지 48억 건'(ㅈ 일보), '2017년 새해 첫날 카톡 메시지 급증으로 한때 먹통'(ㅇ TV)에서 보듯 모바일 메신저를 통한 인사도 부쩍 늘었다. 새해 인사를 주고받는 방법은 달라도 덕담은 크게 달라지지 않는다. '새해 복 많이 받으세요', '소원 성취하거라', '부자 되시게' 같은 명령형 인사가 일반적이지만 '만사형통하시기 바랍니다'처럼 말하는 이의 희망을 담기도 한다. 300년 전 조선 시대 신년 덕담은 어떠했을까.

'아ᄌᆞ마님겨오셔 신년은 슉병이 다 쾌차 ᄒᆞ옵시다 ᄒᆞ오니 깃브와 ᄒᆞ옵ᄂᆞ이다'.

조선 시대 19대 왕인 숙종이 새해 덕담을 담아 숙휘 공주에게 보낸 한글 서찰의 한 대목이다. 숙휘 공주는 드라마 〈마의〉에도 등장하는 인물로 숙종의 아버지인 현종의 동생이다. 위 글월의 뜻은 '고모님께서 신년에는 오랫동안 앓고 있던 병이 완치되었다 하시니 기쁩니다'이지만 이 편지를 받은 주인공은 끝내 병상 털어 내지 못하고 세상을 떠났다. 임금이 제 식구의 병세도 알지 못하고 덕담 편지를 보냈을까.

이 서찰을 공개한 한국학중앙연구원은 '상대방을 존중하는 뜻으로 명령형을 쓰지 않'은 조선 시대 덕담에는 '희망과 기대를 확정형으로 표현하는 경우가 많았다'고 설명했다. 새해 인사에 바라는 바를 확정된 사실로 표현한 까닭은 간절한 희원을 드러내기 위해서였다는 것이다. '새해 복 많이 받으신다니 축하합니다', '소원 성취했다니 좋구나!'처럼 요즘 덕담을 '조선 스타일'로 바꾸어 보니 그리 낯설지 않다. 웃어른에게 '(복)받으세요', '(부자)되세요'처럼 명령형을 쓰지 않을 수 있으니 또한 괜찮다. "독자 여러분, 두루두루 만사형통하신다니 축하합니다." 조선 시대 인사를 본떠 드리는 인사말이다.

언니

아들이 졸업하는 날. 식장에 앉아 있는 아들이 대견하고 자랑스러웠다. 아니, 한자리에 있는 졸업생 모두 너나 할 것 없이 갸륵해 보였다. 딸도 졸업했다. 엄마 손에 이끌려 들어섰던 교문을 동무들과 조잘대며 함께 나서는 한결 슬기로워진 딸이 기특했다. 훌쩍 커 버린 아이들을 바라보는 것만으로도 부모들을 흐뭇하게 했던 졸업식. 거기에서 들은 노래는 부모 세대의 것이기도 했다.

빛나는 졸업장을 타신 언니께/꽃다발을 한 아름 선사합니다/물려받은 책으로 공부를 하며/우리는 언니 뒤를 따르렵니다. 〈졸업식 노래〉 1절

울음 꾹꾹 씹어 삼키며 불렀던 이 노랫말에 나오는 '언니'는 누구일까. 대학 갓 졸업한 여학생에게 물었다. '남자들도 언니'라고 하는 게 이상하지 않으냐, 이렇게. "여중을 나와서…, 남자학교는 '형'이라 하지 않나…" 같은 뜻밖의 답을 했다.

언니와 형은 흔히 동성의 손위 형제를 이르거나 부를 때 쓰지만 남녀 가리지 않고 쓸 수 있는 표현이기도 하다. 오빠, 누나, 형은 모두 언니이기도 한 셈이다. '구제역 확산을 막기 위해 졸업식 하객을 최소화해 달라는 가정통신문을 학부형에게 보냈다'는 뉴스(ㅇ 케이블방송)의 '학부형'도 가려 써야 할 표현이다. 학부형은 학생(學)의 아버지(父)와 형(兄)이라는 뜻으로 '바깥일은 남정네가 하던 시대'에나 어울리는 표현이다.

졸업 철은 끝나면 새 학기가 시작된다. '앞에서 끌어 주고 뒤에서 밀며/우리나라 젊어지고 나갈' 언니와 아우들의 앞날을 위해 학부모들이 해야 할 일은 무엇일까. 나눔과 베풂의 뜻을 행동으로 보여 주는 것도 그 가운데 하나일 것이다.

새 학기

새 책, 학용품, 책가방, 연필깎이, 새 벗, 반 편성, 담임 선생님…. '새 학기' 하면 떠오르는 게 무엇인가, 피디와 기자 몇 명에게 물으니 돌아온 답이다. 내 기억도 그랬다. 새 학기가 시작될 때면 한 학기 동안 쓸 공책, 연필 따위를 사러 형제들과 함께 시내에 있는 큰 문구점에 가곤 했으니까. 책 크기에 맞춰 마름질한 알록달록 예쁜 포장지와 비닐로 국어책, 지리부도 등을 싸며 맡았던 새 책 냄새, 사이좋은 벗들과 같은 반이 되기 바랐던 마음, 피구 경기에서 진 우리들을 위로하다 눈물로 아쉬움을 털어 냈던 선생님이 다시 우리 담임이 되기를 바랐던 마음. 이런 기억을 새록새록 떠올려 보니 새 학기를 맞던 때의 설렘이 되살아나는 듯하다.

대학의 새 학기도 기대와 설렘으로 시작한다. 첫 시간의 강의실은 초롱초롱한 학생들의 눈망울로 밝게 빛났다. 강의 개요, 평가 방법, 과제에 대한 설명 가운데 학생들이 귀를 쫑긋 세우는 대목은 '평가 기준'이다. 학점은 이른바 '스펙'의 기본이기 때문일 것이다. 모두 열심히 공부해도 누구는 '에이뿔(A⁺)'을 받고, 어떤 이는 최저 학점을 받아야 하는 상대평가 과목일 때는 더욱 그렇다. '공부 잘하는 학생'이 모인 대학 강의실에서도 '공부 더 잘하는 학생'을 가려야 하는 것이다.

공부는 '학문이나 기술을 배우고 익힘'이다.《표준국어대사전》사전 뜻풀이 아래 예문을 보니 '공부를 잘하다(못하다)'는 표현이 편치 않게 다가온다. 놀랄 만한 보람을 얻은 학생에게 부득이 낮은 점수를 줘야 하는 일을 겪은 뒤부터의 일이다. 공부 잘해도 성적(학생들이 배운 지식, 기능, 태도 따위를 평가한 결과)이 낮은 학생은 있게 마련이다. 수학은 못해도 국어를 잘하는 학생, 과학 점수는 낮아도 음악 재능이 뛰어난 학생을 두고 뭉뚱그려 '공부 못한다' 하는 것은 그래서 내키지 않는다. 앞으로 '공부 못하다'라고 할 자리에 '성적이 안 좋다'라고 하는 게 어떨까.

삯

'다이어트 하기'가 새해 목표의 으뜸이고 '좋아하는 이성 친구 사귀기'가 버금이다. 그리고 '훈남, 훈녀(잘생기고 분위기 있는 남, 여) 되는 것'이 새해 소원이다. 청춘 남녀의 얘기가 아니다. 한 포털사이트가 어린이 2만여 명을 대상으로 조사한 결과이다. '어른들은 모르는' 어린이의 생각은 이것뿐이 아니었다. 체험형 놀이터를 찾은 미취학 아동에게 물으니 '마법사가 되고 싶다.'처럼 그 또래다운 답이 많이 나왔지만 '엄마가 돈을 많이 벌었으면 좋겠다.'는 것도 있었다. 이 답을 한 어린이의 엄마는 어떻게 돈을 벌까. 자본가나 자영업자가 아니라면 삯(일한 데 대하여 보수로 주는 것)으로 돈을 마련할 것이다.

정부가 정한 2018년의 최저임금은 16.4%가 올라 시급(시간급) 기준 7,530원이다. 하루 8시간씩 한 주에 닷새 일한 노동자의 월 최저임금은 1,573,770원이 된다. 날품팔이(날삯을 받고 일하는 사람)가 받는 임금은 일급(일당, 날삯)이고, 한 주 단위 보수는 주급이다. 월급쟁이(월급을 받아서 생활하는 사람을 낮잡아 이르는 말)나 샐러리맨(일정한 봉급을 받아 생활하는 사람)이라 하는 봉급생활자는 월급(월봉)을 받는다. 연봉(연급, 1년을 기준으로 정하여 지급하는 봉급)은 대개 다달이 나눠 받는다.

산업구조 등이 바뀌면서 새경(한 해 동안 일한 대가로 머슴에게 주는 돈이나 물건)이나 품삯이 사라진 자리에 페이(pay, 임금)와 인컴(income, 수입)이 자리 잡았고, 상여(직원들의 업적이나 공헌도에 따라 급료와는 별도로 주는 돈)보다 보너스가 널리 쓰인다. 봉급생활자 대부분은 월급날을 기다리며 살아간다. 2016년의 전국의 체불임금은 사업장 13만여 곳에 1조

4,286억 원(21만여 명)으로, 해마다 늘고 있다.

밥약

'학보를 받아 보며 아쉬운 때가 많았는데, 이번에는 참기 힘들다'며 사회관계망서비스(Social Network Service, SNS)에 후배가 찍어 올린 학보를 보았다. 기사 제목 '해드라인의 맞춤법부터'가 눈에 들어왔다. '해드라인'이 헤드라인으로 버젓이 찍혀 나오는 그 학보를 찬찬히 읽어 보았다. 정치에 대한 대학생의 인식을 머리기사에 올린 학보는 학생회 · 학교 관련 소식과 문화가 이슈, 지상 철학 강좌 따위를 다루고 있었다. 다른 기사는 크게 흠잡을 데 없었고, 학생기자와 교수의 칼럼은 제 나름의 시각을 잘 담아내고 있었다. '괜찮게 만든 학보'라는 생각을 하며 신문을 넘기는데, 고개를 갸우뚱하게 하는 기사 몇 꼭지가 눈길을 끌었다.

'중강 신설', '대학원생의 눈물 모은 생수통', '학교 빵 매출 급증으로 등록금 10% 인하' 따위의 기사는 납득하기 어려운 내용이었다. "총장과 학생이 마주 앉아 밥을 먹는 '총장 밥약 사업' 잠정 중단"을 알린 기사가 특히 그랬다. "과다한 식사로 총장이 비만으로 고생하면서… '밥약 부총장' 임명안이 제기됐다"는 사연을 보며 요즘 학생들은 총장과 먹는 밥을 '약(藥)'이라 생각한다, 지레짐작하기도 했다. 그런데 그게 아니었다. '밥약'은 '밥 먹는 약속'이라는 것이다.

혼자 밥 먹는 것을 '혼밥', 이런 무리를 '혼밥족(-族)'이라 한다는 걸 떠올리니 그럴 듯했다. 관련 신어를 찾으니 '밥터디'가 나온다. '따로 공부하다가 밥만 함께 먹는 모임', '함께 밥 먹으며 공부하는 모임'으로 '밥+스터디(그룹)'를 합해 만든 말이다. 2005년 11월에 언론 매체에 등장했으니 쓰임은 더 오래되었을 것이다. 올해 본격적으로 쓰이기 시작한 '혼밥', '밥약'의 형뻘인 셈이다. 그나저나 '총장 밥약 사업 중단'을 다룬 학보 기사의 '팩트'를 찾아 관련 정보를 뒤져 보니 허망했다. 학보 상단에 '만우절 특집'이란 글자가 떡하니 박혀 있다. '중강(中講, 중국어 강의)', '눈물 생수통', '등록금 10% 인하' 또한 그랬던 것이다.

명량

영화 〈명량〉에서 아들이 아비에게 간한다. "승산 없는 싸움이니 전의를 접으시라, 전투에서 이기더라도 임금은 아버지를 해할 것이다." 이에 낮지만 단호한 어조로 충무공이 답한다.

"무릇 장수된 자의 의리는 충을 따라야 하고, 그 충은 임금이 아니라 백성에게 있다."

'국가에 충성, 왕(대통령)에게 충성하는 것이 곧 충(忠)'이라 했던 1970년대 교실의 가르침을 무색하게 한 일갈이다. '백성을 향한' 장군의 뜻에 '무지렁이 백성'은 기적 같은 승리에 큰 힘을 보태는 것으로 답한다. 영화 속 해전은 왜군의 조총과 조선 수군의 화포, 활 싸움으로 시작해 백병전으로 치닫는다.

조총(鳥銃)은 '새를 쏘아 맞힐 수 있을 만큼 성능 좋은 무기'란 뜻으로 화승총의 하나이다. 화승총(火繩銃)은 '불을 붙게 하는 노끈(화승)'으로 화약에 불을 붙여 쏘는 총이다. 화포와 화전(火箭, 불화살) 등의 총통으로 맞선 조선군의 공격은 위력적이다. 이름은 '천자총통(天字銃筒)', '승자총통(勝字—)'처럼 총통에 새겨 넣은 글자에서 따왔다. 발음은 [천짜—], [승짜—]이다. 백병전은 '서슬이 시퍼렇게 번쩍이는 날카로운 칼날'인 '백병(白兵)'을 가지고 '적과 직접 몸으로 맞붙어서 싸우는 전투'이다. 영화 속 백병전에는 양날이 서 있는 '검(劍)', 단검의 하나인 '비수(匕首, 날이 예리하고 짧은 칼)'와 외날 병기인 '도(刀)'가 등장한다. 검은 찌르거나 자르는 데, 도는 베는 데 유용하다.

'명량해협' 곧 '울돌목'의 물살은 시속 20km에 이를 만큼 빠르다. 빠르기만 한 것이 아니라 소용돌이친다. '병 주둥이처럼 생겼는데, 큰 물결과 커다란 파도가 좁은 협곡을 만나 방망이를 찧는 듯한 격렬한 소리를 내며 운다'《여지도서(輿地圖書)》에서 보듯이 '명(鳴, 울)'—'량(梁, 들보)'인 곳이다. '울돌목'은 '물길이 암초에 부딪혀 튕겨 나오는 소리가 매우 커 바다가 우는 것 같다'고 해서 붙은 이름이다.

목로주점

광어와 우럭은 물론이고 숭어와 병어도 회를 떠서 먹을 수 있는 곳, 명태전과 해물 버섯 완자전 따위의 갖가지 저냐를 먹을 수 있는 곳, 오징어와 낙지는 물론 꼬막과 생골뱅이를 맛보며 바다 내음을 느낄 수 있는 곳, 멧돼지와 메추리, 군참새(참새구이)도 꼬치구이로 차려내는 흔치 않은 곳. 거기는 '김씨가 30여 년 전 빈털터리로 상경해 손수레 꼬치 장사로 돈을 모아 20년 전 작은 가게를 차려 600명이 앉을 수 있는 큰 업소로 키워 낸 곳'이었다.(ㄱ 신문) 말 그대로 '육해공'을 싼값에 푸짐하게 먹을 수 있어 주머니 가벼운 이들의 발길 잦던 그곳의 차림표를 다시 들여다보니 '그때' 먹고 마시던 것들이 새삼스럽다.

차림표에 적혀 있는 '쭈꾸미', '꼼장어', '오돌뼈'는 주꾸미, 곰장어(먹장어), 오도독뼈로 사전에 올라 있는 낱말이다. '모래집'의 사전 뜻풀이는 '모래를 이용하여 지은 작은 집, 사형 주조(모래로 만든 거푸집)의 일부분이 깨어지며 주물 안에 끼어들어서 생긴 결함, 양수가 들어 있는 포유류의 태아를 둘러싼 반투명의 얇은 막(양막)'이니 모래주머니 또는 닭똥집(닭의 모래주머니를 속되게 이르는 말)이라 하는 게 규범에 맞는다.《표준국어대사전》 '정종(正宗, まさむね)', '가이바시라(貝柱, かいばしら)'는 일본어에서 유래한 말로 청주, 조개관자(패주)로 다듬은 표현이다.(국립국어원)

영화감독인 후배 등과 어우러진 어느 날, 그 자리에서 만난 당시 전공의 과정을 밟던 이가 보낸 문자메시지 '우리가 처음 만난 게 그곳이었는데 불타 사라지다니…'라는 한 줄이 그 집 차림표를 찾아보게 해주었다. 불현듯(불을 켜서 불이 일어나는 것과 같다는 뜻으로, 갑자기 어떠한 생각이 걷잡을 수 없이 일어나는 모양) 그때 기억이 떠오른다. 지금은 전문의가 된, 여전히 정겨운 그와 대작했던 거기는 목로(널빤지로 좁고 기다랗게 만든 상)를 앞에 두고 정담 나누는 목로주점이었다. 그 집은 겨울 어느 일요일 밤에 불타 사라졌다.

모이

새가 날아든다. 흔히 산까치라 부르는 어치가 첫 손님이었다. 30센티미터쯤 되는 듬직한 몸집에 검은색 줄무늬로 파란색 날개 덧깃을 치장한 멋진 녀석이다. 어치가 다녀간 뒤 온갖 잡새, 아니 여러 새들이 찾아온다. 박새, 쇠박새, 곤줄박이, 동고비 등이다. 일일이 이름 밝혀 불러 주기 어려울 만큼 많은 새들이 들락거리기 시작한 지 보름이 되었다. 친구 따라 찾아온 녀석, 큰 새 눈치 보다 포르르 날아와 한 입만 물고 날아가는 조막만 한 녀석들…. 단골도 제법 생긴 듯하다. 큰길 뒤편 아파트에 새가 날아드는 까닭은 서재 베란다에 얼기설기 만들어 놓은 '버드 피더(bird feeder)' 덕분이다. 먹잇감 찾기 어려운 겨울철 이것은 새들의 허기를 달래 주는 오아시스이리라.

'버드 피더'라 했지만 그리 거창한 것은 아니다. 베란다 밖 에어컨 실외기 위에 나뭇가지와 꽃다발을 펼쳐 놓고 그 위에 땅콩, 해바라기 씨 따위를 잘게 부수어 놓은 게 다이다. 눈 좋은 새들의 눈길 끌기 위해 붉은빛의 연시와 샛노란 빛 도는 감귤도 내어놓았다. 뜻밖에 감귤의 인기가 높다. 해 뜰 녘부터 새가 찾아드는 것을 보니 효과 만점이다. 손 뻗으면 닿을 창가에서 새들이 '먹이'를 콕콕 쪼아 뾰족한 '입'으로 집어삼킨다. 형형색색 고운 각양각색의 '꼬리'는 그 모양으로 새 종류를 가리게 한다. 아주 가벼운 것을 비유적으로 이르기도 하는 말인 '새털'의 차이도 그렇다.

날짐승의 부위 이름은 길짐승의 그것과 구별해 부른다. 새의 '먹이'와 '입'을 '모이'와 '부리'처럼 따로 이르는 것이다. 이렇듯 새의 '꼬리'

는 '꽁지'로 '새털'은 '깃털'로 '콕 찍어' 가리키는 게 더 분명한 표현이다. 이런 까닭에 '버드 피더'는 '새 먹이통'보다 '새 모이통', 넓적한 곳에 펼쳐 놓은 것이라면 '새 모이대(-臺)'라 하면 되겠다. 새 부위의 이름을 따져 보다 새롭게 안 것이 있다. 새 다리의 정강이뼈와 발가락 사이를 '부척(跗蹠)', 목의 앞쪽은 '멱'이라 한다는 것이다. '돼지 멱따는 소리'의 멱이 바로 그것이다.

물때

'옛날에 큰 메기가 바닷속에 있는 굴에 살았다. 이 메기가 굴에서 나오면 바닷물이 굴속으로 들어가 썰물이 생기고 반대로 메기가 굴로 들어가면 굴속에 들어갔던 물이 도로 나와서 밀물이 생긴다. 메기가 때때로 몸부림을 칠 때면 바다에 큰 해일이 일어나게 된다.'

밀물과 썰물이 생기는 이유를 담은 설화 중 하나이다. 이와 같은 조수 설화 또는 간만 설화는 널리 분포되어 있을 터이나 구전 자료는 흔치 않다. 메기 대신 이무기가 등장하는 변이형이 있지만 발상은 같다.《한국민족문화대백과》 해와 달의 끌힘, 지구 회전에 따른 원심력으로 생긴 자연현상을 메기(이무기)가 일으키는 조화로 풀이했다.

밀물은 말 그대로 '밀려오는 물'이다. 썰물은 '쓸려 가는' 게 아니라 '끌려가는 물'이다. '썰물'의 옛말은 '혈믈', '혀다'는 '끌다'의 옛말이다. 우리 조상은 달(인력)이 바닷물을 끌어가는 걸 알았던 것이다. '만조'는 밀물이 다 들어왔을 때, '간조'는 물이 다 빠져나가 해수면이 가장 낮아진 상태일 때다. 만조와 간조 차이, 그러니까 밀물과 썰물 때의 수위 차를 '조차'라 한다. 보름과 그믐 때 조차가 가장 크다. 해와 달, 지구가 일직선상에 놓여 끌힘이 가장 크기 때문이다. 반달이 뜰 때는 그 반대가 된다. 지구를 가운데 두고 해와 달이 직각으로 놓여 있을 때이다.

조차가 가장 클 때를 '사리(한사리, 큰사리)', 작을 때는 '소조(조금)'라 한다. 밀물과 썰물로 생기는 흐름인 '조류'는 사리 때 가장 빠르다. 게다가 우리나라 서해안의 조차는 세계적이어서 조류가 빠르다. '정조'가 되면 물살이 잦아들 때가 있다. 만조나 간조 때에 물의 높이가 변하지 아니하는 시간이기 때문이다. 진도 앞바다 잠수 작업이 사리 때는 힘들고, 물살이 약해지는 정조 시간이 상대적으로 덜 험하다는 이유가 여기에 있다. 사리와 소조(조금), 정조 같은 물때 소식을 귀 기울여 들은 지 한 달이 다 돼 간다. 그새 어린이날, 어버이날은 덧없이 흘러갔다.

▸ 2014년 4월 16일, 세월호가 침몰했다. 온종일 TV 화면 속 바다를 들여다보면서 지내던 어느 날에 쓴 글이다.

8월의 크리스마스

서울 광화문 광장이 온통 흰 천으로 덮인 것처럼 보였다. 팔랑이는 미사포가 탐스러운 함박눈처럼 다가온 것이다. 산타의 빨간 옷이 화면에 선연하게 떠오르는 듯했다. 순교를 상징하는 붉은 제의가 언뜻 그렇게 보인 것이다. 시청 앞에는 크리스마스트리의 노란 불빛이 반짝이는 듯 흩날렸다. 세월호를 기억하는 리본의 나풀거림을 장식이 깜박이는 것처럼 본 것이다. 여름의 기세는 간간이 불어오는 바람에 물러섰고 '비바 파파(Viva Papa)'의 함성과 우레 같은 박수, 기도의 힘이 그 자리를 채웠다. 광화문과 시청 먼발치에서 함께한 '시복식 현장'이 그랬다.

'왠지 울컥', '콧등 시큰', '괜히 눈물'…. 프란치스코 교황을 대하는 누리꾼의 반응이다. 교황이 내민 손길에 세월호 유족이 친구(親口, 숭상하고 존경하는 대상에 경의를 표하기 위해 입을 맞춤)하는 광경은 숱한 감동의 하나일 뿐이다. '유민 아빠'의 편지를 손수 주머니에 넣는 장면은 '상대방의 말을 참을성 있게 들어 주는 대화를 통해 평화를 이룰 수 있다'는 말을 행동으로 보여 주었다. '상대의 마음 못 여는 대화는 독백'이라 한 말씀은 잠언으로 남는다. 맞다. 대화는 '말하기'가 아닌 '듣는 것'으로 완성되고, 소통은 '전달'과 '수용'이 어우러지는 것이다.

한국 천주교회의 '시복 청원'을 받아들인 교황은 '가경자(可敬者, 시복 후보에 대한 존칭)'를 '복자'로 허락했다. 가톨릭의 '복자', '성인', '시복(식)', '시성(식)'의 뜻은 여러 매체가 이미 설명한 바 있다. '수단(목부터 발목까지 단추가 달려 있는 사제복)', '장백의(제의 아래 받쳐 입는 길고 흰옷)', '영대(목에 걸어 가슴 앞으로 늘어뜨리는 띠)' 같은 명칭은 낯설지 않은 표현이 되었다. '교황 성하'에서 '교종(教宗)'으로, 다시 '낮은 자의 목자'로 다가선 교황 또한 낯설지 않은 존재가 되었다. 프란치스코 교황, 그가 머물렀던 나흘의 대한민국은 '8월의 크리스마스'로 기억되리라.

아랫집 딸도 영애다

'대통령 퇴진' 촛불 집회 계속한다.〈연합뉴스〉, 2016년 11월 13일, 서울 도심에서 '최순실 게이트' 규탄 대규모 집회 열려한국방송, 11월 12일, 野 3당 내일 촛불 집회 참여, '최순실 게이트' 공세문화방송, 11월 11일, 국회, '최순실 게이트' 진상 규명 긴급 현안 질문교통방송, 11월 11일….

뉴스의 제목들이다. '박근혜-최순실 게이트'로 연일 언론이 도배되고 있는 현실. 이른바 진보-보수로 나뉜 매체 지형도 무색한 형국이다. 이제나저제나 흘낏 눈치 보며 만지작거리던 이모저모를 기다렸다는 듯이 터뜨리고 있다. '특종'과 '단독'을 내건 스트레이트 기사와 논평은 여론을 등에 업고 '성역 없는 조사'를 촉구한다. '박근혜-최순실의 오랜 악연'을 두고 방송과 인쇄·온라인 매체가 쏟아 내는 관련 뉴스에 석연치 않은 대목이 눈에 띈다.

박근혜 대통령을 가리킬 때 쓰는 '큰 영애'가 그렇다. '최태민의 정체'를 전면 기사로 정리한 〈중앙일보〉2016년 11월 4일는 박근혜 대통령을 '큰 영애'로 지칭한다. 다른 매체들도 '영애 박근혜'로 부르는 데는 차이가 없다. '당시 대통령 영애인 박근혜 대통령과의 인연과 최 씨가 축재한 과정 등을 적나라하게 담았다'〈동아일보〉, 2016년 11월 4일, '박근혜 당시 박정희 대통령의 영애(이하 존칭 생략)와 함께 서울 강남에 나타나곤 했다'〈국민일보〉, 2016년 10월 31일, '최태민 총재와 박근혜 영애'(한국방송, 2016년 10월 28일 공개 동영상 자막)…. 게다가 '박근혜 영애'는 문장 구조에 문제가 있다. 박근혜 대통령은 '박정희(의) 영애'이기 때문이다. 여기저기에서 관용어처럼 쓰는 '영애 시절'도 어색하기는 마찬가지. 제법 널리 쓰이고 있는 '리즈 시절[4]'도 아니고 '영애 시절'이란다. '따님 시절' 이라니, 이상한 말이다. 박 대통령의 부모는 세상을 떴지만 그렇다고 '딸'의 신분이 사라진 것은 아니기 때문이다.

'각하'가 부활했다. 여당 원내대표가 '대통령 각하'라 한 이후의 일이다. '군사독재 시대의 유물'이라는 비판에 '권위주의와 권위는 다른 것'이란 해명이 이어졌다. 폐하(황제)－전하(왕)－저하(왕세자/황태손)－합하(정일품/대원군)－각하(정승/왕세손)의 호칭 서열에 따르면 '각하는 하급 경칭이니 오히려 대통령의 격을 깎아내린 것'이라는 분석도 나왔다. 50대 이후에게 '각하'는 특정 대통령을 가리키는 고유명사처럼 남아 있지만, 사전 속 '각하'는 '특정한 고급 관료에 대한 경칭'일뿐이다.《표준국어대사전》

'각하는 대통령에게만 쓸 수 있다'는 문구를 기억한다. 1970년대 학교 게시판에서 본 '국가원수에 대한 예절'의 하나이다. "총무처에서 대통령에게는 반드시 '각하'라고 붙여서 부르기로 결정했다"(1966년 3월, ㄷ 일보)는 기록을 보면, '각하=대통령'이란 인식은 박정희 전 대통령 때 시작된 것으로 보인다. 부통령, 총리, 장관은 물론 군 고위 장교에게도 '각하'라 하던 경칭 문화를 대통령에게로 한정한 것이다. '각하'와 더불어 쓰임이 좁아진 표현이

---

4 리즈 시절(-- 時節)은 지나간 전성기를 일컫는 신조어이다. 처음에는 축구와 관련된 표현에서만 사용되었지만 지금은 연예인 등 유명 인물이나 유명 그룹의 전성기 또는 과거를 뜻하는 말로 사용되고 있다. 리즈 시절이라는 단어의 구체적인 기원(?)은 포털사이트 다음의 축구 카페인 '아이러브사커(I Love Soccer)'에서 시작되었다. 당시 카페에서 댓글로 축구 담론을 벌일 때 맨체스터 유나이티드의 선수 앨런 스미스의 포지션 변경에 대해 이야기하며 리즈 유나이티드 시절의 강력함을 잊을 수 없다는 몇몇 카페 회원들의 댓글 표현으로 "앨런 스미스 리즈 시절 ㅎㄷㄷ", 줄여서 "리즈 시절 ㅎㄷㄷ"라는 표현이 등장했다.(《위키백과》에서 인용한 대목)

'영부인'과 '영식', '영애'이다. '남의 부인(딸/아들)을 높여 이르는 말'인 '영부인(영애/영식)'이 특정인을 지칭하는 표현이 된 것도 비슷한 시기일 것이다.

원래 말뜻을 살려 내는 일은 어렵지 않다. 우리 이웃, 옆집 아저씨의 아내가 영부인이고 그 집 딸과 아들은 영애와 영식이다. 뒷집 아줌마가 '영식은 잘 지내지요?' 인사하면 '그 댁 영애도 많이 컸던데요!'로 답하면 된다. 행정기관을 찾아간 민원인이 공무원에게 '국장 각하께 잘 부탁한다고 전해 주세요'라고 해도 '국가원수 모독죄'를 덮어씌우지 않는다. '부대 생활 돌봐 주셔 고맙다'는 편지를 '사단장 각하'에게 보내는 가족과 여자 친구가 많아지는 것도 괜찮겠다. 정치인의 말 한마디에 따따부따하는 것보다 나은 방법 아닌가.

— 〈한겨레〉, 2014년 12월 22일

영애(令愛): 윗사람의 딸을 높여 이르는 말(=따님).

영식(令息): 윗사람의 아들을 높여 이르는 말(=아드님).

영부인(令夫人): 남의 아내를 높여 이르는 말.

뜻풀이를 놓고 보면, 대통령의 딸을 '영애'라 하는 것, 문제없다. 문제는 보편적 쓰임이 아니라는 것이다. '김영삼 전 대통령의 차남 김현철 씨는…'〈매일경제〉, 2016년 10월 28일, '전두환 전 대통령의 장녀 전효선 서경대학교 교수에 이목이 집중…'〈동아일보〉, 2015년 10월 1일, '노태우 전 대통령의 딸이자 SK그룹 최태원 회장의 부인인 노소영 아트센터 나비 관장이…'〈서울신문〉, 2016년 4월 7일, '김대중 전 대통령의 아들인 김홍걸 더불어민주당 국민통합위원장의 입당을…'〈경향신문〉, 2016년 4월 6일, '이명박 전 대통령의 딸 이주연 씨가 관객들에게 인사를…'뉴시스, 2013년 8월 28일, '노무현 전 대통령의 아들 건호 씨는 이와 관련해…'〈연합뉴스〉, 2016년

10월 24일…. 전직 대통령의 딸과 아들 관련 보도에는 '장남/차남/장녀/딸/아들'만 등장한다. 60대 중반인 박근혜 대통령은 '할머니 연배'이지만 여전히 '대통령의 큰 영애'로 남아 있는 것이다. 사실관계를 따지면 박 대통령은 '큰 영애'도 아니다. 박 전 대통령의 큰딸은 첫 부인인 김호남(1920~1990) 씨 사이에서 태어난 박재옥(1937년~) 씨이다. UN 대사 등을 지낸 한병기(1931년~) 씨가 그의 부군이다. 남의 집 족보는 그렇다 치고, 전직 대통령 10명의 딸과 아들 가운데 유독 특정 대통령의 자식만 '영애/영식'으로 지칭하는 까닭은 무엇일까. 1970년대 '권위적' 표현이 부활하여 2016년 언론에 '상투적'으로 남아 있기 때문일지 모른다.

봄날은 온다

지난주 청와대에서 열린 회의가 여러 방송에 생중계되었다. 규제 개혁 장관 회의로 진행하려던 것에 민간 참여를 크게 늘려 '토론회(어떤 문제에 대하여 여러 사람이 각각 의견을 말하며 논의하는 모임)'와 '공청회(국회나 행정 기관에서 일의 관련자에게 의견을 들어 보는 공개적인 모임)'까지 겸하는 자리로 확대 개최한 자리였다. '끝장 토론'을 해서라도 정부의 규제 개혁 의지를 보여 주려는 '규제 개혁 장관 회의 겸 민관 합동 규제 개혁 점검 회의'는 7시간 가까이 이어진, 이름만큼이나 긴 마라톤 회의였다.

마라톤은 '장거리 종목'의 특성에 기대어 '마라톤협상(회의)'처럼 '쉬지 않고 장시간에 걸쳐 벌이는 일'을 비유하는 표현이기도 하다. 요즘은 거의

쓰이지 않는 '마라톤금융(여러 은행을 거치며 장기간 차입금으로써 자금을 굴리는 부정 금융)'은 화석처럼 표제어로 남아 있다. '마라톤' 표기가 자리 잡은 것은 40년이 채 되지 않는다. 일제강점기 '마라손(マラソン)'은 광복 후에도 '마라돈'(ㄱ 신문, 1949년), '마라톤'(ㄷ 일보, 1950년)과 함께 여전히 등장하지만 1960년대 널리 쓰이던 '마라돈'은 '마라손'과 함께 1970년대 중반에 자취를 감춘다. 정부가 '마라톤'으로 정했기 때문이다. 어원이 그리스(Greece)에 있다고 본 것이다.(교과서 편수 자료, 1977년)[5] 중계방송을 위해 공부하다가 알게 된 게 있다. '마라톤 평원을 쉼 없이 달려 승전보를 전하고 숨을 거둔 그리스 병사 이야기'에서 경주 이름이 유래한 것으로 알려져 있지만 이를 뒷받침할 만한 근거는 사실 없다는 것이다. 후대의 누군가가 그럴듯하게 지어낸 이야기라는 것. 페르시아전쟁을 기록한 헤로도토스의 《역사》에는 관련 기록이 없기 때문이다. 그럼에도 전쟁에서 진 페르시아의 후손들은 마라톤 경주를 하지 않는다. 장거리 육상 선수는 있지만 올림픽과 아시안게임 등의 국제 대회 마라톤 종목에는 출전하지 않는다. 이란이 개최한 1974년 테헤란 아시안게임에 마라톤 종목이 제외되었음은 물론이다.

_〈한겨레〉, 2014년 3월 31일

오랜만에 달리기를 하였다. 3월 셋째 주 일요일에 열린 '서울국제마라톤대회'에서였다. 이 대회 코스는 (거짓말 조금 보태면) 지도 위에 눈 감

---

5 당시 편수 자료를 펴냈던 이들의 고민이 적잖았을 것이다. 표기의 혼선을 정리하기 위해 '마라톤'을 외래어 표기로 옮기는 여러 방법을 찾아보니 '그리스어를 옮기는 것'이 최적이었을 것이라 결론 내린 까닭은 다음을 보면 헤아릴 수 있을 것이다. '마라톤(marathon, 독일어)'과 '마라톤(maratón, 에스파냐어)'이 그나마 무난했겠지만 그리스-페르시아와 관계없는 게 고려되었을 것이다. '매러산[mærəθaːn](marathon,영어)', '말라송(马拉松, 중국어)'은 악센트(accent)와 성조(聲調)가 드러나지 않음에도 언중에게는 낯설 표기이다.

고 그릴 수 있을 정도로 알고 있다. 중계 경험이 있기 때문이다. 마라톤 중계의 기본은 '코스 답사'이니 어찌 보면 당연한 일이다.

세종로사거리 이순신 장군 앞에서 출발해 숭례문을 돌아 청계천과 을지로, 종로 길을 지나 도심 주요 도로를 훑으며 시작하는 풀코스. 청계천을 따라 동쪽으로 한 발 한 발 내디디며 들숨과 날숨[6]을 고르게 유지한다. 자기 페이스를 잃지 않고 천호대로에 접어들면 절반은 성공이다. 약간의 오르막과 내리막이 이어지는 널찍한 천호대로를 달린 뒤 어린이대공원 앞 군자사거리에서 좌회전, 여기서 좌회전은 차를 타고 가는 게 아니라 앞으로 내딛는 두 다리와 그에 맞춰 앞뒤로 흔드는 두 팔의 힘으로 이어가는 회전(回轉)이다. 초반에 무리하면 머리도 빙빙 회전할 수 있으니 조심해야 하는 구간.

어린이대공원을 왼편에 두고 오른쪽으로 돌면 '왕년의 핫 플레이스'[7]에 접어든다. 건대입구역 언저리에 '명성'을 내준 지 오래지만, 한때 '껌깨나 씹는다'는 십대들이 몰려들던 화양리 사거리를 지나 살곶이다리가 오른편에 보이는 성동교 남단에서 다시 왼쪽으로 꺾어 달린다. 서울숲이 멀지 않은 지점에 '30km' 표지판이 서 있다. 제대로 준비한 마라토너가 아니라면 기력이 떨어질 즈음인 구간이다. 조금만 참고 더 달리면 35km 지점인 잠실대교 북단에 도달한다. 보통 때라면 인식하기 어려울 정도로 완만한 오르막 구간이지만 네 시간[8] 가까이 앞만 보고 달

---

6 호흡(呼吸)은 내쉬는 숨(呼, 내쉴 호)과 들이쉬는 숨(吸, 마실 흡)을 아울러 이르는 말이다.

7 '사람들이 많이 모여드는 인기가 많은 곳으로 주로 최근에 새롭게 주목 받기 시작한 장소나 유행하는 장소'를 이르는 '핫 플레이스(Hot Place)'는 '뜨는 곳' 또는 '인기 명소'로 다듬었다.(국립국어원 '말다듬기위원회') 문맥에 따라 최근에 새롭게 주목 받기 시작한 장소를 가리킬 때는 '뜨는 곳'으로, 사람들이 많이 모여드는 인기가 많은 곳을 가리킬 때는 '인기 명소'로 쓸 수 있다.

8 달리기 중급자들의 속도는 시속 10km 안팎이다.

려온 터라 약간의 경사도 가파르게 느껴질 수 있는 곳이다. 약간 차갑게 느껴지는 맞바람이 얼굴을 때린다. 꽃샘추위를 떠올리게 하는 강바람이 야속할 만하지만 온몸에 흐르는 땀을 식혀 주니 오히려 상쾌하게 느껴진다.

잠실대교에 올라서면 두 시 방향으로 결승선이 있는 종합운동장이 보인다. 거의 다 왔다라고 느껴지는 순간이다. 다리 한가운데에서 좌우를 바라보니 한강을 가로지른 다리가 보인다. 왼쪽에는 올림픽대교, 오른쪽에는 청담대교. 저 멀리 잠수교는, 보이지 않는다. 잠실대교 남단에서 잠실사거리까지는 힘이 덜 들 것 같은 내리막길이다. 그래도 내쳐 달리면 무릎과 발목에 무리 갈 수 있으니 조심조심, 제 속도를 유지하려 마음속에 '엔진 브레이크'를 걸어야 할 즈음이다. 깃 빠진 꽁지[9]처럼 볼품없이, 번정다리처럼 솟아오르는 제2롯데월드를 흘낏 바라보며 올림픽로 쪽으로 가려 하니 진행 요원이 손사래를 친다. 석촌호수를 넘어가야 한다는 것이다. 목적지에 거의 다 왔다는 안도감이 와르르 무너진다. 37.5km 지점, 석촌호수를 지나 '교육하고, 교육받던' MBC아카데미를 향해 힘 빠진 다리를 질질 끌 듯 힘겹게 한 발씩 나아간다.

여의도 본사만큼이나 익숙하고 정겨운 아카데미를 지나 드디어 40km 지점 통과! 이제 걸어가도 결승선에 도착할 수 있다는 생각에 몸도 마음도 편해진다. 눈앞에 펼쳐지는 종합운동장 진입로가 참으로 반갑다. 주경기장 입구에 중계차가 보인다. 중계 스태프들에게 손 흔들며 인사하는 일은 완주 후에 해도 늦지 않을 터, 빨간색 트랙이 깔린

---

9 숱한 '털' 가운데 새의 것을 두고 '깃털', '깃'이라 한다.
'꽁지'의 뜻풀이는 다음과 같다. 「1」 새의 꽁무니에 붙은 깃. 「2」 '꼬리 1'를 낮잡아 이르는 말. 「3」 사물의 맨 끝을 낮잡아 이르는 말. 《고려대 한국어대사전》

경기장으로 남은 힘 쏟아내며 뛰어 들어간다. 제2코너와 제3코너, 제4코너를 돌고 직선 주로에 들어서니 전광판 시계가 보인다. 남은 50m는 죽기 살기로, 말 그대로 젖 먹던 힘 다해 달음질친다. 드디어 완주! 42.195km, 마라톤 풀코스의 '가상 완주기'이다. 그렇다, 나는 '풀코스'를 달린 게 아니었다.

'서울국제마라톤' 10km 코스를 뛰었다. 뚝섬유원지에서 출발해 자양동에서 풀코스 주자들과 합류하는 코스이다. 실로 오랜만에 나선 달리기였으니, 결코 쉽지 않았다. 내가 자청해 나선 길도 아니었다. '어린이 재활병원 건립 기금 모금'에 몸으로라도 때우라는, '푸르메재단' 관계자의 간청에 따른 것이었으니까. 그래도 완주했고, 후원해 주신 여러분 덕분에 건립 기금도 조금 보탰다. 몸은 며칠 젊어졌을 것이고 마음은 한결 더 가벼워졌다. 그리고, '글감'도 건졌다. 마라톤에 얽힌 '몰라도 되지만, 알고 나면 쓸모 있는' 정보를 그래서 담아낼 수 있었다. 세상은 내 몸 팔아야 비로소 얻을 수 있는 것이 많다. 개나리 꽃 노랗게 피어나는 새봄의 깨달음은 내게 이렇게 다가왔다. '봄날은 간다'가 아니라 '봄날은 온다'이다.

▶술잔 몇 순배 돌아간 뒤 흥취에 젖으면 흥얼대는 노래가 있다. 〈봄날은 간다〉. 김윤아의 노래? 아니다. 배기성, 이종원(그룹 캔)의 (내 생애) 봄날은 간다? 더더욱 아니다. 손로원이 짓고 박시춘이 곡을 붙인 노래이다. 한때 '아이돌 스타'였던 가수 전영록의 어머니, 백설희가 부른 노래. 사뭇 비장한 전주로 시작하는 노래에 처연함이 묻어 있는 곡이다. 어느 날 〈봄날은 간다〉와 더불어 떠오른 제목이 '봄날은 온다'였다. 맞다. 가는 것

이 있으면 오는 것이 있다. 봄날은 가지만, 이듬해에 또 봄날이 오는 것은 '진리'였다. 오래전에 문을 연 '강재형의 누리사랑방(happysky.net, 블로그)' 회원 중에 '비온뒤갠다'를 닉네임으로 쓰는 이가 있다. '비 온 뒤에 땅이 굳는다'는 속담보다 신선했다. 아무려나, '비 온 뒤에 땅 굳는다'는 제목을 건 판화 전시회의 성격이 재미있었다. '한중 수교 25주년'에 즈음한 한국-북한-중국 작가들의 특별전이다. '사드(THADD) 배치 후유증과 무관하지 않다'는 게 주최 측의 얘기였다.

아언각비(雅言覺非)

여름이 되면 '올여름이 가장 덥다'는 얘기가 빠지지 않는다. 한숨 몰아쉬기 쉽지 않을 만큼 더운 날이면 〈우리말 나들이〉가 생각난다. 〈우리말 나들이〉 프로그램 첫 촬영 날도 햇볕 쨍쨍 내리쬐는 매우 더운 날씨였기 때문이다. 한여름 사내 방송으로 시작해 그해 말 정규 프로그램으로 시청자를 만나기 시작한 〈우리말 나들이〉가 2017년 12월로 스무 돌을 맞았다. 방송 프로그램 이전에도 〈우리말 나들이〉는 있었다. 1992년 10월, 한글날에 즈음해 16절 갱지에 찍어 낸 사내 유인물 〈우리말 나들이〉이다. 종이 규격을 에이 포(A4), 비 포(B4)로 따지기 전이니 꽤 오랜 옛일 같지만 기껏해야(?) 25년 전 일이다. 〈우리말 나들이〉 프로그램을 만들 당시의 기획 의도는 '틀린 우리말을 바로잡아 제 뜻 살려 널리 알리기 위한' 것이다.

200년 전 조선에도 〈우리말 나들이〉가 있었다. 《아언각비》가 그것이다. '정확하고 합리적인 말로 이치에 맞지 않는 잘못된 말을 깨닫는다'는 뜻이다. 이 책은 '조선 정조 때 정약용이 지은 어원 연구서로 당시 널리 쓰이고 말과 글 가운데 잘못 쓰이거나 어원이 불확실한 것을 골라 고증을 통해 뜻, 어원, 쓰임새 등을 설명한 책'《고려대 한국어사전》으로 말의 어원과 변천도 밝혀 놓았다. 이 책을 뜯어보며 무릎을 친 항목은 이런 것들이다.

'족(足)은 발이라 말하는데, 사람과 소가 같지 않다(사람의 것은 발, 소의 것은 족)', '우리나라 말을 살펴보면 밀(蜜, 꿀)을 약(藥)이라 이른다. 그래서 밀과(蜜果)를 약과(藥果)라고 한다'. 이처럼 사람의 발을 '족'이라 하면 그를 낮잡아 대하는 것이 되고, 약과에는 '약'이 들어가지 않는다는 것을 시원하게 밝혀 주고 있다. 유배가 끝난 뒤 늘그막에 접어든 정약용이《아언각비》를 펴낸 이유는 책 서문에 잘 드러난다.

'배움이란 깨닫는 것이고, 잘못된 점을 깨닫는 것은 정확하고 합리적인 말에서 비롯하기 때문이다.'

배움의 기본은 말뜻 제대로 밝혀 쓰는 것에서 시작한다는 가르침이다.

제2장

맛있는 우리말

–음식과 관련한 우리말

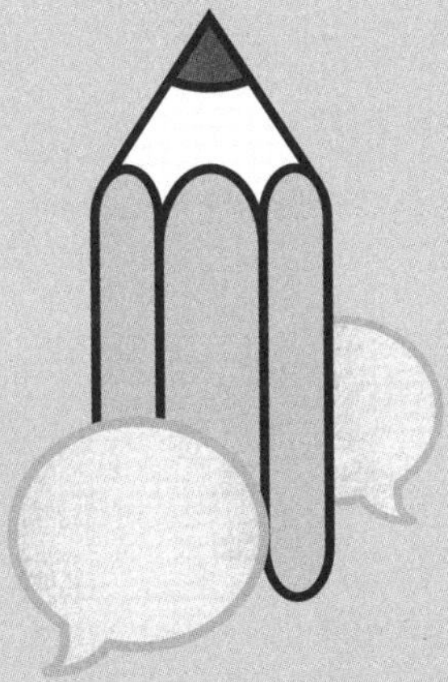

김치

새벽 방송을 마친 아나운서 몇이 식당에 둘러앉았다. 날마다 먹는 아침밥이지만 그날 식탁은 여느 날과 달랐다. 가지런히 펼쳐 놓은 식판들 가운데 오도카니 놓여 있는 케이크 하나. 영문 모른 채 자리 잡은 동료가 머리 갸웃하자 당시 새내기였던 박창현 아나운서가 빙긋 웃는다. 꼭두새벽 출근길에 폭죽과 초까지 챙겨 온 자신을 뿌듯해하는 듯했다. 옆에 있던 후배가 촛불을 켜는 사이 앞자리에 있던 이는 폭죽을 터뜨렸다. 휑뎅그렁하던 구내식당이 해사한 웃음으로 가득 찬 느낌이었다. 뜻하지 않게 받은 과분한 생일상이었다.

'생일상'의 백미는 적당히 익어 아삭한 김치였다. '리어카 빌려 손수 신고 온 김치 50포기로 김장한 날 밤, 쌈김치 배불리 먹고 난 뒤 해산했다'는 어머니 말씀이 떠올라 더 맛있게 느껴졌을지 모른다. 거기에, 김장철 김치라 더 맛있게 느껴졌을 것이다.

김치의 갈래는 여럿이고 종류는 정확히 몇 가지인지 알 수 없을 만큼 많다. 동치미, 나박김치 같은 물김치가 있는가 하면, '봄에 새로 난 배추나 무 따위로 담근' 햇김치, '봄철까지 먹을 수 있도록 젓갈을 넣지 아니하고 담근' 늦김치처럼 때의 뜻을 담아 부르는 것이 있다. 배추, 무, 오이, 파, 부추, 고들빼기는 기본이고 우거지, 돌나물, 두릅, 고수에 이르기까지 김치 담그는 재료 또한 참으로 다양하다. 그릇도 다르다. 간장은 종지에 담듯이 김치는 보시기에 담는다. 오이 허리를 서너 갈래로 갈라 온갖 재료로 양념한 소를 박아 만들면 오이소박이, 무 따위를 나박나박 썰어 담그면 나박김치, 깍둑썰기로 만들면 깍두기이다.

덤불김치는 알뜰 살림의 본보기이다. 무의 잎과 줄기, 또는 배추의 지스러기(골라내거나 잘라 내고 남은 나머지)로 담그기 때문이다. '알타리(무)김치'는 총각(무)김치의 잘못이고, '열무 냉면'에서 보듯이 국물김치로 많이 담그는 열무는 '어린 무'이다. 남자는 있는데 여자가 없는 김치도 있다. 무나 배추 한 가지로 담근 김치를 홀아비김치라 이르는데, '과부김치'는 없기 때문이다.

에너지 음료

영어 치킨(Chicken)은 닭고기이지만 우리나라의 치킨은 닭튀김이다. '영양센터'는 전기 구이 통닭을 내놓고 '치킨 집'에서는 닭튀김, 그러니까 '프라이드치킨'을 팔고 있다. 우리나라에서 닭튀김이 인기를 끌기 시작한 것은 1980년대 중반쯤이다. 미국 켄터키주에서 닭튀김을 팔던 할랜드 데이비드 샌더스(Harland David Sanders, KFC 창업자)의 조리법을 바탕으로 만든 '켄터키 프라이드치킨'이 한국에 들어온 때이다. 지금 이 가게의 이름은 '케이에프시(KFC)'이다. '튀긴 음식은 건강에 좋지 않다'는 얘기가 나돌던 1990년대에 부정적인 인상을 조금이라도 덜 주기 위해 '프라이드'를 간판에서 지우려 한 결과이다.

1990년대 후반 한국에 등장한 '패밀리 레스토랑'의 위상은 예전 같지 않다. '가족 손님을 위해 다양하고 싼 요리를 갖춘 식당'임을 내세우기 위해 '패밀리'를 앞세워 홍보했던 이 식당의 주 고객층은 가족이 아닌 대학생이나 젊은 직장인으로 바뀌었다. '패밀리 레스토랑'을 찾아 아이들을 위해 기꺼이 지갑을 열었던 부모들의 인식이 바뀌었기 때문이라는 게 업계의 분석이다. '패밀리'를 앞세우면 자녀 손잡고 오는 부모들이 많을 것이고, '프라이드(fried)'를 간판에서 지우면 튀김의 부정적 인식을 덜 수 있다고 판단하는 게 업자들이다.

'기능성 음료'라는 게 있다. 마시면 '살이 빠지고', '변비 해소에 도움이 되며', '에너지를 공급해 준다'며 선전하는 음료이다. 기능성 음료 중에 '에너지 음료'가 가장 많이 팔렸다는 소식을 들었다. '에너지 음료'의 칼로리는 110kcal 안팎으로 일반 청량음료와 비슷한 수준이니 '에너지 공급'에 큰 도움이 될 것 같지는 않다. '에너지 음료'가 여느 것과 다른 점은 카페인이 들어 있다는 것이니 '각성 음료'라 하는 게 성질에 더 맞는다. '각성 음료'라 하면 '에너지'라는 말에 넘어가 '카페인 흡입'하는 청소년을 조금이라도 줄일 수 있지 않을까 싶다.

명-태

('명'천에 사는 '태'씨가 낚은 물고기, 《임하필기(林下筆記)》)

검푸른 바다 바다 밑에서/줄지어 떼 지어 찬물을 호흡하고/길이나 대구리가 클 대로 컸을 때/내 사랑하는 짝들과/노상 꼬리 치고 춤추며 밀려다니다가/어떤 어진 어부의 그물에 걸리어/살기 좋다는 원산 구경이나 한 후/에지프트의 왕처럼 미이라가 됐을 때/어떤 외롭고 가난한 시인이/밤늦게 시를 쓰다가 쇠주를 마실 때/그의 안주가 되어도 좋다/그의 시가 되어도 좋다/짝짝 찢어지어 내 몸은 없어질지라도/내 이름만 남아 있으리라/'명태'-헛! 명태라고/헛! 이 세상에 남아 있으리라.

양명문의 시에 변훈이 곡을 붙인 양경문의 시 〈명태〉의 원문이다.

어느 날 밤 이 노래가 입안에서 맴돌았다. 뜬금없는 명태 타령은 그날 술상에 오른 '먹태' 때문일 것이다. '먹태'는 '(얼고 녹는 게 모자라) 황태가 되지 못한 것'이라는 게 가게 주인의 설명이지만 사전에 오르지 않은 말이다. 이처럼 명태는 잡는 방식과 상태에 따라 이름도 여럿으로 나눠 부른다.

'어부의 그물에 걸린' 명태는 망태이고, 낚시로 잡은 것은 조태라 한다. 갓 잡아 싱싱한 명태는 '선태', 큰 명태는 '왜태'라 일컫는다. '미라가 된' 것은 북어 또는 건태라 하는데 이 중에 '얼었다 녹았다'를 20회 이상 거듭해야 한다는 '황태'를 으뜸으로 친다. '짝태'는 '명태의 배를 갈라서 내장을 빼고 소금에 절여서 넓적하게 말린 것(북한어)'이고, '염태'는 '소금에 절인 명태'로 '간명태'와 한뜻이다. '봄에 잡은 명태'를 춘태라 하는데, 음력 4월과 5월에 잡히는 것을 '사태', '오태'로 따로 이르기도 한다. 맨 끝물에 잡은 '막물태'는 '뭔가 부족한 듯한 사람을 비유적으로 이르는 말'이기도 하다. 어린 명태는 '아기태'인데 '명태의 새끼'는 따로 노가리라고 부른다.《표준국어대사전》 꾸들꾸들하게 반건조 시킨 명태는 '코다리'라 한다.《고려대 한국어대사전》

이 모든 것의 '원형'인 명태는 '명천(明川)에 사는 태씨(太氏)가 물고기를 낚았는데, 이름을 몰라 땅이름의 첫 자(명)와 고기 잡은 이의 성(태)을 따서 이름 붙였다' 한다. 제물포조약 체결 때 우리 측 '수석대표'를 맡기도 한 이유원이 펴낸《임하필기》'문헌지장편'에 나오는 기록이다. '원산에 가면 명태가 땔나무처럼 쌓여 있다'는 얘기도 여기에 나온다. 한때 지천이던 명태가 금태(金-)가 된 지 오래이다. 우리 앞바다에서 잡히지 않기 때문이다. 오죽하면 활어 명태를 잡아 오면 크기에 따라 40만~50만 원을 지급하고 있을까. 명태 한 마리에 50만 원? 명태 서식 환경 연구에 활용하기 위해 국립수산과학원이 내건 포상금이다.

돔

삼다도, 삼무도, 삼다삼무도. 제주도를 이르는 말이다. 바람과 여자와 돌이 많은 섬, 도둑과 거지와 대문이 없는 섬, 그리고 이 세 가지가 각각 많고 없는 특징을 담아 부르는 표현이다. 이런 특성은 21세기 제주에서는 사실상 사라졌다. 바람과 돌은 여전하지만 2014년 남녀 비율은 반반이다. '산천은 의구하되 여성 우세는 간데없다'인 셈이다. 제주 세태를 담은 삼무도는 산업사회에 접어들면서 철도, 고속도로, 국도가 없는 '삼무'가 되었다. 도로 총연장은 3,200km가 넘지만 모두 지방도이다. 이 시대의 '삼다'는 유커(중국인 관광객), '제주 흑돼지'를 내건 고깃집, 횟집 차림표에 씌어 있는 돔이 아닐까 싶다.

제주에 가면 뭍에서 보기 힘든 생선회를 먹을 수 있다. 갈치 회, 고등어 회가 그 종류이다. ‘고등어 회를 맛보고 싶다’는 일행을 따라 찾은 횟집은 뜻밖에 한갓졌다. 으깬 얼음 위에 얹혀 나온 고등어 회는 기왕에 알던 맛이 아니었다. 소문만 요란한 ‘맛집’과 사뭇 다른 느낌. 맛의 비결을 물어보니 ‘선어(말리거나 절이지 아니한, 물에서 잡아낸 그대로의 물고기=생선)가 아닌 활어(살아 있는 물고기)만 쓰기 때문’이란다. 주인의 자부심 가득한 말이 믿음직했지만 ‘숙성한 회가 더 좋다’는 이도 있으니 꼭 그래서인 것만은 아닐 듯했다. 고등어 회를 먹자니, 고도리(고등어의 새끼) 구이가 생각이 났다. 갈치 횟감으로 제격인 풀치(갈치의 새끼) 생각도.

우럭볼락을 뼈째 우려낸 뽀얀 국물의 ‘우럭탕’은 별미였다. ‘우럭’ 하면 대개 물고기를 떠올리지만 연체동물의 하나이다. 흔히 ‘우럭조개’라 부르는 게 바로 그것이다. ‘우럭탕’의 재료인 ‘우럭’의 본말로 사전은 ‘우럭볼락’을 제시한다.

곁들이로 차려진 참돔과 돌돔 구이의 쫀득한 듯 푸석한, 푸석한 듯 쫀득한 맛이 오묘했다. 돔과 도미는 같은 것이지만 본딧말인 도미(20개)보다 준말인 돔(73개)을 붙인 이름이 훨씬 많다.《표준국어대사전》 ‘물고기 도미’(약 17만 건), ‘물고기 돔’(약 29만 건)의 검색 결과도 다르지 않다.(구글 검색) 우럭과 우럭볼락, 돔과 도미. 언중은 발음하기 쉬운 걸 따라간다.

오징어 1

‘남녘의 오징어가 북녘에 가면 낙지가 된다. 남녘의 낙지를 북에서는 서해낙지라 한다. 북한의 오징어는 남한의 갑오징어이다’.

남북한 언어 이질화를 다룬 자료는 물론 언론을 통해서도 제법 알려진 사실이다. 북한에서 1965년에 발행한 5전짜리, 2000년에 나온 1원 50전짜리 '낙지 우표'는 '남북한이 달리 부르는 오징어'를 확인해 주는 증거이다. "개성에 가서 '마른 낙지'를 사 왔다. 분명 '마른 오징어'였다", "금강산에 가 보니 오징어를 낙지라 하더라"는 북한어 연구자의 증언도 이를 뒷받침한다.

광복 직후 문세영이 엮은 《수정증보 조선어사전》(1946년)의 오징어는 '몸은 작은 주머니 같고 열 개의 발이 있으며 등 속에 작은 뼈 같은 흰 물건이 있는 해산 동물'이다. 북한 사회과학출판사가 펴낸 《조선말대사전》의 설명 '(낙지) 몸은 원통 모양이고 머리부 량쪽(양쪽)에 발달한 눈이 있다. 다리는 여덟 개인데…'는 고개를 갸우뚱하게 한다. 오징어(북한의 낙지) 다리가 8개? '2개의 촉완(觸腕)과 8개의 다리가 있고…'《두산백과》를 참고하니 의문이 풀렸다. 먹이를 잡거나 교미할 때 쓰는 양쪽으로 길게 달린 두 개를 발로 셈하지 않은 것이다.

옛 문헌의 오징어(烏賊魚, 오적어)는 지금의 갑오징어를 가리킨다. '(오징어) 뼈는 두께가 3~4푼 되고 작은 배와 비슷하며 가볍고 약하다'《동의보감》, 1610년, '등에는 기다란 타원형의 뼈가 있다'《자산어보(현산어보), 1814년, '오징어 뼈를 우물 가운데 담그면 잡벌레가 다 죽는다'《규합총서》, 1809년에 등장하는 오징어는 하나같이 지금의 갑오징어(참오징어)를 일컫는다. '군산 죽도 어장에서 많이 잡히는 것은… 민어, 오적어 등이니…'〈황성신문〉, 1903년에서처럼 구한말 신문에 나오는 '오적어'도 갑오징어이다. 죽도에서는 지금도 갑오징어가 잘 잡힌다. 오징어는 원래 갑오징어였고, 북한에서는 지금도 갑오징어이다. 그렇다면, 우리가 부르는 오징어는 옛날에 뭐였을까.

오징어 2

갑오징어, 건오징어, 마른오징어, 물오징어, 뼈오징어, 일본오징어, 오징어, 참오징어, 한치오징어, 화살오징어. 《표준국어대사전》에 오른 '오징어족'이다. 갑오징어(뼈-, 참-), 마른오징어(건-), 생것을 가리키는 물오징어와 이를 두루 이르는 오징어를 빼면 달랑 다섯 종류뿐이다. 입술무늬갑오징어, 흰오징어, 창오징어, 화살오징어, 참갑오징어, 살오징어, 빨강오징어, 날개오징어, 지느러미오징어, 쇠오징어, 좀귀오징어…. 사전 밖, 바닷가의 오징어 명칭은 참으로 많다. 이 가운데 갑오징어 종류가 아닌 것들은 옛날에 '-꼴뚜기'라 불렸던 것들이다.

옛 문헌에 나오는 오징어는 지금의 갑오징어를 가리킨다. '요즘 오징어'는 뭐라고 했을까. "모양은 오적어(지금의 갑오징어)와 닮았지만 몸은 더 길고 날씬하다. 등에 타원형이 아닌 종잇장처럼 얇은 뼈만 있으며, 이것을 등뼈로 삼는다. 선비들이 바다에서 나는 귀중한 고기라 하여 '고록어(高祿魚)'라고 불렀다"《자산어보(현산어보)》에 나온 설명은 오징어를 묘사한다. 고록어는 꼴뚜기의 옛말이다. 꼴뚜기가 곧 오징어인 것이다. 현대 생물학 사전 여럿은 오징어를 여전히 '피둥어꼴뚜기'로 설명한다. '흰꼴뚜기', '창꼴뚜기', '화살꼴뚜기', '반원니꼴뚜기' 따위는 국립수산과학원에서 분류한 오징어 종류의 명칭이지만 국어사전에는 나오지 않는다.

남한의 갑오징어가 북한에 가면 오징어가 되고, 남한의 오징어를 북한에서는 낙지라 한다. 남도의 낙지를 북에서는 서해낙지라 한다. 오징어가 옛날에는 꼴뚜기 종류를 이르는 말이었고, 오적어는 갑오징어를 가리켰다. '참갑오징어가 오징어라는 이름을 피둥어꼴뚜기에게 넘긴 때는 대략 1930년경이었다. 수산업에서 일본식으로 용어가 통일되어 가는 과정 중에 일어난 일'이라는 설이 있지만 바뀐 시기와 이유는 오리무중이다. 1923년에 '울릉도 오징어', 1927년에 '전북 고창의 오징어(갑오징어)'가 신문에 등장하는 등 갈피를 잡을 수 없기 때문이다.

문어발

무심히 듣고 별생각 없이 말하던 연체동물의 다리(발)를 곰곰이 짚어 보았다. 오징어의 이모저모를 다룬 뒤 많은 얘기를 들은 까닭이다. '학계와 업계, 사전 등이 제각각으로 다루고 있는 오징어 종류의 표준 명칭을 하루빨리 정비해야 한다', '제주도의 반건조 오징어를 준치라고 하는데, 한치와 관계있는 것인가'처럼 주로 명칭에 대한 의견이었지만 '오징어-다리'와 '문어-발'의 차이를 묻는 질문도 꽤 있던 까닭이다. 공감 의견에는 맞장구치고 마땅한 제안은 받아들이면 그만이지만 궁금증을 풀어 달라 청하면 경우가 달라진다. 시원한 답을 드리는 건 나의 도리라 여기기 때문이다.

'-다리'와 '-발'의 쓰임과 조어 차이를 새겨보았다. 오징어에는 '다리', 문어에는 '발'이 오는 게 자연스럽지만 '오징어+발', '문어+다리'라 하면 안 되는 걸까. 발이 가늘어서 붙은 이름 '세발(細, 가늘 세-)낙지'를 '세 다리 낙지'로 하면 본디 모습을 알기 어려워진다. '다리 셋'이 아니라 '가는 다리'이니 그렇다.

"오징어 다리는 헤엄칠 때 쓴다. 문어는 발을 움직여 바닥을 기어 다닌다. '-다리'와 '-발'의 차이는 여기서 비롯한다"는 그럴듯한 주장도 있다. 쓰임을 헤아려 보니 '오징어 다리(58만 9,000개)', '오징어 발(62만 8,000개)'의 빈도 차이는 크지 않았지만 '문어발(44만 5,000개)', '문어 다리(25만 9,000개)'는 그렇지 않았다.(구글 검색) 마땅한 답은 없을까? 국어사전을 찾아보니 쓸 만한 게 나왔다.

사전은 '발'의 1번 뜻으로 '사람이나 동물의 다리 맨 끝 부분', '다리'의 3번 뜻으로 '오징어나 문어 따위의 동물 머리에 여러 개 달려 있어, 헤엄을 치거나 먹이를 잡거나 촉각을 가지는 기관'를 제시한다. 뜻풀이에 기대어 정리하면 '오징어/문어/주꾸미/꼴뚜기/문어…'에는 '다리'가 어울린다. 그렇다면 '문어발'은 무엇인가. 뜻풀이 '문어의 발처럼 여러 갈래로 나눔'은 '문어의 다리'를 적시해 설명하지 않는다.《표준국어대사전》 '문어발'은 '문어발 확장', '문어발 인맥', '문어발 배당'에서 보듯 비유적인 표현인 것이다.

조개

뜬금없는 조개 타령을 하려 한다. 지인 생일상에 오른 굴찜과 여흥 시간에 부른 노래 '조개껍질 묶어' 때문만은 아니다. '국내산 피조개 양식 첫 성공'(ㅍ 경제신문), '새조개 채취권 놓고 바닷속에 가시 철조망까지… 목숨 건 다툼'(ㅇ 신문) 등의 해묵은 기사까지 겹쳐 떠오른 탓이다.

겨울이 제철이기도 한 조개의 사전 풀이는 다음과 같다. “두 장의 판판한 껍데기로 몸을 둘러싸고 있는 연체동물이다. 껍데기는 ‘접번’에 의해 맞물려 있으며, 수축성이 있는 관자가 붙어 있어 껍데기를 열고 닫는다. 껍데기 안쪽에는 외투막이 있고 칼슘을 지닌 액체를 내어 껍데기를 만든다. ‘부족(斧足)’으로 땅을 파고 들어가거나 기어 다닌다. 민물, 바닷물 등 물속 생태계에서는 어디에나 분포하며 조간대에서 수심 1만 미터까지 서식한다.《위키백과》

‘접번’은 경첩이나 이음매, 관절을 뜻하는 일본어 ‘초오츠가이(ちょうーつがい, 蝶番)’를 걸러 내지 않고 옮긴 말이다. 또 전문용어로는 쓰이지만《표준국어대사전》에는 나오지 않는 표현이다. ‘부족’은 ‘부족류’와 ‘부족강’ 따위의 형태로 뜻풀이에서만 등장한다. 국어사전으로는 ‘접번’이나 ‘도끼(斧, 부)처럼 생긴 발(足)’인 ‘부족’의 뜻을 알 수 없는 것이다. 모름지기 사전이란 ‘외투막: (외투처럼) 연체동물의 몸을 싼 막’, ‘조간대: 밀물이 가장 높은 해면까지 꽉 차게 들어오는 때(만조)와 썰물 때 해수면이 가장 낮아진 때(간조) 해안선 사이의 부분’처럼 답을 주어야 한다.

사전 속 조개를 훑어보니 재미난 것도 있었다. 나비, 새, 앵무, 말, 개처럼 동물 이름이 붙은 게 있는가 하면 명주, 모시, 무명처럼 피륙의 옷을 입은 것도 있다. 콩이나 떡처럼 맛깔난 앞가지(접두사)로 모자라 아예 ‘맛’을 머리에 얹고 있는 녀석도 빠지지 않는다. 국화, 네모소쿠리, 딱지, 진주같이 옛 삶을 떠올리게 하는 것에서 혈소판 때문에 핏빛 비치는 피조개까지 하나하나 생김과 쓰임이 생생하게 살아오는 살가운 이름들이다.

차지다

태풍이 몰아치면 시름이 특히 깊어 가는 이들이 있다. 농민과 어민이다. 폭염이 이어져도 농민은 한숨을 몰아쉰다. 농산물 피해가 커지면 도회지 소비자들도 걱정이 앞선다. 신선 식품의 값이 껑충 뛰기 때문이다. 가뭄·폭염의 영향이 겹쳐 푸성귀 값이 폭등하면 '금추'가 된다. '금값처럼 비싼 배추'란 뜻이다. 나라 밖 사정도 심상찮다. 미국의 기상이변으로 옥수수 수확량이 많이 줄어들어 식량난 우려가 크다고 한다. 옥수수 수확이 줄면 고기 가격이 따라 오른다. 여물 아닌 사료를 먹이는 가축이 대부분이기 때문이다. 모든 옥수수가 사료나 가공식품용으로 쓰이는 것은 아니다. 국내에서 길러 먹는 옥수수는 대개 '삶은 옥수수'로 우리 입맛을 돋워 준다.

옥수수는 강냉이라고도 한다. 강냉이는 옥수수의 뻥튀기이기도 하다. 옥수수는 '구슬같이 노란 수수'라는 뜻이다.《위키백과》 강냉이는 중국 양쯔강 이남에서 전래했기에 '강남에서 들어온 것'이 변한 것이라 하지만 확실하지는 않다. 옥시기(경기), 옥수끼(경상), 옥수꾸(경상, 충청), 옥덱기(강원), 개수끼(함경) 따위의 방언으로도 통하는 옥수수는 전분의 함량에 따라 찰옥수수, 메옥수수로도 나뉘는데 사전을 보니 뜻풀이가 쫀쫀하다. 찰옥수수(메옥수수): 차진(메진) 옥수수.《우리말 큰사전》 '차지다'는 '반죽이나 밥, 떡 같은 것이 쩍쩍 붙도록 끈기가 있다'이고 '메지다'는 이와 반대 성질인 '끈기가 적다'이니 매우 간결한 설명인 셈이다.

강원도에서 나온 찰옥수수 기사를 다룬 어느 일간지의 제목이 인상적이었다. '초록 입술에 보랏빛 덧니 찰지다, 너~'. 오사리(옥수수 이삭을

싸고 있는 껍질)에 감춰진 보라색 알갱이를 입술과 덧니로 멋들어지게 묘사한 표현이지만 '찰지다'에서 덜컹댔다. 으뜸꼴 '차지다'는 '차진 흙/인절미가 퍽 차지다/반죽이 너무 차져서 떡 빚기가 힘들다/차진 밥을 좋아한다/부드럽고 차진 수토(水土)의 감촉이 손바닥을 간질여 준다…'처럼 끝바꿈해야 차진(성질이 야무지고 까다로우며 빈틈이 없다) 쓰임이 된다. 신문 기사가 나올 당시에는 그랬다. '찰지다'는 '차지다'의 비표준어였기 때문이다. 영화 제목처럼 '지금은 맞고 그때는 틀리다'인 셈이다.

▸ '찰지다'를 최근 온라인 《표준국어대사전》에서는 달리 설명한다. '찰지다=차지다의 원말'.

2016년 1월 1일부터 '찰지다'는 '차지다'와 함께 복수 표준어가 되었다. '마실(마을, 이웃에 놀러 다니는 일)', '이쁘다(예쁘다)', '-고프다(-고 싶다)'도 이때 함께 인정되었다. 2016년에 '표준어 지위를 얻은' 낱말을 표로 보이면 다음과 같다.

≫ **복수 표준어 : 현재 표준어와 같은 뜻을 가진 표준어로 인정한 것.(4개)**

추가 표준어	현재 표준어	비고
마실	마을	▶ '이웃에 놀러 다니는 일'의 의미에 한하여 표준어로 인정함. '여러 집이 모여 사는 곳'의 의미로 쓰인 '마실'은 비표준어임. ▶ '마실꾼, 마실방, 마실돌이, 밤마실'도 표준어로 인정함. (예문) 나는 아들의 방문을 열고 이모네 마실 갔다 오마고 말했다.
이쁘다	예쁘다	▶ '이쁘장스럽다, 이쁘장스레, 이쁘장하다, 이쁘디이쁘다'도 표준어로 인정함. (예문) 어이구, 내 새끼 이쁘기도 하지.
찰지다	차지다	▶ 사전에서 ('차지다'의 원말)로 풀이함. (예문) 화단의 찰진 흙에 하얀 꽃잎이 화사하게 떨어져 날리곤 했다.
-고프다	-고 싶다	▶ 사전에서 ('-고 싶다'가 줄어든 말)로 풀이함. (예문) 그 아이는 엄마가 보고파 앙앙 울었다.

≫ 별도 표준어 : 현재 표준어와 뜻이 다른 표준어로 인정한 것.(5개)

추가 표준어	현재 표준어	뜻 차이
꼬리연	가오리연	▶ 꼬리연: 긴 꼬리를 단 연. ※가오리연: 가오리 모양으로 만들어 꼬리를 길게 단 연. 띄우면 오르면서 머리가 아래위로 흔들린다. (예문) 행사가 끝날 때까지 하늘을 수놓았던 대형 꼬리연도 비상을 꿈꾸듯 끊임없이 창공을 향해 날아올랐다.
의론	의논	▶ 의론(議論): 어떤 사안에 대하여 각자의 의견을 제기함. 또는 그런 의견. ※의논(議論): 어떤 일에 대하여 서로 의견을 주고받음. ▶ '의론되다, 의론하다'도 표준어로 인정함. (예문) 이러니저러니 의론이 분분하다.
이크	이키	▶ 이크: 당황하거나 놀랐을 때 내는 소리. '이키'보다 큰 느낌을 준다. ※이키: 당황하거나 놀랐을 때 내는 소리. '이끼'보다 거센 느낌을 준다. (예문) 이크, 이거 큰일 났구나 싶어 허겁지겁 뛰어갔다.
잎새	잎사귀	▶ 잎새: 나무의 잎사귀. 주로 문학적 표현에 쓰인다. ※ 잎사귀: 낱낱의 잎. 주로 넓적한 잎을 이른다. (예문) 잎새가 몇 개 남지 않은 나무들이 창문 위로 뻗어 올라 있었다.
푸르르다	푸르다	▶ 푸르르다: '푸르다'를 강조할 때 이르는 말. ※푸르다: 맑은 가을 하늘이나 깊은 바다, 풀의 빛깔과 같이 밝고 선명하다. ▶ '푸르르다'는 '으불규칙 용언'으로 분류함. (예문) 겨우내 찌푸리고 있던 잿빛 하늘이 푸르르게 맑아 오고 어디선지도 모르게 흙냄새가 뭉클하니 풍겨 오는 듯한 순간 벌써 봄이 온 것을 느낀다.

≫ **복수 표준형 : 현재 표준적인 활용형과 용법이 같은 활용형으로 인정한 것.(2개)**

추가 표준형	현재 표준형	비고
말아 말아라 말아요	마 마라 마요	▶ '말다'에 명령형 어미 '-아', '-아라', '-아요' 등이 결합할 때는 어간 끝의 'ㄹ'이 탈락하기도 하고 탈락하지 않기도 함. (예문) 내가 하는 말 농담으로 듣지 마/말아. 얘야, 아무리 바빠도 제사는 잊지 마라/말아라. 아유, 말도 마요/말아요.
노랗네 동그랗네 조그맣네 …	노라네 동그라네 조그마네 …	▶ ㅎ불규칙 용언이 어미 '-네'와 결합할 때는 어간 끝의 'ㅎ'이 탈락하기도 하고 탈락하지 않기도 함. ▶ '그렇다, 노랗다, 동그랗다, 뿌옇다, 어떻다, 조그맣다, 커다랗다' 등등 모든 ㅎ불규칙 용언의 활용형에 적용됨. (예문) 생각보다 훨씬 노랗네/노라네. 이 빵은 동그랗네/동그라네. 건물이 아주 조그맣네/조그마네.

'표준어 추가 작업'은 2011년부터 시작하였다. '짜장면(자장면)'이 표준어가 된 바로 그때부터이다. '짜장면'이 복수 표준어로 인정된 날, MBC 아나운서들은 너나없이 '짜장면'을 먹었다. '청취자 사연'으로 먹고사는 라디오 피디들도 그러했다. 그날 우리는, 규범을 품고 현실을 기웃거릴 일이 줄어든 후련함으로 당당하게 '짜장면 곱빼기'를 주문했다.

새로 추가된 표준어 목록

≫ 현재 표준어와 같은 뜻으로 추가로 표준어로 인정한 것.(11개)

추가된 표준어	현재 표준어
간지럽히다	간질이다
남사스럽다	남우세스럽다
등물	목물
맨날	만날
묫자리	묏자리
복숭아뼈	복사뼈
세간살이	세간
쌉싸름하다	쌉싸래하다
토란대	고운대
허접쓰레기	허섭스레기
흙담	토담

≫ 현재 표준어와 별도의 표준어로 추가로 인정한 것.(25개)

추가된 표준어	현재 표준어	뜻 차이
~길래	~기에	~길래: '~기에'의 구어적 표현.
개발새발	괴발개발	'괴발개발'은 '고양이의 발과 개의 발'이라는 뜻이고, '개발새발'은 '개의 발과 새의 발'이라는 뜻임.
나래	날개	'나래'는 '날개'의 문학적 표현.
내음	냄새	'내음'은 향기롭거나 나쁘지 않은 냄새로 제한됨.

눈꼬리	눈초리	▶ 눈초리: 어떤 대상을 바라볼 때 눈에 나타나는 표정. 예) '매서운 눈초리'. ▶ 눈꼬리: 눈의 귀 쪽으로 째진 부분.
떨구다	떨어뜨리다	'떨구다'에 '시선을 아래로 향하다'라는 뜻 있음.
뜨락	뜰	'뜨락'에는 추상적 공간을 비유하는 뜻이 있음.
먹거리	먹을거리	먹거리: 사람이 살아가기 위하여 먹는 음식을 통틀어 이름.
메꾸다	메우다	'메꾸다'에 '무료한 시간을 적당히 또는 그럭저럭 흘러가게 하다.'라는 뜻이 있음.
손주	손자(孫子)	▶ 손자: 아들의 아들. 또는 딸의 아들. ▶ 손주: 손자와 손녀를 아울러 이르는 말.
어리숙하다	어수룩하다	'어수룩하다'는 '순박함/순진함'의 뜻이 강한 반면에, '어리숙하다'는 '어리석음'의 뜻이 강함.
연신	연방	'연신'이 반복성을 강조한다면, '연방'은 연속성을 강조.
휭하니	힁허케	힁허케: '휭하니'의 예스러운 표현.
걸리적거리다	거치적거리다	자음 또는 모음의 차이로 인한 어감 및 뜻 차이 존재.
끄적거리다	끼적거리다	〃
두리뭉실하다	두루뭉술하다	〃
맨숭맨숭/맹숭맹숭	맨송맨송	〃
바둥바둥	바동바동	〃
새초롬하다	새치름하다	〃
아웅다웅	아옹다옹	〃
야멸차다	야멸치다	〃
오손도손	오순도순	〃
찌뿌둥하다	찌뿌듯하다	〃
추근거리다	치근거리다	〃

≫ 두 가지 표기를 모두 표준어로 인정한 것.(3개)

추가된 표준어	현재 표준어
택견	태껸
품새	품세
짜장면	자장면

2014년에 나온 '표준어 추가 사정안'은 다음과 같다.

≫ 현재 표준어와 같은 뜻을 가진 표준어로 인정한 것.(5개)

추가된 표준어	현재 표준어
구안와사	구안괘사
굽신*	굽실
눈두덩이	눈두덩
삐지다	삐치다
초장초	작장초

* '굽신'이 표준어로 인정됨에 따라, '굽신거리다, 굽신대다, 굽신하다, 굽신굽신, 굽신굽신하다' 등도 표준어로 함께 인정됨.

≫ 현재 표준어와 뜻이나 어감이 차이가 나는 별도의 표준어로 인정한 것.(8개)

추가 표준어	현재 표준어	뜻 차이
개기다	개개다	개기다: (속되게) 명령이나 지시를 따르지 않고 버티거나 반항하다. (※개개다: 성가시게 달라붙어 손해를 끼치다.)
꼬시다	꾀다	꼬시다: '꾀다'를 속되게 이르는 말. (※꾀다: 그럴듯한 말이나 행동으로 남을 속이거나 부추겨서 자기 생각대로 끌다.)

놀잇감	장난감	놀잇감: 놀이 또는 아동 교육 현장 따위에서 활용되는 물건이나 재료. (※장난감: 아이들이 가지고 노는 여러 가지 물건.)
딴지	딴죽	딴지: (주로 '걸다, 놓다'와 함께 쓰여) 일이 순순히 진행되지 못하도록 훼방을 놓거나 어기대는 것. (※딴죽: 이미 동의하거나 약속한 일에 대하여 딴전을 부림을 비유적으로 이르는 말.)
사그라들다	사그라지다	사그라들다: 삭아서 없어져 가다. (※사그라지다: 삭아서 없어지다.)
섬찟*	섬뜩	섬찟: 갑자기 소름이 끼치도록 무시무시하고 끔찍한 느낌이 드는 모양. (※섬뜩: 갑자가 소름이 끼치도록 무섭고 끔찍한 느낌이 드는 모양.)
속앓이	속병	속앓이: 「1」 속이 아픈 병. 또는 속에 병이 생겨 아파하는 일. 「2」 겉으로 드러내지 못하고 속으로 걱정하거나 괴로워하는 일. (※속병: 「1」 몸속의 병을 통틀어 이르는 말. 「2」 '위장병 01'을 일상적으로 이르는 말. 「3」 화가 나거나 속이 상하여 생긴 마음의 심한 아픔.
허접하다	허접스럽다	허접하다: 허름하고 잡스럽다. (※허접스럽다: 허름하고 잡스러운 느낌이 있다.)

* '섬찟'이 표준어로 인정됨에 따라, '섬찟하다, 섬찟섬찟, 섬찟섬찟하다' 등도 표준어로 함께 인정됨.

다대기와 닭도리탕

"오늘 엠비시 앞에 뜬 '밥차'에서 삼계탕을 받아먹었다. 회사 식당이 바로 코앞인데, 밥상 차린 곳은 엠비시 남문 길바닥이었다. 여기저기 빚 많이 진 형편에 '삼계탕 빚'이 또 하나 늘었다. 이 빚을 어찌 다 갚을지, 걱정이다. 고마운 이웃들, 시청자 여러분!"

밥차 띄워 성원해 준 여러분께 고마운 뜻을 전하려 사회관계망서비스에 올린 글이다. 2012년 문화방송 노조의 '170일 파업' 때의 일이다.

'영양센터'라 간판 내건 통닭집을 봐도 알 수 있듯이 우리에게 닭고기는 보양식이니, 그 행사에 함께한 모든 이는 삼계탕 한 그릇에 '끼니' 이상의 뜻이 담겨 있음을 알았을 것이다. 삼계탕, 통닭만큼이나 인기를 끄는 게 '닭도리탕'이다. "연구자들은 '닭도리탕'의 '도리'를 일본어 '토리(とり)'에서 온 것이라는 결과를 내놓았으며, 《우리말 어원 사전》(1997)은 '도리탕'의 어원을 일본어 '鳥/鷄[tori]+湯〉도리탕'으로 제시하고 있다.(국립국어원 누리집) 그래서 제시한 순화어가 '닭볶음탕'인데 반론도 만만찮다. '도리'가 '도리다(둥글게 빙 돌려서 베거나 파다)'에서 왔다는 것이다. 이에 바탕을 둔 주장은 김형주 독자(2007), 예종석 교수(2008), 김선철 국어원 연구관(2010) 등이 〈한겨레〉를 통해 밝힌 바 있다. 올 초에 소설가 이외수도 비슷한 주장을 했지만 '닭도리탕 논쟁'은 쉽게 마무리되지 않을 것 같다.

'닭볶음탕'은 문화부가 발표한 〈식생활 관련 용어 순화집〉에 '닭도리탕'의 순화어로 공식 등장한다. 25년 전인 1992년의 일이다. 이때 함께 나온 것 중의 하나가 '다진 양념'이다. '다대기'는 '두드리다, 다지다'는 뜻의 일본어 '타타기(たたき)'에서 온 것이니 순화해야 한다는 것이지만 선뜻 수긍하기 어렵다. "함경도 지방을 대표하는 함흥냉면에는 고춧가루 양념이 애용되어 '다대기'라는 말이 이곳에서 나왔을 정도"《한국민족문화대백과》라는 설명이 있는가 하면 한글학회가 펴낸 《우리말 큰사전》(1995)은 '다대기'를 우리말로 풀이하고 있기 때문이다.

풋닭곰

가끔 수산시장 나들이를 한다. 어느 해 중복에도 그랬다. 모처럼 저녁 함께하자며 불러낸 선배 따라간 곳은 시장 한구석의 횟집이다. 가게는 허름했지만 여러 해산물이 올라온 상차림은 풍성했다. 푸지게 차려 낸 밥상의 주인공은 민어였다. 점심은 구내식당의 삼계탕을 먹고, 저녁에는 민어회와 부레, 탕까지 끓여 먹었으니 복달임이란 핑계로 과한 호사를 누린 셈이다. 《표준국어대사전》은 복달임을 '복날에 그해의 더위를 물리치는 뜻으로 고기로 국을 끓여 먹음'으로 좁게 설명하지만 《한국민속대백과사전》은 여기에 '…물가를 찾아가 더위를 이기는 일'을 넣어 '복놀이'를 포함한 넓은 뜻으로 풀이한다.

복달임 음식 재료로 미꾸라지를 빼놓을 수 없다. 미꾸라지를 넣는 방식에 따라 추탕과 추어탕으로 나누기도 하는데, 통째로 넣는 게 서울식의 추탕이다. 삼복 즈음에 맛과 영양이 정점에 오르는 민어는 부레를 먹어야 제대로 먹은 것이라 한다. 흔히 보신탕이라 부르는 개장국, '개' 대신 쇠고기를 넣은 육개장과 닭고기로 끓인 닭개장 따위도 빼놓을 수 없다. 닭개장은 '닭고기를 삶아서 알맞게 뜯어 넣고, 갖은 양념을 넣고 얼큰하게 끓인 국'이다.《고려대 한국어대사전》 '닭계장'도 제법 쓰이고 있지만 잘못된 표기이다. 더위에 지친 몸을 추스르게 해 주는 복달임 음식의 대표는 뭐니 뭐니 해도 삼계탕이고 계삼탕이다.

계삼탕은 '삼계탕을 한방에서 이르는 말'《표준국어대사전》이지만 삼계탕의 원말이기도 하다. 닭고기가 주재료이니 '계+(인)삼+탕'이었다가 귀했던 인삼을 앞세운 표현인 삼계탕이 된 것이다. 삼계탕이 신문에 처음 등장한 때는 1963년이다.(네이버 뉴스라이브러리) 약병아리와 한뜻인 '영계(병아리보다 조금 큰 어린 닭)'로 만든 영계백숙은 '영(young)'과 무관한 말이다. '연계(軟鷄)'가 영계의 원말이다. '초여름에 풋닭곰, 삼복에 개장, 초가을에 미꾸라지 국'이란 북한 속담이 있다. '풋닭'은 '채 다 자라지 못한 닭'《소설어 사전》이고, 북한에서는 삼계탕을 '닭곰'《북한어휘사전》이라 하니 '풋닭곰'은? 그렇다, 영계백숙이다.

풋-

"'풋닭'은 채 자라지 못한 닭이고, '닭곰'은 삼계탕의 북한 말이다. '풋닭곰'은 북한에서 영계백숙을 가리키는 말이다." 신문에 실린 이 글을 본 동료들의 반응은 크게 두 갈래였다. 동료 피디 누구는 "사전에서 '닭곰'을 찾아보니 '닭을 고아서 만든 국', '곰'은 '고기나 생선을 진한 국물이 나오도록 푹 삶은 국'이라 한다. 그렇다면 '닭곰'은 (삼계탕이 아니라) '닭곰탕'이 아닌가?" 물었다. 북한에 가 본 경험이 없으니 선뜻 답하기 어려운 질문이었다. 자료를 찾아보니 답할 거리가 나왔다. 《북한어휘사전》의 설명이다. "남한에서는 '닭곰' 하면 닭을 고아서 만든 국을 떠올린다. 그러나 북한에서 말하는 '닭곰'은 삼계탕이다. 남한에서 말하는 닭곰이나 닭곰탕을 북한 사람들은 흔히 '닭고기국'이라고 한다. 북한 사람들이 즐겨 먹는 음식이다. 북한에서는 '닭곰탕'이라는 말을 전혀 쓰지 않으며 《조선말 대사전》에도 등재돼 있지 않다."

서른 즈음의 동료 아나운서는 "'풋닭'의 말맛이 풋풋해서 좋다. 풋고추가 익으면 빨갛게 되는 걸 모르고 '풋고추와 붉은 고추는 다른 종자'로 아는 사람도 꽤 있는 세상이니 접두사 '풋-'이 붙은 말을 찾아 되새겨 주면 좋겠다"라고 청했다. 듣고 보니 그랬다. 풋고추는 '아직 익지 않은' 고추 아닌가.

'풋'은 풋곡식, 풋과일, 풋김치, 풋나물, 풋내, 풋마늘, 풋사과 따위나 풋눈(초겨울에 들어서 조금 내린 눈)에서처럼 '처음 나온', 또는 '덜 익은'의 뜻을 더하는 접두사이다. 여기서 파생되어 나온 쓰임도 있다. 풋기운(아직 힘이 몸에 깊게 배지 못한 젊은 사람의 기운), 풋내기, 풋돈(얼마 되지 않은 적은 돈), 풋되다(어리고 경험이나 분별이 적다), 풋사랑, 풋바둑(서투른 바둑 솜씨), 풋술(맛도 모르면서 마시는 술=생술), 풋심(어설프게 내는 힘), 풋잠(잠든 지 얼마 안 되어 깊이 들지 못한 잠) 등으로 이때 '풋-'은 '미숙한', '깊지 않은'의 뜻이다. 접두사 '풋-' 아닌 '풋'도 있다. 갑자기 짧은 웃음을 터뜨리는 소리, 풋!

얼룩빼기 황소

명절이 다가오면 빼놓을 수 없는 게 있다. 있으면 있는 대로 없으면 없는 대로 신경 쓰이는 선물이다. 어느 해 추석 인기 선물이 예년과 달라졌다는 소식을 들었다. 봄철 일조량 부족과 긴 장마 탓에 과일 같은 신선 식품은 예년만 못하고, 일본 방사능 유출 영향으로 수산물을 찾는 발길이 예년과 다르다는 것이다. 그 자리를 메우고 있는 게 한우 선물 세트이다. 한 대형 마트의 한우 세트 판매는 전년에 비해 80%가 늘었다고 한다. 어느 식당 차림표에서 '얼룩배기 황소 된장찌개'가 예사롭지 않게 보인 것은 이 소식을 들은 뒤끝이었기 때문일 것이다.

'얼룩배기'와 '얼룩백이'는 얼룩빼기의 잘못이다. '-빼기'는 '그런 특성이 있는 사람이나 물건' 또는 '비하의 뜻'을 나타내는 접미사로 곱빼기, 밥빼기(동생이 생긴 뒤에 샘내느라고 밥을 많이 먹는 아이), 코빼기('코'를 속되게 이르는 말), 악착빼기(몹시 악착스러운 사람을 낮잡아 이르는 말)처럼 쓰인다. 얼룩빼기는 '겉이 얼룩얼룩한 동물이나 물건'이니 얼룩빼기 황소는 얼룩소의 하나이다. '얼룩 황소'가 왠지 이상하게 들린다면, 황소를 털 빛깔이 누런 누렁소로 잘못 알고 있기 때문이다. 황소는 큰 수소이다. 황소에는 얼룩빼기도 있고 검은 것도 있는 것이다.

정지용의 시 〈향수〉에 나오는 '얼룩빼기 황소', 동요로 널리 알려진 박목월의 시 〈얼룩송아지〉에 등장하는 '얼룩소'는 어떤 모습일까. 바둑이처럼 생긴 젖소? 아니다. 〈향수〉는 1927년에 발표되었고, 〈얼룩송아지〉는 1948년 국정 음악 교과서에 처음 수록되었다. 이 땅에 젖소가 들어온 때는 1902년이지만 얼룩무늬의 홀스타인종은 1962년 이후에 본격적으로 도입되었다.《최신 축산경영학》 시기를 따져 보면 '얼룩빼기 황소', '얼룩소'는 온몸에 칡덩굴 같은 어룽어룽한 무늬가 있는 '칡소'이다. '전통 칡소 고기 품질 탁월'이라는 ㅎ 대학의 연구 결과를 봐도 얼룩빼기 황소는 우리 재래종이다. 한우 선물 세트 인기에 칡소도 한몫하고 있는 것이다.

쇠고기

각득기소(各得其所)라는 말이 있다. 사회 구성원 하나하나가 자신에게 어울리는 자리에 있어야 한다는 뜻으로 쓰일 때가 많으니 적재적소(適材適所)와 비슷한 뜻이기도 하다. 방송사의 피디는 피디 일을 아나운서는 아나운서의 일을 해야 한다. 기자와 카메라 감독, 세트 디자이너와 시지(Computer Graphies, CG) 어루만지는 이들은 자신의 역할을 해야 한다. 그게 '각자의 몫'이다.

한때 (어쩌면 지금도) 제 몫을 제 뜻대로 제대로 못하는 이들이 있어 안타깝다. 통신사 기자는 한데 나와 농성했고, 방송사 피디와 카메라 감독과 시지 디자이너는 거리를 누비며 유인물을 뿌렸다. 문화방송 노조는 2012년 파업 때 '자선 주점'을 마련했고, 취재처에 발을 들이지 못하는 국민일보 기자는 생활고 해결을 위해 쇠고기를 팔기도 했다.

'국민일보 파업 기자들의 횡성 가는 길'이란 제목의 기사를 읽고 난 뒤 '어쩌면 아나운서도 푸줏간을 차려야 할지 모른다'는 생각에 고기 부위 이름을 떠올렸다. 부위를 떠올리며 하나씩 곱씹어 보니 '이름 참 맛있게 지었다' 싶었다.

등심은 '등-심'이고, 안심은 '안(內)-심'이다. 소 등뼈에서 발라낸 연한 고기, 소갈비 안쪽에 붙은 살이라 각각 그렇게 부른다. 우둔살은 소 둔부에서 베어낸 것이니 쇠 볼깃살이다. 방망이처럼 기다랗게 소 볼기에 붙어 있는 살코기는 홍두깨살이다. 마치 옷감을 감아 다듬질할 때 쓰던 홍두깨 방망이 모양과 비슷하여 붙여진 이름이다. 양지머리뼈 한복판에 붙은 차돌박이는 희고 단단함이 마치 차돌 같아 그렇게 부른다.

'다리 사이'를 뜻하는 '샅'에서 온 게 '샅에 고기' 곧 사태이다. 사태는 다시 앞사태, 뒤사태로 나눠 부르는데 아롱사태처럼 야릇한 이름도 있다. 뭉치사태 속에서 아롱아롱하게 보이기에 아롱사태가 되었단다. 핏물 밴 쇠고기에서도 아롱거림을 찾아내는 조상들의 안목이 놀랍다.

삼겹살

강원도 양양에 다녀왔다. '매체 언어의 중립성'을 논의하는 모임이 있어서였다. 토론회 짬짬이 양양군의 이모저모를 훑어보다가 '가축 사육 현황'에 눈길이 멈췄다. 지난번 '뭉치사태 속에서 아롱아롱하게 보이는 아롱사태' 따위의 소 부위별 이름을 다룬 뒤여서 그랬을 것이다. 군내 가축 수를 따져 보니 돼지가 으뜸이었다. 찾는 이가 많으니 마릿수도 많을 것이다. 돼지고기를 쇠고기 부위에 견주어 짚어 보니 같은 것도 있지만 다른 것도 있었다. 등심과 안심, 갈비, 사태 따위는 쇠고기와 같지만 다른 이름도 꽤 있었고, 뜻밖에 역사가 짧은 것도 있었다.

뜬금없이 '삼겹살의 나이'를 물었던 이가 있다. '1970년대 이전에는 삼겹살이란 표현을 듣지 못했다'는 게 그가 품은 의문의 시작이었다. 그의 궁금증에 전염되어 자료를 찾아보니 과연 그랬다. 1970년대 이전에 출간된 국어사전에 '삼겹살'은 등장하지 않는다.《동아국어대사전》, 1963년 판 신문에는 1959년에 처음 나오고〈경향신문〉, 1월 20일치 4면 '삼겹살' 이전에 '세겹살'이 나온다.〈동아일보〉, 1934년 11월 3일치 4면 살과 지방 부분이

세 번 겹쳐져 있어 붙여진 이름인 '삼겹살'이 '한 겹, 두 겹…'에 어긋나는 조어여서 그럴 것이다. '세겹-'이 '삼겹-'이 된 까닭은 매출을 늘리려는 상인들이 '몸에 좋은 삼(蔘)'을 '세겹살'의 삼(三)과 관련지어 붙인 이름이라는 설이 있지만 근거를 찾기는 어렵다.

돼지의 가로막 부위에 있어서 '가로막이살'로 불리다 새 이름이 붙은 '갈매기살'은 1995년부터 지면에서 발견되고, 목덜미 부위의 살을 이르는 '항정살'은 2000년 이후에 신문 기사에 등장한다. 그 이전에는 '(돼지) 목살'이었으니, '목덜미 항(項)'을 끌어다 쓴 말로 보인다. 비슷한 시기에 보이기 시작한 '가브리살'은 '뒤집어쓰다'는 뜻인 일본어 '카부루(かぶる)'에서 비롯한 말이다. 내력이 마뜩잖은 '가브리살'은 등허리 부위의 껍질 바로 안쪽에 붙은 살의 뜻을 담아 이미 '등겹살'로 일컫고 있다. 《고려대 한국어대사전》은 등겹살을 표제어로 올려 '돼지의 목심과 등심의 연결 부위에 붙어 있는 살. 사람의 손바닥만 한 오각형 모양의 살코기'로 설명하고 있고 《두산백과》는 '가브리살=(돼지) 등겹살'로 다룬다. '《표준국어대사전》'에서도 등겹살이 표제어로 오르는 날이 오기를 바란다.

갈비찜/닭찜

명절이 되면 단골로 등장하는 기사와 프로그램이 있다. '귀성길', '차례상 차림', '제수 용품 가격', '선물 세트' 따위를 소재로 삼은 것들이다. 요즘 뉴스는 여기에 새로운 시선을 더한다. '달라진 명절

풍속도'를 다룬 것이다. "'명절' 연관 검색어를 분석해 보니 '차례', '귀성', '고향'보다 '여행', '레저'의 빈도가 3배 높았고, '성형'도 빠지지 않는다"는 내용이었다. 기자는 '민속 명절'에서 '휴가'로 바뀌어 가는 세태를 보도했다. 그래도 변함없는 게 '명절 선물'이다. 명절 선물에서 빠지지 않는 '갈비 세트'는 구이용과 찜, 탕거리에 따라 '불갈비'와 '찜갈비', '탕갈비'로 구분해 판다. '갈비구이'와 '갈비찜', '갈비탕' 같은 음식 이름과 구별하기 위해서일 것이다.

1984년 신문에 '불갈비는 고기량이 많고 찜갈비는 지방이 많으며 탕갈비는 뼈가 많다'〈경향신문〉, '불갈비(킬로그램 당 8,000원), 국갈비(킬로그램 당 3,000원)…'〈동아일보〉가 보인다. 재료로써 '○+갈비'는 오래전부터 쓰인 셈이다. 사전은 '찜'의 뜻과 쓰임을 '(일부 명사 뒤에 붙어) 찐 음식의 뜻을 나타내는 말'로 제시한다. 사전까지 끌어오지 않아도 된다. 갈비찜, 게찜, 계란찜, 북어찜, 생선찜, 닭찜, 아귀찜, 애저찜…. 이처럼 음식 이름은 '○+찜'의 형태이다. '찜+○'가 아닌 것이다. 그렇다면 음식을 가리키는 '찜갈비'와 '찜닭'은 어떻게 봐야 할까.

'찜갈비'의 고향은 대구의 '동인동 찜갈비 골목'이다. '동인동 찜갈비'는 갈비찜과 달리 '경상도 음식답게' 맵다는 게 특징이다. 2002년 월드컵 경기가 대구에서 열리면서 널리 알려진 음식이다. '찜닭'의 본고장은 경북 안동 구 시장의 '찜닭 골목'이다. '안동찜닭'이 개발되기 전인 1980년대까지 '통닭 골목'으로 불린 곳이다. '(동인동) 찜갈비'와 '(안동) 찜닭'은 고유명사이다. 갈비찜과 닭찜의 한 종류인 '찜갈비', '찜닭'을 일반화해 가리키는 것은 삼가야 한다.

깻잎

깻잎은 어떤 식물의 잎사귀인가. 어느 날 저녁 자리에서 나온 질문이다. 다들 조심스레 답한다. '술값 내기'가 걸려 있기 때문이다. 답은 참깻잎과 들깻잎으로 비등하게 나뉜다. 국어사전은 답을 주지 않는다. '깨의 잎', '들깻잎과 참깻잎을 통틀어 이르는 말. 반찬감이나 한약재로 쓰인다'로 설명할 뿐이다. 나물, 쌈, 장아찌, 절임 등으로 해 먹으며 다진 고기와 두부 따위를 소로 넣어 지져 내는 깻잎전까지 조리법이 참으로 다양한 재료는 들깻잎이다. 참깻잎은 식용하지 않는다. 한약재로 약용할 뿐이다.

깻잎, 정확히 말해 들깻잎을 즐겨 먹는 나라는 우리가 거의 유일하다. 중국과 일본, 베트남 등지에서 재배하고, 먹기도 하지만 일부 지역에 그칠 뿐이다. 입맛을 돋워 주는 잎채소로 사랑받는 들깻잎의 강한 향이 외국 사람에게는 부담스러운 모양이다. 들깻잎은 고추장과 김치만큼이나 '고향 생각'나게 하는 먹거리가 되었다. '번데기 통조림'처럼 외국에서는 볼 수 없는 '깻잎 통조림'이 여행객과 군인들에게 인기 품목인 걸 봐도 그렇다.

참깨를 한자어로 백지마, 백호마, 백유마, 진임이라 한다. 참기름은 호마유이다. 호마(胡麻)는 참깨와 검은깨를 통틀어 이르는 말이다. 들기름은 법유(法油)라 한다. 들깨는 한자어로 백소, 수임, 야임, 임자라 한다. 자소(紫蘇)와 잎이 흡사하나 빛깔이 다르다 해서 '백소(白蘇)'라 했다. 자소는 차조기와 같은 것으로 일본에서는 '시소(しそ)'라 한다. 수임, 야임, 임자의 '임'은 '들깨 임(荏)'이다. 그렇다면 흑임자(黑荏子)는? '검은

들깨'가 아니라 검은 참깨, 곧 검은깨이다. '임자'는 들깨지만 '흑임자'는 검은(참)깨인 것이다. 들깨와 참깨는 엄연히 다른 것이니 외국인을 위한 메뉴 설명도 바로잡아야 한다. 한국관광공사가 누리집에서 제시했던 '깻잎전(kkaennip jeon)'의 설명 'Sesame(참깨) Leaf Pancake'는 'Perilla(들깨)--'로 바루어야 옳은 정보가 된다.

염지

집게손가락, 바닷물을 끌어들이기 위해 염전을 만든 못, 염분이 스며 있는 땅, 불경을 달리 이르는 말, 여러 가지 색깔을 물들인 종이, 손가락을 솥 속에 넣어 국물의 맛을 본다는 뜻으로 남의 물건을 옳지 못한 방법으로 가짐을 이르는 말, 번뇌를 태워 없애 지혜가 더욱 성하는 단계인 십지의 넷째 단계, 겉면이 매끈매끈하며 윤이 나는 내수성 종이, 자세히 잘 앎, '부추'의 함경도 방언. 이렇듯 여러 뜻으로 쓰이는 이것은 '부추'의 뜻일 때만 토박이말이고, 나머지는 소금(鹽), 염색(染,) 곱다(艶), 생각(念) 따위의 한자가 붙은 낱말 '염지'이다.《표준국어대사전》

'염지'의 뜻풀이는 여기서 그치는 게 아니다. '김치무리 담그기'를 이것이라 했고《동국이상국집》, '봉선화로 손톱 물들이는 풍속'의 한자어를 '염지'라 하기도 한다.《한국세시풍속사전》 그런가 하면, 원뜻은 '소금절이'이지만 '훈제품 따위를 가공할 때 향신료, 조미료 등을 첨가하는 것'을 가리키는 표현이기도 하다. 일본어 '염지(塩漬(け), しおづけ)'에서 온 것이다.

40대~50대 주부 중에 이 뜻의 '염지'를 아는 이는 드물었다. 인터넷에서 '염지'를 검색해 보니 '염지 닭', '치킨 염지', '닭 가슴살 염지'가 연관 검색어로 제시된다. 최근 누리꾼의 관심이 쏠리고 있는 '비어치킨+염지'는 8만 건이 넘는다.(구글 검색) '비어치킨'은 맥주 캔이나 맥주가 담긴 전용 조리 용기를 닭 뱃속에 찔러 넣어 구워 만드는 음식이다. 증발한 맥주가 닭고기에 배게 하기 위해서이다. '염지'는 퍽퍽한 고깃살을 부드럽게, 맛을 더 좋게 하기 위한 것이다. "캔 맥주를 이용한 '비어치킨'에서 인체 유해 물질 검출"을 다룬 기사를 접한 뒤 알게 된 '염지'. 언중에게 낯선 용어인 이 말 대신 쓸 표현을 찾아보니 그럴듯한 게 있었다. '밑간(음식을 만들기 전에 재료에 미리 해 놓는 간)'이나 '재다(음식을 양념 따위로 맛이 들도록 무치거나 발라 두다)' 등이다.

식해

새로운 맛을 알게 된 때는 혼인을 앞둔 어느 날이었다. '엄마 밥상'에 '장모 밥상'이 더해지면서 맛의 새로운 지평이 열렸다. 처가와 본가의 음식 맛은 같은 듯 달랐다. 밥상 차이는 크지 않았지만 맛깔은 미묘하게 갈렸다. 고깃결 따라 찢어 낸 장조림과 넓적하게 썰어 낸 그것의 차이는 육개장의 걸쭉하고 맑은 국물에서도 나타났다. 김칫국을 먹는 횟수는 줄었고, 토란국이 상에 오르는 횟수가 상대적으로 잦아졌다. 난생처음 맛본 음식도 생겼다. 함경도가 고향인 장인어른

덕분이다.

새콤 매콤한 맛에 비릿한 느낌 살짝 묻은 독특한 향이 입안에 퍼지던 때를 기억한다. 조밥에 고춧가루, 무채 따위를 양념해 참가자미를 한데 버무려 삭힌 반찬, 한동안 '가자미식혜'로 알고 있던 가자미식해였다. 잘게 썬 무와 고춧가루가 들어가 맵고 칼칼한 안동 식혜가 있으니 함경도에는 '가자미식혜'가 있으려니 싶었다. '식혜'와 '식해'?

1963년에 펴낸 《신찬 국어대사전》은 '식해'를 '생선젓'으로만 풀이하고, 국문학자인 양주동이 감수한 《국어대백과》(1980년)는 식혜의 2번 뜻으로 '생선을 토막 쳐서 소금과 조밥과 고춧가루 따위를 넣고 만든 찬'으로 설명한다. 옛날 사전은 '식해=생선젓'을 가리킨 셈이다. 신문기사를 보면 1980년대까지는 식혜, 그 이후에는 식해를 쓴 비율이 높아진다. 《표준국어대사전》은 식해를 '생선젓'과 비슷한말로 제시하면서 '생선에 소금과 밥을 섞어 숙성시킨 식품'으로 풀이한다. 설날 '고향맛'을 전한 특집 프로그램은 당연히(!) 사전을 좇아 '-식해'라 했다.

북한 '사회과학출판사'가 2006년에 펴낸 《조선말 큰사전》은 '생선을 토막 쳐서 얼간했다가 채 친 무우(무)와 함께 밥을 섞어 고춧가루를 넣고 양념하여 버무려서 삭힌 반찬'을 식혜라 한다. 함경도 출신 누구는 "함경도에서는 '-식혜'라 했다. 엿기름을 넣어 만들기 때문"이라 주장하지만 힘을 얻지는 못한다. 같은 음식을 두고 남한은 '식해', 북한은 '식혜'라 하는 것이다. 휴전선을 사이에 두고 낙지와 오징어의 이름이 바뀌는 것처럼.

담그다－담다

교장 선생님은 날마다 교실을 순시했다. 공책에 쓴 글씨가 반듯한지 검사하고, 느닷없는 질문으로 학생들의 발표력을 키워 주기 위해서였다. 김장철의 어느 날 교장 선생님은 글월 하나를 보여 주고 학생들에게 뜻을 구별하고 발음해 보라 주문했던 적이 있다. 제시 문장은 '김치를 담그다(담다)'였다. '담그다'를 '담다'와 헷갈려 하거나 [당그다]로 잘못 발음했던 어린이는 눈물 쏙 빠지게 꾸지람을 들어야 했다. 바른 표현과 발음의 중요함을 일깨워 주신 분은 서울 동산초등학교의 이규백 교장 선생님. 그의 가르침은 수십 년이 지난 지금도 여전히 내게 남아 있다.

한 일간지 주말판에 '빈티지 인삼주 빚는 교수' 이야기가 실렸다. 'DJ 서거날 담고(담그고), 결혼 20주년에 맞춰 담고(담그고)…, 술은 담은(담근) 날과…, 누군가 그런 술을 담아(담가) 뒀다는 것…'(ㅈ 일보)의 표현은 괄호 안의 것으로 바로잡아야 한다. '김치·술·장·젓갈 따위를 만드는 재료를 버무리거나 물을 부어서, 익거나 삭도록 그릇에 넣어 두다'《표준국어대사전》은 '담그다'이다. '어떤 물건을 그릇 따위에 넣다'는 뜻인 '담다'가 제자리 아닌 곳에 잘못 쓰인 이 기사는 내용의 유익함과 재미를 떠나 큰 아쉬움을 남겼다.

영국 방송 비비시(BBC) 편집자에게 '방송 문장의 품질 관리를 어떻게 하느냐'고 물은 적이 있다. '비비시 잉글리시(BBC English)'로 유명한 곳이니 '심의와 교열 부서에서 오류를 걸러 내고 바른 문장으로 다듬는다'는 게 정답? 아니었다. 그런 게 왜 필요하냐, 내게 반문하며 "방송의 기본은 문장이다. 문장 구성을 제대로 못하는 사람은 저널리스트가 되지 못한다."라고 잘라 말했다. '어그러진 문장을 쓰는 기자는 기자가 아니'라 했던 한 언론인의 말도 떠오른다. 어긋난 문장 구성과 맞춤법 오류는 기사의 신뢰를 떨어뜨린다. 사실 여부를 따지는 '팩트 체크(Fact Check)'가 기사 작성의 기본 줄기라면 철자와 문장을 바루는 '스펠 체크(Spell Check)'는 그 뿌리이다.

퍼드레기

"굴을 처음으로 먹은 사람은 참으로 대담한 사람이다."《걸리버 여행기》로 널리 알려진 아일랜드 작가 조너선 스위프트(Jonathan Swift)가《고상한 대화》에서 한 말이다. 그럴듯한 얘기이다. 굴의 껍데기와 속살은 얼핏 흉물스러워 보이기 때문이다. 냄새도 강한데다 물컹한 질감 또한 썩 좋다 할 수 없는 생물을 처음 먹은 조상은 대담한, 또는 앞뒤 안 가리고 먹어 보는 미욱한 사람일 것이다. 대담하든 미욱하든 낯선 무언가를 먹어 본 조상이 있기에 지금 우리 밥상은 풍성해질 수 있었다. 굴이 그러하듯 산야에 널린 풀과 열매, 뿌리도 '대담한' 누군가 있었기에 식용 여부가 가려졌을 테니 말이다.

대체로 음습한 곳에 자생하는 버섯도 그러하다. 광대버섯, 구슬버섯, 그물버섯, 기와버섯, 깔때기버섯, 달걀버섯, 말굽버섯, 못버섯…. 이처럼 주로 생김에 따라 이름 붙은 버섯 가운데 송이버섯이 귀한 대접을 받고 있다. 송이가 버섯의 으뜸 자리에 오른 것은 '100% 자연산'이어서 그릴 것이다. 맛으로 치면 '1 능이, 2 표고, 3 송이'라는 말은 이제 옛말이 된 것이다. 가을이 되면 '봉화송이축제', '양양송이축제', '울진금강송송이축제'처럼 송이를 내세운 행사도 이어지고 있다.

어른들 따라 송이 채취에 나선 기억을 떠올리며 '송이 맛은 퍼드레기가 최고'라 하는 경북 봉화 출신의 사진작가를 만났다. '퍼드레기'는 갓이 완전히 퍼져 상품으로 내놓기에는 너무 자란 '등외품'《고려대 한국어대사전》을 이르는 지역어이다. 국립국어원 누리집에서는 '퍼드레기'를 강원도 강릉 방언으로 보고 '갓버섯'을 표준어로 제시하고 있지만 선뜻 동의하기 어렵다. '퍼드레기'는 강원도뿐 아니라 송이가 나오는 여러 지역에서 쓰고 있는 표현이며 무엇보다 갓버섯은 송이와 다른 버섯이기 때문이다. 송이 산지에서는 '퍼드레기'를 '갓송이'라 하기도 한다. 현지 언중의 소리에 귀 기울이면 답은 쉽게 얻을 수 있다.

보름달

'보름달, 지구 그림자에 먹히고 있음. 동녘 하늘 지평선 너머…', '정말 달님이 먹히고 있어요~', '지금, 거의 다 먹었다!'. 언젠가 '붉은 달'이 두둥실 떠오른 밤에 벗들과 주고받은 메시지다. 해와 지구와 달이 나란히 늘어선 특정한 때 생기는 개기월식. 이걸 보며 너나 할 것 없이 '먹(히)다' 하는 게 재미있었다. 정말 그랬다. 달 아래쪽부터 둥글게 드리워지는 지구 그림자가 야금야금 파먹어 들어가는 것 같았다. 그래서 '갉아먹을 식(蝕)'을 붙여 월식(月蝕)이라 하는 것이리라. 일본과 중국이 '먹을 식(食)'의 '월식'(月食)을 주로 쓰는 것에 비하면 한결 운치 있어 보이는 표현이다.

사전은 월식의 한자로 '月蝕'과 '月食'을 함께 제시한다. 중국과 일본도 月蝕을 쓰지만 빈도는 사뭇 다르다. 1920년 이후 자료를 찾아보니 국내 기사에는 月蝕이 3배 정도로 많이 보이지만 중국과 일본은 月食이 오히려 우세하다. 《조선왕조실록》은 어떻게 기록했을까. 뜻밖에 月食(405건)과 月蝕(33건)의 차이가 두드러진다. 《영조실록》까지는 月蝕이 번갈아 나오지만 정조 이후에 이 표기는 보이지 않는다. 월식이 34회나 언급된 《고종실록》에는 月食만 나온다. 20세기 이후 月蝕이 널리 쓰인다고 해서 '우리는 月蝕, 중국과 일본은 月食(月蝕)을 쓴다'는 얘기는 정설이 아닌 것이다.

벌레들이 나뭇잎 갉아먹고, 헌책에 좀이 쏠듯이 지구 그림자에 먹혀 가는 붉은 보름달을 보며 '보름달'을 떠올린 사람은 나뿐이 아닐 것이다. 한 입 베어 물고 두 입 세 입 야금야금 파먹다 보면 없어지는 '보름달' 빵 얘기다. 동글고 폭신한 빵 사이에 달콤한 크림을 떠올리며 흐뭇한 추억에, 여러분이 주인공이라면? '아재' 또는 '아지매' 연배일 것이다. '보름달' 빵은 1976년부터 시판되었으니까. 당시 가격은 100원. 지금도 '정통 보름달' 이름을 달고 나오고 있다. 맛과 크기가 '초지일관(初志一貫)'인지는 알 길 없다. '추억의 맛'은 각자의 몫이니까. 40년이 넘은 지금 가격은 얼마일까. 파는 곳에 따라 차이가 있으니 직접 확인하시기 바란다. 인터넷으로 주문하면 저렴하게 살 수 있지만 '택배비 별도'가 함정이다.

'鬱陶項(울도항)'과 '懷石(회석)'

방송 프로그램에 낯선 한자가 나왔다. 진도 앞바다 한 곳의 설명 자막에서였다. 鬱陶項, 선뜻 읽히지 않은 한자는 '울돌목', 뒤 괄호에 묶여 있었다. '물길이 암초에 부딪혀 튕겨 나오는 소리가 매우 커 바다가 우는 것 같다'고 해서 붙은 '울돌목'의 한자는 '명'(鳴, 울)-'량'(梁, 들보)이다. 생뚱한 한자 - 답답할 울(鬱), 질그릇 도(陶), 목 항(項)은 제작진의 무지함에서 비롯했다, 여겼다.

한자 새김을 모른 채 '한자 변환키'로 바꾸고, '복사-붙여 넣기' 하면서 아는 척 나서는 이들이 있다. 이런 따위의 기사를 꼬집으려 쟁여 둔 글감 중의 하나가 일본 정찬 요리 '가이세키(かいせき)'의 한자이다. '회석(會席)'이 아닌 '懷石(회석, 돌을 품다)'으로 쓴 글에서 현장 취재 없이 자료를 얼기설기 짜깁기한 냄새가 폴폴 풍기는 듯했다.

'鬱陶項(울도항)'과 '懷石(회석)'의 문제를 따지려 자료를 찾아보았다. 글 쓸 때면 어김없이 발동하는 노파심 탓이다. 뜻밖에도 그럴듯한 이유가 있었다. '鬱陶項'은 오도숙이란 사람이 쓴 《상경해정기》에 나온다고 하지만, 저자와 원전의 존재는 확인할 수 없었다. '懷石料理(회석요리)'는 일본 다도(茶道)에서 '차를 대접하기 전에 내놓는 간단한 음식'을 이르는 명칭이다. 둘 다 근거가 잘못되었다. 원인은 '네이버 검색'에서 '鬱陶項'와 '懷石料理'가 맨 위에 나오기 때문이 아닌가 싶다. 차고 넘치는 정보에서 쓸 만한 것을 거르고 추리는 능력은 반듯한 말글살이의 바탕이다.

검색 몇 번이면 온갖 정보를 찾을 수 있는 시대에 '무심함'과 '무지함'에서 비롯한 말과 글의 오류는 오히려 늘어난다. 그럴듯하게 포장되어 전달되는 '카더라 정보'를 솎아 내는 안목이 필요한 이유이다. 믿을 만한 정보인지 아닌지를 가리는 분별력을 키우는 것은 생각보다 어렵지 않다. 어원의 경우 출처를 확인하고, 맞춤법과 발음법 등은 국어 어문 규정을 찾아보는 것이다. 온라인 사전의 검증된 정보를 따져 보는 일도 중요하다. '네이버 오픈사전'은 누구나 올릴 수 있으니 참고용으로 쓸모 있을 뿐이다.

▸온라인 사전 중에 권위가 으뜸인 것은 국립국어원이 제공하는《표준국어대사전》(http://stdweb2.korean.go.kr/)이다. 이 사전의 내용은《네이버 국어사전》(http://krdic.naver.com/)에도 제공되지만 '최신 버전'은 아니다.《네이버 국어사전》의 유의어와 반의어, 표준 발음의 정보는 꽤 쓸모 있다.《다음 국어사전》(http://alldic.daum.net/index.do?dic=kor)은《고려대 한국어대사전》의 정보를 제공한다.

국립국어원(http://www.korean.go.kr/) 누리집은 온라인 사전뿐 아니라 한국어에 관련된 다양한 정보를 제공한다. '온라인 가나다'(우리말 관련 질문과 답), 〈가나다 전화〉 1599-9979(전화 서비스, '국어친구'로 기억하면 된다), '우리말365'는 카카오톡(@우리말365), 페이스북(@urimal365), 트위터(@urimal365)로 쓸 수 있다.

제3장

밖에서 들어온 우리말

–낯설지만 많이 쓰는 외래어, 한자어

나체팅

'나체팅'이란 게 있었다. 서울 한복판에 있던 한 '유원지'의 낮은 소풍 온 학생들과 가족의 놀이터였고, 밤은 '나체팅'하러 모여든 젊은이들의 차지였다. '나체팅'은 '나이트(밤), 체리블로섬(벚꽃), 미팅(사교 모임)'의 앞뒤 글자를 뽑아 만든 말이니 '유원지의 나체팅'을 오해하지는 말자. '창경궁'이 '궁(宮)'의 위엄을 잃고 '창경원'으로 불리던 시절의 일이니까. 한때 서울에서 가장 큰 동물원이기도 했던 '창경원'은 1980년대 중반을 넘어서야 '창경궁'으로 제 이름을 찾았다. 20세기 초반부터 일제가 마구잡이로 심어 놓았던 벚나무는 다른 곳으로 옮겨졌다. 그 나무들은 어디로 갔을까. 서울 어린이대공원과 여의도 등에서 봄마다 벚꽃을 피우고 있다.

벚꽃 놀이가 한창일 때면 여의도가 북적인다. 인파로 술렁대고 고기 굽는 연기가 피어오르는 그곳에서 그나마 한갓진 곳을 찾았다. 동여의도 한편에 있는 앙카라공원이다. 거기에는 벚나무만 있는 게 아니었다. 자산홍, 산수국, 좀작살나무, 수수꽃다리, 진달래, 백리향, 목련…. 갖가지 나무들은 명패를 걸고 있었다. '꽃은 연분홍으로 피고 삭과로 열매 맺는다', '8~9월에 협과로…', '9~11월에 핵과로…', '9~10월에 시과로…'라 적힌 설명을 보면서 절로 고개가 갸우뚱했다.

책상머리에 앉아 확인해 보니 이런 거였다. '삭과: 익으면 과피가 말라 쪼개지면서 씨를 퍼뜨리는, 여러 개의 씨방으로 된 열매(나팔꽃 따위)', '협과: 열매가 꼬투리로 맺히며 성숙한 열매가 건조해지면 심피 씨방이 두 줄로 갈라져 씨가 튀어나오는 열매(콩, 완두 따위)', '핵과: 씨가 굳어서 단단한 핵으로 싸여 있는 열매(복숭아 따위)', '시과: 껍질이 얇은 막 모양으로 돌출하여 날개를 이루어 바람을 타고 멀리 날아 흩어지는 열매(단풍나무 따위)'《표준국어대사전》. 일상에서 잘 쓰지 않는 한자어보다 '튀는 열매(삭과)', '꼬투리열매(협과)', '씨과실(핵과)', '날개열매(시과)'처럼 풀어 쓰면 어떨까 싶다. 공원은 농학 전문가들이 아닌 시민의 쉼터이니까 말이다.

와이로

'와이로(わいろ)'는 일본어이다. 국립국어원은 '와이로'를 버리고 다듬은 말인 '뇌물'만 쓰도록 했다.《국어순화용어자료집》, 1997년 사전 속 '회뢰(賄賂, 뇌물을 주고받음. 또는 그 뇌물)'는 우리 일상에서 거의 사라진 표현이다. 중년 이후에게 '와이로'는 '옛 기억'의 흔적으로 명멸하지만 젊은 세대의 어휘집에는 없는 낯선 말이다.

새삼 '와이로'를 끄집어내는 까닭은 '와이로의 헛것'이 여기저기 퍼지고 있기 때문이다. 역사와 고전의 탈을 쓰고 떠도는 확인되지 않은 인터넷 정보는 사회관계망서비스를 타고 마구 뿌려진다. 누구는 백운거사(고려 중기의 문신 이규보의 호)를 인용하고, 누구는 중국 고사에 기대어 '와이로의 역사와 전통'을 얘기한다. 과연 그럴까.

까마귀가 꾀꼬리에게 백로를 심판 삼아 노래 대결을 제안했다. 꾀꼬리는 열심히 연습했지만 까마귀는 엉뚱한 짓을 했다. 연습 대신 개구리를 잡아 백로에게 준 것이다. 대결 결과는 까마귀의 승리. 개구리를 받아먹은 심판이 까마귀의 손을 들어준 것이다. 이를 빗대어 이규보가 '유아무와 인생지한(有我無蛙 人生之恨)'이라 집에 붙여 놓았다. '나는 여기 있지만 개구리가 없어 인생 한이 맺히누나'라는 한탄이다. 여기서 나온 말이 '개구리 와(蛙)'+'이로울 리(利)', '백로 로(鷺)'인 '와이로'이다. '와이로'는 일본에서 유래한 것이 아니라 이 고사에서 온 것이다.

온라인의 '퍼 나르기'로 확대, 재생산되는 얘기의 하나이다. '와'에 '이로(而鷺)', '이(餌, 미끼)'와 '료(料)'를 붙인 변형도 눈에 띈다. '蛙利鷺'는 [와리로]라 읽는 게 맞고, '와이료'가 '-로'로 변하는 음운현상의 근거는 없다. '늙은 호랑이가 개구리를 받아먹고 꾀꼬리를 일등으로 꼽은 우화'를 1952년 한 일간지에 소개한 수필가 조경희는 "산중의 늙은 호랑이가 되어서 어찌 흑백을 가릴 수 있으며 양심과 정의의 길을 찾을 수 있는가"라고 했을 뿐 '와이로'를 갖다 붙이지 않았다. '팩트 체크'는 언론에만 필요한 게 아니다.

빛깔 이름

오감이라는 게 있다. 시각, 청각, 후각, 촉각, 미각을 두고 이르는 말이다. 나이 들수록 무뎌지는 게 감각이라는 것을 알기에 잘 보고 듣고 맛볼 수 있는 하루하루를 고맙게 여기며 살아간다. 휘황한 조명이 화려하게 펼쳐지는 공연장에서, 살아 있는 소리가 찰랑대며 휘감아 도는 음악회장에서 더욱 느낄 수 있는 감사함이다. 가림막 걷힌 숭례문을 바라볼 때도 그랬다. 먼발치에서 보면 용마루의 웅장함이, 가까이 다가가 보면 자연스러운 돌벽의 질박함과 처마 끝 단청의 아름다움이 보였다. 그 아름답던 단청이 문제투성이가 되어 우리 앞에 드러났었다.

'단청(丹靑)'은 옛날식 집의 벽, 기둥, 천장 따위에 여러 빛깔로 그림이나 무늬를 그린 그림이다.《표준국어대사전》 단청은 안료를 만드는 광물질인 '단사'와 '청확'을 붙여 이르는 말로 '단확', '단벽', '단록'이라고도 한다.《브리태니커 백과사전》 단청에는 글자에서처럼 붉음(丹, 붉을 단)과 푸름(靑, 푸를 청)만 있는 게 아니다. 파랑(동), 하양(서), 빨강(남), 검정(북), 노랑(중앙)인 '오방색'을 바탕으로 다양한 빛깔을 담고 있다. 단청의 기능은 아름다움에만 있는 것이 아니다. 옹이를 가리고 해충과 부식을 막아 목재의 단점을 보완하기도 하는 것이다.

2013년 복원된 숭례문 단청 작업에는 일본산 안료 12종이 쓰였다고 한다. 군청(남색), 삼청(하늘빛과 같은 푸른빛), 양록(진한 초록), 뇌록(잿빛을 띤 녹색), 주홍(붉은빛 띤 주황), 장단(주홍보다 약간 밝은 빛, 광명단), 황(황토색), 하엽(초록색), 연백(흰색), 호분(흰색) 먹물(검정)이다. 괄호 안 풀이는 따로 찾아 넣은 것이다. 색이 아닌 안료 이름이기는 하지만 한자어 이름이 학창 시절에 본 '먼셀표색계' 기호처럼 낯설다. 국립현대미술관이 전통 빛깔 어휘 231개를 모아 90개로 정리해 이름과 번호를 매긴《한국전통표준색명표》는 그래서 의미 있다. 치자색, 분홍색처럼 쉬운 말이 더 많았으면 금상첨화였을 것이다.

땅꺼짐

'싱크홀'은 지질 현상의 하나를 가리키는 용어이다. 정보통신기술(IT) 용어로 쓰일 때도 있다. 지질학에서 '싱크홀'은 '용식 함지'라 한다. '용식(溶蝕)'은 빗물이나 지하수가 암석을 녹여 침식하는 현상, '함지(陷地)'는 움푹 꺼져 들어간 땅을 뜻한다. 석회암 지역에서 주로 발생하는 현상인 '싱크홀'이 최근에는 자연 지형과 무관한 곳에서도 일어난다. 지하 난개발의 결과로 추측하지만 진짜 원인이 무엇인지 확실하지 않다. IT 분야의 '싱크홀'은 '디엔에스(DNS) 싱크홀', '디도스(DDoS) 싱크홀'처럼 '악성 봇 차단 설루션'의 하나를 이르는 이름이다.

문화방송이 〈신비한 TV 서프라이즈〉에서 소개한 '싱크홀'은 외국의 불가사의한 현상을 엮어 전한 '남의 얘기'였다.(2010년) 서울방송이 〈그것이 알고 싶다〉에서 '괴구멍 미스터리, 싱크홀의 정체는?'을 다루면서 비로소 '한국도 싱크홀 안전지대가 아니'라는 것을 알게 되었다.(2012년) 기사 검색 결과도 크게 다르지 않다. 국내 언론에 '싱크홀'이 등장한 때는 2010년이다.(네이버) 나라 밖 소식으로 이따금 알려지기 시작한 '싱크홀'은 국내 발생이 늘기 시작한 2012년 이후 기사 빈도가 늘어났다. 최근 '제2롯데월드' 공사 현장 근처 사고로 "수도권 주민 95%, '싱크홀 무서워'"하는 세상이 되었다.

'싱크홀(sink hole)'이 낯설 때, 매체들은 '순식간에 땅이 푹 꺼져 버리는(현상)', '멀쩡하던 땅이 갑자기 꺼져 생기는 구멍', '(땅이) 가라앉아 생긴 구멍', '지반이 붕괴되는 (현상)', '거대 구멍', '움푹 팬 웅덩이', '지반침하' 따위의 설명을 붙였다. 명사인 원어를 설명적으로 다루거나,

웅덩이(움푹 파여 물이 괸 곳)처럼 풀이가 적절하지 않은 것도 있다. '땅꺼짐'은 어떨까. 널리 쓰이고 있고(14만 2,000건, 구글), 정부 발표문에도 나오는 표현이다.('물 관리 종합 대책', 1996년 8월)

▶ 국립국어원의 '말다듬기위원회'가 '싱크홀'을 '함몰구멍/땅꺼짐'으로 다듬었다.(2014년 9월)
위 회의에서 함께 다듬어 정한 말은 '캐노피(canopy, 덮지붕)', '크로스핏(cross-fit, 고강도 복합 운동)', '피티/퍼스널트레이닝(P.T/Personal Training, 일대일 맞춤 운동)'이다.

안전문/망사문

서울시가 어려운 행정 용어 877개를 알기 쉽게 바꿔 쓰기로 했다. 2012년의 일이다. 가매장 → 임시 매장, 고참 → 선임자, 공란 → 빈칸, 아나고 → 붕장어…처럼 《일본어 투 용어 순화 자료집》(국립국어원, 2005)에서 바루어 놓은 것도 일부 포함되어 있다. 국어심의회를 거쳐 확정된 순화어는 정부 중앙부처는 물론이고 전국 지자체에도 널리 알려 함께 쓰기로 하겠다는 게 서울시 관계자의 말이다. 잘한 일이지만, 아쉬움 없지 않다. 스크린 도어가 빠져서이다.

'투명 유리벽'(ㄷ 일보), '승강장 안전 차단문', '자동문', '차단막'(ㅇ 뉴스), '추락 방지용 투명벽', '차단문'(ㅎ 일보), '유리 차단문'(ㅁ 일보)…. 우리나라에 들어온 지 채 10년이 되지 않은 스크린 도어는 이처럼 여

러 이름으로 불렸다. 스크린 도어 도입 논의가 본격화 된 계기가 '승강장 추락 사고'였음을 짐작할 수 있는 말들이다. 2003년 말, 〈한겨레〉는 '건설교통부는 승강장 안전사고 방지 대책을 마련해 2005년까지 모든 지하철 승강장에 안전 펜스와 스크린 도어를 설치하기로 했다'는 기사를 전하면서 제목으로 '지하철 승강장에 판막이'라고 달았다. 플랫폼을 '푸라토호무(プラットーホーム)'라 쓰는 일본에서는 '호무도아(ホームドア)' 또는 '스크린 도아'라고 한다.

승강장에 설치된 문은 '플랫폼 스크린 도어(Platform screen door)'이고, '스크린 도어(screen door)'는 '망사문'이다. 이 말은 2004년 7월에 국립국어원이 '안전문'으로 다듬은 바 있지만 여전히 스크린 도어를 입에 올리는 사람이 적잖다. 2012년 9월 4일 서울시가 마련한 '공공 언어 개선 시민 돌봄이 한마당'에서 '우리말가꿈이'가 제안한 용어 중에 '안전문(스크린 도어)'이 있다. 서울시는 2013년부터 단계적으로 서울시 지하철의 안내문과 안내 방송을 '스크린 도어'에서 '안전문'으로 바꾸었다.

뽁뽁이

'뽁뽁이'는 제 쓸모가 따로 정해진 것이 아니라는 것을 제대로 보여 준다. 미국의 발명가 앨프리드 필딩(Alfred Fielding)과 마크 샤반(Marc Chavannes)은 '뽁뽁이'를 만들어 벽지나 온실 단열재로 팔려 했지만 결과는 신통치 않았다. 1957년의 일이다. 여기서 포기했다면 지금의 '뽁뽁이'는 없었을지 모른다. 3년이 흐른 뒤, 또 다른 가능성을 떠올린 두 사람은 의기투합해 회사를 차렸고, 제품의 이름을 버블랩(Bubble Wrap)이라 지었다. 첫 고객은 비싼 기업용 컴퓨터 운반 방법을 찾던 아이비엠(IBM)이었다. 이름에서 알 수 있듯이 쓰임새는 벽지도 단열재도 아닌 포장재였다. 1960년대 초입의 일이다.

50여 년 전 발명자가 이루지 못했던 '단열재'의 뜻이 지금 이 땅에서 이루어지고 있다. 이른바 "'뽁뽁이'의 귀환"이다. 포장재뿐 아니라 노리개로도 유용한 '뽁뽁이'는 2009년 9월 '콘크리트 단열 보온 양생 공법'으로 뉴스에 등장한다. 같은 해 12월, '겨울철 하우스 참외 품질과 수량을 높이는 데 도움'이라는 기사가 나온다. 건설과 농업 부문에서 시작한 '뽁뽁이'의 단열 · 방풍 재주는 2011년에 대중적으로 빛을 발한다.

그 무렵 '에어캡 공장 바빠요'라는 자막에 '단열 효과를 내는 에어캡, 이른바 뽁뽁이 판매가 늘고 있다'는 뉴스를 보았다.(ㅁ 방송) 원 상표명은 '버블랩'이니, '에어캡'이나 '뽁뽁이'나 속칭인 것은 한가지이다. 그럼에도 '에어캡'은 방송 용어이고 '뽁뽁이'는 속칭으로 다루어야 할까, 싶었다. 프랑스어 벨루어(velour)와 갈고리(crochet)를 합쳐 만든 상표명 '벨크로(velcro)'에 '찍찍이'가 밀려나는 것도 아쉽기는 마찬가지이다. '뽁뽁이(버블랩)'와 '찍찍이(벨크로)'처럼 서양은 생김과 구실을 따져 명칭을 만들고 우리는 의성어에서 이름을 따올 때가 많다. 기능에서 비롯한 영어 '플런저(plunger)'는 우리에게 소리를 본뜬 '뚫어펑(뻥)'으로 통한다. 어설픈 언어 사대주의는 넘어서야 한다. 이참에 '뽁뽁이'와 '찍찍이', '뚫어펑(뻥)'을 제도권 언어로 받아들이면 어떨까 싶다.

비오토프

새 학기 교정은 싱그러움으로 넘실댄다. 개나리로 노랗게 물들었던 캠퍼스는 철쭉의 붉은 빛, 목련의 고아한 흰 빛으로 화사해진다. 흩뿌린 봄비에 묻어 날린 꽃비는 학교 여기저기에 모자이크로 남아 있다. 화무십일홍(花無十日紅), 꽃잎 흩어져 날린 자리에는 보드라운 연둣빛 잎사귀가 초록빛으로 짙어 간다. 해사한 청춘의 웃음이 형형색색 봄옷으로 갈아입은 꽃나무 사이를 가르며 터져 나온다. 학교 옥상에서 내려다본 정경이다. 옥상 한편에 자리 잡은 작은 생태 정원의 이파리가 봄바람에 일렁인다.

여남은 명은 족히 앉을 자리가 마련된 생태 정원에는 피어날 꽃들의 이름과 설명을 담은 안내판이 서 있다. '4~5월에 담홍자색(붉은빛을 띤 자주색) 꽃이 피는' 영산홍, '5월에 자색 꽃이 꽃줄기 끝에 2~3개씩 달리는' 붓꽃, '5월에 노란 꽃이 피는' 노랑꽃창포, '6~7월에 꽃이 피며 끝이 깊게 갈라지는' 상록패랭이, '6~7월에 꽃이 피며, 핫도그 모양의 열매를 맺는' 부들, '9~10월에 노란 꽃이 피며 잎은 머위같이 생긴' 털머위가 살고 있는 곳을 표시해 놓았다. 자상한 설명을 담은 안내판에는 큼지막하게 '수생 비오톱'이라 씌어 있다.

생각 첫밗에 '비오톱'은 붓꽃, 패랭이, 부들, 머위처럼 정겨운 토박이 이름이라 여겼다. 알고 보니 외국말이었다. '비오톱(biotope)'은 그리스어로 생명을 뜻하는 '비오스(bios)'와 땅 또는 영역을 뜻하는 '토포스(topos)'가 결합한 용어로 특정한 식물과 동물이 하나의 생물 공동체를 이룬 서식지를 의미한다.《서울시 도시계획 용어사전》 이 용어는 1999년 6월

"서울시 '비오톱 지도' 제작, 환경 보존 강화"를 다룬 기사에 처음 나온다. 이보다 앞선 1995년에는 '환경부가 인공적으로 생물 서식 공간(비오토프)을 만들기로 했다'에서처럼 '비오토프'가 등장한다. '비오톱'이 훨씬 많이 쓰이지만 규범에 따라 표기하면 '비오토프'가 맞다.

나들목-조롱목

사시사철이 나들이 철이다. 도시의 소음과 수많은 사람, 빌딩 숲을 벗어나 여행을 떠나려면 교통 혼잡을 겪어야 할 때가 있다. 여기저기 차가 밀리고 길이 막히는 구간이 있기 때문이다. 차량 정체와 지체 원인은 차선 도색 작업이나 병목현상, 무리한 차선 변경에 따른 접촉 사고 등 여러 가지. 갑갑한 교통 상황에서 '차선 도색', '병목', '차선 변경'이란 표현과 마주치면 더 답답해진다.

'차선도색작업중(車線塗色作業中)'. 한자까지 병기된 안내판을 본 적 있다. 우리나라에서, 그리고 일본에서 보았다. '차선 도색'은 우리말에 어울리지 않는다. 《표준국어대사전》에 표제어로 뒤늦게 오른 도색(塗色)은 색칠, 채색과 같은 뜻이다. 차선 도색은 그러니까 '차선을 색칠한다'는 표현이 된다. 도로에 선을 긋고 안내 표시를 새기는 작업은 '차선 긋기 작업'이나 '노면 표시 작업'이라 해야 제 뜻을 담아낸다.

병목현상은 '도로의 폭이 병목처럼 갑자기 좁아진 곳에서 일어나는 교통 정체 현상《표준국어대사전》'이다. 병목과 함께 같은 뜻인 조롱목(조롱 모양처럼 된 길목)을 쓰면 어떨까. 병목(甁-)은 버틀네크(bottleneck)를 직역한 낱말이니 토박이말을 살려 쓰자는 뜻이다. 인터체인지를 다듬은 나들목과 짝을 이루니 더욱 좋다. 차선(line)은 '자동차 도로에 주행 방향을 따라 일정한 간격으로 그어 놓은 선'이고, 차로(lane)는 '찻길'로 차가 다니는 길이다. "운전자가 차선 변경을 하며 신경전을…"(ㅁ 방송 뉴스)은 '…차로 변경…'으로 해야 맞다.

경찰이 3색 화살표 신호등 도입 계획을 검토했다가 철회한 적이 있다. 새로운 교통 신호 체계 도입이 시민 생활에 혼란을 불러일으킨다는 비판에 따른 것이다. 교통은 서로 잘 오고 가게 하는 것이니 교통 정책을 잘 세우고 제대로 펴 나가려면 그 결정처럼 여론과 소통해야 한다. 교통 용어도 시민들이 이해하기 쉽고 정확한 표현으로 다듬어 나가야 한다.

마탄의 사수

관악과 현악, 타악의 연주가 어우러진 베토벤과 브람스의 연주는 만듦새 좋은 정밀기계를 만지작거리는 만족감을 주었다. 청중의 열광적인 환호에 이은 앙코르 곡도 훌륭했다. 어느 겨울의 끝자락 즈음에 들었던 오케스트라 연주가 지금도 귓전을 맴돈다. 이 연주회를 마련한 신용카드 회사가 내 건 공연 제목은 '로열 콘세르트허바우&정명훈'. 대부분의 언론이 주최사가 내세운 표기를 따랐다. 아쉬운 대목이다. 주한 네덜란드 대사관 관계자는 "'콘서트홀'을 뜻하는 네덜란드어 발음은 '콘세흐트허바우'처럼 들릴 수 있지만 대한민국 어문 규정에 따라 '콘세르트헤바우'로 적는다"고 밝혔다. 외래어 표기법의 '네덜란드어 자모와 한글 대조표'에 따르면 'Concertgebouw'는 '콘세르트헤바우'가 된다.

'로열 콘세르트헤바우'가 들려준 앙코르 곡은 베버의 오페라 〈마탄의 사수〉 전주곡이었다. 오스트리아에서 제대로 음악을 공부한 서희태 지휘자에게 "'마탄의 사수'는 '마법 탄환을 쏘는 사람'이라는 뜻인가" 하고 물었다. 머뭇거리듯 아주 짧게 숨을 고른 그는 뜻밖의 답을 했다. "원제목인 '데어 프라이쉬츠(Der Freischütz)'는 '자유의 사수'로 번역하기도 한다"라고 한 그가 머뭇거릴 만한 이유를 알 수 있었다.

'자유의 사수(自由-射手): 베버가 작곡한 3막의 오페라. 중세 독일의 전설에서 소재를 딴 낭만파 음악의…'《표준국어대사전》처럼 '자유-'로 해석한 경우가 있기 때문이었다. 하지만 이 경우에는 '마탄', 그러니까 '마법의 총알'을 뜻하는 '디 프라이쿠겔(Die Freikugel)'에서 온 것으로 봐야 한다. 이 낱말의 접두사는 '자유(frei-)'이니 '자유롭게 날아가서 명중시키는 총알'이 되고, '백발백중하는 전설 속의 마법 총알'이 나오는 작품 줄거리를 바탕으로 보면 바른 번역은 '마(법이 걸린) 탄(환을 쏘는) 사수'라 하는 게 맞다. 《표준국어대사전》에 오른 표제어 '자유의 사수'는 그래서 재고해야 한다.

영란은행

야트막한 언덕 위 시계탑 건물의 강의실. 학창 시절에 전공 과목을 듣던 곳이다. 영시를 강의하던 교수는 '애란' 얘기를 할 때면 담배를 꺼내 물었다. 예이츠(Yeats)를 배울 때였을 것이다. 《더블린 사람들(Dubliners)》을 읽을 때도 '애란'은 빠지지 않았고, 《고도를 기다리며(Wating for Godot)》 강독 시간에도 그러했다. 제임스 조이스((James Joyce), 사뮈엘 베케트(Samuel Beckett)의 고향이 '애란'이기 때문이다. 영어 '아일랜드', 게일어 '에이레'보다 한자 음역어 '애란(愛蘭)'이라 부르는 게 왠지 그 나라 정서에 어울리는 것 같았던 시절의 일이다.

불란서(프랑스), 이태리(이탈리아), 서반아(스페인), 희랍(그리스), 화란(네덜란드), 파란(폴란드), 서전(스웨덴), 오지리(오스트리아), 애급(이집트), 아라사(러시아), 토이기(터키) 따위는 널리 쓰인 한자 음역어이다. 앞 글자를 딴 '불(佛, 프랑스)', '화(和, 네덜란드)', '인니(印尼, 인도네시아)', '마(馬, 말레이시아) 같은 표현도 인쇄 매체에 자주 등장했었다. 미국, 독일, 호주, 태국, 인도 그리고 영국은 여전히 음역어로 통하는 나라이다.

영국의 정식 명칭은 '대브리튼 북아일랜드 연합 왕국(United Kingdom of Great Britain and Northern Ireland)'이다. 잉글랜드와 웨일스, 스코틀랜드를 통틀어 이르는 '브리튼'과 아일랜드섬 북쪽 일부 지역으로 이루어진 이 나라는 '유케이(UK)', '지비(GB)'로 줄여 표기하기도 한다. 영국(英國)은 '잉글랜드'의 음역어 '英蘭'에서 온 말이다. 우리는 '영란', 일본은 '잉구란도(イングランド)'로 읽는다. '뱅크 오브 잉글랜드(BOE, Bank of England)'를 '영란은행'으로 번역한 까닭이 여기에 있다. '영란'이 어디인지 모르는 사람이 많은 세상이 된 지 오래된 지금도 방송 뉴스와 신문, 인터넷 매체는 'BOE'를 '영란은행', '영국은행', '영국중앙은행'으로 달리 이른다. '한 은행, 다른 이름'? 하나로 정한다면 '영국(중앙)은행'이 어떨까 싶다.

美國/米國

'영길리국(英吉利國), 애란국(愛蘭國), 사객란국(斯客蘭國)이 합쳐져 한 나라를 이루었기 때문에 대영국(大英國)이라고 부르고, 국왕의 성은 위씨(威氏)이며…'. 잉글랜드, 아일랜드, 스코틀랜드와 윌리엄 4세를 한자로 옮긴 이름이 그럴듯하다. 순조 32년(서기 1832년) 7월 21일치《조선왕조실록》의 한 대목이다. 기록이 있던 날 이후 180여 년이 흐른 오늘, '대영국'은 변함없다. 몇 해 전 스코틀랜드 분리 독립 주민투표 결과 '독립안 부결'이 확정되었기 때문이다.

앞에서 '영란(英蘭)'은 '잉글랜드'를 음역한 것이라 하면서 '미국, 독일, 호주, 태국은 여전히 음역어로 통하는 나라'라 했다. 그랬더니 "미국도?", "다른 나라는 그럴듯한데 '미국'은 어떤 이름을 옮긴 것인지 가늠하기 어렵다", "'美國'과 '米國'으로 달리 표기하는 까닭은 무엇인가" 묻는 이들이 제법 있었다. '미국'을 뜻하는 한자 이름은 크게 둘로 나뉜다. '아묵리가(亞墨利加)', '아미리가(亞美里加)'처럼 '아메리카'와 비슷한 게 있고, '미리가(美理哥), 미리견(美利堅 · 彌利堅 · 米利堅)'처럼 원이름이 알쏭한 것이다. 'America[əmérikə]'의 발음이 첫음절 '어'는 약하게, 악센트가 있는 둘째 음절 '메'는 강하게 들리기 때문에 생긴 일이다.

우리나라와 중국은 '美國', 일본은 '米國'이라 한다.《조선왕조실록》과 옛 신문을 훑어보면 '美國'과 '米國'이 외국 영향에서 자유롭지 않았다는 것을 짐작할 수 있다. 고종 때부터 순조 즉위년(1907년)까지는 '美國'이다가 1908년부터 '米-'로 기록된다. 일제강점기 '米國'은 광복 후 미군정기를 거치면서 다시 '美國'이 된다. '美國'은 '아름다운 나라'이고,

'米國'은 '쌀이 많이 나는 나라'라는 이야기는 제 나름의 생각을 담아 갖다 붙인 것이다. 세계 육지의 3분의 1을 차지하는 큰 대륙을 '아세아(亞細亞)'라 하는 것처럼 음역은 '한자를 가지고 외국어 음을 나타내는 것'일 뿐이다.

시보리 1

성모 마리아가 예수 그리스도의 주검을 떠받치고 비통에 잠긴 모습을 묘사한 작품을 '피에타'라 한다. 로마의 성베드로 대성당에 있는 미켈란젤로의 작품이 널리 알려져 있지만 같은 작가의 다른 작품이 피렌체에도 있다. 독일에는 나무로 조각한 피에타가 있고, 프랑스 아비뇽의 피에타, 크로아티아 두브로브니크 교회 문의 피에타, 중동 국가인 레바논의 하리사에도 피에타가 있다. 이처럼 기독교 예술 주제의 하나로 널리 알려져 있는 피에타(Pietà)는 이탈리아어로 원래 '슬픔, 비탄'을 뜻하는 보통 명사이다.《위키백과》

2012년 베네치아 영화제에서 최우수작품상을 받은 〈피에타〉를 보았다. 조민수가 이정진을 안고 있는, 미켈란젤로의 작품을 떠올리게 한 포스터 장면은 영화에 나오지 않았다. 영화는 청계천 뒷골목에 다닥다닥 붙어 있는 손바닥만 한 공장에서 벌어지는 이모저모를 담았다. 편치 않은 상황들을 보라, 감독이 버럭 소리치며 관객의 손목을 잡아끌고 들어가 보여 주는 듯했다. 육중한 공작기계 소리는 들쳐 메기 어려운 버거운 삶의 소리, 회색조의 칙칙한 화면은 간난한 살림을 드러내고 있었다. 영화 끝난 뒤 이무기 승천하듯 올라가는 자막에 뜻 모를 글자들이 꿈틀댔다.

청계천 거리 풍경 속 글자인 '시보리'는 뭘까, 새삼 궁금해졌다. '시보리(しぼり)'는 짐작대로 일본말이었다. 국립국어원 누리집을 찾아보니 쓰임이 여럿인 만큼 순화어도 달랐다. 영화 속의 쇠 깎는 작업, 그러니까 '둥근 기물을 가공하는 선반 작업'은 '물레질'이었고, '소매나 깃 또는 밑단에 사용되는 신축성 있는 편직물'은 '(뜨개)조르개'였다. '시보리'는 '물수건'과 '홀치기(염색)', '조리개'의 뜻으로도 여전히 쓰이고 있었다. 영화관을 나서니 구름 잔뜩 낀 하늘 아래 청계천 세운상가와 잇닿아 있는 건물이 버티고 서 있었다. 청계천을 비롯한 곳곳에 '시보리'와 같은 흔적이 여전히 더께로 남아 있다는 생각에 마음이 편치 않았다.

시보리 2

"그러니까 데나우시 안 생기게 시야게 잘해서 오사마리 합시다." 이는 방송 제작 현장에서 들을 수 있는 말이다. 그 바닥 전문가가 아니면 뜻 헤아리기 어려운 이런 말을 풀어내기 위해 방송 관계자들이 의기투합한 적이 있다. '어쩔 수 없이' 쓰고 있는 일본어 잔재를 다듬기 위해서였다. 국어학을 전공한 박사와 아나운서, 방송 세트를 만드는 현장 실무자가 머리를 맞대고 매주 하나씩 다듬어 나가자고 발 벗고 나섰던 게 벌써 몇 년 전의 일이다. 당시 'MBC우리말위원회'

전문위원이었던 한성우(인하대 교수), 이현주(국립국어원 학예연구관)와 미술감독인 서영오 세트 디자이너, 그리고 내가 앞장섰다. 건설 현장, 영화 촬영장에서도 이와 비슷한 움직임은 여전히 이어지고 있다.

지난주, 영화 〈피에타〉 속의 '시보리'를 곱씹으며 공구, 공작 업계와 의상, 봉제 업계뿐 아니라 일상에서도 여태 쓰이고 있는 일본 용어 찌꺼기가 다양함을 짚어 보았다. '빠우', '로구로', '스카시', '헤라시보리' 따위가 빠질 수 없는 보기이다. '헤라시보리'를 인터넷 누리집에 소개한 한 업체의 설명은 이렇다. "'헤라(へら, 구둣주걱)'처럼 길쭉한 막대기를 지렛대처럼 사용해 선반으로 둥근 기물을 가공하는 작업. 트로피, 종, 밥공기, 화분 등을 만드는 일로 100% 수작업으로 이뤄진다." 그 분야에서는 전문용어처럼 쓰지만 일반인에게는 낯선 표현이기에 따로 풀어 주었을 것이다.

금속이나 돌의 표면을 매끄럽게 마무리하는 기계나 작업인 '빠우'는 '광내기', 목기나 가구 다리를 만드는 데 사용하는 기구인 '로구로'는 '돌림판', 실톱으로 무늬를 내는 작업을 뜻하는 '스카시'는 '실톱질'로 이미 다듬은 표현이다.《국어순화용어자료집》 현장 곳곳에 드리워진 일본 투 용어를 모두 걷어 낼 수는 없는 일이다. 하지만 비계(아시바), 줄(야스리), 놋쇠(신츄)처럼 번듯한 우리말이 있으면 마땅히 제자리 찾아 써야 한다. 글머리에 내보인 말은 그래서 이렇게 다듬어야 한다.

"그러니까 뜯어고치는 일 안 생기게 마무리 잘해서 작업 끝냅시다."

정보무늬

사회생활하며 익혀 가는 세상살이 중의 하나가 명함 주고받는 법이다. 상대방과 눈 맞추고 두 손 모아 명함 건넨 뒤 악수를 청하는 게 기본. 내키지 않은 만남이어도, 인사치레에 그칠 거라는 걸 뻔히 알아도 '명함 거래'는 빠질 수 없는 사회 예절이 된 듯하다. 자신의 정보를 드러내는 명함은 시대 흐름을 담아내기도 한다. 흰 바탕에 검은 글씨 일색이던 명함이 형형색색 다양한 빛깔로 옷을 갈아입은 건 오래전의 일. 플라스틱이나 헝겊으로 만든 게 있는가 하면 금박, 은박 명함도 있다. 인쇄 대신 구멍 뚫기도 하고 오톨도톨하게 점자 찍은 것도 있다. 최근에는 이것이 박힌 명함이 부쩍 많아졌다. 얼마 전 네덜란드에서는 이것을 새긴 기념 동전까지 만들었다니까 말이다. 요즘 정보 전달 방법의 추세인 이것은 큐아르(QR)코드이다.

인터넷과 인쇄 광고, 명함은 물론이고 건물 외벽에도 큼지막하게 붙어 있는 큐아르코드는 '숫자 최대 7,089자, 한자 등 아시아 문자 최대 1,728자의 정보를 담을 수 있어서'《위키백과》 스마트폰의 인식 기능과 더불어 큰 인기를 끌고 있다. 큐아르(QR)는 '퀵 리스폰스(Quick Response)'의 머리글자를 붙여 만든 용어이다. 뜻이 단번에 들어오지 않는 표현이라 마뜩잖던 터에 '정보무늬'가 눈에 확 띄었다. QR코드=정보무늬. 뜻도 그럴뿐더러 부르기도 썩 괜찮은 표현이다. 정보무늬는 국립국어원이 누리꾼과 함께 다듬은 말이다. '우리말 다듬기'에서 정리해 온 표현은 무척 많다. 댓글(리플)을 시작으로 누리꾼(네티즌), 누리집(홈페이지) 같은 온라인 용어와 각자 내기(더치페이), 대리 주차(발레파킹),

꾸러미 상품(패키지 상품) 등을 다듬은 생활 용어는 제법 자리 잡아 가고 있고 누비옷(패딩)이나 조리법(레시피)처럼 외래어에 치여 제구실 못했던 말은 되살아났다. 억지로 꿰맞춰 헛것이 된 말도 적지 않다. 말다듬기 성과를 '숫자 놀음'으로 가늠할 일은 아니다. 말글살이의 임자인 언중의 뜻을 한층 더 살피는 일은 그래서 중요하다.

중동

'뉴스(news)'는 '새로운 것(new)'의 복수형이다. 한때 '북(N)−동(E)−서(W)−남(S), 사방에서 전해 오는 기별을 한데 모은 소식'이란 그럴듯한 주장에 솔깃했던 적이 있었지만 사실을 확인하는 데는 그리 오래 걸리지 않았다. 영어권이 아닌 다른 나라의 같은 뜻 표현도 '새로운 것들'이었기 때문이다. 그때 얻은 소득은 '뉴스의 어원 확인'만이 아니었다. '동서남북'을 서양에서는 '북−남−동−서' 순으로 꼽는다는 것이다.

동가식서가숙, 동분서주, 동문서답, 동서고금처럼 방향을 짚을 땐 언제나 '동(東)'이 '서(西)'에 앞선다. 남남북녀, 남전북답(南田北畓, 논밭이 여기저기 흩어져 있다는 뜻)에서 보듯 '남(南)'은 '북(北)'보다 앞선다. 우리 지도와 사전에는 동남아시아, 서남아시아, 동북아시아만 있을 뿐 '남동(남서/북동)아시아'는 없다. 국립국어원이 펴낸《방언 이야기》는 '동남 방언', '서남 방언', '동북 방언', '서북 방언', '중부 방언', '제주 방언'으로 나눠 설명한다. 미국 델타항공에 합병된 '노스웨스트항공(NWA)'은 영어 순서(북-서)와 달리 우리나라에서는 '서북항공'으로 불렸다. 자석을 다른 말로 '지북철(指北鐵)'이 아닌 '지남철(-南-)'이라 하는 것도 새겨 볼 만하다. 방위를 매길 때, 우리는 동-서-남-북 순으로 꼽은 것이다.

말은 문화이다. 문화에서 말이 비롯한다. 방위 순서에도 문화가 담겨 있다. 서양의 '북동아시아(Northeast-)'를 우리 언어문화에 맞춰 '동북아시아'라 하는 건 그래서이다. 유럽 관점에서 나온 '극동(The Far East)', '근동(The Near East)'이란 명칭은 '동아시아', '서아시아'로 바꾼 지 제법 되었다. 영국의 패권이 한창이던 19세기에 등장한 '중동(The Middle East)'은 이렇다 할 대체어를 찾기 어렵다. 지리적 경계를 떠나 문화·종교적 무게가 가볍지 않기 때문일 것이다. '중동'을 갈음할 말에는 뭐가 있을까.

해독/치유

바다를 건넜다. 몇 시간을 날아 도착한 그곳에서 이루려 한 것이 있다. '온라인'을 끊는 것이다. 쉽지 않은 일이었다. 공항에 내려 휴대전화를 켜니 저절로 로밍(roaming)이 되었다. 이런, 기기뿐 아니라 몸도 '온라인'을 기억하고 있었다. 혹시 모를 상황에 대비한다는 핑계로 로밍 상태는 유지하기로 했다. 완벽한 오프라인은 포기했지만 데이터 로밍은 하지 않았다. 사회관계망서비스 따위에서 벗어나고 싶어서였다. 어줍은 오프라인 세상을 이루리라는 야무진 생각은 잡지 표지를 보며 더 굳어졌다. 무료함을 달래려 들고 간 미국 시사 주간지 한국판은 '디지털 해독을 위해 떠난 힐링 여행'을 표지 기사로 다루었다. 잡지는 최근에 가장 뜨는 여행 트렌드는 '디지털 디톡스'라 하면서 '디톡스(독소 제거)'의 뜻을 괄호에 넣어 풀이했다. 원어(de-, '제거, 분리'를 뜻하는 접두사)에 충실하려는 번역자의 생각이 담긴 듯하다.

몇 년 전에 처음 만난 '디톡스'의 뜻을 단박에 알아채지 못했던, 그즈음에 늘기 시작한 '힐링 요가'와 '웰빙' 간판이 낯설었던, 기억이 떠올랐다. '힐링(뮤직)'은 2010년 '충청북도 행정용어순화자문회의'에서 '치유(음악)'로, '웰빙'은 2004년 '모두가 함께하는 우리말 다듬기'에서 '참살이'로 다듬은 말이다. 영어 '디톡스(detox, detoxification의 줄임말)'는 '몸 안의 독소를 없애는 일'로 2003년 국립국어원 '신어 자료집'에 수록된 단어이다. 외래어 표기법을 따르면 '웰비잉[wel-biːɪŋ]', '디탁스[diːtάks]'가 되겠지만 외래어 심의회 등에서 따로 다루지는 않았다. 언중은 이 용어들을 어떻게 쓰고 있을까. 인터넷을 검색해 보니 '해독'(460만여 건)은 '디톡스'(1,700만여 건)와 차이가 컸지만 '해독주스'(1,180만여 건)는 '디톡스주스'(8만 3,000여 건)를 앞섰다. 방송 프로그램 '힐링캠프'를 제외하면 '힐링'(350만여 건)도 '치유'(600만여 건)에 못 미쳤다.(구글 검색) 언중은 쉬운 말에 끌린다는 방증일 것이다.

신장-콩팥

건강검진 결과를 받으면 해석 절차가 따른다. 일상에서 듣기 힘든 '의학 용어' 등이 튀어나오기 때문이다.

신장과 심장 기능 정상. 체중과 신장도 조금 늘었다. 비장과 담낭에 낭종 소견 있으니 추적 관찰 필요. 탄수화물 섭취를 줄이고 단백질 위주 식단 권장. 폐포 기능 향상을 위해 금연할 것.

건강 검진 결과 통보서에 담긴 내용은 대충 이랬다. 같은 내용을 이렇게 풀어 쓰면 어떨까.

"콩팥과 염통은 제 몫을 하고 있음. 몸무게 늘고 키도 커졌음. 지라와 쓸개에 주머니혹이 있으니 더 자세히 살펴보기 바람. 녹말은 적게 흰자질은 많이 먹을 것. 허파꽈리가 제구실하게 담배 끊을 것."

앞과 뒤 글월의 뜻은 물론 같다. 비장과 담낭은 내 몸 어디에 있는 내장인지 해가 거듭되어도 여전히 헷갈린다. 비장(脾臟)=지라, 담낭(膽囊)=쓸개. 이번에는 제대로 알아두어야겠다. 지라는 왼쪽 콩팥 위에, 쓸개는 오른쪽에 있는 간 아래에 붙어 있다.

'염통에 털 났다'(체면도 없이 아주 뻔뻔하다), '염통에 바람 들다'(마음이 들떠서 제대로 행동하지 못하다)처럼 심장을 버리고 염통만 쓰자고 제안하려는 것은 아니다. 한자말도 외래어도 잘 품고 다듬어 써야 할 우리말이니까. 하지만 '신장이 좋다'는 말은 삼가야 한다. 스포츠 중계방송에 나선 해설자가 흔히 쓰는 이 말은 '키가 크다' 하면 될 일이다. 그나저나 '겉은 멀쩡해 뵈는 아나운서가 속병을 앓고 있네' 하는 걱정은 하지 않으셔도 된다. 내 '건강 성적표'를 그대로 옮겨 온 것은 아니니까. 독자 여러분 모두 건강하시기 바란다.

지.라.시

세밑을 앞두고 '노점상연합회원'이 라디오에 출연해 노점의 필요성에 대해 이야기했다. "(서민의 친구인) 길거리 떡볶이, 오뎅을…, 아 죄송합니다…". '오뎅' 대목에서 아차, 싶었던 것이다. "괜찮아요, 청와대에서도 '찌라시' 하는 판에!" 하고 진행자가 한마디 거든다. 청와대 공식 발표에 '찌라시'가 등장하고, 야당 측은 "'찌라시'를 '공공 기록물'로 인정한 것"이라며 목소리 높이는 세상에 '오뎅'이라 하는 게 뭔 대수이겠는가, 비틀어 말한 것이다. 박근혜 대통령 시절의 일이다.

청와대 발표에 '찌라시'가 등장하기 전에는 '증권가 소식지', '사설 정보지' 등으로 쓴 뒤 '속칭(일명) 찌라시'를 괄호에 넣는 게 일반적이었다. '찌라시'는 일본에서 온 말이다. 일본 사전 '고지엔(広辞苑)'은 '지라시(ちらし[散らし])'의 첫 번째 뜻으로 '뿌리는 것', 두 번째 뜻으로 '광고를 위해 배포하는 인쇄물'을 제시한다. 일제강점기 때 신문을 찾아보았다. '…황군 위문품(皇軍慰問品)을 특선(特選)하여 이 위문품을 중심으로, 지라시, 가다로구를 작성하든지…'(ㄷ 일보, 1937년 10월 23일)에 '지라시'와 '가다로구(카탈로그)'가 나온다. 황군 위문품의 '목록(일람표, 상품 안내서)' 작성이 필요하다는 내용이다. '(발행) 부수'를 뜻하는 러시아어 '티라시(тираж)' 유래설도 있지만 발음이 비슷할 뿐 '찌라시'와 관계있다는 근거는 찾기 어렵다.

"선전을 위해 만든 종이쪽지. '낱장 광고', '선전지'로 순화"로 풀이한 《표준국어대사전》의 표제어는 '지라시'이다. 'チ/ち'가 첫소리일 경우 '지'로 쓴다는 외래어 표기법을 따른 것이다. 지난 일주일 뉴스 검색 결과는 '찌라시'(989건)와 '지라시'(29건)로 차이가 크다.(네이버) 특정 매체(ㅁ 경제)만 규범을 지키려 애쓴다. 외래어 표기법을 좇으면 '잔폰(ちゃんぽん)'이지만 사전은 '짬뽕'을 표제어로 정했다. 《고려대 한국어대사전》은 '찌라시'를 인정한다. '잔폰'과 '지라시'—규범은 멀고, '짬뽕'과 '찌라시'—현실은 가깝다.

▸ 덧붙임 : 문화방송에서 '지라시'는 〈지금은 라디오 시대〉로 통한다. 라디오 청취율 1위를 자랑하던 프로그램이다.

재플리시 1

"경제를 다시 세울 수 있는 마지막 '골든타임'이다"(대통령), "마지막 '골든타임'이라는 박근혜 대통령의 현실 인식에 전적으로…"(새누리당 대표), "개헌의 '골든타임'을 놓치면 낡은 정치는 지속될 것…"(새정치민주연합 비대위원장), "경제 회생의 '골든타임'이 되도록…"(같은 당 대변인). 대통령과 여야 대표의 지난주 국회 연설, 당 대변인 발언에 공통적으로 등장한 열쇳말은 '골든타임'이다.

'골든타임'은 '인명을 구조하기 위한 초반 금쪽같은 시간'《경제용어사전》, 한경닷컴, '의학적으로 어떤 치료가 효과 있기 위해 행해져야 하는 제한 시간'《위키백과》의 의미로 널리 쓰이지만, 예전부터 '청취율이나 시청률이 가장 높은 시간'《매스컴대사전》, 《시사상식사전》 등의 뜻으로 써 온 표현이다. '골든타임'은 영어가 아니라 일본 조어로 '프라임타임(prime time)'을 이르는 말이다. 요즘 정치권 등에서는 '시청률'이나 '사람 살리기 위한 시급함'보다는 '중요한 시기(때, 기회)'와 관련 깊게 쓰인다.

1999년 이전 뉴스 검색 결과는 '골든타임'(189건)이나 '골든아워'(354건)보다 '황금시간'(3,052건)의 쓰임이 한참 앞선다.(네이버) 두 표현의 사용 빈도가 뒤집힌 것은 '사건 · 사고'에 관심이 커진 세태 변화 때문일 것이다. 쓰임이 어떻든 '골든타임'은 금쪽같은 시간, 곧 '황금시간'이다. 국립국어원 '말다듬기위원회'와 서울시 '국어바르게쓰기위원회'가 '골든타임'을 '황금시간'으로 새삼 다듬은 까닭이다. 2014년 당시 두 위원회의 '황금시간'을 다룬 뉴스는 각각 11건과 16건에 불과하다. 대통령과 여야 대표 연설의 '골든타임'은 사흘 동안 뉴스에 757건 등장한다. '20여 건'vs.'750여 건'. '아래'에서 다듬어도 '위'에서 쓰지 않으면 널리 퍼지지 않는다. 아시겠지만, 국어기본법은 국회가 입법했고, 국립국어원장은 정부가 임명한다.

▶ 2017년 12월 현재 관련 표제어는 '골든아워'로 바뀌었다. '골든타임'으로 잘못 사용하는 경우가 종종 있다는 설명도 덧붙였다.

재플리시 2

'골든타임'은 '시청률이 높은 시간대'를 뜻하는 '프라임타임'을 일본에서 부르는 말에서 왔다. 이미 짚어 본 내용이다. 이런 영어를 '재플리시(Japlish)' 또는 '쟁글리시(Janglish)'라 한다. 아이돌, 스킨십, 백미러, 사인펜, 오토바이, 라이브 하우스, 샌드백, 콘센트, 캠핑카, 아르바이트, 모닝콜…. 일본《위키백과》'와세이에이고(和製英語)' 항목에서 열거한 것의 일부이다. 아파트, 리모컨, 레미콘, 슈크림, 테마파크 따위도 일본에서 들어온 얼치기 외래어이다. 일본어가 우리말에 미친 영향은 외래어(외국어)에만 있는 게 아니다.

'우리말 속 일본어'를 톺아 엮은 사전이 나왔다. 대통령, 헌법, 검사, 철학, 오방떡, 팔방미인, 모험, 전망, 사회, 연애 따위가 일본 한자를 음독한 것이라는 걸 새삼 일깨워 주는 말광이다. 이참에 관련 정보를 사전에 반영하면 어떨까 싶다. '냄비'가 일본어 '나베(なべ)'에서, '몽타주'가 프랑스어(montage)에서 왔음을 알리는 것처럼 관련 낱말에 '우리말 속 일본어'임을 밝히는 것이다. 사전은 원어를 밝혀 주는 구실도 하기 때문이다. 어떤 게 일본어에서 온 것인지 구별이 쉽지 않은 현실을 고려하면 더욱 그렇다.

사전을 엮어 낸 이한섭 교수(고려대 일어일문학)는 〈한겨레〉 인터뷰에서 "걱정스러운 것은 어떤 단어가 일본어에서 온 것인지 구별하기 쉽지 않다"는 것이라면서 "영어나 중국어에서 온 말과 같이 외래어의 일부로 보아도 될 시점"이라 했다. 외래어를 제대로 받아들여 쓰는 것은 언어문화를 풍성하게 가꾸는 데 도움이 될 것이라 생각하기 때문일 것이다. 일본에서 온 말이니 무조건 쓰지 말자, 하는 것은 소아병적 발상이다. 아, '소아병(小児病)'도 일본어에서 온 것이다. 레닌이 쓴《Детская болезнь "левизны" в коммунизме》(1920년)의 번역 '共産主義における左翼小児病(공산주의의 좌익소아병, 1926년)'에서 비롯한 표현으로 대개 '소아병적(-的)'의 형태로 '언행이 유치하거나 사상이 극단적인 것을 비유적으로 이르는'이라는 의미이다.

화성돈

내가 다닌 중학교는 미션스쿨(mission school)이었다. 성경은 정규 과목이었고, 시험 결과는 성적에 반영되었다. 교목이 담당한 성경 과목은《창세기》를 비롯한 구약의 주요 내용과 신약을 두루 다루었다. 성경 시간은 내게 역사 · 문학 시간이기도 했다. 모세가 나오고, 홍해가 갈라지며, 십계가 등장하는 대목은 대하소설을 읽는 것처럼 재미있었으니까. 이 내용이 담긴《출애굽기》를 처음 접한 날 '무엇을 굽는 것이지(출애 굽기)?' 궁금해했던 기억이 새롭다.《출애굽기》는 '이스라엘 민족이 모세의 인도로 노예 생활하던 이집트에서 탈출한 기록', 그러니까 '출(出)–애급(埃及, 이집트의 한자 음역)–기(記)'라는 것을 알려 준 사람은 없었다. '출애굽기'는 '출애급기'의 발음이 변해서 굳어진 표현이다.[1]

이집트를 '애급'처럼 한자로 쓰고 읽는 이름은 제법 많다. 호주(오스트레일리아), 독일(도이칠란트), 인도(인디아), 태국(타일랜드) 등은 여전히 쓰이고, 니코스 카잔차키스(Nikos Kazantzakis)의 소설《그리스인 조르바》는 '희랍인(希臘–) 조르바'와 나란히 서점에 꽂혀 있다. 1970~1980년대 인기 있던 노래 〈나성(羅城, 로스앤젤레스)에 가면〉이 나온 뒤 '그룹

---

1 가톨릭(천주교)에서는 '탈출기'라 한다. 'Exodus'의 원뜻을 담은 것이다.《표준국어대사전》은 '탈출기'를 '탈출한 과정을 적은 글', '최서해가 1925년에 발표한 소설'로 설명한다. 보완이 필요한 대목이다. 가톨릭과 개신교 성경에서 차이가 있는 명칭의 몇 가지 보기는 다음과 같다. 마태/마테오, 마가/마르코, 누가/루카, 로마서/로마 신자들에게 보낸 서간, 고린도전서(후서)/코린도 신자들에게 보낸 첫째 서간(둘째 서간), 요한계시록/요한묵시록, 사사기/판관기….

이글스의 〈호텔 캘리포니아〉'를 '독수리들이 부르는 가주(加州, 캘리포니아) 여인숙'처럼 장난스럽게 번역하기도 했다. 작곡가 윤이상, 시인 천상병 등이 연루되었던 '동백림(東伯林, 동베를린) 사건'은 진상 규명을 위한 논란이 여전히 이어지고 있다.

'대한제국의 옛 주미 공사관 건물을 우리 정부가 사들였다'는 기사를 보면서 외국의 옛 지명이 궁금했다. 당시 이곳의 이름은 '대조선 주차 미국 화성돈 공사관(大朝鮮駐箚 美國華盛頓 公使館)'으로 '조선이 외교 사절로서 외국에 머물러 있는(駐箚) 미국 워싱턴(華盛頓) 공사관'이란 뜻이다. 이 소식을 다루면서 '화성돈은 워싱턴의 음역'이라 풀어 주었으면 어땠을까 싶다. 한때 '출애굽기'를 '-굽기'로 생뚱맞게 받아들였던 까까머리 중학생이 떠올라서이다.

해장

〈장학퀴즈〉를 진행할 때의 일이다. '20주년 특집'을 만들기 위해 찾아간 중국 헤이룽장(黑龍江)성 하얼빈(哈爾濱). 한중 수교 직후였기에 홍콩과 베이징을 거쳐 한참을 에둘러 가야 했다. 지금도 눈앞에 선하게 펼쳐지는 칼바람 부는 하얼빈에서 '중국 인민'인 중국 교포를 출연자와 방청객으로 모시고 진행한 '장학퀴즈 20주년 특집' 제작은 쉽지 않았다. 방송 환경은 열악했고 무엇보다 '남쪽 말'과 '북쪽 말'의 미묘한 차이를 헤아려야 했다. 그들은 '퀴즈'가 무엇인지도 모르고 참여했었다. "'퀴즈'가 뭔가 했더니, '유희'구먼요…". 프로그램 녹화를 마치고 한숨 돌릴 즈음 출연 학생이 툭 내뱉은 한마디였다.

그럴듯한 '번역'이었다. '퀴즈'는 놀이하듯 풀어 가며 뭔가를 알아 가는 '유희'이기도 하니까 말이다. 얼마 전 한 텔레비전 퀴즈 프로그램에 '(역사극에 나오는) 사약은 무엇인가' 묻는 문제가 나왔다. 정답은 '먹으면 죽는 약(死藥)'이 아닌 '임금이 하사한 약(賜藥)'이다. 이처럼 뜻이 헷갈리는 문제를 또 낸다면 '노점'을 출제할 수 있겠다. '노점(路店)'이라 지레짐작하는 이들이 많기 때문이다. '길가의 한데에 물건을 벌여 놓고 장사하는 곳'《표준국어대사전》은 '노점(露店)'이다. '길(路)'이 아닌 '이슬(露)'인 까닭은 노천 점포(露天店鋪), 그러니까 '한데(사방, 상하를 덮거나 가리지 아니한 곳)에 차린 가게'여서 그렇다.

노점을 '거리 가게', '길 가게'로 다듬은 국립국어원의 순화안은 생뚱맞다. '노천'의 뜻을 헤아리지 않은 순화어이기 때문이다. '국어 순화'의 '순화'는 '(순수하게 하는) 순화(純化)'가 아니라 '(잡스러운 것을 걸러 내는) 순화(醇化)'이다. 술꾼과 뗄 수 없는 '해장'도 제 뜻 가늠해 쓰는 이 많지 않다. '창자(腸)를 풂'이 아닌 '숙취(酲)를 풂'에서 온 말이 '해장'이다. 국어사전은 원말 '해정(解酲)'의 음이 변해 '해장'이 된 것으로 밝히고 있다. '노점'의 한자어 어원을 밝히고, 어려운 한자를 끌어다 해장의 뜻을 풀어내는 게 누구에게 '노잼'[2]이긴 하겠지만….

---

2 노잼: No+잼(재미). '잼(재미) 없다(No)'는 뜻. '몹시 재미없다'는 '핵-'을 앞에 붙인 '핵노잼'이다. 국어사전에 오르지 않은 신어(또는 비속어). '재미있다'의 준말은 '잼있다'가 아닌 '재밌다'이다. '재미'의 준말은 '잼'이 아니다.

팜므파말

얼룩말의 '얼룩'은 무엇일까. 얼룩말은 '흰 몸통에 짙은 고동색 줄무늬가 있는 짐승'으로 알고 있던 내게 누군가 농 삼아 건넨 질문이다. 물음을 곱씹어 보니 즉답하기 어려웠다. 밝은 바탕에 짙은 줄무늬가 있는 건지, 짙은 바탕에 밝은 줄무늬가 드러나는 것인지 헷갈렸기 때문이다. 그 이후 풀지 못했던 숙제는 우연히 접한 '어느 얼룩말의 죽음'을 통해 해결되었다. 신문에 실린 그레비얼룩말 사진을 보니 배가 하얬으니까. 그렇다. 얼룩말의 '얼룩'은 밝은 바탕에 짙은 줄무늬였다.

우리나라에 딱 한 마리 있던 이 그레비얼룩말은 '팜므파말'로 불리기도 했단다. "동물원은 수컷 3마리와 합사시키려 했지만… 뒷발차기 공격으로 수컷들을 쇼크사시켰기 때문이다… 수컷 3마리를 연이어 죽음으로 몰고 가자 '팜므파탈'에 빗댄 '팜므파말'이라는 별명이 붙기도 했다."(ㅈ 일보) '팜므파탈'? 남성을 유혹해 죽음 등의 극한 상황으로 치닫게 만드는 '치명적 여인'을 뜻하는 사회심리학 용어인 이 말은 19세기 유럽 낭만주의 작가들이 쓰기 시작한 뒤 미술, 연극, 영화 등 다양한 장르에서 널리 사용되고 있는 표현이다. 최근에는 남성을 가리키는 반대 개념으로 '옴파탈(homme fatale)'이란 말도 등장했다. 여기에 기대어 '(수컷 여럿 잡은) 치명적인 말'의 뜻을 담아 별명을 붙인다면 '슈발(cheval) 파탈'쯤 되겠다. 하지만 말장난 삼아 가볍게 옮긴다면 '팜파말'이라 쓰는 게 맞다. '치명적인(fatale) 여인(femme)'을 뜻하는 프랑스어를 외래어 표기법에 따라 옮기면 '팜므파탈'이 아니라 '팜파탈(femme fatale)'이니까. 마찬가지로 국제영화제가 열리는 프랑스 도시 이름은 '칸느(깐느)'가 아니라 칸(Cannes), 파리 여성은 '파리지엔느'가 아니라 파리지엔(Parisienne)이다. 파리 남성은 '파리지앵(parisien)이고.

'애가 타도록 몹시 괴로워함. 또는 그렇게 괴롭힘. 특히 여자의 아름다움이 남자를 매혹하여 애가 타게 함'《표준국어대사전》의 뜻을 지닌 말이 있다. 뇌쇄(惱殺)이다. 뇌쇄적 여인, 팜파탈을 갈음할 만한 표현이다.

잔떨림제거

"험상궂게 생긴 무리들이 도끼를 휘두르며 쫓아왔다. 잡히면 죽는다는 생각에 죽을힘을 다해 내뺐다. 어딘지 모를 어둠 속을 달아나다 끝내 누군가 휘두른 도끼에 찍히고 말았다. 순간 정신이 아득해지는 것 같았다. 그래도 멈추지 않고 눈앞에 보이는 빛을 향해 도망쳤다. 환한 빛의 세상에 문을 넘어서는 순간 울음소리가 들렸다. 소리에 놀라 눈을 뜨니 내가 죽은 줄 알고 통곡하는 식구들이 보였다. 나를 잡으려던 무리들은 저승사자였음에 틀림없다. 도끼 찍힌 자리에는 진짜 흉터가 생겼다. 빛의 세상으로 넘어오지 않았으면 나는 죽었을 것이다."

연탄가스에 중독되어 죽을 고비를 넘긴 한 집안 어른의 경험담이다. 믿거나 말거나, 그는 임사 체험을 한 것이다.

임사(근사) 체험 연구가 활발해지고 있다. '한국죽음학회' 이사를 맡고 있는 정현채 교수(서울대 내과)는 임사 체험 사례가 늘어나는 까닭을

'죽을 뻔'한 사람을 살리는 의학 발달 덕분으로 풀이한다. '죽을 뻔'한 사람을 살리는 응급처치는 이제 전문 의료진만의 몫은 아니다. 심폐소생술과 '자동제세동기' 이용은 일반인도 할 수 있기 때문이다. 인공호흡법으로 널리 알려진 심폐소생술은 심장과 폐(심폐)를 살려내는(소생) 것이라는 것을 명칭으로 알 수 있다. 그렇다면, '자동제세동기'는 무엇에 쓰는 물건인가.

'세동(細動, 근육의 조건에 이상이 있을 때나 근육을 지배하는 운동 신경에 손상이나 자극이 가해졌을 때 근육의 섬유가 여기저기서 무질서하게 수축을 되풀이하는 상태)'은 '잔떨림', '제세동(除-)'은 '잔떨림제거'이니《표준국어대사전》'제세동기'는 '잔떨림제거 장치'가 된다. 이름만으로는 쓸모를 헤아리기 어려운 이름이다. 어느 일간지는 이 장비를 '자동심장충격기(심장제세동기)가 배치된 …심장충격기 작동법을 음성과 영상으로 안내하며…'처럼 '(자동)심장충격기'로 다루었다. '부정맥을 바로잡기 위해 심장에 강한 전류를 순간적으로 보내는 장비'이니 '잔떨림제거 장치(제세동기)'보다 직관적인 이름이다. 말 다듬기의 참뜻은 언중이 알기 쉽게 하는 쪽으로 순화하는 것이다. 긴급한 상황에 필요한 용어라면 더욱 그렇다.

카울

어느 날, 각기 다른 우리말 관련 회의에 두 차례 참석했다. '정부·언론 외래어 심의 공동위원회(이하 외상위)'와 외래어(외국어)

를 우리말로 순화하려 머리 맞대는 '말다듬기위원회'이다. 하나는 주한 미 해군 사령관 이름 Franchetti 표기를 어떻게 할 것인지 정하는 모임이고, 다른 하나는 옷가게 등에서 쓰는 용어인 '시즌오프(season off)'를 알기 쉬운 말로 다듬는 자리이다. 회의 결과는 '프란체티', '계절 마감'이었다. 한 달 또는 한 달 걸러 여는 정례 회의지만 이번에는 여느 때와 다른 마음가짐으로 나섰다. '물 새는 자동차' 기사를 본 뒤였기 때문이다.

> '카울 사이드부 매칭부 실러 도포 불량', '루프패널 매칭부-', '윈드실드 글라스 실런트-', '테일게이트 웨더스트립-', '리어램프 하우징패널 매칭부-'….

ㅎ 자동차 내부 문서를 인용한 기사의 표현이다. '도포(조립) 불량'을 빼면 죄다 영어를 한글로 표기했다. 후배 아나운서와 그 회사에 다니는 지인에게 용어 풀이를 청했다. '엔진 덮개와 앞날개 접합부 밀봉재 도포 불량', '천장 판 접합부-', '앞유리 밀폐제-', '꼬리문 틈새막이-', '미등(尾燈) 감싸개 접합부-'…. 자동차 구조에 생꾼인 여자 아나운서가 한참을 궁리해 내놓은 결과는 나쁘지 않았다. 지인이 보낸 답은 '햄버거, 파스타, 샌드위치의 한국말 표기는?'이었다. 원어(영어)를 들여와 쓰는 게 무슨 문제냐는 뜻을 담아 비꼬듯 얘기한 것이었다.

엔진, 피스톤, 실린더 따위를 '발동기', '나들통', '기통(汽筒)'으로 쓰자는 말이 아니다. 언중의 삶 속에 깊숙이 들어와 있는 자동차 용어 중에 낯선 것들을 다듬자는 것이다. '윈드실드(앞유리)', '대시보드(계기판)', '룸램프(실내등)'가 그런 경우이다. '물 새는 자동차'를 다룬 기사에서 ‘플로어 패널(탑승 공간 바닥 부분)’, ‘리어 앤드 멤버(후방 사고 시 충격 흡수를 위한 꺾임 부분)’처럼 알기 쉽게 풀어 준 신문이 있기는 했지만, 아쉬움을 덜기에는 모자랐다.

무용지물

“무용 평론가가 된 뒤 집에서는 ‘무용’지물이 되었다”, “무용에 미치니 을지로 가구 상점 거리를 지날 때 ‘무용’ 간판만 눈에 띄었다. 알고 보니 ‘사무용 가구’였다”, “경상도 사람은 춤을 어찌나 좋아하는지 침을 뱉고도 ‘춤’을 뱉었다 한다”, “전통은 케케묵은 것이 아니라 켜켜이 묵힌 것”, “싸움에서 용감하게 활약하여 공을 세운 ‘무용담(武勇談)’이 아니라 우리 춤으로 혀 놀리는 ‘무용담(舞踊談)’이다”. ‘펀(Pun, 언어유희)의 진수’라 해도 될 표현이다. 자신을 ‘사무’에 빠진 사람이라 일컫는, 전통 예술 연출가인 진옥섭의 〈무용담〉에 나오는 대목이다.

‘사무(四-)’는 무술(武), 무용(舞), 무당(巫), 없음(無)이란다. 이소룡 영화를 보고 무술에, ‘〈무전〉 공연을 보고 무용에, 고수를 찾아 헤매다 무당(춤)에 눈을 떴고, 급기야 ‘무(無)의 경지’를 만나게 되었다는 얘기이다. 두 시간 남짓 펼쳐 낸 ‘강연 같은 공연, 공연 같은 강연’은 ‘사무’만 얘깃거리로 삼지 않았다. ‘벼슬은 양반의 것, 구실은 하급자의 것’ 따위의 우리말 표현을 톺아보게 했다. ‘벼슬은 구실보다 높은 직’이고 ‘구실은 관아의 임무’이다. ‘벼슬아치’는 ‘관청에 나가서 나랏일을 맡아보는 사람', '구실아치'는 '벼슬아치 밑에서 일을 보던 사람'이며《표준국어대사전》, 서리(胥吏) 같은 하급 행정직이나 사역직은 '구실'이라고 하여 '벼슬'과 구별한 것이다.《브리태니커 백과사전》

표 값, 단돈 5,000원 내고 한판 놀다 나오니 시디(CD)도 거저 준다. '춤을 부르는 소리꾼' 유금선 선생의 생전 실황 음반이다. 여든답지 않은 소리의 기개에 움찔한다. '소리꾼만 있고 귀명창이 없는 세상이 한탄스럽다'는 말은 허튼소리가 아니었다. '우리말 상실의 사회'에 뒷짐지고 있는 것은 아닌지 돌아보게 한 '우리 사회가 이렇게 된 것은 (우리)말을 잃었기 때문'이라는 지적에는 얼굴 화끈거렸다. '우리말이 살아야 겨레 전통 예술이 살 수 있다'는 것이다.

제4장

이해하기 쉬워야 할 공공 언어

–뜻과 의미가 명확해야 할 우리말

대박

기대 이상의 성과가 나왔을 때, 우연히 찾아간 식당의 음식 맛이 훌륭하거나 값이 쌀 때, 아주 멋진 이성을 만났을 때, 예상했던 문제가 시험에 출제되었을 때, 지친 몸을 이끌고 버스에 탔는데 빈자리가 있을 때, 선뜻 사기에는 부담스러웠던 물건을 이벤트에 당첨되어 공짜로 얻게 되었을 때, 어처구니없을 때… 그리고 이런 경우와 정반대 상황에서도 쓸 수 있는 표현이 있다. '도깨비방망이' 같은 말이 진짜 있다면, "우와, 대박이다"? 그렇다. 이 모든 상황에서처럼 아무 때나 쓰이는 말은 '대박'이란 녀석이다.

1990년대 중반에 '대박'을 처음 들었다. 영화 프로그램을 진행하던 아나운서의 말 속에서였다. 내 귀를 의심했을 만큼 낯설었던 '대박'의 어원은 분명하지 않다. '도박판이나 깡패들 사이에서 쓰던 말'이라는 주장이 있지만 속설일 뿐이다. '대박'은 2002년 '신어 자료집'을 통해 제도권에 입성했다. 시나브로 세력이 커진 '대박'은 드디어 《표준국어대사전》에 '어떤 일이 크게 이루어짐을 비유적으로 이르는 말'의 뜻으로 등재되었다. 청소년과 일부 계층을 넘어 언론에서도 예사로 쓰이고 있기도 한 표현이다. 하지만, 언론인이 되고자 준비하는 이들에게 "'대박이란 말을 쓰면 피를 토한다!'는 각오로 살아라." 당부한다. 공공 언어로 쓰기 적합하지 않은 비속어이기 때문은 아니다. 말맛 제대로 살리는 수많은 느낌,

거기서 비롯한 풍부한 표현을 죽이기 때문이다. 성공, 번창, 맛있음(없음), 만족, 실망, 의외, 놀람, 기쁨, 슬픔… 이렇듯 다양한 희로애락의 감정을 단 한마디 '대박'으로 뭉뚱그리지 말라며 단속하기 위해서이다.

철학자 비트겐슈타인(Ludwig Josef Johann Wittgenstein)은《논리철학 논고》에서 "나의 언어의 한계는 나의 세계의 한계를 의미한다."라고 했다. 말과 글은 곧 그 사람의 품격을 거울처럼 담아내기에 낱말의 다양한 활용은 중요하다. 빈약한 어휘는 메마른 땅이고 풍부한 어휘는 기름진 땅이다. '말밭'이 비옥해야 거기서 움트고 자란 열매가 튼실하다.

개구라

"요즘 정치면을 보면《선데이 서울[1]》을 보는 것 같다"는 말을 들었다. "'엉덩이', '주무르다', '알몸' 때문에 뉴스 하기 민망스럽다"는 기자와 아나운서도 있다. 박근혜 대통령 미국 방문 때 불거진 '대변인 성 추문' 탓이다. 윤창중 대변인의 '성희롱'이 머리기사가 되고 앞뒤 안 맞는 변명과 거짓이 번듯한 '공식 입장'으로 다뤄지니 선정적인 잡지와 다를 게 없다는 얘기일 것이다. 고위 공무원들의 언행이 입길에 오르면서 '거짓 진술'에 따른 책임은 누가 질지 관심이 쏠리고 있다. 조선 시대에는 어땠을까,《조선왕조실록》을 찾아보았다.

1 대한민국 최초이자 대표적인 오락 잡지, 선정적인 내용을 내세운 옐로페이퍼. 1968년에 창간해 1991년까지 나왔던 주간지이다.

세종 27년에 첨지돈녕부사 안종렴은 숙직 당번 날에 장인 제삿날이라고 거짓말한 죄로 귀양을 가야 했다. 성종 20년에 이승녕은 대신의 사면 정보를 발설하지 않았다고 거짓을 고해 곤장 100대를 맞고 면직되었다. 연산군 12년에 내관 박유는 조선 시대 '양치기 소년'이었던 모양이다. '습관적인 거짓말'의 죗값은 본인으로 그치지 않았다. 그 아비도 장형에 처해졌고, 세 이웃에게까지 화가 미쳤다. 조선 시대 조정에서는 거짓말을 가벼이 다루지 않았던 것이다.

'거짓말' 얘기를 하니 '개구라'가 떠오른다. 누군가 사실과 다르거나 과장된 표현을 할 때 '개구라 치지 마라' 하며 핀잔주는 지인이 자주 쓰는 말이다. 대개 '-치다'와 붙어 쓰이는 '구라'는 거짓말을 속되게 이르는 말이고 '개'는 개나발, 개수작처럼 헛되거나 쓸데없는 뜻을 더하거나 정도가 심한 뜻을 더하는 접두사이니 '개구라'는 '정도가 심한 거짓말'이 된다. 거짓말의 속된 표현으로는 거짓부리, 거짓부렁이, 거짓불과 껑 따위가 있는데 '껑까다'는 '거짓말을 하다', '뻥치다'는 '허풍을 치다'는 말이다. '대포'는 '허풍이나 거짓말, 또는 그것을 잘하는 사람'이다. '사회 지도층'임을 내세우는 공인이라면 언행일치는 못해도 거짓말로 일구이언하지는 말아야 한다. 허튼 중언부언보다 유구무언이 윗길(질적으로 훨씬 나은 수준. 또는 그런 것.)일 때가 있다.

CCTV

시시티브이(CCTV)의 역사는 제2차 세계대전이 한창이던

1942년으로 거슬러 올라간다. 독일이 V2로켓 발사대에 설치한 것이 시초이기 때문이다. 로켓발사대 안처럼 사람이 직접 지켜볼 수 없는 곳을 보기 위해 고안한 시시티브이는 미국에 건너가 용도가 추가되었다. 1973년 뉴욕 경찰이 범죄 감시를 위해 타임 스퀘어에 설치한 것이다. 우리나라에 본격적인 CCTV 시대가 열린 때는 서울 주요 교차로 12곳에 카메라를 설치해 교통관제센터를 운영하기 시작한 1971년부터이다.

우리나라에 시시티브이가 급증한 것은 21세기 이후의 일이다. 1988년 잠실 주경기장에 설치된 카메라 수는 불과(?) 24대였고, 잠수교에 수위 감시용 카메라가 설치된 때는 1991년이었다. 사설 독서실에 설치된 카메라들 때문에 학생 인권을 둔 논란이 일기도 했던 1992년과 지금은 사뭇 다른 세상이 되었다. '학교 폭력 근절을 위해 시시티브이를 증설해야' 하고, 서울 시민이 지하철역에서 집까지 511미터를 걷는 3분 동안 20차례, 9초에 1회꼴로 카메라에 찍히는(국가인권위원회, 2010년) 세상인 것이다.

'시시티브이'의 표기는 여러 형태로 드러난다. '폐쇄회로 텔레비전'은 영어 CC(Closed Circuit)를 직역한 것이다. 괄호 안에 한글을 넣기도 하고, 아예 영어로만 쓰는 경우도 있다. 《표준국어대사전》은 '시시티브이=폐회로 텔레비전'으로 설명한다. 쓸모의 뜻을 담은 '감시 카메라'도 널리 쓰이고, 관공서에서는 '영상 정보 처리 기기'라 하기도 한다. '모두가 함께하는 우리말 다듬기(2009년 3월)'에서 국립국어원이 내놓은 '상황관찰기'는 거의 쓰이지 않는다. '시시티브이'를 잘못 쓰는 경우도 있다. '아파트 CCTV를 분석…'(ㄷ 일보), 'CCTV를 확보해 분석하고…'(ㅅ 방송)가 그런 경우이다. 'CCTV 자료(화면)를 분석…' 해야 앞뒤가 맞는다. '분석 대상'은 카메라나 텔레비전이 아닌 촬영된 자료(화면)이기 때문이다.

5678님

"강재형 씨, 카운터에 전화 와 있습니다." 음악이 흐르는 다방에서 드물게 듣던 '디제이 멘트'이다. 딸랑거리는 종소리와 함께 '강재형 씨'라 적힌 안내판을 들고 느릿하게 걸어가는 호텔 커피숍 직원을 본 적도 있다. '특별한 사람'이어서 그랬던 게 아니다. 한때, '아무개를 찾는 전화'는 찻집과 음식점에서 흔히 있는 일이었다. 비슷한 때, 각양각색으로 접힌 쪽지가 올망졸망 붙어 있던 약속 장소의 '메모판'을 추억하는 이 또한 적지 않을 것이다. 공중 장소에서 대 놓고 이름 부르고, 자신들만의 정보를 '공개 메모판'에 버젓이 남기던 때가 있었다. 개인 정보에 무심했던 때, 돌이켜 보면 '호랑이 담배 먹던 시절'의 일이다.

두루누리(Ubiquitous, 유비쿼터스) 시대가 되면서 개인 정보에 대한 인식은 사뭇 달라졌다. 개인 정보 가짓수가 늘면서 '나'도 여럿으로 드러난다. '주민등록번호'와 '학번', '사번(사원번호)'은 물론이고, '차량번호'가 '나'일 때도 있다. 온라인 세상에서 '나'는 '아이디'와 '닉네임'으로 통하고, '전화번호'가 '나'를 가리키기도 한다. "1234님의 사연입니다", "5678님의 신청곡"처럼 전화번호 뒷자리로 청취자를 소개하게 된 지도 제법 되었다.

'청취자 이름 대신 전화번호 뒷자리로 부르는 현상'을 다룬 기사를 보았다. 댓글 "'이동전화 뒷번호 5678을 쓰는 분'으로 호칭하는 것이 좋다"에는 '찬성'과 '반대' 의견이 갈렸다. '(뒷자리) 5678번 쓰시는 분' 처럼 소개하는 프로그램이 있으니 일리 있는 얘기다. "정확한 소개는 '뒷자리 5678번 쓰시는 분 중의 하나'이다. 번호 같은 사람이 여럿이기 때문"이라며 "'시시콜콜하게 다 따져 밝혀야 한다'는 것은 오버"라며 꼬집는 의견도 있다. 라디오 방송 현장의 '대세'는 '1234님', '5678님' 이라 부르는 것이다. '(휴대전화)(뒷번호)(쓰시는) 1234님'은 괄호 안의 정보를 생략한 것으로 청취자와 '합의'되었다고 보기 때문일 것이다.

간판 문맹

"제가 모시는 여러 신 가운데에는 '소 신'과 '새우 신'이 있습니다. 머리부터 꼬리까지 사람을 위해 온전히 바치어 주기 때문입니다."

한때 단골로 찾던 일본풍 선술집 점원이 장난기 섞인 웃음과 함께 새우튀김을 내어놓으며 한 말이다. 종업원의 재치 있는 말 한마디가 자리를 환하게 빛내 주었다. 그 집에 손님이 많은 이유는 음식과 분위기 때문만은 아닌 듯했다. 맛깔스러운 음식에 아기자기한 실내장식, 종업원의 친절과 재치가 돋보이는 그 집의 이모저모가 좌중의 화제에서 빠지지 않은 걸 봐도 그렇다. 모든 게 다 좋은 것은 아니었다. 이런저런 얘기 중에 "이 집 찾기 참 힘들었다"는 볼멘소리가 나왔으니 말이다.

그 집에 초행이었던 네 명이 모두 그랬다. 이유는 하나였다. 가게 간판 찾기가 어려웠다는 것이다. 흰색 네모꼴 간판에는 큼지막한 일본어와 그 아래 작게 쓴 영어만 적혀 있었으니 그럴 만했다. 자리를 파하고 나와 그 동네를 둘러보니 한글 없이 외국어로만 쓴 간판이 새삼 눈에 많이 들어왔다. 옷가게와 커피숍, 아이스크림 전문점, 빵집 등은 영어로만 쓴 간판이 오히려 많았다. '세계 공용어' 대접을 받는 영어는 접어두더라도 언제부터인가 부쩍 늘어난 일본어 간판 앞에서 '문맹'이 되는 경험을 한 사람은 우리뿐이 아닐 것이다.

중국은 소수민족 자치주에 거주 민족 문자 표기를 의무화하고 있다. 연변에서는 '한글(조선어)과 한자(중문)를 병기하되 한글을 먼저 표기'해야 하는 것이다. 프랑스어권 지역인 캐나다 퀘벡주는 간판에 프랑스어 표기를 하지 않은 업주에게 강력한 행정처분을 내린다. 관급 수주 자격을 박탈하고 고액의 벌금을 매기며 연속 적발될 경우 가중처벌하는 것이다. 간판은 공공 디자인이고 그에 담긴 언어는 공공성을 띤다. '한글 간판의 새로운 모색'을 주제로 전시회가 열린 까닭, '한글 간판 의무화법 제정' 목소리가 높아지는 이유는 분명하다. '간판 문맹'을 없애자는 것이다.

네가지/싸가지

"신인 때는 '네 가지'가 있는데, 유명해지면 그게 없어지는 연예인들이 있다"는 말을 들은 이가 옆 사람에게 물었다. "연예인이 갖추어야 할 '네 가지'는 겸손, 예의… 이런 거겠지?" 돌아온 답은 뜻밖에 "'네 가지'는 가짓수를 말하는 게 아니라 '싸가지'를 '사(四)가지'로 에둘러 표현한 것으로 '네 가지 없는(연예인)'은 곧 '싸가지 없는'을 뜻한다"였다. 물어본 이는 어머니, 답한 사람은 십 대 딸이었다. 이처럼, 요즘에는 '싸가지'를 '네 가지'라 한다기에 인터넷 공간을 뒤져 보았다. 누구는 '양심, 신의, 겸손, 인본'을 갖추어야 '사(싸)가지 있는 사람'이라 했고, 어떤 이는 '사람의 본성에서 우러나오는 네 가지 마음' 곧 인의예지(仁義禮智)가 '싸가지의 어원'이라 했다. 이 같은 제멋대로 풀이가 그럴듯하게 포장돼 널리 퍼져 있으니 코미디 제목 '네 가지'에서 '사(싸)가지'를 떠올리는 사람이 적지 않을 거 같다.

'싸가지'는 '싹수'의 강원, 전남 방언이다. '싹수'는 '어떤 일이나 사람이 앞으로 잘될 것 같은 낌새나 징조'로 '싹수 있다(없다), 싹수 노랗다, 싹수 보인다, 싹수 틀렸다'처럼 활용한다.《표준국어대사전》 '싸가지→소갈머리'《우리말 큰사전》에 기대어 '싸가지 없다'는 '소갈머리 없다'와 한뜻으로 보아야 한다는 주장도 있지만, '싸가지'를 '속+아지'의 원말로 볼 근거는 없다는 게 학자들의 일반적인 견해이다. '싸가지'는 '싹+아지'의 형태로 보는 게 정설이다.

'세상 모든 여자들이 싫어하는 조건(인기 없음, 촌티, 뚱뚱함, 키 작음)을 한 가지씩 가지고 있는 남자들'의 이야기를 담은 '네 가지'. 겉보기와 다른 자신들의 본모습을 드러내며 세상을 풍자하는 이 코미디의 주인공들이 총선에 나온다면 어떤 결과가 나올까, 엉뚱한 상상을 해 본다. 쭉정이 본디 모습에 겉만 번드르르한 '싸가지 없는 정치인'을 가려낼 줄 아는 유권자의 안목에 따라 달라질 것이다.

내빈/외빈

아나운서가 마이크를 잡는 곳은 방송국 카메라 앞에서만은 아니다. 공적인 자리라면 방송 프로그램이 아니어도 대중 앞에 설 때가 있다. 여느 아나운서처럼 여기저기 사회자 노릇을 꽤 많이 했다. 내 재주 부릴 곳 있다는 건 고마운 일이다. 30년 가까이 방송 월급쟁이로 살아온 덕분이다.

웬만한 행사에 빠지지 않는 게 있다. 단상이나 앞자리에 앉은 이를 소개하는 일이다. 처음으로 공식 행사에서 사회를 맡았을 때가 새삼스럽다. 식순에 '내빈'과 '외빈', 그리고 마무리 즈음에는 '내외빈' 소개가 있었다. '-빈(賓, 손님)'은 알겠는데 '내/외-'의 구별이 아리송했다. 선배에게 물으니 기다렸다는 듯 답했다. "주최 측 고위층은 '내빈'이고, 외부 인사는 '외빈', '내외빈'은 둘을 한데 이르는 말이다". 한마디로 '안팎의 차이'라는 중견 아나운서의 답은 의심할 여지를 남기지 않은 '확언'으로 남았다. 그 이후 줄곧 그렇게 알고 살았다. 불현듯 잘못 알고 있을지 모른다는 생각에 사전을 찾아보기 전까지는….

'내빈'은 '내빈(來, 오다)'으로 '모임에 공식적으로 초대를 받고 온 사람. 초대 손님'이다. '내빈(內-)'은 여자 손님을 일컫는 '안손님'이다. 남자 손님을 이르는 '바깥손님'의 반대말인 것이다. '외빈(外-)'은 '외부나 외국에서 찾아온 손님'이지만 대개 '외국 손님'을 가리킬 때 쓴다. '우방 제국으로부터의 외빈과 대통령을 비롯한 정부 요인…'(ㄷ 일보, 1948년 8월 15일)처럼 오래전부터 써 온 표현이다.

널리 쓰이는 사전 밖의 말 가운데 하나가 '내외빈'이다. '한국 독립을 위하여 노력한 내외빈을 위문하게 되었다'(ㄱ 신문, 1948년 8월), '졸업식에 참석한 내외빈과 환담하고…'(ㅇ 뉴스, 1998년 3월), '야구 공원 기공식에 참석한 내·외빈'(ㅇ 경제, 2014년 7월)처럼 '내외(內外) 귀빈'과 한뜻으로 쓰는 표현이다. 국립국어원의 '온라인 가나다'는 '내외 귀빈'을 다루면서 '행사를 주최한 기관에 속해 있는 사람도 행사에 참석한 손님이라는 점을 고려해' 설명했다. '내외빈'과 '내빈(내부 손님)'은 이제 표제어 대접을 해 줄 때가 되었다.

나-본인-저

첫 여성 대통령이자 '부녀(父女) 대통령'이 나왔다. 33년 만에 역할을 바꾸어 청와대로 들어갔던 박근혜 대통령이다. 그곳의 주인은 모두 10명이었다. 전두환(11, 12대), 이승만(1, 2, 3대), 박정희(5, 6, 7, 8, 9대)처럼 연임한 대통령이 있기 때문이다. 11번째 주인이 된 박근혜 대통령 취임에 즈음해 한 통신사가 역대 대통령 취임사에 등장한 낱말을 헤아려 담아 '낱말 구름(word cloud)'을 만들었다. '국정 운영의 청사진, 정권 목표를 담은 시대정신의 산물'(ㅇ 뉴스)이라는 취임사를 분석해 만든 '낱말 구름'을 보니 그럴듯했다. 당시에는 '그럴듯'했었다.

역대 대통령 취임사에서 으뜸으로 꼽히는 말은 '국민'이다. 1987년 '6월 항쟁' 이후 대통령이 된 6명(13대~18대)은 물론 9대 박정희 대통령도 '국민'을 '역사', '민족' 앞에 세웠다. '새(정부)'(5대, 5.16 후 첫 집권)를 강조하며 시작한 그의 취임사를 살펴보면 '시월 유신'을 앞둔 7대 취임식에서는 '나'(18번)를 '평화', '통일'보다 많이 말했다. 12대 전두환 대통령도 '본인(31번)'을 '국민'(30번)보다 많이 썼다. 이처럼 취임사를 곱씹으면 그 시대 상황을 짚어 낼 수 있다. 대통령 자신을 '나'와 '본인', '저' 등으로 가리킨 것을 돌아보는 것은 그래서 의미 있을 것이다.

초대 이승만 대통령이 '나에게 치하하러 오는 남녀 동포가…'에서처럼 '나(내)'로 표현한 이래 '나'는 9대 박정희 대통령 취임사에 이르기까지 사라지지 않았다. 10대 최규하 대통령 취임사에서 '본인'에게 자리를 넘기고 사라졌던 '나'는 11대 전두환 대통령 시절에 되살아난다. '본인'은 '공식적인 자리에서 나를 문어적으로 일컫는 말'이다.《표준국어대사전》 국민 앞에 '자기를 낮추어 가리키는 일인칭 대명사'인 '저(제)'가 취임사에 등장한 것은 13대 노태우 대통령 때부터이다. 표현에 한정되긴 하지만, '군림하는 나'에서 '(국민을) 받드는 저'로 바뀌는 데 40년이 걸린 것이다.

사회 지도층

한 일간지에 '조건 만남'을 다룬 기사가 제법 크게 실렸다. '채팅 사이트에 조건 만남 클럽을 개설하고 … 변태적인 집단 성매매를 알선한 카페 운영자와 성 매수자들이 경찰에 무더기로 적발됐다 … 회원들 중에는 의사와 약사, 교수 등 사회 지도층 인사가 다수 포함됐으며…'(ㅁ 일보).

이 기사를 훑어 내려가며 읽던 중 혀 끌끌 차게 한 대목을 만났다. 경찰 수사 개요에 등장한 이들의 '조건'을 시시콜콜하게 밝힌 내용이 불편하기는 했지만 그것 때문만은 아니다. 마뜩잖은 부분을 보면서 심훈의 소설 《상록수》가 겹쳐 떠올랐다. 일제강점기 '민중 속으로'라는 브나로드운동이 벌어질 때 나온 작품이 뜬금없이 생각난 건 '사회 지도층 인사'라는 표현 때문이었다.

사전은 '어떤 목적이나 방향으로 남을 가르쳐 이끌 만한 위치에 있는 계층'《표준국어대사전》을 '지도층'의 뜻으로 풀어 놓았다. 지식수준이 낮거나 인습에 젖은 사람을 가르쳐서 깨우치는, 이른바 계몽이 절실했던 '농촌 계몽 시대'에나 씀 직한 표현이다.

"신문이나 방송에서 '지도층 인사'라는 표현을 안 쓰면 좋겠다. 나는 그들에게 지도 받은 적 없고, 지도 받을 생각도 없다." 얼마 전 만난 한 출판인의 말이다. 그의 말에 공감하는 이 적지 않을 것이다. 기사에 나온 의사, 약사, 교수 등은 '사회 지도층'이 아닌 '전문직(종사자)'이다. 경우에 따라 '유력 인사', '저명(유명)인사', '권력층', '고위층'이라 할 수도 있겠다.

인기 가수, 인기 탤런트, 인기 아나운서 따위의 표현도 '지도층 인사'처럼 곱씹어 볼 말이다. 인기는 객관적인 표현이 아닌 까닭이다. '인기 아이돌 그룹의 멤버 아무개의 교통사고 사건을 조사 중인…'(ㅎ 신문), '인기 가수 아무개가 타고 다녀 유명한…'(ㅁ 일보), '인기 영화배우 겸 가수인 아무개…'(ㅅ 일보)에서 '인기'라는 표현을 덜어내면 어떨까.

굳이 써야 한다면 '인기'를 넣은 자리에 '유명'을 쓰는 것도 한 방법이겠다. 널리 알려져 있다고 모든 이에게 인기가 있는 것은 아니기 때문이다.

–분

'공장 얘기'라는 게 있다. 직장인들이 제 일터를 '공장'이라 부르며 회사 관련 화제를 주고받는 일을 두고 이르는 표현이다. 세트 디자이너, 카메라 감독, 편집 감독, 피디, 기자 등 다양한 직종이 모인 방송사의 '공장 얘기'는 직종만큼이나 다양하다. 아나운서들의 '공장 얘기'에 빠지지 않는 게 우리말이다. 대개 발음이나 어휘를 두고 갑론을박하지만 요즘에는 존대 표현이 도마 위에 오르는 일이 부쩍 많아졌다. 엊그제 동료 아나운서 둘이 나눈 '공장 얘기'를 봐도 그렇다. "'팬분'이란 말은 적절하지 않다. '분'을 남발하지 말라"(10년 차 아나운서, 30대 중반), "'팬분'이 뭐가 이상한가. 팬을 높이려는 건데…"(새내기 아나운서, 20대 중반). 누구 말이 옳을까.

결론부터 말하면 '둘 다 맞다'이다. 《표준국어대사전》은 '–분16'의 뜻으로 '(사람을 나타내는 일부 명사 뒤에 붙어) 앞의 명사에 높임의 뜻을 더하는 접미사'를 제시한다. 사전 뜻풀이를 놓고 보면 '팬분'은 문제가 없는 것이다. 하지만 "'분'을 남발하지 말라"고 한 지적 또한 일리 있다. 아무데나 '–분'을 붙이는 것이 30대 이상 대부분의 사람들에게는 불편하게 들리기 때문이다.

공대법이 발달한 우리말에는 다양한 높임말이 있다. '친구'와 '형제'처럼 높임말이 따로 없는 경우에 한해 '(아버지) 친구분', '(선생님) 형제분'처럼 '–분'을 붙여 썼다. 이렇듯 제한적으로 쓰였던 '–분'을 여기저기 붙이다 보니 '손님분'처럼 우스꽝스러운 표현까지 나오게 되었다. 이런 언어 현상을 어찌 생각하는지 국어학자와 방송 관계자들에게 물었다. 답은 한결같았다. 언어 직관에 거슬리기 때문에 '못마땅하다'는 것이다. 언중 대부분을 불편하게 하는 표현은 삼가야 한다. 그래서 제시하는 '진짜 정답'은 "(방송 말을 비롯한 공공 언어에서는) '-분'의 남용을 지양해야 한다"이다. '-분'을 들어내고 높임 조사인 '께'를 쓰는 것도 한 방법이다. '팬분이 준 선물' 대신 '팬께서 주신 선물'처럼 말이다.

선정/지정

대학별 수시 모집 원서 접수를 즈음해 학교와 학원가에는 '차가운 열기'가 드리워지기 시작한다. 사실상 대학 입시 전형이 문을 여는 셈이기 때문이다. 교육부는 이에 앞서 지원 대학 선택에 영향을 미칠 자료를 발표한다. '학령인구의 급격한 감소에 대비하고 상대적으로 경쟁력이 취약한 교육의 질을 개선하기 위한' 대학구조개혁위원회의 평가 결과 등을 공개하는 것이다. 부실 대학은 구조 조정 대상이라는 의견에 맞서 일부 대학과 학생들의 반발 움직임도 만만치 않다. '경쟁만을 부추기는 교육부의 줄 세우기식 대학 평가를 인정할 수 없다'는 것이다.

관련 소식을 다룬 뉴스를 전한 적이 있다. 첫머리에 나온 '35개 대학을 정부 재정 지원 제한 대학으로 선정' 표현이 눈에 띄었다. '하위 15% 사립대를 … 선정하고', '경영 부실 대학은 11개교가 선정'처럼 '선정'이 거듭 나왔다. 같은 소식을 전하면서 ㄷ 일보, ㅈ 일보, ㅇ 뉴스 등도 같은 쓰임의 '선정'을 사용했다. ㅎ 신문, ㅅ 일보, ㅅ 신문 등은 '선정' 대신 '지정'이라 표현했다. 교육부가 발표한 당시 보도 자료를 찾아 보았다. '…학자금 대출 제한 대학 및 경영 부실 대학 지정'을 제목으로 뽑은 자료 첫 장에는 '지정'이 거푸 등장했다. 보도 자료 본문 9쪽을 뜯어보니 '지정'이 24차례, '선정'이 12차례 나왔다. 문맥에 따라 두 낱말을 가려 쓴 것으로 보인다. 관련 기사 검색 결과는 지정이 461건, 선정이 336건이었다.(구글 검색)

'선정'은 '여럿 가운데 어떤 것을 가려서 뽑음'이고 '지정'은 '행정 관청이나 단체가 필요에 따라 정하는 바에 의하여 사정을 조사한 다음 어떤 것에 특별한 자격을 줌'이다.《고려대 한국어대사전》 '고르는 것'과 '가리켜 정하는 것'의 차이다. 한자 '선(選-)'과 '지(指-)'의 뜻에 주목해 보면 그렇다. '선정'에는 선발, 선택, 선출, 선호, 선곡처럼 생산적이고 호의적인 느낌이 배어 있다. '하위 15%에 선정' 같은 대목은 '-포함'으로 하는 게 낫다. 그날 뉴스 원고의 '선정'은 '지정'으로 다듬어 방송했다. 아나운서는 방송의 최종 교열자 노릇도 한다.

방금

서울에 함박눈이 내린 어느 겨울 끄트머리의 정경, 눈발 너머 서녘 하늘로 저무는 햇살이 눈부셨다. 춘래불사춘(春來不似春), 삼월 중순의 날씨가 하 수상한 시절을 닮았다는 생각을 했다. 그때 터져 나온 '상하이 스캔들'과 '일본 대지진' 소식을 접한 뒤라 더 그랬다. 현해탄 건너 전해진 기가 막힌 일, 일본 지진 소식을 각 방송사는 '뉴스 특보'로 다루고 있었다. 밤낮 가리지 않고 이어지는 생방송으로 분주해진 일본 특파원, 시시각각 들어오는 나라 안팎의 소식에 촉각 곤두세우는 보도국 기자들. 지난 주말 오후의 라디오 뉴스 담당이던 나도 덩달아 정신이 없었다. 일본 지진 소식을 한창 전하고 있는데, 스튜디오의 문이 빼꼼히 열리며 뉴스 한 꼭지가 들어온다. "방금 들어온 소식입니다…" 하며 전한 속보는 '일본 원전 폭발' 기사였다.

라디오 뉴스를 마치고 텔레비전을 보니 "방금 전 일본 언론 보도에 따르면 원자로가 폭발했다고… (ㅎ 방송)" 하며 소식을 전한다. 퇴근길 교통 정보를 알려 주는 리포터는 "잠시 전 도로 상황은… (ㅁ 방송)"이라 하기도 했다. '방금'과 '방금 전', '잠시 전' 중 어떤 표현이 바람직할까.

위 경우에는 '조금 전'이나 '방금'으로 하는 게 좋겠다. '방금'의 주된 뜻이 '말하고 있는 시점보다 바로 조금 전'이니 '방금 전'이라고 하면 '역전앞'처럼 '전(前)'이 거듭되기 때문이다. 다만, 《표준국어대사전》에 '방금 전에 난 소리'와 같은 용례가 있으니 '방금 전'의 쓰임을 인정할 수는 있겠다. '잠시'는 '잠시 전'이 아닌 '잠시 후(뒤)'처럼 써야 앞뒤가 어울린다. '잠시'는 '짧은 시간' 곧 '잠깐'과 한뜻이니 그렇다.

동통

'냉온욕'이 한동안 편하지 않았다. 서해 여객선 사고 이후 오랜 시간 동안 그랬다. 시원함이 아닌 냉탕의 싸늘함이 몸과 마음을 휘감는 느낌…. 배 안에 차올랐을 차가운 바닷물이 떠올라 소름이 돋았기 때문이다. 피할 길 없는 '뉴스 특보'를 접하며 안타까움에 탄식하고, 관련 기사를 읽을라치면 가슴이 먹먹해지는 탓에 숨 고르는 일도 많았다. '여객선 참사'로 일상의 변화를 겪(었)던 사람은 나만이 아닐 것이다.

'직업병'이 도진 것도 '일상의 변화' 가운데 하나이다. 뉴스 화법의 적절성 여부를 더 따지게 되었고, 곳곳에 널려 있는 '안내문', '주의 사항' 따위의 문안을 더욱 꼼꼼히 톺아보게 된 것이다. 적절한 경고문과 주의 · 안내문은 안전사고를 막을 수 있는 방편이기 때문이다. '옷 입은 채 다림질하지 마시오', '사다리로 사용하지 마시오(CD 보관 선반)', '사람을 넣지 마시오(세탁기)', '아이를 앉힌 채 접지 마시오(유모차)' 따위는 미국에서 볼 수 있는 안내(경고)문이다. '악덕 소송'을 막기 위한 것이라며 폄하는 사람 없지 않지만, 이처럼 시시콜콜한 안내가 사고 방지에 도움이 된다면 흰 눈으로 볼 일만은 아니다.

가슴 써늘하게 하는 냉탕을 빠져나와 열기 그득한 사우나탕에 들어서니 '주의 사항'이 붙어 있다. 무심히 흘렸던 안내문 내용이 새삼 흐리터분하게 다가왔다. 의사 몇에게 적절한 내용인지 물어보았다. '순환기 문제가 생길 수 있는 사람은 안 하는 게 좋다는 뜻'이라며 '(주의 사항은) 더 구체적인 게 좋다'고 답한다.

'발에 동통을 느꼈을 때 (열기욕 중단)'의 뜻은 바로 새겨지지 않았다. '동통'을 찾아보니 '안구(瞳) 통증', '움직일(動) 때 아픈 것'이라는 제멋대로의 풀이가 그럴듯하게 떠돈다. 아플 동(疼), 아플 통(痛)이 어우러진 동통(疼痛)의 뜻은 '몸이 쑤시고 아픔'이다.《표준국어대사전》 '주의 사항'은 알기 쉬운 표현이어야 한다. '발이 쑤시고 아플 때(발에 통증이 있을 때)'로 하면 될 일이다. "'동통'은 '페인(pain, 통증)'의 번역으로 구식 표현이다", 심동석 신경과 전문의의 말이다.

救命胴衣(구명동의)

2013년 7월 7일에 일어난 아시아나항공 214편의 사고 원인 등을 두고 여러 얘기가 나왔다. 엉뚱한 괴담이설도 따랐다. '이번 사고는 7월 7일에 일어났다. 한국인 승객은 77명이고, 사고 비행기는 7년째 운항 중인 보잉 777이다. 항공편 숫자 214를 한 자씩 더하면 7이 되고 미국인 승객 61명을 더한 것, 중국과 일본 국적 승객 142명의 합도 1+4+2=7이다…'. 인터넷에 돌아다니는 이른바 '세븐의 저주'였다. 하지만 사고가 일어난 샌프란시스코 기준(7월 6일 오전)이 아닌 한국 시간(7월 7일 새벽)으로 따진 것만 봐도 억지임을 알 수 있다. 견강부회라 하기에도 민망한 이야기는 숫자 놀음에만 있는 게 아니다.

미국의 한 방송은 '연장자에 대한 존경과 권위주의라는 한국의 문화 특성 탓에 한국 조종사의 의사소통이 제대로 이뤄지지 않을 수 있다'는 근거 모호한 내용을 보도했다. 한국의 존칭어 등이 조종사들끼리의 효율적이고 빠른 의사소통을 방해해 사고가 발생했을 수 있다는 점을 지적한 것이다.(ㅅ 신문) 미국 작가인 말콤 글래드웰(Malcolm Gladwell)이 《아웃라이어》에서 밝힌 '한국어의 존대와 완곡 화법이 1997년 대한항공 괌 추락 사고의 원인이 되었다'는 주장도 다시 등장했다. 특정 국가의 (언어)문화를 사고 원인으로 몰아가는 것에 동의하지 않는다.

항공기 사고의 이모저모를 접하면서 우리나라 ㄱ 항공 좌석에서 본 안내 문구가 떠올랐다. '着席中(착석중)에는 安全帶(안전대)를 매십시오', '救命胴衣(구명동의)는 座席(좌석) 밑에 있습니다'. 20대~30대 10명에게 병기된 영어를 지운 이 안내문을 보여 주었다. 떠듬떠듬 한 자씩이라도 읽어 낸 이는 딱 한 명. 한자나 영어를 모르면 무슨 내용인지 알 수 없는 것이다. 읽기는커녕 무슨 뜻인지조차 모르던 이들에게 소리 내어 읽어 주니 큰 잘못이라도 한 양 고개 숙이며 수줍게 웃는다. 그들은 잘못한 게 없다.

'앉아 계실 때는 안전벨트를 매십시오', '구명복은 좌석 밑에 있습니다' ㄴ 항공의 안내문이다.

수어

기술은 문명의 이기를 만들어 내고, 정보 전달 방식을 바꾼다. 봉화와 파발의 쓸모는 통신기기 등장으로 사라졌다. 공중전화를 비롯한 유선전화의 쓰임은 갈수록 줄고, 개인 이동통신 기기의 활용은 날로 늘고 있다. 스마트폰은 음성 통화를 넘어 '소리 없는 통화'도 가능하게 한다. 언젠가 우연히 목격한 '수화 영상 통화'의 신선한 충격은 몇 해가 지난 지금도 뇌리에 생생하게 남아 있다. 무장벽(barrier-free) 세계는 '따뜻한 기술'의 힘으로 점점 넓어져 간다.

지상파 방송의 모든 프로그램은 '청각장애인을 위한 자막 방송'으로 송출된다. 듣지 못해도 뉴스와 연예 오락, 드라마, 교양, 스포츠 중계방송을 즐길 수 있는 것이다. 시각장애인을 위한 '화면 해설 방송(Descriptive Video Service, DVS)'도 있다. 드라마 대사 등의 소리 정보 외에 출연자의 움직임과 표정 따위를 음성으로 해설해 주는 방송이다. 텔레비전 수신기에서 '자막', '음성 다중'을 선택하면 누구든 경험할 수 있는 서비스이다. 뉴스를 비롯한 몇몇 프로그램은 각 방송사가 돌아가며 '수화방송'을 한다. 텔레비전 오른쪽 아래 동그란 화면에서 볼 수 있는 '수화 통역사'들의 번역은 한국어일까? 아니다.

한국어(Korean)와 한국어 수어(Korean sign Language)는 다른 언어이다. 수화(手話)와 한뜻인 수어(手語)는 '한국수어법안'의 제정 논의가 시작될 때 법정 용어로 선택되었다.('수어, 또 하나의 언어', 국립국어원) 한국수어가 영어, 중국어, 아랍어 등처럼 한국어와는 엄연히 다른 언어라는 점을 강조하기 위해서일 것이다. 농인(聾人)은 '보이는 언어'로 모어를 습득하고, 청인(聽人, '농인'에 대비하여 이르는 말)은 '들리는 언어'로 모어를 익힌다. 당연히 언어 체계도 다르다. '무슨 계절을 좋아해요?'를 '수화 통역사'는 '계절-좋다-무엇?'으로 표현한다. 한국어와 영어의 문법이 다른 것처럼 수어와 국어의 문법도 다른 것이다.

'야전'과 '야자'

한해를 마무리할 즈음이면 방에 들어오고 나간 것이 무엇인지 가늠해 본다. 몇 해 전 이사하던 때에도 마찬가지였다. 책은 들여온 것과 내놓은 양이 비슷했다. 그나마 '책장 다이어트' 덕분이었다. 작품 대신 벽 여기저기에 붙여 놓은 그림엽서는 늘었고, 향초는 켜 댄 만큼 높이가 줄었다. 음반은 늘었다. 헌책방에서 골라 온 엘피(LP)판 덕분이다. 레코드판이 숨 쉴 턴테이블도 하나 더 장만했다. 스피커가 달려 있고, 건전지를 넣으면 전원 없이도 쓸 수 있는 물건으로 야외에서 진가를 발휘하는 휴대용이다. 모임에 들고 나가면 인기 폭발이다. 학창 시절 추억을 떠올리는, '야전'과 같기 때문일 것이다.

'야전'은 야외 전축을 줄인 말이다. 50대 이후에게 '야전', 40대 이전에게 '야자(야간 자율학습)'는 익숙한 표현이다. '노찾사(노래를 찾는 사람들)'는 '노사모'와 같은 숱한 작명을 낳았고, '별밤(별이 빛나는 밤에)'은 프로그램 애칭의 대표 격이 되었다. 줄임말은 "'전대협'과 '국조권' 등 줄임말 남발은 삼가야"(ㄱ 신문, 1980년)에서 보듯 예부터 시빗거리의 하나였지만 이런 현상은 날로 진화하고 있다. 줄임말은 반드시 바루어야 할 문제일까.

어른들은 '문상(문화상품권)', '생파(생일파티)', '버카충(버스카드 충전)'을 낯설어하고, 아이들은 '농해수위(국회 농림 축산 식품 해양 수산 위원회)', '아태(아시아 · 태평양)', '노조(노동조합)'의 원뜻을 찾기 어려워한다. 언어학자들은 '말 줄임 현상은 언어 생성의 한 방법으로 자연스러운 일'이라는 의견에서 크게 벗어나지 않는다. 문제는 줄임말 자체에 있는 게 아니라 세대·계층 간 이해가 모자라는 데 있을 것이다. 제 뜻 알기 어려운 생소한 줄임말은 풀어 주고 아이들의 줄임말은 알려고 먼저 나서면 해결될 일이다. 상대가 어떤 표현으로 무슨 말을 하는지 귀 기울이는 게 소통의 시작이다. 아니면, 불통이 된다. 이사하던 그해 1년간 뉴스에 등장한 '불통'은 2만 1,000여 건, 그 1년 전 7,000여 건의 거의 3배에 이른다.(네이버) 해가 저물 때면 가는 해와 함께 '불통'도 사그라지기를 바라며 산다.

엘씨디로?

학창 시절 어느 겨울방학에 영동으로 이사한 벗에게 편지를 보냈다. 강원도로 가는 줄 알았더니 강 건너 서울로 이사한 친구였다. 강남(江南)보다 영등포의 동쪽인 영동(永東)이 널리 쓰이던 때였다. 전화 걸어 알아낸 새 주소의 동네 이름이 재미있었다. 이웃에는 '구정동'과 '뒷구정동'이 있을 것이라 짐작하게 한 이름이었다. '진관내(진관외)동'과 '상수(하수)동'처럼 '내-외', '상-하'로 나뉜 동네가 있던 시절이니 '앞-뒤'도 있을 것이라 여겼던 것이다. 그렇게 '앞구정동'으로 쓴 편지는 제대로 배달되었다. 갈매기(鷗, 갈매기 구)와 친하게(狎, 친할 압) 지낸다는 뜻을 담은 정자 '압구정'을 까맣게 몰랐던 때인 1970년대의 일이다.

압구정동을 비롯한 동 이름이 주소에서 사라진다며 논란이 일었던 적이 있다. '도로명과 건물번호'로 이루어진 '도로명 주소'가 시행된 2014년의 일이다. '전통과 역사를 담고 있는 지명을 없애면 전통문화를 누릴 권리를 심각하게 침해한다'는 헌법소원도 제기됐었다. '체육관로', '디지털로' 따위는 '사회, 경제적 여건에 따라 가변적인 것이기에 주소로 부적절'하다는 게 주요 내용이었다.

새 주소를 써도 지금껏 써 왔던 동 이름이 없어지지는 않을 것으로 보인다. '(현행) 지번과 (도로명) 주소는 이원적 체계로 운영'되고 '동 제도·명칭 자체가 사라지는 것은 아니며, 임의적으로 표기할 수 있다'는 게 정부 방침이기 때문이다. '기존 주소 체계는 1918년 일제가 도입한 것'으로 '새 주소는 예전부터(1318년) 써 왔던 집 중심 체계로 되돌아가는 것'이다. "번호 사이는 '-'로 표기하고, '의'로 읽는다"는 대목은 왠지 반갑다.(안전행정부 자료) 하지만, '엘씨디로(파주)', '테라피로(영주)', '크리스탈로(인천, 서구)'는 작명 취지를 떠나 손봐야 할 길 이름이다. '엘시디-', '세러피-', '크리스털-'로 해야 외래어 표기법에 맞는 것이다.

성-이름

해 질 녘 회색빛 땅거미가 젖어 들 무렵, 혼자 볼 때면 등골이 서늘해지기도 했던 장면이 떠오른다. 희뿌연 흑백텔레비전 화면에는 늪 수면으로 솟아오른 물방울이 터지고 있었다. '어둠에 묻혀서 사는' 주인공 벰, 베라, 베로가 등장하는 만화영화 〈요괴인간〉의 시작 장면이었다. 1970년대 인기를 끌었던 만화영화 〈타이거 마스크〉, 〈철인 28호〉, 〈마징가 Z〉 그리고 〈은하철도 999〉와 함께 인기를 끌었던 작품이 있다. 〈우주소년 아톰〉, 〈밀림의 왕자 레오〉, 〈사파이어 왕자〉가 그것이다.

〈철완 아톰(鉄腕アトム)〉, 〈정글대제(ジャングル大帝)〉, 〈리본의 기사(リボンの騎士)〉가 원제목인 이 만화영화를 만든 사람은 일본 애니메이션 '아니메(アニメ)'를 이끈 인물이다. 일본의 패색이 짙어 가던 1945년 3월 당시 공습 경계에 나섰던 그는 연합군의 오사카 폭격을 목격하게 된다. 세 시간에 걸친 대공습으로 3,000여 명이 숨진 현장은 참혹했다. 처참한 광경을 지켜보며 그 상황이 차라리 만화이기를 바라면서 만화가가 되었다는 그는 우리나라에서도 매우 유명하다. 그의 이름은 '데즈카

오사무(手塚治虫)'. 어떤 자료에는 성과 이름의 순서를 바꾼 '오사무 데즈카'로 나오기도 한다.

우리나라처럼 일본과 중국도 이름 앞에 성을 붙인다. 다른 대부분의 나라는 이름 뒤에 성을 쓴다. 바이올리니스트 '세라장'과 골프 선수 '미셸위'의 한국 이름은 '장영주', '위성미'이고, 전 주한 미국 대사 이름은 '성김', 한국 이름은 '김성용'이다. 이처럼 한국계 미국인의 이름은 성과 이름을 구분하는 데 어려움이 없지만 일본 사람의 경우는 헷갈리기도 한다. '세계적 지휘자 세이지 오자와의 부지휘자로 발탁되는 등…'(ㅂ 일보)처럼 뒤바꾸는 경우가 왕왕 있기 때문이다. 동북아 세 나라 사람의 성명은 '세이지 오자와(Seiji Ozawa)'가 아닌 '오자와세이지(小澤征爾)'처럼 써야 한다. '명훈 정(Myunghun Chung)'이 아닌 '정명훈'이듯이 말이다.

누구/아무

칼럼에서 "섬뜩한 느낌 주는 '살인 진드기'라는 표현은 삼가야 한다."는 얘기를 했다. 관련 내용을 담은 칼럼 이후 '진드기'(ㅈ 일보, ㅊ 교수), '공포의 작명'(ㅈ 일보, ㅇ 논설위원) 등의 제목으로 비슷한 뜻을 담은 글이 나왔다. 줄기는 같아도 풀어내는 방식은 달랐다. 동물생태학자와 기자답게 전공과 취재 경험을 바탕으로 깊이 있는 분석을 담아 썼기 때문이다. 세상살이를 두고 '누구'라도 떠들 수 있지만 논리를 갖춰 매체에 글을 쓰는 일은 '아무'나 할 수 있는 게 아니라는 것을 보여 주는 방증이기도 하다.

엊그제 라디오에서 '기미, 주근깨 따위에 효과가 있다'는 치료제 광고가 나왔다. '(피부 고운) 공주는 아무나…' 하는 대목에 언어 직관을 거스르는 내용이 있었다. '…아무나 될 수 없지만 (이 치료제를 바르면 가능하다)'이 아닌 '(공주는) 아무나 될 수 있다'는 문장으로 끝난 것이다. "'누구나' 할 수 있지만 '아무나' 해서는 안 되는 것이 방송'이란 금언에 익숙해서였을지 모른다. 꼭 그런 것만은 아니었다. '누구나 작가가 될 수 있지만 아무나 될 수 없음을 보여 주는 책'처럼 유사한 보기가 많았으니까.

'아무(어떤 사람을 특별히 정하지 않고 이르는 인칭 대명사)'는 일반적으로 '누구'와 뜻 차이가 없이 쓰인다. '나, 라도와 같은 조사와 함께 쓰일 때는 긍정의 뜻을 가진 서술어와 호응'하기도 하는 게 '아무'이지만 '흔히 부정의 뜻을 가진 서술어와 호응'《표준국어대사전》하기에 피부 치료제 광고가 낯설게 들린 것이다.《칼의 노래》를 쓴 소설가 김훈은 "'버려진 섬마다 꽃이(은) 피었다'를 두고 이틀을 고민하다 '꽃은 피었다'로 결론 내렸다. '-이'는 사실을 진술한 문장, '-은'은 주관적인 '그만이 아는 것'이기 때문"이라고 술회했다. 같은 듯 비슷한 표현도 상황에 맞춰 제대로 쓰는 게 바른 말글살이이다.

시상/수상

훈장과 관련한 소식이 비슷한 시기에 두 개 전해졌다. 우리나라 배우가 외국 정부의 훈장을 받았다는 게 그 하나. 이 소식은 주말

텔레비전 뉴스를 통해 알았다. '프랑스 정부와 영화계는 윤정희 씨가 프랑스 문화부 장관이 수여하는 문화예술 공로훈장 수상자로 선정됐다고 밝혔습니다.(ㅎ 방송 뉴스)' 반가운 보도가 왠지 어색하게 들렸다. 프랑스 현지를 연결한 인터뷰도 마찬가지였다. '방금 상을 받으신 영화배우 윤정희 씨, 파리 현지로 전화 연결하겠습니다.(ㅇ 라디오 인터뷰)' 위 두 표현이 자연스럽지 않은 까닭은 무엇일까.

'훈장 수상'이 수상(殊常)했다. 수상(受賞)은 상을 받는 것, 훈장을 받는 것은 수훈(受勳)이다. 프랑스어로는 '수상'과 '수훈' 모두 'recevoir(받다)'이지만 우리말은 다르다. 예술과 문학 분야에서 두드러진 업적을 남긴 인사에게 주는 '오피시에(d'Officier)'는 훈장이니 이 경우에는 '(정부가 서훈한) 훈장 수훈'이라 해야 적확하다. '프랑스 정부로부터 문화예술 공로 훈장을 받았습니다.(ㅅ 방송 뉴스)'처럼 한자어를 털어 내면 더 깔끔해진다.

상을 주는 것은 시상(施賞), 훈장을 주는 것은 서훈(敍勳)이다. 훈장과 관련 있는 다른 하나는 서훈 취소 소식. 장지연의 자취는 '항일에서 친일'로 바뀌었다. 국무총리는 "친일 행적과 별도로 독립운동을 위한 공도 인정되는 만큼 그 부분을 별도로 생각하는 것은 필요하다"면서 "종합적으로 볼 때 서훈이 취소되는 것이 마땅하다"라고 했다. 〈시일야방성대곡(是日也放聲大哭)〉, 목 놓아 통곡할 이 없지 않겠다.[2]

---

2 시일야방성대곡은 〈황성신문〉의 주필인 장지연이 1905년 11월 20일 〈황성신문〉에 올린 글의 제목이다. 시일야방성대곡이란 "이날에 목 놓아 통곡하노라"라는 의미이다. 장지연은 이 글에서 황제의 승인을 받지 않은 을사늑약의 부당함을 알리고 이토 히로부미와 을사오적을 규탄했다. 장지연은 이후 1914년~1918년 사이 총독부 어용 신문사 〈매일신보〉에 주필로 활동하여 700여 편의 친일 한시 및 사설을 게재했다는 의혹 때문에 2009년 11월 8일 민족문제연구소가 발간한《친일인명사전》중 언론 부문에 수록되었다.

–시– 1

새색시가 시아버지께 아침 인사를 했다. "아버지, 잘 잤나요?" 시어머니의 불호령이 떨어졌다. "'님'과 '시'를 붙이면 존댓말이 된다"는 신랑의 말을 듣고 밤새 연습한 새색시, 이튿날 환하게 웃으며 인사한다. "아버님 대갈님에 검불님이 붙으셨어요". 오래된 우스개이다. 옛날이야기 속 이런 일이 요즘에도 널려 있다. "커피 나오셨습니다", "거스름돈 800원이십니다" 따위의 말이 꼭 그 짝이다.

'사물 존대'를 꼬집은 기사는 2006년부터 등장한다. 그릇된 높임말의 역사가 10년 가까이 된 셈이다. 찻집이나 백화점 같은 곳에서 시작된 것으로 보이는 선어말어미[3] '–시–'의 오용은 "체납세가 있으십니다"처럼 공무원 사회에도 만연해 있다. "점원에게 잘못을 일러 주는 것도 지쳤다'는 볼멘소리가 그치지 않지만 "사물 존대를 하지 않았다고 '무시당했다'며 항의하는 손님 탓에 조심스럽다"는 변명도 없지 않다.

해마다 '고객 응대 문안'을 국어 전문 상담소에 의뢰해 감수를 받는 백화점이 있다. 임직원을 대상으로 '우리말 바로 쓰기 캠페인'을 펼치는 곳도 있다. 해당 백화점을 찾아가 확인해 보니 여느 곳보다 낫긴 하지만 '사이즈 없으시다' 따위의 표현은 여전했다. 손님에게 바른 존대어를 쓰자는 취지와 현장의 상황은 차이가 있는 것이다. '괴상한 높임말'의 문제 어떻게 해결해야 할까.

---

3 선어말어미(先語末語尾): 어말 어미 앞에 나타나는 어미. '–시–', '–옵–' 따위와 같이 높임법에 관한 것과 '–았–', '–는–', '–더–', '–겠–' 따위와 같이 시상(時相)에 관한 것이 있다. ≒비어말 어미 · 안맺음씨끝.

먼저, '소비자 주권 운동'을 들 수 있다. 손님들이 점원의 그릇된 높임말을 정중하게 바로잡아 주는 것이다. 사물 높이는 화법 탓에 소비자가 대접받지 못하는 풍토를 바로잡기 위한 시민운동이다. 여의치 않을 경우 불매운동을 할 수도 있겠다. 커피 체인점 등의 '고객 응대 화법'을 다듬기 위해 제도적 장치를 마련하는 방법도 있다. 일정 규모 이상의 업체는 '표준 언어 예절'을 지키도록 법으로 규제하는 것이다. 이 모든 것에 앞서는 것이 화법 교육을 제대로 하는 것이다. 반듯한 우리말을 하는 게 상식인 사회가 되면 절로 이루어질 일이다.

–시– 2

환하게 웃으며 "안녕하세요? ○○씨, 맛있는 아메리카노 한 잔 주세요" 이렇게 주문하면 커피가 반값이 된다. 무표정하게 "아메리카노 한 잔." 하면 제값 다 치러야 하고 무뚝뚝하게 "아메리카노."라고 짧게 말하면 벌금처럼 값이 더해져 정가의 1.5배를 내야 한다. 어떻게 주문하느냐에 따라 커피 값이 할인되고 할증되는 셈이다. 한 커피 체인점이 점원을 존중하고 배려하자는 취지에서 마련했던 행사였다. '커피 한 잔.'(7유로), '커피 한 잔 부탁해요.'(4.25유로), '안녕하세요, 커피 한 잔 부탁해요'(1.4유로)를 가격표에 써 놓은 프랑스의 한 카페에서 착안한 것으로 보인다.

'고객과 바리스타가 서로 존중하고 배려하자'는 취지로 시작한 '따뜻한 말 한마디' 행사의 반응이 꽤 좋다는 게 회사 쪽 분석이다. 체인점의

한 매장을 찾아 점원에게 물어보니 "모두 반값에 드렸다"라고 한다. 무뚝뚝하게 주문한 손님에겐 '앞으로 잘 부탁한다'는 뜻을 담아 그랬을 것이다. 행사 취지가 잘 이루어지면 이른바 '진상 고객'은 줄어들고 가게 분위기는 밝아질 것이다. 그래서, 좋다. 끝? 아니다, 접어 두었던 아쉬움이 더 커졌다. 관련 소식을 접하면서 이전부터 겪어 왔던 불편했던 기억이 스멀대며 떠올랐기 때문이다. '커피 나오셨습니다', '거스름돈이세요' 따위의 사물을 높이는 얼치기 화법 탓이다.

김선우 시인은 "남발되는 높임 선어말어미 '시'의 문제는 비문이어서만이 아니다. 말속에 교묘히 들어 있는 '비굴함'의 강제 때문이기에 당장 바로잡아야 한다"고 목소리 높인다. 일리 있는 말이다. 손님을 불쾌하게 하는 점원의 어긋난 존대법은 넓게 퍼져 있는 구조적인 문제이고 '진상 손님'은 어쩌다 나오는 개별적 문제이다. 이른바 '갑질 손님'의 피해자는 동정과 공감을 얻지만 말 같지 않은 화법에 노출된 손님의 불편한 마음을 풀어낼 방법은 딱히 찾기 어렵다. '괴상한 높임말'의 문제, 어떻게 해결해야 할까.

○○○ 의원입니다

"존칭 보조어간을 남발해 '사물 존대'하는 것 못지않게 거슬리는 표현이 있다. 자신을 높이는 '뻔뻔한 화법'이다. 사기업 직원은 물론이고 공무원, 국회의원 중에도 그런 사람이 많다. 적어도 '민의를 대변'한다는 의원들에게는 쓴소리 한마디 해 주고 싶다". 두 번에 걸쳐 선어말어미 '-시-'의 오남용을 칼럼에서 꼬집은 뒤 받은 독자 의견이다. 이런저런 모임에 참석하거나 방송에 출연해 자신을 소개할 때 "안녕하십니까, ○○○의원입니다"라고 하는 게 마뜩잖다는 것이다. 일리 있는 지적이다. 우리 언어 예절에 비추어 따지면 독자의 말처럼 '뻔뻔한 사람'이란 핀잔 받을 이 적지 않을 것이다.

'직함을 이름 앞에 넣어 말하면 높이는 것이 아니지만 직함을 이름 뒤에 넣어 말하면 높이는 것이 우리 전통 예절'이다.(국립국어원 '온라인 가나다') '(국회)의원 ○○○입니다', '총무부장 ○○○입니다' 하는 게 바른 표현이고, 자신을 '○○○의원입니다', '○○○총무부장입니다'라고 소개하는 것은 스스로를 높이는 야릇한 표현이 되는 것이다. 국어원이 펴낸 〈표준 언어 예절〉에서도 "이름을 앞에 두고 뒤에 직함을 붙여 '○○○부장입니다'라고 하면 상대방에게 부담을 줄 수 있으므로 되도록 쓰지 않는 것이 좋다"라고 했다. '예의에 어긋나다'라는 뜻을 '상대방에게 부담을 줄 수 있다'는 표현으로 에둘러 밝힌 것이다.

직함은 '벼슬이나 직책, 직무 따위의 이름'이다. 사장, 부장, 시장, 장관, 도지사, 감독, 아나운서 등처럼 국회의원도 직함의 하나이다. 얼마 전 한 국회의원의 전자우편을 받았다. '새해 복 많이 받으시기 바란다'는 덕담과 '○○○올림'이란 끝인사가 생뚱맞아 보였다. 편지 목록에 뜬 제목이 '○○○의원입니다'였고, 첫인사도 '○○당 ○○수석부의장 ○○○의원입니다'인 탓이다. 인사할 때는 '(○○당) 국회의원 ○○○입니다', 정당과 직위를 밝힌 뒤라면 '○○당 ○○수석부의장 ○○○입니다' 하는 게 옳다.

표준 언어 예절

국립국어원이 '엄마 · 아빠'를 비롯한 호칭어, 지칭어, 경어법 등의 공식 기준을 담은 지침서 〈표준 언어 예절〉을 펴냈다. 2012년 3월의 일이니, 〈표준 화법 해설〉에 시대적 변화 등을 보태고, 현실에 맞게 다듬어 20년 만에 개정한 것이다. 〈표준 언어 예절〉은 국어 사용 실태 조사와 자문위원 회의, 공개 토론회를 거치며 각계의 의견을 수렴한 뒤 나온 결과물이다. 이전 제목인 '화법(말하는 방법)'도 내용에 맞추어 '언어 예절'로 바꾸어 출간한 〈표준 언어 예절〉을 보는 언론과 언중의 반응은 어땠을까.

'전통 규범을 존중하면서도 변화된 현실을 대폭 수용했다'(ㄱ 신문), '가정과 직장 내 호칭과 지칭, 혼례 · 상례 · 축하 · 위로 등과 관련된 인사말 서식 등을 상세히 설명한다'(ㅅ 일보), '…바뀐 언어 현실에 부응한 점이 눈에 띈다. 자녀 수가 적어 사촌 간 교류가 긴밀해진 상황을 감안해 조부모 · 손주, 사촌 간 언어 예절을 신설한 대목도 의미 있다'(ㅈ 일보), '언어 사용의 빠른 변화에 비해 국가의 공식 대응이 늦은 감이 없지 않다'〈한겨레〉에서 알 수 있듯이 언론의 반응은 대체로 호의적이다. 국립국어원 누리집에 나타난 자료 요청 건수와 '〈표준 언어 예절〉 발간 이후 업무가 마비될 만큼 전화가 폭주했다'는 관계자의 말로 미루어 보면 언중의 관심도 여전히 높은 편이다.

〈표준 언어 예절〉은 호칭과 지칭, 경어법과 특정한 때의 인사말뿐 아니라 혼례와 장례를 비롯한 여러 경우의 서식도 다루고 있다. 이 책은 전자우편 쓸 때 필요한 형식과 예절을 새롭게 담았고, '○○公 以老患 於

自宅別世 玆以告訃(○○님 노환으로 자택에서 별세. 이에 부고합니다)'로 시작하는 한문 부고 문안은 아예 다루지 않았으며, 가로쓰기를 기본으로 제시하고 있다. '표준 화법 보완 자문위원회'의 끝자리에서 힘을 보탠 한 사람으로 〈표준 언어 예절〉이 우리 말글살이의 지침서로 널리 쓰였으면 좋겠다. 자료집은 국립국어원 누리집(www.korean.go.kr)에서 공짜로 내려받을 수 있다.

정부·언론 외래어 심의 공동위원회

국가 및 공공 기관이 제정한 법률, 명령, 규칙, 조례 따위의 사회규범을 법이라 한다. 말과 글에도 법이 있다. 언어의 체계를 다듬어 정리한 문법이다. 우리나라 문법의 틀은 어문 규정에 바탕을 두고 있다. 이른바 '4대 어문 규정'은 표준어 사정의 원칙과 표준발음법을 체계화한 표준어 규정, 표준어를 중심으로 우리말 표기의 규칙을 정한 한글맞춤법, 외래어를 한글로 표기하는 방법을 정한 외래어 표기법 그리고 우리말을 로마자로 표기하는 방법을 밝힌 로마자 표기법이다. Paris를 '파리'로 옮기는 것은 외래어 표기법, 서울을 'Seoul'로 적는 것은 로마자 표기법에 따른 것이다.

나라 밖에서 들어온 것이기에 들온말이라 하는 외래어는 표기법의 원칙을 기계적으로 적용하기 어렵다. '원산지'가 제각각인 언어의 발음을 살펴야 하고, 이미 굳어진 말은 관용을 인정해 적어야 하기 때문이다. 표기 세칙과 관용 표기 등을 꼼꼼히 따져 외래어 표기를 정하는 일을 맡아 하는 기구가 있다. 1991년에 구성되어 운영하는 정부·언론 외래어 심의 공동위원회이다. 인명, 지명 등 고유명사를 중심으로 말글살이에 새롭게 등장한 낯선 외래어, 표기가 혼란한 용어를 주로 다루는 이 위원회에서는 다음과 같은 사안을 다뤄 결정한다.

영화 〈엑스맨〉 등으로 널리 알려진 오스트레일리아 출신의 배우 '휴 잭맨', 같은 나라의 소프라노 가수 '조앤 서덜랜드' 그리고 영국의 록 가수 '데이비드 보위'는 널리 쓰이는 표기를 인정하는 따위의 일이다. 외래어 표기법을 엄격하게 적용하면 '휴 재크먼(Jackman)', '존(Joan) 서덜랜드', '데이비드 보이(Bowie)'로 해야 하지만 언중의 혼란을 막기 위해 관용을 따르는 것이다.

외래어 심의는 관련 규범을 바탕으로 현지 발음과 관용 따위를 시시콜콜하게 따져 정하는 것으로 끝나지 않는다. 구성원이 지키기로 합의한 법을 따라야 사회가 안정되듯이 결정된 외래어 표기도 널리 알리고 '약속'처럼 함께 지켜 나가는 게 '결정'보다 더 중요하기 때문이다.

참공약

2012년 연말에 접어들면서 대권 후보들의 이모저모를 둔 설왕설래가 이어졌다. '대통령의 딸'이 대통령이 될 수 있을까, '후보 단일화'를 외치는 야권은 정권 교체를 이룰 수 있을까, '○%대 지지율'을 보이는 후보들은 선거일까지 완주할 수 있을까, 따위의 것들이다. 이런 화제는 웃음으로 시작했다 괜한 트집으로 이어져 끝내 입씨름으로 바뀌기 십상이다. '정책'이 아니라 '이미지'에 경도된 이들이 많기 때문일 것이다. '박근혜, 해양수산부 존폐/문, 10조 해저터널 공약/안, 4대강 사업에 대해/이랬다저랬다'(ㅈ 일보), '세 후보의 불편한 진실 - 말 바꾸기'를 다룬 신문 제목에서 보듯 당시 선거도 공약(公約)과 공약(空約)이 뒤범벅되는 형국이었다.

'헛된 약속'의 공약(空約)을 솎아내려 시작한 게 '매니페스토(manifesto) 운동'이다. '매니페스토'는 '분명한 의미, 매우 뚜렷함'의 의미를 담은 라틴어 '마니페스툼(manifestum)'에서 나온 말로 '선언, 성명'의 뜻이다.《위키백과》 마르크스와 엥겔스가 펴낸 《공산주의 선언(The Communist Manifesto)》에서 알 수 있듯이 원뜻이 '선언'인 것이다. 선거 정책 등을 분명히 하기 위해 영국 보수당이 펴내기 시작한 게 시초로 알려진 '선거(정책) 매니페스토'는 2003년 일본 중의원 선거에 등장하면서 2005년 총선 때 우리나라에 본격적으로 상륙했다.

따지고 보면 '정부, 정당, 입후보자 등이 어떤 일에 대하여 국민에게 실행할 것을 약속함. 또는 그런 약속'《표준국어대사전》인 '공약'이 곧 '매니페스토'인 셈이다. 국립국어원은 '모두가 함께하는 우리말 다듬기'에서 '매니페스토'를 다듬은 말로 '참공약'을 선정했다. '진짜' 또는 '진실하고 올바른'의 뜻을 더하는 접두사 '참-'을 붙여 '공약'의 제 뜻을 돋을새김한 것이다.

말다듬기위원회

부서원끼리 뭉치고 동창들이 엮이며 여러 관계인들이 너 나 할 것 없이 모여 베푸는 송년 모임은 어느 자리나 뜻깊다. 어느 해 마지막 무렵 '기찻길 옆 오막살이'에서 열린 송년회도 그랬다. 국어문화 운동가에서 교수와 대중문화 평론가, 번역가는 물론 사전 전문가와 기자, 아나운서에 이르기까지 말과 더불어 살아가는 이들이 모인 자리였다. 서른 즈음에서 육십 대 중반까지 연령대도 다양했다. 소박한 밥상과 함께한 '말다듬기위원회' 송년 모임은 말 그대로 '말의 성찬'이었다. 그해 다듬은 말이 성찬의 재료이기도 했다.

문자결제사기(스미싱, smishing), 사이트금융사기(파밍, pharming), 전자금융사기(피싱, phishing), 대중투자(크라우드펀딩, crowd funding)는 경제지 편집인이 제 뜻 살펴 준 덕분에 나왔다. 야외활동지도자(아웃도어인스트럭터, outdoor instructor), 문신사(타투이스트, tattooist), 손톱미용사(네일아티스트, nail artist) 등은 체육교육학과 교수의 도움이 컸고, 매력상품(잇 아이템, it item), 대정전(블랙아웃, black out), 위안 음식(솔푸드, soul food), 옥상 정원(그린루프, green roof), 착한해커(화이트해커, white hacker)는 번역가의 감각이 빚어낸 열매이다. 책 낭독자(북텔러, bookteller), 책 길잡이(북마스터, book master), 듣는 책(오디오북, audio book), 책 돌려 보기(북크로싱, bookcrossing) 따위는 소설가 덕에 건져 냈고 자작 가수(싱어송라이터, sing song writer), 계절 할인, 계절 마감(시즌오프, season off) 등속은 대중문화 평론가의 제안이 한몫한 말이다.

국어학 교수와 국어 문화 운동가는 물론 신문기자의 역할도 컸다. 새

짝 기업(스타트업, start up), 육아 설계사(베이비플래너, baby planner), 깜짝 출연(자)(카메오, cameo), 거대자료(빅데이터, big data)와 에너지 자급 주택(제로에너지하우스, zero energy house), 초단열 주택(패시브하우스, passive house) 등은 지면에 바로 반영되었다. 사전 전문가는 뼈째회(세고시, せごし), 검정 먹거리(블랙푸드, black food), 식별 무늬(워터마크, water mark)에 말맛을 담아냈다. 수행 매니저(로드매니저, road manager), 촬영 기록자(스크립터, scriptor)는 현장에 빠삭한 아나운서들이 힘을 실어 나온 말이다. 하나 더(원플러스원, one plus one), 맑은 탕(지리, ちり), 곁들이찬(쓰키다시, つきだし), 맛 가루(후리카케, ふりかけ), 내 집 빈곤층(하우스푸어, house poor), 근로 빈곤층(워킹푸어, working poor), 뜨는 곳(핫플레이스, hot place)을 포함해 '말다듬기위원회'에서 그해 다듬은 표현은 36개이다.

더 자세한 내용은 국립국어원 누리집 사전 국어지식 〉 다듬은 말(순화어)에 들어가면 볼 수 있다.

≫ 최근 말다듬기위원회에서 다듬은 외래어는 다음과 같다.

순화 및 표준화 대상어	원어	순화어 및 표준화 용어
(게임) 퍼블리셔	(Game Publisher)	(게임) 배급사
(…)풀	pool	(…)후보군
(방독면) 캐니스터	canister	(방독면) 정화통
(베이비) 카시트	(baby) car seat	(아이) 안전의자
(선거) 캠프	(選擧) camp	① (선거) 이동 본부 ② (선거) 임시 진영
(연료) 탱크	(燃料) tank	(연료)통

(왕래가) 빈번한	頻繁	(왕래가) 잦은
(위원별 전담) 마크맨	markman	요원
(장마)전선	-前線	(장마)선〈기상〉
(조약, 계약을) 체결하다	締結	(조약, 계약을) 맺다
(캐릭터) 머천다이징	merchandising	상품화
(케이크) 커팅	(cake) cutting	(케이크) 자르기
(품위를) 손상하다	損傷-	(품위를) 떨어뜨리다
(풍력 발전기) 블레이드	Blade	(풍력 발전기) 날개
(현장) 르포	--reportage	(현장) 취재기
-무키	むき	-용
3D, 스리디(쓰리디), 스리디메넌(쓰리디멘션)	Three Dimensions Three Dimensional	3차원, 입체
5초 룰	5 secondrule	5초 규정
BIS	Bus Information System	버스 정보 시스템

방송 자막

"선생님, 어떻게 이럴 수 있어요? 방송이!" 방송 자막을 보고 문제점을 따져 보라는 숙제를 내면 어김없이 돌아오는 학생들의 답이란다. 청소년들의 눈총이 회의장 여기저기에 꽂히는 것 같았다. 이런 현상을 전한 경희여자중학교 교사 강용철 씨는 '내가 만든 자막을 내 아이가 보고 있다는 마음, 훌륭한 언어 인식 능력을 가진 시청자들이 온화한 미소와 냉철한 눈빛으로 방송을 보고 있다는 마음, 한글과 한국어를 사용하는 민족의 자긍심을 생각하는 마음'을 떠올리며 모범적인 방송 자막을 만드는 데 애써 달라는 당부를 제작진에게 전하기도 했다. 몇 해 전 열린 '언어문화 개선 범국민 연합 토론회'에서 '방송 자막 오류 개선을 위한 자막 맞춤법 교정기 도입 방안' 발표와 토론에서 나온 이야기이다.

자막이 많아지면 잘못이 생길 가능성은 따라서 늘게 마련이다. '자막 홍수'는 이미 거스를 수 없는 흐름이기에 자막을 줄일 수도 없는 일이다. 자막 오남용 문제를 풀기 위해 여러 방안이 제시, 시행되었지만 이렇다 할 성과는 나오지 않는다. 이런 까닭에 '자막 맞춤법 검사기 도입'을 제안했다. 방송인의 소양 계발과 재교육 따위의 '정서적' 접근이 아닌 전산 언어학 기술을 활용한 '기술적' 접근으로 자막 오류를 바로잡을 수 있다고 보기 때문이다. 맞춤법 교정기를 시험 운용한 연구 결과도 의미 있다. '인식의 전환'이 자막 오류의 80% 가까이를 바로잡은 것이다.(MBC 우리말위원회, 2004)

자막 맞춤법 교정기 설치의 기대 효과는 '자막 오류 개선'에서 그치지 않는다. 먼저, 자막 작업에 필요한 인력과 노력을 제작에 오롯하게 쏟아 프로그램 완성도를 높일 수 있고 방송 자막기와 맞춤법 검색 · 교정 엔진을 비롯한 관련 산업 발전에도 바람직한 영향을 미칠 것이다. 문화뿐 아니라 경제에도 도움이 되는 것이다. '누구나' 알고 있지만 선뜻 해결하겠다고 '아무도' 나서지 않는 문제의 해법을 자막 맞춤법 교정기는 보여 준다. 기대 효과는 크고 예상되는 부작용이 없는 길이라면, 성큼 내디딜 일이다.

윤석열

국회 청문회에서 불거진 '국정원 대선 개입 의혹 사건 수사 문제'로 논란의 중심이 된 '윤석열' 여주 지청장과 관련한 문의가 있었다. 민감한 사안을 건드린 탓에 좌천됐다가 2017년에 금의환향한 바로 그 사람에 관한 문의였다. '중징계 대상', '국회 청문회 공방' 따위의 것은 아니었다. "사람은 하나인데 이름의 소릿값은 전하는 사람에 따라 다르니 어찌 된 일인가"였다. 신문이야 활자로 '찍어 내면' 그만이지만, '소리 내야' 하는 방송은 따져야 할 게 또 있는 것이다. 뉴스 여러 꼭지를 찾아 들어 보니 얘깃거리가 될 만했다. 누구는 [윤성녈]이고, 누구는 [윤서결]. 방송사마다 차이가 있는 것은 물론이고, 한 방송에서 달리 발음할 때도 있었다.

사람 이름의 발음은 쉽고도 어려운 문제이다. 먼저, 한자 이름을 밝혀야 바른 소릿값을 알 수 있는 경우가 있다. 표기는 '석열'로 했지만 한자가 '렬(烈, 洌…)'이면 '석렬'로 보고 읽어야 한다. '격렬[경녈], 직렬[징녈]'처럼 [성녈]이 되는 것이다. 여주 지청장 이름은 '윤석열(-錫悅)'이니 여기에 해당되지 않는다. 이 경우 '(문)법'에 바탕을 두고 답하면 [윤서결]이 맞다. "이름 '석열'은 'ㄴ'음 첨가가 일어날 환경이 아니므로 [윤서결]로 발음하는 것이 적절하다"('온라인 가나다')는 국립국어원의 의견을 따르면 문제는 쉽게 해결된다.

이제, 어려운 문제가 남았다. '법'이 만능은 아니기에, 한 자 한 자가 뜻을 담고 있는 이름의 한자(漢字)를 '독립 단위'로 보는 주장이 있기 때문이다. 이에 따르면 '석+열'은 '한자어 받침 뒤에 ㄴ을 첨가해 발음'(표준어 규정 29항)하고 '받침 ㄱ은 ㄴ, ㅁ 앞에서 [ㅇ]으로 발음'(같은 규정 18항)되어 [성녈]이 된다. 어느 잣대를 들이대느냐에 따라 이름이 달라지는 것이다. 여기서 끝? 아니다. '법'과 '주장'을 무색하게 하는 것이 있다. 당사자가 바라는 것을 따른다는 것이다. 한자의 뜻대로 법관을 거친 유력 정치인 '우(祐, 도울)+려(呂, 법 · 음률)'의 이름을 '-우여'로 쓰고 읽는 것처럼 말이다.

▶ 글 쓸 당시에는 확인하지 못했다. 밀려나는 이에게 '당신의 이름(소릿값)은 무엇인가' 물을 형편이 아니었기 때문이다. 답은 뜻하지 않은 곳에서 나왔다. "[서결]이 맞다. 대학 입학해 친구들이 '성녈아[성녀라]' 하고 부르니 (윤석열 본인이) '석열[서결]'이라고 했다. 집에서도 그렇게 부른다 하더라". 그와 학창 시절을 함께 보낸 선배 피디의 말이다.

제5장

따라하면 좋은 방송 언어

– 일상어와 같아 본보기가 되는 우리말

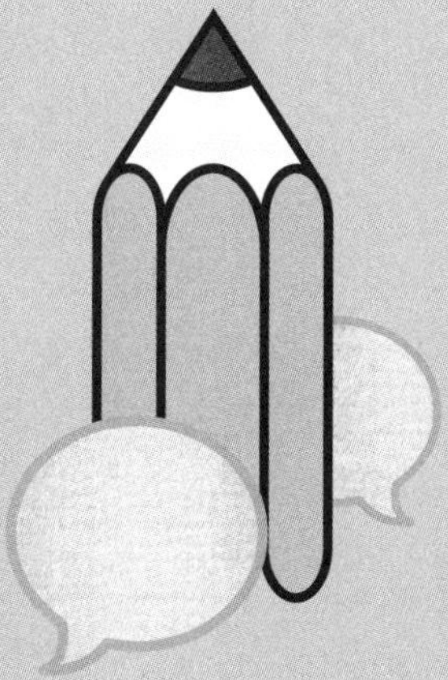

아나운서의 말 한마디

사람이 있다. '국어사전을 베고 잠들'었다는 전설의 주인공이나. 말밭을 발서슴하며 건져 낸 열매는 '경마장에 없는 말들', '토박이말 일곱 마당', '우리말은 재미있다', '재미나는 우리말 도사리', '한겨레신문 말모이' 따위에 곱다시 담겨 있다. 우리말의 찾을모를 골라내는 재주는 여느 사람이 견줄 수 없을 만큼 땅불쑥하다[1]. 시험만 보면 덜컥 붙었기에 신문과 방송기자 노릇도 제법 했지만 길게 하지 않았다. 언론사 생활은 안정된 삶은 새로에 유유자적에 어울리지 않았기 때문일 것이다. 한때 머리를 하얗게 배코 치고 자릿내 진동하는 옷을 걸친 채 지칫지칫 술판을 전전했다. 술자리에 됫병 소주가 함께한 날이 여럿이었음은 물론이다. 말밭 매는 놉 노릇 하며 산 삶이 반나마는 족히 되었을 그는 억병의 나날을 더듬어 잡지에 '취생록'을 연재했다. 그 원고를 묶어 낸 '술통'을 뒤늦게 펼쳐 들었다.

발서슴(쉼 없이 두루 여기저기 돌아다니다), 곱다시(그대로 고스란히), 찾을모(찾아 쓸 만한 점이나 가치), 땅불쑥하다(특별하다)처럼 가리사니(사물을 판단할 만한 지각) 잡기 힘든 낱말이 여럿이다. '술통'을 읽으며 만난 살가운 표현 가운데 추려 낸 말들이다. 머리를 빡빡 깎는 걸 '백구(호) 치다'로, 자릿내

1 땅불쑥하다: 다른 것과 쉽게 구별될 만큼 특별하다. = 특별하다. 땅불쑥하니: 특별히. 별나게.

는 지린내와 같을 것이라 지레짐작하고 있던 내게 배코 치다, 자릿내(빨랫감에서 나는 쉰 듯한 냄새)의 표기와 뜻을 밝혀 주었다. 새로에('고사하고', '커녕'의 뜻을 나타내는 보조사)와 놉(품팔이 일꾼), 반나마(반 조금 지나게) 그리고 억병(한량없이 많은 술, 그만큼 마신 상태나 주량)은 오자일 것이라 여긴 나를 부끄럽게 했다. 이 책을 샅샅이 훑게 한 꼬투리는 '첫밗'이었다. 세상에 이런 말이 있었나, 싶었으니까. 저자가 누구인지 왜 첫밗(일이나 행동의 맨 처음 국면)에 알아채지 못했을까. 시인이었지만 이렇다 할 시집을 낸 적 없는 그의 시집이 지난해 나왔다. 유고 시집이다. 지난 토요일이 그의 2주기였다. 주인공은 장승욱, 그런 사람이 있었다. _〈한겨레〉, 2014년 1월 27일

'시카고에는 바다가 없다'. 이 한 마디가 인상적인, 아나운서이기에(?) 인상적인 영화가 있다. 〈웰컴 미스터 맥도날드(Welcome Back, Mr. McDonald)〉'로 우리나라에 개봉되었던 일본 영화 〈라디오의 시간(ラジオの時間, 1997)〉'이다. 라디오 드라마 제작 현장에서 빚어지는 이모저모를 기발하게 엮어 낸 이 영화 줄거리는 대강 이렇다.

라디오 드라마 공모전에 당선돼 첫 방송을 앞두고 있는 신인 작가는 '생방송'을 앞두고 진행되는 리허설을 설레며 지켜본다. 방송 시작을 코앞에 두고 왕년의 대스타였던 성우가 극중 이름과 직업을 바꿔 달라며 고집부리는 등 문제가 계속 생긴다. 일본 이름을 미국 이름으로 바꾸다 보니 배경은 일본의 작은 어촌 마을에서 미국의 뉴욕으로, 그리고 다시 시카고로 바뀌어 간다. 럭비공 튀듯 갈피를 잡을 수 없는 상황에서도 생방송 시간은 어김없이 다가온다. 어찌어찌하여 드라마는 시작되고 예기치 못한 상황이 거푸 이어지면서 스튜디오 안팎은 말 그대로 좌충우돌, 걷잡을 수 없는 상태로 치닫

는다. 드라마가 절정에 이르는 장면에 등장하는 시카고. 이때 '한몫'하는 이 가 있으니, 드라마 해설을 맡은 중견 아나운서이다. 이 대목에서 아나운서는 '대본 대로 할 수 없다'며 버틴다….

우리말 말광, 말밭 가꾸려 땅불쑥한 삶을 살다 서둘러 떠난 장승욱 시인의 추억, 그의 글에서 추려 놓은 살가운 우리말 얘기를 하려는 것 같더니 생뚱맞게 영화 소개를 하니 당황하셨을지 모르겠다. '시인의 유산(遺産)'과 '〈라디오의 시간〉'은 무슨 관계일까. 그 까닭은 끄트머리에서 밝히려 한다. 먼저, 신문 칼럼에 채 담지 못했던 표현 몇 개를 이삭줍듯 주워, 담아 두고 싶은 낱말을 모아, 그러저러 얼키설키 엮어 그럴듯한 글월을 만들어 보려 한다.

한동안 나는 TV 주조정실에서 일했다. 방송 운행을 책임지는 마스터 디렉터(Master Director, MD)[2] 노릇을 한 것이다. 방송 모니터가 빼곡히 들어찬 주조에서 하루를 보내면 바깥으로 나 있는 창이 그리워지곤 한다. 밤샘 근무 후 희붐하게[3] 밝아 오는 새벽을 눈으로도 맞을 수 있는 그런 창(窓)이다. 시차 때문에 낮밤 바뀌는 스포츠 생중계 방송이나 '긴

---

2 주조정실에 근무하는 방송 운행의 책임자. 방송국에서 송출되는 모든 프로그램에 대해 최종적인 내용의 확인과 송출을 담당하고 프로그램 소재의 흐름에 변경이 생길 때에는 적절한 조치를 하는 권한과 책임을 갖고 있다. 마스터 디렉터는 일본식 영어로서 원래는 듀티 디렉터(Duty Director), 리디주얼 디렉터(Redisual Director)라고 해야 적절하다.(《매스컴대사전》, 1993. 12., 한국언론연구원(현 한국언론진흥재단))

* 영어사전에 'redisual'이라는 말은 없다. 위에 나온 이 표기는 철자가 비슷한 'residual'의 오기인 듯하다. '리지쥬얼(residual)'의 뜻은 '(어떤 과정이 끝나고 난 뒤에) 남은, 잔여[잔류]의'이다.

3 희붐하다: 날이 새려고 빛이 희미하게 돌아 약간 밝은 듯하다.

급 속보', '뉴스 특보' 등으로 긴장 늦출 수 없는 일이다. 언제 자막을 넣고, 특보를 편성할 것인가 결정하려 방송 화면과 편성표를 살폈다. 어금지금한[4] 것 같아도 가능하면 방송 흐름을 깨지 않기 위해서였다. 그럴 때 옴니암니[5] 하면 방송 사고를 낼 수도 있는 것이다. 긴급 상황에 우두망찰하지[6] 않을 수 있던 것은 아나운서로 방송 현장을 두루 경험한 덕분이었다. 내 미락 네 미락하지[7] 않은 스태프들의 도움이 컸음은 물론이다.

책 '술통'을 읽으며 내 깐에는 고른다고 고른 것이나 모자람이 없지 않을 터이다. 얕은 내 깜냥 탓이다. 이제, '시인의 유산'과 '〈라디오의 시간〉'의 관계를 짚어 보자. 시인은 생각을 담아내는 연모인 낱말 찾기에 삶을 오롯하게 바쳤다. 영화 속 아나운서는 '천생 아나운서'였다. 아나운서가 '대본 대로 할 수 없다'라고 했던 것은 해설 지문에 나오는 '파도 소리' 때문이었다. "시카고엔 바다가 없으니, 파도 소리가 들린다는 것은 사실이 아니다. 아나운서는, 사실이 아닌 것을 방송할 수 없다!" 이 대목에서 나는 무릎을 쳤다. 아나운서가 여느 방송인과 다른 점을 콕 찍어 냈기 때문이다. 시인이 말밭의 도사리[8]도 귀히 여겨 골라내듯 아나운서는 말 한마디도 허투루 하면 안 되는 것이다.

---

4 어금지금하다: 서로 엇비슷하여 정도나 수준에 큰 차이가 없다. ≒어금어금하다.

5 옴니암니: 다 같은 이인데 자질구레하게 어금니 앞니 따진다는 뜻. 아주 자질구레한 것을 이르는 말.

6 우두망찰하다: 정신이 얼떨떨하여 어찌할 바를 모르다. ≒우두망절하다.

7 내 미락 네 미락: 책임을 지지 아니하려고, 서로 미룬다는 말. ≒내 미룩 네 미룩. 네 미락 내 미락. 네 미룩 내 미룩.《고려대 한국어대사전》

8 도사리: 다 익지 못한 채로 떨어진 과실.

▶ 한국어문기자협회에서 주관한 연수 일정 중에 장승욱을 만났다. 야구 모자를 즐겨 쓰던 그는 내 벗의 벗이기도 하다. 그가 두고 간 삶에 겹쳐 떠오르는 이가 있다. 한글동아리 활동을 열심히 했던 최종규이다. 학창 시절에 세우고 새긴 뜻을 지금도 잃지 않고 활동가로 저작자로 맹활약하고 있다. 《새로 쓰는 비슷한말 꾸러미 사전》, 《숲에서 살려낸 우리말》을 비롯해 지금까지 펴낸 책이 무려 15권. 〈우리말 나들이〉의 유일한 '다큐멘터리' 주인공으로 내세웠던 게 허튼 작업이 되지 않았으니, 내게 안목이 있는 모양이다.

인사말 지침서

미분하여 넣는다(수학자), 표본으로 추출하여 넣는다(통계학자), 넣을 수 있는 크기의 큰 냉장고를 개발하여 넣는다(기계공학자), 판 돈 넣는다(경제학자), 조교에게 시킨다(교수). 집어넣을 대상은 코끼리, 넣을 곳은 냉장고. 코끼리를 냉장고에 넣는 방법은 '냉장고 문을 연다, 코끼리를 넣는다, 문을 닫는다' 이렇게 세 단계로 끝낸다는 '허무 개그'도 널리 알려져 있다. 이처럼 '답'을 알고 나면 허무해지는 게 있다. '철조망 통과 요령'이다. 군대에서는 '(철조망) 위로, 밑으로, 절단, 폭파, 우회' 이렇게 다섯 가지 방법을 적시한다. 철조망을 맞닥뜨리면 누구나 생각할 수 있는 방법이다. 뻔한 방법을 숙지하게 할 필요가 있을까 싶지만 전투나 이에 준하는 위급 상황에서는 우왕좌왕할 때가 많기 때문이다. 필드 매뉴얼(Field Manual), 흔히 '에프엠'이라 부르는 야전 교범이 필요한 이유이다. 기사 제목 "안이한 현장 대처·지위 체계 혼선… '어이없는 정부'"에서 보듯 매체들은 '매뉴얼'이 없거나, 이를 지키지 않은 현실을 조목조목 짚어 냈다. 《표준국어대사전》은 '매뉴얼'의 뜻을 '설명서'로 밝히면서 "'설명서', '안내서', '지침'으로 순화"하라고 풀이한다. '응급 상황 매뉴얼', '현장학습 안전 대책 매뉴얼', '승객 대피 매뉴얼'처럼 '서해 여객선 침몰 사고'에 즈음해 쏟아지는 '매뉴얼'은 곧 '지침(서)'인 것이다.

여객기가 침몰한 지난 수요일, 일터로 출근하니 책상 위에 '재난 방송 내규'가 놓여 있었다. 두툼한 분량의 내규 가운데 '현장 취재·방송 요령'에는 '(피해자들의) 심리적 안정 유도, 프라이버시 보호' 지침도 들어 있다. '뉴스 특보' 진행자의 말에는 배려가 담겨야 한다. 갓 구조된 고등학생과 인터뷰하면서 대뜸 '당시 상황이?', '친구들은 어딨나?' 묻는 것은 잔인하게 들린다. '여러분 안녕하십니까, 뉴스 특봅니다', '시청해 주신 여러분, 고맙습니다', '(재난 상황 설명자에게) 어서 오십시오' 따위의 상투적인 인사말은 하지 않는 게 차라리 나을 때가 있다. 피해자 상황과 시청자 마음을 배려하는 게 우선이기 때문이다. 한국기자협회는 지난 17일 '일부 기자들의 섣부르고 경솔한 행동이 희생자 가족과 국민 여러분에게 상처를 줬다는 비판을 겸허히 받아들이며 통렬히 반성하고 있다'면서 '재난 보도 준칙을 조속히 마련하겠다'고 밝혔다. 2003년 '대구지하철 사고' 직후 '재난 보도 준칙(안)'을 만들었지만 여태 완성되지 않은 것이다. _〈한겨레〉, 2014년 4월 21일

한동안 목욕 방법이 달라졌었다. 몸과 마음의 이완을 위해 가끔이라도 하곤 했던 '냉온탕'이 편하지 않기 때문이다. 서해 진도 앞바다 여객선 사고 이후의 일이다. 정확히 따지면 여객선 침몰 이튿날부터이다. 그날 이후 냉탕에 들어가면 침몰 여객선 안에 차오른 차가운 바닷물이

떠올라 소름이 돋기 때문이다. 냉탕의 차가움이 아닌 싸늘함이 마음을 휘감는 느낌…. 일하는 날이면 하루 내내 '뉴스 특보'를 보며 안타까움에 탄식하고, 신문과 인터넷 관련 기사는 먹먹해지는 가슴 탓에 숨 고르며 읽는 날이 많아졌다. '여객선 참사' 소식과 관련 속보 탓에 일상의 변화를 겪는 사람은 나만이 아닐 것이다.

'진도 여객선 침몰 사고 관련 뉴스 속보 하단 자막(3종류) 송출. 09시 59분 44초~10시 01분 05초까지', '10시 03분 41초부터 진도 여객선 침몰 사고 관련 뉴스 특보 진행 중'. 문자 메시지 두 개가 뜬 그 시각 이후 주간 편성표에서 연예, 오락 프로그램과 드라마가 한동안 사라졌다. 대신 '진도 해상 여객선 침몰 특보'가 그 자리를 채웠다. 말 그대로 불철주야 뉴스를 전하기 위해 동분서주하는 동료들의 노고가 화면 너머로 느껴졌다.

'생산자'에서 '소비자'가 되어 현장을 바라보니 아쉬움이 없지 않았다. '재난 방송 앵커 멘트 매뉴얼'을 만들어야 하나, 이런 생각이 떠오를 정도였으니까. 어느 방송 누구의 '박력 있는 진행'은 '날 좀 보소' 하는 것 같아 불편했다. '매가리[9] 없는 진행'이 차라리 나을 것 같았다.

앞선 칼럼에서 짚은 한국기자협회의 '재난 보도 준칙'의 초안은 이런 내용을 담고 있었다.

▶ 이미 발생한 피해 상황 전달보다 앞으로 전개될 다른 피해를 예방하고 줄이는 데 도움이 되는 보도 ▶ 인명 구조를 방해하지 않는 범

---

9 매가리: '맥「1」(1. 기운이나 힘)'(脈)을 낮잡아 이르는 말. 어원 : ← 맥(脈)+-아리
보기) 매가리가 풀리다./삽과 괭이를 어깨에 멘 아이들은 흡사 지친 패잔병 모양 매가리가 없어 보였다.

위 안에서 취재 ▶ 위기 상황에 대한 심리적·정신적 불확실성을 감소시키는 데 주력 ▶ 불확실한 내용의 검증과 유언비어 발생이나 확산 억제하는 데 기여 등을 기본 원칙으로 제시하면서 ▶ 피해자와 가족에 대한 인터뷰 강요 금지 ▶ 생존자 및 사상자의 신상 공개 자제 ▶ 근접 촬영 자제 ▶ 자극적인 장면 반복 보도 금지 등 피해자와 가족의 프라이버시와 명예, 심리적 안정 보호를 강조하는 내용이다.

재난 방송, 관련 뉴스를 전하면서 '여는 말(오프닝)/닫는 말(클로징)', '인사말'을 아예 하지 말자는 뜻이 아님은 이미 아실 터, 실제 방송 내용의 '앵커 멘트' 몇 개를 본보기로 제시하며 마무리하려 한다.

'뉴스 특봅니다. 시청자 여러분과 같은 심정으로 구조 소식을 기대하며 방송 이어 갑니다', '기적을 바라면서 뉴스 시작합니다', '세월호가 침몰한 지 사흘째, 뉴스 특봅니다'(ㅎ 방송, ㅅ 방송) '(구조에 앞장섰던 시민 인터뷰를 시작하며) 어디, 다치지는 않으셨나요…', '('더 많은 학생을 구하지 못해' 울먹이는 인터뷰이와 대화를 마치며) 선생님은 최선을 다하셨습니다. 몸조리 잘하시고요…', '(인터뷰를 끝낸 뒤) 참 어려운 상황인데, 인터뷰 응해 주셔서 고맙습니다'(ㄱ 방송)

상황에 딱히 어울리는 표현이 없으면 할 말을 굳이 찾으려 하지 않는 것도 한 방법이다. 무언과 눌변이 영혼 없는 달변보다 나을 때가 있는 법이다. 그나저나, '재난 방송 앵커 멘트 매뉴얼'을 만들자는 얘기는 진담인가? 물론, 아니다. 인사말의 상투성은 상대를 배려하는 마음만으로도 충분히 벗어날 수 있으니까.

'히우지자네이루'의 '범실'

가을의 문턱에서 인연 깊은 이들을 만났다. 말과 글을 다루는 학자, 선생, 기자 그리고 아나운서 몇이 어울린 자리에서였다. 거기에 존경하는 아나운서 서기철이 있었다. "너 나온다는 얘기 듣고 무조건 나왔다"고 말하는 그의 눈이 웃었다. 일부러 약속 잡아 만난 날보다 어쩌다 마주칠 때가 더 많던 사이지만 세월의 흔적은 우리에게도 그에게서도 찾아보기 어려웠다. 어제 만난 듯 편했고, 그럴 만큼 (서로가 바라보기에) 변함없었기에 그랬을 것이다. 함께 나이 들어가는 게 그런 것일까.

리우 올림픽 중계를 마치고 귀국한 지 얼마 되지 않아 '시차 적응하는 중'이라는 그에게 여럿의 질문이 몰렸다. '리우의 치안', '지카 모기', '브라질의 음식', '중계한 종목' 등등…. 질문과 답은 자연스럽게 '외래어 표기와 발음'의 토론으로 이어졌다. 국립국어원 학자, 국어학 전공 교수, 교열 기자와 아나운서가 모인 자리였으니 그랬을 것이다. 외국 인명과 지명 따위의 표기를 둘러싼 논란은 어디에서나 끝이 없다. 그 자리 또한 그랬다. 올림픽이 열린 'Rio de Janeiro'도 도마에 올랐다. 옛날에는 '리오데자네이로'였는데, 1990년 즈음 '리우데자네이루'가 되었다. 포르투갈어에서 로마자 'O'가 뒤에 오면 [u]가 되는 것을 반영한 결과였다. 2005년에 나온 포르투갈어 표기법에 따르면 '히우지자네이루'가 된다. 'r'이 어두나 n, l, s 뒤에 나오면 'ㅎ'으로 표기하기 때문이다. 관련 표기 세칙이 나오기 전 'r' 표기는 낱말 앞뒤 가리지 않고 'ㄹ'이었다. 현행 외래어 표기법과 표기 세칙에 따르면 '히우지자네이루'인데 '리우데자네이루'라 하는 건 관용을 인정했기 때문이다. 어느 방송은 '히우-', 아나운서 누구는 '리우-', 어떤 해설자는 '리오-'했던 건 다 그럴듯한 배경이 있는 것이다.

아나운서에게 올림픽은 '중계'로 다가오고, 기억된다. 브라질에서 해저케이블을 통해 전해진 국제 신호는 하나였지만 방송사별 중계는 사뭇 달랐다. 선수 이름을 표기한 자막이 그랬고, 해설자가 짚어 내는 경기의 맥, 아나운서의 중계 접근 방식 등이 그랬다. 이른바 '스타일'의 차이는 다양한 방송을 위한 바람직한 현상이라 할 수 있다. 오히려 굳이 같지 않아도 될 상투적인 표현과 용어들이 아쉽게 다가왔다. '2016 리우 올림픽'이 끝난 지 한참이 지난 지금 '2012 런던 올림픽'의 기억을 끄집어내는 건 '아쉬움'을 반복하지 않기를 바라는 뜻에서이다.

시드니 올림픽이 열리던 2000년 여름도 뜨거웠다. 대한민국 선수단이 따낸 메달의 수는 런던 올림픽과 같은 28개였지만 색깔은 달랐다. 금메달 8개, 은메달 10개, 동메달 10개. 당시 메달리스트 중에 돋보인 이는 체급을 바꾸며 올림픽 2연패에 성공한 레슬링의 심권호 선수였다. 귀국 환영회, 언론 인터뷰와 방송 출연 등으로 분주했던 심권호를 스튜디오에서 만나 물었다. 집에 돌아오니 어떻더냐? 뻔한 질문에 돌아온 답은 '고수'다운 것이었다. "이미 잔치는 끝나 있었다."

대한민국이 금메달 13개, 은메달 8개, 동메달 7개를 따낸 런던 올림픽의 잔치도 끝났다. 현장 소식을 실시간으로 보여 준 중계방송도 아울러 끝났다. 하지만 뒤끝은 남는다. '각본 없는 드라마'인 스포츠를 대본 없이 전하는 스포츠 중계에 크고 작은 실수가 없을 수 없다. 중계방송을 업으로 삼는 아나운서이기에 웬만한 허물은 그러려니 넘어가기를 바라는 바 없지 않다. 한편으로는 생방송이기에 피할 수 없던 상황, 비켜설 수 있었지만 그러하지 못했던 순간들이 아쉬움으로 남는다. '범실', '주어진다', '보여진다' 따위의 답습하면 안 될 전철을 되밟은 중계가 더욱이 그러하다.

폐막을 앞둔 지난 토요일 밤 '한일전'이 열렸다. 여자 배구 동메달 결정전이다. 내내 끌려가던 한국이 잇따라 점수 올리는 상황에서 서브 실패가 나왔다. 역전을 코밑에 두고 나온 '치명적 실수'는 중계 아나운서의 말 한마디에 '범실'(평범한 실책)로 둔갑했다. 리듬체조에서는 '26.750점이 주어진다' 했다. 점수는 '(심판이) 주는 것'이며 '(선수가) 받는 것'이다. '좋은 성적이 나올 것으로 보여진다'도 피동의 뜻이 겹쳤다. 장래 상황은 '전망하다', '기대하다', '예상하다'라 하면 될 일이다. 스포츠 중계의 기본인 상황 전달과 경기 분석은 용어 · 표현의 상투성을 다듬는 것에서 시작한다.

_〈한겨레〉, 2012년 8월 16일

멋진 경기를 보여 준 대한민국 여자 배구팀 예선 경기가 끝난 뒤 훌륭하게 중계를 마친 후배에게 문자를 보냈다. "중계진의 앵커 노릇을 톡톡히 했다. '범실' 용어의 상투적인 사용은 옥에 티!" 이런 내용이었다. 그 이후 중계에서 '범실' 표현이 어찌 되었는지, 방송을 보시었을 터이니 여기서는 밝히지 않으련다. 흑백텔레비전 시절, '배구 중계 아나운서' 어느 선배가 시작한 '서브 범실' 같은 중계 용어의 상투성은 여전히 지워지지 않은 유산으로 남아 있다. '-되어진다/-보여진다' 따위의 표현은 대개 해설자에서 해설자로 유전되어 남아 있다.

시간제한이 있는 구기 종목이나 육상, 수영 등 기록 종목에는 '-여(餘)'가 제 뜻을 넘어 쓰이기도 했다. '6분여가 다 되어 간다'(MTB 중계

방송, 경기 진행 시간은 5분 55초를 자막으로 보여 준다), '다시 7분여가 지났습니다'(같은 중계, 시간은 7분 55초)의 표현을 보면 그렇다. '여'는 한자(餘, 남을 여)에서 알 수 있듯이 '그 수를 넘음'을 뜻하는 접미사이다. 앞엣것은 틀렸고, 뒤에 표현은 맞는다. 말뜻을 제대로 밝혀 쓰는 건 다른 프로그램에서 그러하듯 스포츠 중계의 기본이다. 그나저나 서기철 아나운서와 나는 입사 동기이다. 들어간 방송사는 달랐지만, 1987년 가을에 아나운서가 된.

자막에도 격(格)이 있다

가) (1980년대) 신문은 한자투성이에다 세로쓰기여서 요즘 대학생 잘 읽지도 못 하겠네요.

나) 중문과 학생들이 중국어 발음만 알지 우리 발음을 모르는 현상, 심각하지요.

다) 요즘 손글씨보다 자판을 치니 읽기는 하겠는데 막상 쓰려면 가물가물하더라.

다) 전 (중국) 간체자 익히며 번체도 같이 연습합니다.

나) 노땅ㅋ

다) 손 편지를 쓰지 않는 한 한자는 기능키를 눌러 선택하니 쓰는 기능이 퇴화.

나) 한자음에 대해 별로 강조를 안 하는 몰지각한 중문과 교수들이 꽤 있더라고요.

라) 중국에 처음 왔을 때 젊은 한국 친구는 한자의 중국어 발음을 쉽게 외우더군요. 그 친구는 아예 (한국) 한자음을 모르니 그냥 중국어 발음만 외우면 되는 한 가지 공정. ㅋㅋㅋ

나) 어느 정도 수준에 오르면 우리 한자 발음을 아는 사람이 유리하죠.

가) 그래도 영어 스펠링은 잘 외웁디다. 하긴 요즘 중국 젊은이들도 마찬가지랍니다. ㅋ

라) 중국에서 한국 방송 보면 기가 막혀요. 자막은 왜 그렇게 엉터리인지. ㅠㅠ

나) 자막이 많아지면서 생긴 현상? 그렇지만은 아닌 거 같아요. 한마디로 무식!

학보사 기자 출신들이 엮인 '단톡방(단체 카톡방)' 대화의 일부이다. 1980년대~1990년대의 학창 시절을 추억하려고 개설한 듯한데 '시국'과 '요즘 젊은이들'을 보는 시각도 심심찮게 올라온다. 언론 매체에서 일하는 이들이 많으니 문장과 맞춤법 관련 화제도 제법 큰 비중을 차지하는 곳이다. 위 대화는 얼마 전, 인물 '가'가 시커멓게 한자 박혀 있던 옛날 신문을 들이대니 '나'가 맞장구치면서 촉발된 수다의 한 대목이다.

'한자 모르는 젊은 세대'로 시작한 '노땅'들의 얘기는 '한자와 맞춤법은 몰라도 영어 스펠링은 기가 막히게 챙긴다'를 거쳐 방송 제작진은 '한마디로 무식!'하다로 마무리되었다. 실제 오간 '톡'은 훨씬 길었다. 시시콜콜 우리 언어문화를 따진 '톡 대화'는 '국어에 대한 인식과 수준의 하향 평준화'를 성토하는 정도로 끝나면 그나마 좋았겠다. 한마디 끼어들까, 싶었지만 '무식한 방송쟁이' 성토에 '눈팅'으로 그쳤으니 말이다.

늦은 밤 귀갓길에 탄 택시에는 음악이 흐르고 있었다. 1977년에 발표되어 큰 반향을 일으켰던, 지금도 여전히 노래방에서 인기 있는 노래였다. 뒷자리에 몸을 파묻듯 기대어 앉아 그 노래를 듣자니 가슴 한구석이 먹먹해졌다. 불현듯 떠오르는 옛 기억, 머리를 맴돌며 좀체 가시지 않는 상념 때문이었을 것이다. 그러기를 잠깐, 어느새 내가 그 노래를 읊조리듯 흥얼대고 있었다. '나나나나…' 가락에 맞춰 부르는 택시 기사의 노랫소리가 나쁘지 않았다. 라디오에서 흘러나왔던 이 노래는 1977년 제1회 대학 가요제에서 대상을 받은 곡이다.

이 노래를 부른 그룹 이름은 '샌드페블즈'이다. '발음이 명확하고 전원적인 느낌이어서 농과대학 그룹 이름에 어울린다고 생각해 만장일치로 정했다'는 게 제1기 멤버인 가톨릭대 주대명 교수의 증언이다. '모래·자갈'(sand pebbles)이라니 그럴 법한 작명이다. 이 노래가 세상에 첫선을 보인 프로그램 영상을 찾아보았다. 부연 흑백 화면 중간에 들어간 손으로 쓴 흰색 자막 문구는 '나 어떻해/창작곡'이었다. 맞는 제목은 '나 어떡해'이니 '나 어떻해'는 제작진의 착오로 생긴 생방송 때 실수였다.

'어떻게'[어떠케]와 '어떡해'[어떠캐]는 발음이 비슷해 헷갈릴 수 있지만 서로 다른 말이고, '어떻해'는 어법에 어긋나는 표현이다. '어떻게'는 '어떠하다'가 줄어든 '어떻다'에 접미사 '-게'가 붙은 말로 '어떻게 된 거니'처럼 부사적으로 쓰여 다른 말을 수식하지만, '어떻게 해'의 준말인 '어떡해'는 용언을 수식하지 않고 '안 오면 어떡해'처럼 서술어로만 쓸 수 있다. 인터넷 검색(구글)을 해 보면 잘못 쓴 '나 어떻해'(1480만 건)가 제대로 쓴 '나 어떡해'(480만 건)보다 3배 가까이 많이 나온다. '어떻해'의 어줍은 소리를 밝혀 잘못을 바로잡을 수 있지 않을까. '어떻해'의 발음은 (굳이 발음하자면)[어떠태]이다. _〈한겨레〉, 2013년 1월 18일이른바 '동업자 의식'이 발동해 '실수'라 눙치고 넘어갔다. 참가팀인 '샌드페블즈'가 '나 어떻해'로 제목을 붙였고, 제작진이 그대로 자막으로 넣었다고 보는 게 맞을 것이다. 이 정도 실수는 그나마 나은 편이다.

> '서도소리의 명인, 국악 근대사의 살아 있는 전설'로 대변되는 이가 있다. 서도소리 예능 보유자 이은관 선생이다. 백제 설화 〈도미의 아내〉를 서도소리로 엮어 부르는 그를 화면에서 만났다. 17분 45초 동안 이어진 절창을 넋을 잃고 지켜보았다. 어려운 한자 성어를 자막으로 풀어 주는 등 우리 소리를 쉽게 풀어내려 한 제작진의 배려가 엿보였다.
>
> '화용월태(花容月態)는 양귀비요(꽃과 달 같은 자태는 양귀비를 닮았고)', '똑같이 가장(변장)을 시켜'와 같이 대체로 잘 옮겼지만 '화촉동방(華燭洞房, 첫날밤에 켜는 초에) 불 밝힐 제', '하해(하늘과 땅) 같은 우리 낭군'처럼 그렇지 않은 경우도 있었다. 화촉동방은 '첫날밤에 신랑 신부가 자는 방'이니 괄호는 '화촉' 뒤에 들어서야 맞는다. 큰 존재를 비유적으로 이르는 표현인 하해(河海)를 '하늘과 땅'으로 설명한 것은 잘못이다.(후략)
>
> _〈한겨레〉, 2013년 5월 7일

한자성어의 뜻을 단박에 알아보는 '고수'가 아니어도 사전 등을 찾아보면 확인할 수 있었던 자막 오류이다. 이처럼 무지와 무심함에서 비롯한 잘못은 하루가 멀다 하고 화면에서 튀어나온다. "자세한 사항은 인터넷을 '참조'하시기 바랍니다", "'교도서'에서 출소한 수인…", "지석은 달수를 찾아가 무릎까지 꿇으며 '사죄를 받아 내려' 하는데", "사격장에서 권총을 빼앗아 도주했다 '검거'", "야속한 서경은 결국 집을 나가겠다고 '선포'하는데", "피자, 새벽 시장에 '공수'", "무분별한 도토리 줍기는 당신에게 '화(火)'로 돌아갈 수 있습니다", "여성 팀 '우승(優承)'!"….

'참고(도움이 될 만한 재료로 삼음)'를 써야 할 자리에 '참조(비교하여 대조하여 봄)'라 했다. '교도소(矯導所)가 맞다. 어떤 일을 하는 장소나 기관에는 '파출소', '사무소', '세탁소', '연구소'처럼 '-소(所)'를 쓴다. '사죄(謝罪)'는 용서를 비는 것이다. 줄거리에 맞는 표현은 '사죄하는데/용서를 받으려 하는데'이다. '선포(宣布)'는 '널리 펴서 알림'이니, 이 경우에는 '선언(宣言)'이라고 하는 게 어울린다. 달랑 몇 안 되는 식구들에게 알리는 것이니까. '공수(空輸)'는 '항공 수송'의 준말로 비행 편을 이용해 운송하는 걸 뜻한다. 동네 피자 집에서 비행기를 띄웠을 리 만무이다. 무인기(드론) 배달? 그건 앞날에 펼쳐질 일이다. 오토바이, 자동차를 비롯한 지상 교통수단으로는 '공수'하지 못한다. '화(禍, 재앙)'와 '우승(優勝)'이 맞는 한자이다. 꼭 필요한 경우가 아니라면 한자 남용을 삼가는 게 좋다. 남용(濫用, 함부로 씀)하면 오용(誤用, 잘못 사용함)하기 쉽다.

'방송' 하면 오로지 KBS와 MBC를 떠올리던 시절이 있었다. 그 이후 SBS가 생겼고, 케이블방송의 점유율은 지상파의 그것과 맞먹는 수준으로 높아졌다. 점유율 하락에 따른 영향력이 예전 같지 않다 하더라도 지상파 방송이 지켜야 할 '격(格)'이 있다. 인터넷을 비롯한 다른 매체는 마구잡이로 자막을 남발하는데 방송은 그러면 안 되는 건가? 그렇다. 적어도, 보편적 서비스인 지상파방송은….

청마(青馬)

고독은 욕되지 않으다/견디는 이의 값진 영광. // 겨울의 숲으로 오니/그렇게 요조(窈窕)ㅎ던 빛깔도/설레이던 몸짓들도/깡그리 거두어간 기술사(奇術師)의 모자(帽子)./앙상한 공허만이/먼 한천(寒天) 끝까지 잇닿아 있어/차라리/마음 고독한 자의 거닐기에 좋아라. // 진실로 참되고 옳음이/죽어지고 숨어야 하는 이 계절엔/나의 뜨거운 노래는/여기 언 땅에 깊이 묻으리. // 아아, 나의 이름은 나의 노래./목숨보다 귀하고 높은 것./마침내 비굴한 목숨은/눈을 에이고, 땅바닥 옥에/무쇠 연자를 돌릴지라도/나의 노래는/비도(非道)를 치레하기에 앗기지는 않으리라. // 들어 보라./이 거짓의 거리에서 숨결쳐 오는/뭇 구호와 빈 찬양의 헛한 울림을./모두가 영혼을 팔아 예복을 입고/소리 맞춰 목청 뽑을지라도 // 여기 진실은 고독히/뜨거운 노래는 땅에 묻는다.

새해 이 자리를 시로 열었다. "그때 그 시가 뭐였지?" 대한민국과 미국을 오가며 사업하는 오랜 벗이 내게 건넨 한마디 때문이다. 학창 시절 펜으로 휘갈겨 써 준, 가슴 뛰게 했던 시 한 수를 이제 와 새삼 이 시절에 떠올린 까닭은 캐묻지 않았다. 그저, 벗 앞에서 다시 읊게 된 것이 고마웠을 뿐. 시에 담긴 뜻 따위를 분석하는 짓은 주제넘은 일이니 시어 몇 개만 짚어 보자. '요조하다'는 '여자의 행동이 얌전하고 정숙하다', '기술사'는 '기술을 가지고 있거나 부리는 사람', '한천'은 '겨울의 차가운 하늘'을 뜻한다. '에이다'는 '에다(칼 따위로 도려내듯 베다)의 피동사', '옥'은 곧 '감옥', '연자'는 '연자매(소나 말이 돌리는 큰 맷돌) 위에 있는 굴대 모양의 맷돌'을 가리키고, '치레하다'는 '실속 이상으로 꾸미어 드러내다'이다.《표준국어대사전》 시가 발표된 때는 '3.15 부정선거'로 시끄럽던 1960년, 제목은 〈뜨거운 노래는 땅에 묻는다〉, 작가는 '소리 없는 아우성'으로 회자되는 〈깃발〉을 쓴 유치환, 그의 호는 청마(靑馬)이다. _〈한겨레〉, 2014년 1월 6일

'날로[10] 드셨으나, 발상의 값어치 가볍지 않다'. 윗글이 신문에 실린 신년 벽두에 날아온 문자메시지의 한 줄이다. 원고의 절반 가까이를 시로 채워 넣었으니, 그런 말을 들을 만했다. 아닌 게 아니라 고민(?) 아닌 고민을 하긴 했었다. 달랑 천 자 남짓한 글을 쓰면서 시 전문을 옮기는 게 타당한 것일까, 이런 고심이었다. 결과는 아시다시피 '전문 인용'. 까닭은 여러분도 짐작하시리라 믿는다. 시 몇 구절 인용은 작품에 대한 모독일 수 있기 때문이다. '날로 먹었'다 할 다른 이유가 또 있다. 지난해 저물 무렵 내게 건넨 오랜 벗의 추억이 아니었으면 이 시를 떠올리지 못했을 것이기 때문이다. 글감 떠올리기가 결코 쉽지 않음을, 그럴듯한 글거리가 있으면 얼개 짜기 한결 쉬워지는 것을 우리는 아니까. 그래서, 윗글은 전적으로 시인과 시를 일깨워 준 벗 덕분이다.

'날로 먹는' 김에 청마의 시 몇 수를 더 읊으려 한다. 먼저, 국정 국어교과서에 실려 정규 교육과정을 제대로 이수한 사람이라면 초문(初聞)일 수 없는 〈깃발〉이다.

---

10 다른 곳도 아니고 〈아나운서 저널〉의 '우리말 칼럼' 첫머리에 마뜩잖은 표현이라 타박할 이 있을지 모른다. 하오나, 막말은 아니니 우려는 접어 두시기 바란다. '날로'는《표준국어대사전》에 두 가지 뜻으로 나온다. 첫 뜻은 '날이 갈수록'이고 두 번째 뜻은 '생(生)으로'이다. '날로 좋아진다'는 1번 뜻, 여기에서처럼 '날로 먹는다' 할 때는 2번 뜻인 것이다. 사전의 풀이 일부를 그대로 옮기면 이렇다. 생으로: 부사「1」 익거나 마르거나 삶지 아니한 날것 그대로. ≒날로02. 관용구/속담: 생으로 먹다=날로 먹다.

이것은 소리 없는 아우성./저 푸른 해원(海原)을 향하여 흔드는/영원한 노스탈쟈[11]의 손수건./순정은 물결같이 바람에 나부끼고/오로지 맑고 곧은 이념(理念)의 푯대 끝에/애수(哀愁)는 백로(白鷺)처럼 날개를 펴다./아! 누구인가?/이렇게 슬프고도 애닯은[12] 마음을/맨 처음 공중에 달 줄을 안 그는.

1연 9행으로 된 시 〈깃발〉. 아나운서라면 아마도 묵독(默讀)하지 않고 낭독했을 것이다. 그렇다, 시는 낭송해야 제맛이다. 읊고 노래하는 것이 시인 것이다. 청마의 작품 가운데 힘찬 기상을 뿜어내는 시 한 수 더 읊어 보자. 〈생명의 서〉이다.

나의 지식이 독한 회의(懷疑)를 구하지 못하고/내 또한 삶의 애증(愛憎)을 다 짐지지 못하여/병든 나무처럼 생명이 부대낄 때/저 머나먼 아라비아(亞剌比亞)의 사막으로 나는 가자. // 거기는 한 번 뜬 백일(白日)이 불사신 같이 작열(灼熱)하고[13]/일체가 모래 속에 사멸한 영겁(永劫)의 허적(虛寂)에/오직 알라의 신(神)만이/밤마다 고민하고 방황하는 열사(熱沙)의 끝. // 그 열렬한 고독 가운데/옷자락을 나부끼고 호올로 서면/운명처럼 반드시 '나'와 대면

---

11 현행 규범에 따른 외래어 표기는 '노스탤지어(Nostalgia)'.

12 '애닯다'는 '애달프다'의 잘못이다. '애닯다'는 노래 등에서는 '애닯다 어이하리' 식으로 쓰이고 있지만, 고어(古語)의 잔재일 뿐이다. 이는 '애닯으니, 애닯아서, 애닯은(/애달운)' 등의 활용형이 실현되는 일이 없어 고어로 처리하고, '애달파서, 애달픈' 등의 활용형을 가진 '애달프다'를 표준어로 삼은 것이다.(국립국어원 '온라인 가나다')

13 한자 작(灼, 불사를)과 열(熱, 더울)이 어울린 낱말의 발음은 [장녈]이다. 'ㄴ' 소리가 덧나는 근거는 표준발음법 제7장 음의 첨가, 제29항이다. 이 규정은 한자어, 합성어 및 접두 파생어에서 앞 단어나 접두사가 자음으로 끝나고 뒤 단어의 첫 음절이 '이, 야, 여, 요, 유'인 경우에는 'ㄴ'을 첨가시켜 발음하며, 앞 요소의 받침은 첨가된 'ㄴ' 때문에 비음으로 발음되는 현상을 설명하고 있다. 정열(情熱)[정녈], 장염(腸炎)[장: 념]이 같은 경우이다.

(對面)케 될지니/하여 '나'란 나의 생명이란/그 원시의 본연(本然)한 자태를 다시 배우지 못하거든/차라리 나는 어느 사구(沙丘)에 회한 없는 백골을 쪼이리라.

끝으로 짤막한 시 하나 덧붙인다.

파도야 어쩌란 말이냐/파도야 어쩌란 말이냐/임은 뭍같이 까딱 않는데/파도야 어쩌란 말이냐/날 어쩌란 말이냐.

이 작품의 제목은? '파도', 아니다. 사무치게 사랑하는 이에게 절절하게 부르짖은 〈그리움〉이다. 아나운서 새내기로 방송에 발 디딘 지 30여 년. 그때나 지금이나, 그리고 앞으로도 우리말과 아나운서는, 내게 '뭍같이 까딱 않는' 존재일 터이다.

▶ 교복 입고 학교 다니던 시절에 '세로쓰기'로 시를 적어 내려가곤 했다. 창작이 아닌 필사, 베껴 쓰기였다. 만년필로 '16절지'에 끼적여 내린 시를 벗들에게 건네준 적도 여러 번. 그 오래전 기억을 고등학교–재수학원–대학교로 이어지는 지긋지긋한 학연의 허윤종이 끄집어내었다. 문학적 감성이 일렁이는 그는 나를 "과학적(이과적) 재능이 훌륭하다"며 치켜세운다. 그럴지 모르지만, '수학 성적'은 그렇지 않음을 명료한 숫자로 보여준다.

발음 틀리면 벌금 50위안

대한민국과 중화인민공화국 아나운서가 만났다. 지난 화요일 한국 아나운서연합회와 중국 상하이미디어그룹(SMG)이 함께 마련한 학술 토론회 때의 일이다. 한국어와 중국어로 진행된 탓에 자칫 느슨해질지 모른다는 걱정은 괜한 것이었다. 국적을 뛰어넘는 '동료 의식'이 우려를 기우로 바꾸었기 때문이다. 마지막 발표인 '디지털 시대 방송 진행자의 역할 변화(数字化時代主持人角色的变化)'가 끝난 뒤에도 '방송 언어를 어찌 다듬어 나아가야 하는가'를 놓고 이어간 질의 · 응답 · 토론으로 행사장의 열기는 가시지 않았다.

방송 진행자의 '동료 의식'은 방송 언어를 다듬어 가야 한다는 의무감에서 비롯한 '동병상련'으로 이어졌다. 서로의 상황과 정보를 주고받던 중에 재미있는 사실을 알게 되었다. 중국에서 방송인이 되려면 '아나운서 · MC 수행 능력 자격시험(播音员主持人执业资格考试)'을 통과해야 하고, 한 발 더 나아가 아나운서는 구두시험인 '보통화 수준 평가 시험(普通话水平测试)'에서 최고 등급을 받아야 마이크 앞에 설 수 있다는 것이다. 1급부터 3급까지 갑을로 나눠 매기는 여섯 등급에서 '1급 갑(甲)등'을 받아야 '아나운서 자격'이 생기는 셈이다.

중국의 표준어인 '보통화(普通话)'를 제대로 구사해야만 방송인이 될 수 있다는 말에 한국 아나운서들의 고개가 절로 끄덕여졌다. 그렇게 끄덕이던 우리의 고개가 뒤로 넘어갈 얘기도 있었다. "재수 삼수를 거쳐 시험에 통과해 아나운서가 되어도 '발음 스트레스'는 피할 수 없다. '시시티브이(CCTV)'는 발음 틀리면 한 글자에 최소 50위안씩 벌금을 내야 한다. 같은 글자여도 위치에 따라 성조가 달라지는 경우가 있어서 늘 긴장해야 한다." 방송의 공신력을 떨어뜨리는 발음 실수를 줄이기 위한 벌금 제도는 2008년에 시작되었다고 한다. 한국의 어느 아나운서는 '원고료를 따져 보니 한 글자에 50원 꼴'이라 했는데, 중국 아나운서는 '오독한 글자에 50위안'을 내야 하는 것이다. _〈한겨레〉, 2013년 4월 26일

한국아나운서연합회가 마련한 '한·중 아나운서 심포지엄'에 걸린 펼침막은 '국제회의답게' 영어로 씌어 있었다. 현장에서 배부된 중국어 자료를 보니 재미있는(?) 용어가 보인다. 외래어인 '디지털'과 '아나운서', '엠시(MC)'의 중국어이다. '디지털'을 중국에서는 '숫자(数字)'라 한다는 것을 웬만한 이들은 알고 있는 정보이다. 이에 맞서는 개념인 아날로그는 뭐라 하는지 궁금해 중국어 사전을 찾아보니 '모의(模拟)'라 나온다. '디지털 시대'를 중국어로 쓰면 '숫자화 시대(数字化時代)'인 것이다. 아나운서는 '파음원(播音员)' 또는 '광파원(广播员)'이라 하고, 프로그램의 사회자·진행자·MC는 '주지인(主持人)'이라 한다. 그래서 '디지털 시대 방송 진행자의 역할 변화'를 중국어로 옮기면 '숫자화 시대 주지인 각색적 변화(数字化時代主持人角色的变化)'가 되는 것이다.

'중국에서 방송 언어 품질 관리를 담당하는 국가 기관이 있는가, 방송사의 자체 심의·규제는 어떻게 하는가'라는 질문에 돌아온 '고개가 뒤로 넘어갈 만한' 답은 '오독(誤讀)한 자에 50위안(약 10,000원)'이었다. 위 칼럼을 쓰기 위해 자료를 찾아보니 국내 언론에 이미 보도된 내용이었다. 2011년과 2008년에 나온 관련 기사 내용은 이렇다.

"중국 아나운서들이 발음 실수로 인해 많게는 4만 위안(한화 680만 원)에

이르는 벌금을 낸 것으로 알려졌다. 중국 광동성 지역 언론인 대양망(大洋網)은 3일 중국 관영 CCTV 아나운서 류유(劉羽)의 말을 인용해 '현재 CCTV 소속의 아나운서들은 발음 실수를 줄이기 위해 매우 노력 중이며 발음을 잘못할 경우 많게는 4만 위안에 이르는 벌금을 내고 있다'고 보도했다.

대양망에 따르면 최근 류유 아나운서는 트위터를 통해 자신이 항상 가지고 다닌다는 '자주 틀리는 발음표'를 소개했다. 류유는 '분장실의 화장대 거울 위에 이 발음표를 붙여 두고 늘 암기한다'며 '발음 실수는 방송의 공신력과 함께 개인적인 손실을 가져오는 아주 심각한 일'이라고 말했다. 해당 아나운서의 실수는 담당 프로듀서의 벌금형으로 이어진다고도 전했다.

중국어는 뒤에 오는 글자에 따라 4성이 달라지는 등 발음이 쉽지 않은 것으로 알려졌다. 이 같은 부담감 때문에 중국에서는 방송인들조차 아주 쉬운 발음을 틀리는 경우가 있어 시청자들의 조롱과 비판의 대상이 됐다…." _〈경향신문〉, 2011년 1월 4일

"중국 관영 CCTV가 뉴스 진행 중 실수를 한 아나운서들에게 벌금을 내리겠다고 발표하자 논란이 일고 있다. 지난달 26일 CCTV 아나운서 궈즈젠(郭志堅)이 오후 5시 뉴스 진행 중 '쥐안'으로 읽어야 할 글자 '圈'(권)을 '취안'으로 읽어 네티즌들의 입방아에 올랐다.

많은 네티즌들이 최근 잇따르고 있는 CCTV 아나운서들의 실수에 항의하자 뉴스센터 책임자 양뤄니(梁蘂妮)는 '글자를 잘못 읽는 아나운서에게 책임을 묻겠다.'면서 '글자를 잘못 읽거나 실수 할 때마다 50~200위안(약 7,000~2만 9,000원)의 벌금을 물도록 하겠다.'고 발표했다."

_〈서울신문〉, 2008년 5월 3일

국내 언론이 '가십 기사'로 다루었을 때는 무심히 지나쳤던 '발음 실수 아나운서에게 벌금 부과' 사실은 지난 학술 대회에서 느낀 '동병상련(同病相憐)'이었다. 이와 더불어 알게 된 '방송인의 엄격한 자격시험'의 구체적인 정보는 다음과 같다. 상하이 미디어그룹(SMG) 아나운서들에게 서면 질문을 통해 얻은 답이다.

아나운서 · MC 수행 능력 자격시험' 과목은?

말하기와 필기시험으로 나눠 치른다. 거의 하루가 걸리는 시험은 말하기의 경우 약 100개의 글자(字), 100개의 단어(詞), 단위 명사 읽기, 표준어와 방언 구분하여 읽기 등이고, 신문기자 시험과 거의 흡사한 필기의 경우 뉴스의 이론과 실무, 아나운서 진행 이론 등이다.

응시자 수, 점수, 통과 비율은?

전국적으로 대략 1~2만 명이 시험에 응시하고, 일정 점수 이상을 받아야 합격할 수 있다. 통과 비율은 30~50% 정도이나 시험이 워낙 어렵기 때문에 재수, 삼수는 기본이다.

자격증 요구 방송사는?

시험을 통과한 사람만이 아나운서가 될 수 있다는 국가광파전영전시총국(国家广播电影电视总局)의 관련 규정에 따라 모든 방송사가 이 자격증을 요구한다. 기자 · 피디도 시험을 치러야 하지만 요구 등급에 차이가 있다. 자세한 정보는 '국가신문출판광전총국' 누리집(http://www.sapprft.gov.cn)'에서 알 수 있다.

'인민'과 '동무'

아나운서 노릇을 제법 해 본 사람이라면 알게 되는 몇 가지가 있다. 방송 직전에는 주스나 탄산음료 멀리하는 일이다. 입에 침이 돌아 방송 내용과 무관하게 쩝쩝댈 수 있고, 뜻하지 않은 가스 분출로 끅끅거릴 수 있기 때문이다. 스포츠 중계 현장에 도착하면 가까운 화장실 위치를 먼저 확인하는 일도 빼놓을 수 없다. 생방송 중 생리현상을 짧은 시간에 해결하기 위해서이다. 한데 차려진 중계석이라면 큐시트와 자료 같은 종이가 바람에 날아가지 않게 단속한다. 자갈, 물병 따위도 문진 노릇을 톡톡히 할 수 있다.

아나운서라면(?) 피하기 어려운 일도 있다. 원하지 않았으나 벌어지는 방송 실수이다. 방송 제작 현장의 비밀스러움이 발가벗겨진 요즘에는 '실수'가 '애교'로 덮여 전화위복이 되는 경우가 있지만 예전에는 그렇지 않았다(는 게 선배들의 증언이다). 일상에서는 별 거 아닐 말, 엉겁결에 내뱉은 한마디로 신세 망그러지는 경우가 생기기도 했다.

1970년대 중반의 일이다. 라디오 시보 직후 '한국적 민주주의 뿌리박자'는 구호를 뉴스 앞에 넣어야 했었다. 일테면 '정각 열 시를 알려 드립니다', 뚜뚜뚜 뚜! '한국적 민주주의 뿌리박자. 열시 뉴습니다. 박정희 대통령은 오늘…' 해야 했다는 것이다. 언론 통제가 지엄하던 시절, 어느 날 어느 아나운서가 큰 '사고'를 쳤다. 기계적으로 읊어대던 구호를 '한국적 민주주의 뿌리뽑자'로 한 것이다. 정권에 항거하는 듯한 '멘트'는 전국에 생방송 되었다.

'한국적 민주주의의 토착화' 등을 내세운 '유신헌법'은 12월 27일에 공포

되었다. 그런데 왜 '시월 유신'일까. "정부는 앞으로 박정희 대통령의 '10.17 특별 선언'을 '시월 유신'으로 통일해서 부르기로 결정"했기 때문이다.(ㄷ일보, 1972년 10월 28일) 언론은 '10월 17일 대통령 특별 선언'을 '10.17(십일칠) 선언'으로 기록했다. 이처럼, 기념일이나 역사적인 날을 숫자로 표현하는 경우는 제법 많다. '일이일(1.21) 사태(김신조 사건)', '삼일오(3.15) 부정 선거(개표 조작)', '오일륙(5.16) 군사 정변', '오일칠(5.17) 쿠데타(내란 사건)', '십이륙(10.26) 사건' 등이다.《위키백과》

역사적인 날을 읽는 방법은 달은 그대로, 날짜는 숫자 하나씩 끊어 발음하는 것이다. 이 방법은 관례일 뿐 원칙은 아니다. 순종 장례식 때 일어난 '육십(6.10) 만세운동'과 '6월 민주화 운동'의 시작인 '육십(6.10) 항쟁'처럼 예외가 있기 때문이다. 12월 12일에 벌어진 '십이십이(12.12) 군사 반란(사태)'도 빼놓을 수 없다. "'십이'가 반복되어 짝을 맞추려는 심리 탓", "'시비시비(是非是非)'와 발음이 같아서"라는 주장이 있지만 추정일 뿐이다. 그나저나 '자신의 실수를 뉴스 끝낸 뒤까지도 몰랐던' 그 아나운서는 어찌 되었을까. '사고' 직후 정보 당국에 불려 갔으나 훈방된 뒤 다른 부서로 옮겼다고 한다. '…뿌리 뽑자'가 단순 실수였는지, 전직 사유가 '사고'와 직접 관련 있었는지는 아는 사람만 알 것이다. _〈한겨레〉, 2013년 10월 14일

따지고 보면 '뿌리박자'보다 '뿌리 뽑자'는 게 입에 붙는 표현이다. '어떤 것이 생겨나고 자랄 수 있는 근원을 없애 버리다'는 뜻으로 '뿌리(를) 뽑다'라고 하기 때문이다. 부정부패를 뿌리 뽑자! 많이 들어 본 소리 아닌가. 아나운서의 여러 역할 가운데 '(역사적인) 날짜 읽기'의 기준을 제시하는 것도 포함된다는 얘기를 하려다가 말실수 하나로 신세 망칠 뻔한 선배 과거를 들춰냈다. 이번엔 역사와 이념 관련한 표현 몇 가

지를 살펴보자.

제2차 세계대전 당시 존재했다 사라진 여러 나라가 있다. 무솔리니가 에티오피아를 불법 침입해 세운 이탈리아령 동아프리카 제국(1936년~1941년), 무솔리니 파시스트당 실각 뒤 수립된 이탈리아 사회주의 공화국(1943~1945), 일본에 협력하던 덕왕(德王)이 내몽골에 세운 몽강국(1936년~1939년), 영화 〈마지막 황제〉의 배경인 만주국(1932년~1945년), 일본군 지원을 받아 난징에 설립된 왕징웨이 정권(1940년~1945년) 그리고 나치 체제에서 남부 프랑스를 통치한 비시 정권(Régime de Vichy) 등이다. 우리 고대사에도 이런 정체의 나라가 있다. 통일신라가 고구려 유민을 달래기 위해 만든 보덕국(674년~683년), 요나라가 발해 유민의 저항을 무마하려 만든 동란국(926년~936년)이다. 이 나라들은 괴뢰 국가이다.《위키백과》

괴뢰가 역사책을 벗어나 이 땅에 등장한 때는 '소련은 결국에는 괴뢰 정권을 통하야 조선 전국을 지배하려는 의도에서 북조선에 대한…'(ㄷ 일보, 1946년 9월 17일)에서 보듯이 광복 후의 일이다. 한동안 뜸했던 괴뢰가 '미군이나 괴뢰들에게는…'(조선중앙통신), '남조선의 현 괴뢰 당국자들과…'(인민군 총참모부 대변인 담화), '괴뢰어용언론과…'(중앙특구개발지도총국 대변인 담화)에서처럼 최근 북한의 언사에서 잦게 나타난다.

괴뢰(傀 허수아비 괴, 儡 꼭두각시 뢰)는 한자에서 알 수 있듯이 꼭두각시이다. 망석중과 한뜻인 꼭두각시는 '꼭두각시놀음(괴뢰극, 괴뢰희)에 나오는 인형'으로 여기서 '남이 부추기는 대로 따라 움직이는 사람을 비유적으로 이르는 말'의 뜻이 나왔다.《표준국어대사전》 삼팔선이 그어진 뒤 괴뢰배(꼭두각시놀음하던 무리)', '괴뢰사(꼭두각시를 놀리는 사람)'는 찾기 어려워졌지만 양쪽은 '(소련의) 괴뢰정부', '(미국의) 괴뢰정부'로 서로 헐뜯기 시작했다. 괴뢰는 꼭두각시일 뿐 '머리에 뿔 달린 북괴(북한 괴뢰)군' 그림에 나오는 괴물이 아닌 것이다. _〈한겨레〉, 2013년 4월 12일

허수아비, 앞잡이, 꼭두각시를 뜻하는 '괴뢰'처럼 '인민'과 '동무'도 이데올로기 탓에 제 대접받지 못하는 표현이 되었다. "조선은 민주공화국이다. 국가의 주권은 인민에게 있고, 모든 권력은 인민으로부터 발한다." 북한, 곧 조선민주주의인민공화국의 것이 아니다. 제헌국회를 이끌었던 유진오가 작성한 대한민국 헌법 초안의 첫머리이다. 여기 명시된 '인민'이 '국민'으로 바뀐 사연을 두고 그가 남긴 증언은 널리 알려져 있다. "'국민'은 국가의 구성원이라는 뜻으로 국가 우월주의의 냄새가 풍기는 반면, '인민'은 국가도 함부로 침범할 수 없는 자유와 권리의 주체를 의미한다. 공산주의자에게 좋은 단어 하나를 빼앗겼다."

이데올로기에 앗긴 표현은 법에만 남아 있는 게 아니다. '동무'가 그렇다. 길동무, 어깨동무, 소꿉동무, 말동무, 그리고 동문(同門)과 한뜻인 글동무, 동업을 뜻하는 동무장사…. 동무가 금기어로 푸대접 받았음에도 널리 쓰이는 표현이다. '황국식민'의 정신을 담아 만들었다는 '국민학교'가 초등학교로 옷을 갈아입은 게 광복 50돌에 즈음해서이다. 광복 70돌, 대한민국 헌법이 공포된 지 67년을 맞은 2016년에 국정 역사 교과서 발간 소식이 들렸다. 부디 말 그대로 올바른 역사관을 뿌리박는 '올바른 역사 교과서'가 되기를 바랐지만, 결과는 아니었다.

'열(10)'은 짧다

방송에 뜻을 둔 학생 몇 명과 '8888 모임'을 했다. 달력을 보니 왠지 8이 유난히 눈에 들어와 만든 이른바 '빠빠빠빠 모임'이다. 8이 겹친 지난주 목요일 저녁 8시 8분에 8의 기운을 제대로 받으려 장소도 중국집으로 잡았다. 발음이 '발(發)'의 '파[fā]'와 비슷한 '빠[bā]'[14]여서 중국인들이 좋아한다는 숫자 '팔(八)'. 학생들이 세운 목표가 꽃처럼 피어나기 바라는 선생의 마음을 담아 그렇게 했다면 지나친 말일까. 어쨌든, 그래서인지 '8888 모임'에서는 웃음꽃, 이야기꽃이 만발했다. 이야기꽃의 한 송이는 '숫자 놀이'로 피어났다.

'2 4 5 열 십 만 두 세 네 석 넉'. '숫자 놀이'의 시작을 알린 학생이 시처럼 읊은 내용이다. "차림표 2쪽 4번째, 5번째 메뉴는 한 접시에 '열' 개씩 나오는 '만두'이니 각자 '세' 개나 '네' 개씩 먹으면 된다. '석' 점, '넉' 점씩 먹는 것도 같은 표현이다"이런 말이 아니다. 조선의 역대 왕을 외우기 위해 동요 '산토끼' 가락 따위에 맞춰 '태정태세문단세/예성연중인명선/광인효현숙경영/정순헌철고순'으로 읊던 것과 같은 것이다. 길게 발음해야 하는 수를 외우려 같은 말을 되뇌는 학생들이 기특했지만 이에 낀 고춧가루처럼 마뜩잖은 정보가 하나 있었다. '열[열ː]'이었다. '십(十)'의 토박이말인 '열'은 과연 장음인가?

사전은 '열'을 '아홉에 하나를 더한 수'로 풀이하고 발음 정보를 따로 붙이지 않았다. 장음이 아니라는 것이다.《표준국어대사전》을 비롯해《고려대

---

14 [bā]의 외래어 표기법에 따른 표기는 '바'이지만 여기서는 현실 발음에 가깝게 '빠'로 적었다.

한국어대사전》, 《엣센스 국어 사전》, 《동아 새국어사전》이 그랬다. 전영우가 펴낸 《표준 한국어 발음 사전》도 '열(十)'을 단음으로 명시했다. 소리 길이는 물론 높낮이까지 표시하는 북한의 《조선말 대사전》에도 '열'은 단음으로 나온다. 사전 대부분이 '열'을 단음으로 표시하고 있으니 학생들이 잘못 알고 있는 것이다. 그래서, 끝? 아니다. '열(十)'의 발음 얘기는 간단치 않다.

_〈한겨레〉, 2013년 8월 12일

발음의 길고 짧음은 칼로 무 자르듯 가를 수 있는 경우가 대부분이다. 길다—짧다, 이렇게 정리하면 될 일이기 때문이다. 그럼에도 '열(10)'의 발음은 그렇지 않았다. 오죽하면 "'열(10)'의 발음 얘기는 간단치 않다"라고 마무리했을까. 위에서 짚어 본 여러 사전의 발음 정보뿐 아니라 1988년 현행 어문 규정이 고시되기 전에 간행된 《신찬 국어대사전》(동아출판사, 1963년) 등과 이은정이 엮은 《표준 발음법에 따른 우리말 발음사전》을 비롯한 대부분의 발음 사전의 소릿값도 그랬다. 하지만 '열(10)'의 발음은 단음이다, 이렇게 단언하기 전에 짚어 볼 게 있었다. 어문 규정과 일부 발음 사전의 정보, 특정 방송사 아나운서의 소릿값이 이와 다르기 때문이다. '언론 고시'를 준비하는 학생들에게 '열'이 장음으로 알려져 있는 것도 이 때문일 것이다.

'열(10)'의 소리 장단을 따지게 된 계기는 한국방송공사(KBS) 라디오의 시보였다. '열[열ː] 시를 알려 드립니다'가 귀에 설었다. 짧은소리로 알고 있던 '열'을 길게 발음한 시보를 듣고 조사와 탐문에 들어갔다. 아나운서 개인의 습관에서 비롯한 단순한 잘못이 아닌 게 분명할 터, KBS 아나운서 몇몇에게 근거를 물어보니 '원래 그랬다', '(KBS) 발음 사전에 따른 것이다'라고 했다. 명쾌한 답은 아니었다. ㄱ 아나운서의 도움말을 참고로 표준발음법을 찾아보니 "'열(十)'은 긴소리로 발음하면서도 올린 'ㅕ'로 발음하지 않는다"는 규정이 있었다[15]. 국립국어원이 펴낸《표준국어대사전》의 발음 정보와 부딪치는 대목이다. 표준발음법(규정)의 '해설'을 따라 사전의 발음 정보를 바꿔야 할까, 사전을 좇아 규정을 손질해야 할까. 규정과 사전의 충돌은 어떤 형태로든 풀어야 할 문제이다.

'열(10)'은 긴소리이니 발음은 곧 [열ː]이다? 아니다. KBS 라디오 시보의 [열ː]은 그래서 규정에 어긋난다. 올린 'ㅕ'의 '열ː [jəːl]로 발음하고 있기 때문이다. "올린 'ㅕ'"는 무슨 소리인가. 표준 발음에서 'ㅕ'의 긴소리는 반모음 'y'에 장음 'ㅓ'가 결합된 올린 'ㅕ'이다. [현ː대], [여ː론], [면ː허], [변ː화], [편ː]의 첫소리 소릿값이다.

규정에서 밝힌 "'열[十]'은 긴소리로 발음하면서도 올린 'ㅕ'로 발음하지 않는다"는 설명은 생뚱맞다. 그 많은 긴소리 'ㅕ' 중에 이것만 예외로 삼은 것이니 말이다. 표준어 사정 당시에 이와 관련해 어떤 의견이 있었는지 당시 관계자를 통해 확인하려 했지만 실패했다. '당시 의견에 대한 정보는 가지고 있지 않다'는 게 회신의 전부였다. 어찌어찌 수소문해 '예외'의 근거를 찾아냈다. 1984년 한국정신문화연구원(현 한국학중앙연구원)이 펴낸《한국어 표준발음사전》이다. 남광우·이철수·유만근이 펴낸 이 사전의 일러두기에 "'…아홉, 열, 열하나…'의 '열'은

15 표준발음법 제5항의 해설 항목이다.
〈해설〉 이들 이중모음 가운데서 'ㅕ'가 긴소리인 경우에는 긴소리의 'ㅓ'를 올린 'ㅓ'로 발음하는 경우에 준해서 올린 'ㅕ'로 발음하는 것이 교양 있는 서울말의 발음이다. '견본, 견다, 별[星], 연(軟)하다, 열쇠, 영감(令監), 염주(念珠), 편지, 현대' 등의 첫째 음절의 'ㅕ'가 그 예이다. 다만, '열[十]'은 긴소리로 발음하면서도 올린 'ㅕ'로 발음하지 않는다.

(긴소리지만 올린 'ㅕ'가 아닌) '열ː[jʌːl]'이다"이란 대목이 나온다. 숱한 발음 중에 '열(十)'을 예외로 다룬 것이다. KBS가 발간한 《한국어발음대사전》(1993), 이주행 · 이규항 · 김상준이 펴낸 《표준 한국어 발음 사전》(1998)도 이 사전의 발음 정보에 바탕을 두고 있다.

'열(10)' 발음의 장단을 어찌 다뤄야 하는 게 좋을지 학자들에게 물었다. 국립국어원의 김세중 박사는 "근본적으로는 '열'을 장음으로 하는 것에 문제가 있어 보인다. '열 개', '열 명', '열 번'처럼 단위명사가 뒤에 올 때는 짧게 발음하는 게 보편적이 아닌가. 다만, '열'만 단독으로 발음할 때는 길게 발음하는 경우도 없지 않아 보인다"면서 "이 단어에 한해 장음이면서 낮은 'ㅕ'로 발음해야 한다는 건 이해하기 어렵다"라고 했다. 《표준발음법 영향 평가》 연구를 이끈 서울대학교 김성규 교수(국어국문학과)는 "(표준발음법 등 규범에) 예외 규정을 자꾸 만드는 것은 지양해야 한다"라고 했고, 《한국어의 표준 발음과 현실 발음》(아카넷) 등을 펴낸 전남대학교 이진호 교수(국어국문학과)는 "'열(十)'의 예전 성조는 거성(높은 소리)이다. 거성은 대체로 짧은소리로 남아 있다는 점에서 '열'은 원래 장음이 아니었을 가능성이 크다"라고 했다. 그렇다, 이제 '열(10)' 발음의 장단 문제를 정리할 때가 되었다.

제6장

살아 있는 스포츠 용어

– 외래어가 난무해서 헷갈리는 우리말

겨울 올림픽

가까운 벗의 부친상에 문상하러 간 자리. 무거운 발걸음으로 찾아간 영안실에는 가녀린 현악기의 선율이 흘렀다. 할아버지의 명복을 빌며 고인의 손녀딸이 연주한 바이올린 소리였다. 연주곡은 비발디 《사계》 중 〈봄〉. 장례식과 비발디가 어울리지 않는다는 느낌이 감동으로 바뀌는 시간은 잠깐이었다. 한여름 유명을 달리한 어르신 영전에 올린 〈봄〉으로 장례식에는 싱그러운 봄날의 감동이 함께하는 듯했으니까. 꿉꿉했던 그 장마철에 시원한 겨울의 감동이 번져 오기도 했다. 강원도 평창이 올림픽을 유치하게 되었다는 소식은 '평창 동계 올림픽 유치 위원회'와 강원도민의 감동만은 아니었다.

각 계절의 정경을 잘 묘사한 비발디의 표제음악 《사계》는 네 곡으로 이루어져 있다. 이 곡의 소제목은 춘계, 하계, 추계, 동계가 아니다. 춘계 방학·하계 방학·동계 방학이란 표현도 봄방학·여름방학·겨울방학에 밀려 오래전에 자취를 감추었다. 발음이 비슷한 춘계와 추계는 뜻 전달이 잘못될 수도 있다. 한자어 춘계·하계·추계·동계보다 토박이말 봄·여름·가을·겨울을 언중이 널리 받아들여 썼기 때문일 것이다.

'평창은 겨울 올림픽 개최를 위해 필요한 13개 경기장 중 스키 점프대 등 7개를 완공했다.'(ㅎ 신문)처럼 겨울 올림픽이라 표현하는 언론 매체가 늘고 있다. 올림픽 유치를 전후해 동계 올림픽에서 겨울 올림픽으로 용어를 바꾼 곳도 여럿이다. 하지만 뉴스 검색으로 확인한 '겨울 올림픽'의 빈도수는 아직은 '동계 올림픽'의 10분에 1 정도에 그친다. '2018년 겨울 올림픽의 유치에 성공한 평창 동계 올림픽 유치단이 오늘 오후 2시 전세기 편으로 귀국했습니다.'(ㄷ 방송)에서 보듯 공식 명칭이 그래서 아쉽다. 대회 유치의 감동을 안겨준 평창 동계 올림픽 유치 위원회는 이제 대회를 꾸려 갈 올림픽 조직위원회에 바통을 넘긴다. "조직위원회 이름에 동계를 넣을지 겨울을 넣을지 아직 논의한 바 없다"는 유치위원회 관계자의 말이 귓전을 맴돈다. 최문순 강원도지사에게 보낸 '친전'도 몇 년째 묵묵부답, 답이 없다.

마린 보이

'잠 못 드는 밤'이 이어질 때면 이유가 있게 마련이다. 한밤에도 푹푹 찌는 열대야 탓이다. 올림픽 중계방송, 깊은 밤에 방송되는 '각본 없는 드라마' 때문이다. 런던 올림픽 때의 이유이다. '더 빨리, 더 높이, 더 힘차게'인 올림픽 정신을 드러내는 선수들에 주는 찬사는 별명으로 이어진다. 런던 올림픽 개막에 맞춰 미국 〈타임〉 지가 '별명이 잘 어울리는 역대 올림픽 선수 12명'을 선정한 걸 봐도 그렇다. '날다람쥐' 가브리엘 더글러스(Gabrielle Douglas, 체조), '인간 탄환' 제시 오언스(Jesse Owens, 육상), '인간 어뢰' 이언 소프(Ian Thorpe, 수영), '민스크의 참새' 올가 코르부트(Olga Korbut, 체조), 그리고 서울 올림픽에서 자기 몸무게의 3.2배를 들어 올린 '포켓 헤라클레스' 나임 슐레이마놀루(Naim Süleymanoğlu, 역도)는 우리에게도 익숙한 선수들이다.

국가대표 선수의 별명은 우리에게도 친숙하다. '무한 괴력' 장미란(역도), '살인 미소' 이용대(배드민턴), '체조 요정' 손연재(리듬체조), '땅콩 검객' 남현희(펜싱)…. 국내 방송이 올림픽 중계방송에서 내세운 애칭들이다. '역대 최고 성적'을 향한 거침없는 메달 행진이 계속되면서 새로운 별명이 쏟아져 나왔다. '도마의 신' 양학선(체조), '미녀 신궁' 기보배(양궁), '사차원 소녀' 김장미(사격), '런던 꽃사슴' 황현주(배구)…. 이 가운데 우리에게 가장 친근한 것은 '마린 보이' 박태환(수영)이 아닐까 싶다.

'아시아의 물개' 조오련을 넘어선 박태환 이전에도 '마린 보이'가 있었다. 1970년대 일본 만화영화 주인공이다. '잠수함 투수' 권오준도 '(서브) 마린 보이'로 불린 적이 있었다. 사실 '마린(marine, 바다의) 보이'는 박태환에게 제격인 별명은 아니다. "처음부터 '아쿠아 보이(aqua boy)'는 아니었다. 바다에 처음 들어간 것도 베이징 올림픽이 끝난 뒤…"〈한겨레〉라는 표현은 그래서 나왔을 것이다. 어느 기업은 '마린 보이' 주제가를 박태환 응원가로 내세워 입길에 오르기도 했다. 그 만화영화는 일본 것이기 때문이다. 별명도 뜻과 뿌리를 따져 지어야 제 대접을 받는 법이다.

쿵후 판다

"절의 주지가 성매매를 하다 적발되었다"는 뉴스가 나왔다. '대륙', 그러니까 중국 땅에서 일어난 일이다. 이 소문이 인터넷을 통해 유포되자 사찰이 "사실무근으로 법적 조처를 하겠다"는 성명을 발표했다고 한다. 성매매 의혹의 장본인은 소림사 주지. 중국 무술의 본산이 추문의 발원지여서 논란이 더 뜨겁다는 나라밖 소식을 접하면서 영화 제목 하나가 장면 여러 컷과 함께 떠올랐다.

시리즈로 이어가는 그 만화영화 제목은 무엇인가, 아나운서 일곱 명에게 물었다. 20, 30대는 '쿵푸-', 40, 50대는 '쿵후-'라 했다. 개봉 영화 제목은 〈쿵푸 팬더〉. 1970년대에 발표된 신나는 디스코 노래는 〈쿵후 파이팅(kung Fu Finghting)〉이다. 예전에는 '쿵후'였는데 지금은 '쿵푸'? 아니다. 예나 지금이나 '무기 없이 유연한 동작으로 손과 발을 이용하여 공격하는 중국식 권법'은 쿵푸《표준국어대사전》. "공부(功夫)의 한어 병음을 따르면 '공푸[gōngfu]'가 되지만 일반인의 언어 감각과 너무 동떨어지는 것을 고려하여 관례적인 표기 '쿵후'를 인정한 것"이라는 게 국립국어원의 설명이다.

'쿵푸'는 어디서 왔을까. 중국어를 영어로 옮기기 위해 만든 '웨이드 자일스(Wade-Giles) 표기법[1]'의 영향일 것이다. '공부(功夫)'를 이 표기법에 따라 적으면 'Kung Fu'가 되고 이를 한글로 바꾸면 '쿵푸'가 된다. 중국어를 영어로, 다시 한국어로 옮긴 중역(重譯)인 셈이다. 'Panda'도 외래어 표기법에 따라 쓰면 '판다'가 맞다. 이렇듯 영화 배급사는 외래어 표기법이 아닌 영어 발음을 따라 '쿵푸 팬더'로 제목을 만들었을 게다.

외래어는 외국에서 들어온 말로 국어처럼 쓰이는 단어이다. 외래어

---

1 영국인 토머스 웨이드 경과 허버트 앨런 자일스의 이름을 딴 중국어의 로마자 표기법. 1979년까지 서구 국가 대부분이 이 표기법을 따랐다. 1958년 한어 병음을 개발한 중국 정부가 여러 차례 개정 끝에 1979년 공식 로마자 표기 체계로 선언했다. 세계 대부분 지역에서 한어 병음이 사용되고 있다. 그러나 역사와 일부 지명 등에는 웨이드 자일스 표기가 남아 있다. 베이징의 로마자 표기는 Beijing이지만 웨이드 자일스 식 표기에 따르면 Peking이며, 칭다오 역시 한어 병음에서는 Qingdao, 웨이드 자일스 표기에서는 Tsingtao이다.

표기법은 외국인이 아닌 한국어 사용자를 위한 약속으로 '법'을 지키지 않으면 혼란이 생긴다. 〈쿵푸 팬더〉도 '쿵후 판다'라 쓰고 읽어야 지금 외래어 표기법에 맞는다.

육상대회

대구에서 세계 육상 선수권 대회가 열린 때의 일이다. 당시 대구 출장은 '육상 중계'가 아닌 '야구 중계'를 하러 가는 길이었다. 기차역을 나와서 탄 택시에서 들은 첫마디는 '육상 대회 취재 왔느냐'였다. '야구장 갑니다'라는 한마디를 꺼내기가 머쓱할 만큼 프로야구 홈팀이 선두를 달리고 있던 대구 사람들의 관심도 '세계 선수권 대회'인 육상 대회에 쏠려 있었다. 시내 곳곳에 형형색색 내걸린 대회 펼침막과 깃발을 보며 만국기 펄럭이던 학교 운동회가 떠올랐다. 그러고 보니, 이른바 '비인기 종목'으로 분류되는 육상은 우리에게 꽤 친숙한 경기이기도 했다.

육상 종목은 크게 셋으로 나눈다. 달리기인 트랙경기와 뛰뛰고 던지는 필드경기 그리고 마라톤과 경보(競步)처럼 경기장 밖으로 나가는 도로경기이다.[2] 달리기의 백미는 '인간 탄환'을 가리는 100미터 종목이라

2 달리기(트랙경기)와 뜀뛰기, 던지기를 섞어서 하는 종목을 '복합 경기'로 따로 분류하기도 한다. 10종 경기(100미터 달리기, 멀리뛰기, 포환던지기, 높이뛰기, 400미터 달리기, 110미터 허들, 원반던지기, 장대높이뛰기, 창던지기, 1,500미터 달리기. 한 선수가 열 가지 종목을 겨루어 얻은 점수의 합계로 순위를 매긴다. 남자 종목 10종 경기), 7종 경기(100미터 장애물 달리기, 포환던지기, 높이뛰기, 200미터 경주, 멀리뛰

하지만 운동회 때는 사정이 다르다. 청군과 백군의 최종 점수가 가려지는 종목인 계주가 하이라이트이다.

이어달리기, 릴레이 경기에서 빼놓을 수 없는 둥근 막대기가 있다. 이 명칭을 인터넷에서 검색해 보니 바톤>바통>배턴 순으로 쓰임이 잦다. 하지만 '바톤'은 바른 외래어 표기가 아니다. 언론 매체에 자주 오르는 프랑스어 바통(bâton)과 대회 조직위원회 누리집에 표기된 영어 발음 배턴(baton)은 둘 다 맞다. 또는 계주봉(繼走棒)을 살려 쓰는 것도 괜찮겠다. 트랙 경기 중 투척 종목인 투창(投槍), 투포환(投-), 투원반(投-), 투해머(投-) 등은 창던지기처럼 '-던지기'로 다듬어 창던지기, 원반던지기, 해머던지기 등으로 쓴 지 꽤 되었다. 도약 종목의 하나인 '멀리뛰기'도 일본어 '하바토비(はばとび)'를 옮긴 '넓이뛰기'를 물리치고, 제자리를 잡았다(북한에서는 '너비뛰기'라고 한다).

한동안 《표준국어대사전》에 올라 있던 '장대넓이뛰기: 장대를 가지고 달리다가 장대에 몸을 의지하여 뛰는 넓이뛰기'는 얼마 전에 '장대높이뛰기'로 바로잡아 놓았다. 2011년 8월에 〈한겨레〉 칼럼에서 이 문제를 지적한 뒤의 일이다.

'여름 올림픽', '축구 월드컵', 'F1 그랑프리'에 이어 '세계 4대 스포츠 이벤트'라는 '세계 육상 선수권 대회'까지 우리나라에서 치렀다. 육상 대회 중계방송을 보면서 불현듯 학창 시절 체력장의 풍경이 어제 일인 듯 떠올랐다. 왕복 달리기, 오래달리기, 윗몸일으키기, 턱걸이… 그리고 투척 종목은 '수류탄 던지기'였다. 일제 유산이 남아 있던 1970년대 군사정권 때는 그랬다.

기, 창던지기, 800미터 경주, 여자 종목 7종 경기)가 있다.

死守(사수)

'도그파이트(dogfight)', '머니볼(money ball)', '시빌 워(civil war)', '시 배틀(sea battle)'…. 영화나 게임 제목이 아니다. 에스케이(SK) 와이번스(비룡)와 한화 이글스(독수리)의 대결을 공중전에 비유해 '도그파이트'로, 재벌 그룹인 엘지와 삼성의 맞대결은 '머니볼'로, 두산과 넥센 서울 팀끼리의 경기는 내전에 빗대어 '시빌 워'라 부른 것이다. 항구 도시 부산(롯데)과 인천(에스케이)의 팀 싸움을 '시 배틀'이라 한 것도 재밌다. '용쟁호투'(에스케이-기아), '공대육(空對陸)'(에스케이-엔시)처럼 한자 조어도 빠지지 않는다. 두산(베어스)과 기아(타이거스)의 대결은 단군신화를 끌어와 '단군 매치', 전라도 연고팀(기아)과 경상도 연고팀(엔시)의 겨룸은 '화개장터'로 부르기도 하니 재치 만점인 별칭이다.

프로야구는 우리나라에서 가장 인기 있는 스포츠이다. 해마다 '가을야구'를 향한 구단의 노력과 팬들의 성원은 커져만 간다. 엎치락뒤치락 호각지세로 겨루는 판세는 감독들에게는 피 말리는 순간의 연속이었겠지만 팬들에게는 점입가경의 재미를 안겨 주는 게 스포츠. '가을 야구'를 위해 5강을 놓고 시새우는 형국은 여러 표현으로 다루어진다. 각 팀들이 듣기 싫어한 표현은 '탈락', '추락', '도전' 등일 것이고, 반겨한 것은 '진입', '복귀', '탈환', '유지', '수성', '고수', '사수' 따위일 것이다. 이 가운데 유독 '사수(死守)'가 눈에 띄었다.

이 표현이 눈에 띈 까닭은 어감이 전투적이어서만은 아니다. '두산과의 승차를 1.5경기로 벌리며 3위를 사수하는 한편…'(ㄷ 일보), '최종전에 전력을 다해 극적인 2위 사수를 노리게 되었다'(ㅇ 인터넷 매체), '○○○는 2년 연속 홈런왕 타이틀 사수에 나섰다'(ㄴ 통신). 당시 ○○○선수에게 홈런왕은 '사수' 대상이 아니었다. 굳이 '사수'여야 했을까, 싶다. '사수'의 남발이 거슬린다. 이런 표현에 쓰인 '사수'는 '차지한 물건이나 형세 따위를 굳게 지킴'인 '고수(固守)'라 하는 게 걸맞다.

야구

야구를 누구(壘球)라 했으면 어땠을까. 누구? 베이스볼(baseball)을 한자 뜻에 따라 베이스(base-壘), 볼(ball-球)로 이 땅에 들여왔다면 해를 거듭할수록 인기 높아지고 있는 프로야구는 '프로누구'가 되었을지 모른다. 20세기 초 한반도에 야구가 도입될 당시에는 타구(打球), 격구(擊球) 또는 원어인 베이스볼을 쓰기도 했지만 일본 제일고등중학교(현 도쿄대학 교양학부) 학생이 '야큐(野球, やきう)'로 번역한 것이 전해져 사용되고 있는 것으로 알려져 있다.《위키백과》

1982년에 돛을 올린 한국 프로야구가 역사가 30년을 훌쩍 넘겼다. 외형적인 발전만큼이나 경기 수준도 높아졌다. 야구 용어도 정리되었다. 이해하기 어려운 영어를 우리말로 다듬고 일본 투 용어를 솎아낸 결과이다. 속어에서 비롯한 '빈볼(beanball)'은 '위협구'로, 얼치기 영어인 '포볼(four ball)'과 '데드볼(dead ball)'은 '볼넷(base on balls)'과 '몸에 맞는 볼(hit by pitched ball)'로 다듬었다. 중계방송을 하는 아나운서와 해설자를 비롯한 여러 관계자들이 힘쓴 덕분이다.

지상파와 케이블방송에는 각 분야 전문가들이 등장하는 야구 관련 프로그램이 꽤 많다. 한 방송에 출연한 어떤 전문가는 "투수의 '쿠세(구세)'가…"라는 표현을 했다. 이 말을 되받아 전한 아나운서는 "투구 습관이…"로 방송했다. '구세(癖, くせ)'는 '버릇, 습관'을 뜻하는 일본어이다.

"어설픈 외국어 남용으로 전문가인 양 나서는 것은 지양해야 한다. 전달력을 떨어뜨릴 수 있기 때문이다." '중계의 기본은 정확한 전달'이라는 소신을 갖고 20여 년 동안 야구를 비롯해 여러 종목 중계를 해 온 한 아나운서의 말이다.

야구공 뜨기

땅볼이 된 공은 무조건 새것으로 바꾸고, 선수가 마음에 안 들어 해도 바꾼다. 관중석으로 날아간 것은 찾지 않고, 비가 내리면 소요량이 훨씬 많아진다. 국내 프로야구 공인구(구기에서, 위원회나 커미셔너가 공식적으로 사용을 인정한 공)《고려대 한국어대사전》 얘기이다. 한 경기에 쓰이는 공은 평균 120개, 한 달에 구단별로 3,000개 정도 새 공을 쓴다는 게 관계자의 말이다. "옛날에는 애지중지 아껴 쓰던 게 공이었다. 솔기 터진 것 꿰매 쓰는 게 태반이어서 빨간색뿐 아니라 파란색, 녹색 실로 기운 공은 물론 누덕누덕 짜깁기한 것도 있었다". 중계방송 해설자와 야구단 감독으로 활약하던 왕년의 명투수 아무개의 회고이다.

야구공은 고무나 코르크를 실로 감아 가죽으로 감싸 만든다. 둥근 핵을 실로 감싸 타래로 만드는 일은 기계가 하지만 가죽으로 마무리하는 것은 사람의 몫이다. 15분에 하나씩 뚝딱 만들어 내는 숙련자도 하루에 서른 개를 만들기 어렵다는 야구공. 바늘로 땀땀이 떠 가는 횟수는 매듭지을 때 4번을 빼면 216번. 그렇게 완성된 갈매기 모양의 실밥은 108개가 된다. 미국 메이저리그 2013년 챔피언십 시리즈 3차전에서 류현진 선수가 승리를 따낼 때 투구 수는 108. 불교 영향을 받았을 리 만무하지만 백팔번뇌가 떠올랐다.

한국과 미국의 '가을 야구' 열기가 뜨거워지면서 야구공, 그중에도 사람 손길로 한 땀 한 땀 떠 내는 야구공 바느질에 눈길이 갔다. 두 겹의 천 사이에 솜을 넣고 줄이 지게 박는 '누비기', 헝겊을 겹쳐 바늘땀을 성기게 꾀는 '호기', 가장자리나 솔기를 실올이 풀리지 않게 용수철이 감긴 모양으로 감아 꿰매는 '감치기', 헝겊의 시접을 맞대어 바늘을 양쪽에 접힌 시접 속으로 번갈아 가며 실 땀이 드러나지 않게 속으로 떠서 꿰매는 '공그르기', 실을 곱걸어서 꿰매는 '박기'. 《조침문(弔針文)》에 나온 바느질의 여러 방법이다. 야구공 바느질은? "가죽 잇대어 꿰매는 것이니 딱히 뭐라 하기 어렵다. 굳이 방법을 말한다면 '야구공 뜨기' 쯤 되겠다". 바느질로 30년을 보낸 의상 전문가의 답이다.

징크스

봄을 맞으면 설레는 이들이 있다. 프로야구 개막을 손꼽아 기다리는 팬들이다. 어느 해나 첫 주 전적을 두고 각 팀의 희비가 엇갈린다. 겨울철 혹독한 담금질로 기대를 모은 팀, 최강 전력을 자랑하는 우승 후보, 뚜껑 열린 신생 구단의 실전 기록 분석은 경기장 밖의 또 다른 재미를 자아낸다. 코칭스태프와 선수들은 제 기량을 다하기 위해 나름의 징크스를 피한다는 얘기는, 믿거나 말거나, 팬들의 관심을 끌어 모은다.

메이저리그에는 오랜 역사에서 비롯한 유명한 징크스가 있다. 1945년 이후 이어져 오는 '염소의 저주(시카고 컵스)', 2004년 86년 만에 우승하면서 비로소 깨진 '밤비노의 저주(보스턴 레드삭스)'가 대표적이다. 일본에서는 '요미우리 자이언츠가 우승하면 경기가 나빠진다'처럼 특정 팀의 성적과 경제를 연관 짓기도 한다. '2년생 징크스(sophomore jinx)'는 나라와 분야를 떠나 두루 쓰인다.

징크스(jinx)는 재수 없는 것, 불길한 것, 불운을 가리키는 영어에서 왔다. 어원은 '목을 뱀처럼 180도 비트는 고대 그리스의 흉조(jynx) 이름에서', '나팔 소리 때문에 모자를 떨어뜨린 기병대장 징크스를 노래한 가사에서' 유래했다. 유력한 설은 뒤엣것이다. 히트한 노래 덕에 유명해진 '징크스'가 댄스곡, 드라마, 소설 제목에 쓰이면서 널리 알려졌고 미국 표준 영어로 자리 잡았기 때문이다.(영어《위키백과》)

한 방송 프로그램에서 출연자가 '낡은 티셔츠를 입어야 잠이 온다'고 하니까 진행자가 '아, 징크스!'라는 추임새를 넣었다. 이는 어원과 일반적인 쓰임에 따르면 적절한 맞장구가 아니다.《표준국어대사전》의 뜻풀이는 '재수 없는 일. 또는 불길한 징조의 사람이나 물건'이고, 국립국어원은 이 표현을 '액(厄)', '불길한/재수 없는 일'로 다듬어 쓰라고 권한다.

'경고 조치를 받은 사람이 당선된다는 속설에 비춰 보면 경고 처분은 징크스보다 오히려 길조에 가깝다'. 의사협회장 선거를 전망한 업계 전문지의 기사는 징크스의 뜻을 제대로 밝혀 쓴 보기이다.

슈퍼볼

지지직거리는 라디오 소리에 귀를 기울이고 부연 흑백텔레비전에 눈길이 모이던 그때 야구 중계를 도맡아 하던 아나운서가 있었다. '빳따(배트)', '스라이딩~(슬라이딩)', '스뚜~라익(스트라이크)'이라 우렁차게 외치던 목소리가 지금도 귓전에 맴도는 듯하다. '볼'을 '보울'이라 했던 그 아나운서의 발음이 고화질 텔레비전(HDTV)을 넘어 초고화질 텔레비전(SUHDTV) 시대에 떠오른 건 미국 프로풋볼리그(National Football League, NFL) 관련 기사를 접해서였다.

'이번 수퍼볼에는 30개가 넘는 기업들이…'(ㅈ 일보), '슈퍼보울이 오는 7일 오전…'(ㅅ 일보), '결승전인 수퍼보울은 단일 경기로는 세계 최대 규모를 자랑한다.'(ㅈ 일보), '미국 프로풋볼리그(NFL) 챔피언전인 슈퍼볼(Super Bowl)과 관련된 숫자다.'〈한겨레〉 당시 NFL 결승전 관련 기사에 나오는 경기 이름은 네 가지로 표기되었다. '슈퍼'와 '수퍼', '볼'과 '보울'을 제 나름대로 조합해서 쓴 결과이다. 외래어 표기 규정에 맞춰 적으면 '슈퍼'와 '볼'이 맞다. '볼(bowl)'은 '서양 요리 따위에서 사용하는, 안이 깊은 식기'를 가리키지만 '식기 안면처럼 우묵하게 생긴 경기장'《표준국어대사전》을 뜻하기도 한다. '큰 사발처럼 생긴 미식축구 경기장(또는 우승 트로피)'에서 유래한 경기 명칭은 '슈퍼볼'이다.

슈퍼는 'super-'의 발음 [suː-] 또는 [sjuː-] 가운데 널리 쓰인다고 판단되는 [sjuː−] 발음을 기준으로 하여 '슈'로 적도록 한 것이고, 볼은 '중모음은 각 단모음의 음가를 살려서 적되, [ou]는 '오'로 적는다'는 외래어 표기법에 따른 것이다.(영어 표기, 제8항) 이처럼 외래어 표기는 관련 규범을 바탕으로 현지 발음과 관용 등을 따져 정한다. 정해진 표기는 약속처럼 함께 지켜 나가는 게 중요하다. '미국에 가 보니 이렇게 발음하더라'며 제 주장을 내세우는 건 옳지 않다. 외래어는 외국인을 위한 게 아니라 한국어를 쓰는 사람을 위한 것이기 때문이다.

▶ 외래어 표기법 '영어'의 제8항은 중모음([ai], [au], [ei], [ɔi], [ou], [auə])의 표기법을 설명한다. 중모음은 각 단모음의 음가를 살려서 적되, [ou]는 '오'로, [auə]는 '아워'로 적는다. 이 조항에 따라 '보트'(boat[bout])로 적는 게 규정에 맞는다. 윈도(window), 스노(snow), 볼링(bowling), 코트(coat), 골(goal), 보너스(bonus), 로(law) 등이 그렇다. 마이크로소프트의 운영체제 '윈도우'는 고유명사이니 인정한다. 일반 명사로 쓰일 때는 외래어 표기법에 따른 '윈도'로 쓴다.

슈퍼세이브

2014년 여름을 뜨겁게 달구던 브라질 월드컵. 한 달에 걸쳐 펼쳐진 대회의 마지막 경기는 유럽 대표 독일과 남미 대표 아르헨티나의 매치업(맞대결/대진)이었다. 디펜딩 챔피언(전 대회 우승팀/직전 우승팀) 스페인은 조별 리그에서 탈락했다. "4강전에 출전할 수 없다"는 브라질 팀 닥터(팀 전담 의사/팀 전속 의사/주치의)의 진단에 네이마르는 베이스캠프(주 훈련장/근거지)를 떠나야 했다. 그래서일까, '영원한 우승 후보'는 잘 만든 세트피스(맞춤 전술/각본 전술)로 4강에 오른 독일에게 7점이나 내주면서 무릎을 꿇었다. 브라질 월드컵은 골문을 든든히 지킨 수문장의 활약이 두드러진 대회이기도 했다. 16강전에서 4강전까지 14경기 가운데 7경기의 최우수 선수는 골키퍼였다. 나이지리아 수문장 엔예마처럼 펀칭(쳐내기) 실수로 땅을 쳐야 했던 수문장도 있었다.

런던 올림픽 때는 통했던 홍명보 감독의 4–2–3–1 전술은 3–5–2, 5–3–2, 4–3–3 등의 포메이션(대형/진형)을 유연하게 적용하는 선진 축구를 감당할 수 없었다. 대한민국 국가 대표팀이 예선 탈락한 탓에 '남의 월드컵'이란 소리를 듣기도 한 월드컵. 손흥민 선수는 당시 귀국 인터뷰에서 "정말 아쉬운 월드컵이었다. 코칭스태프(코치진)와 팬들도 같으리라 생각한다"며 대회를 마친 소감을 밝혔다.

관련 기사를 그러모아 월드컵의 대강을 돌아보았다. 괄호 안의 표현은 어디에서 온 것일까. 조별 리그 경기가 한창이던 지난달 '일반 국민이 쉽게 의미를 알 수 있고 축구에 더 관심을 가질 수 있을 것으로 기대'한다는 뜻을 담아 국립국어원이 다듬어 내놓은 축구 용어이다. 여기에 보탰으면 좋았을 용어가 있다. 축구 중계·뉴스에 등장이 잦아진 '슈퍼세이브'이다. 기왕에 잘 써 오던 '(골키퍼) 선방' 대신 이 말을 쓰는 까닭은 무엇일까? '외래어(외국어)가 더 전문적으로 들린다'는 엇나간 인식 때문일 것이다.

응씨배

'바둑 올림픽'이라 불리는 대회가 있다. 4년마다 개최하고, 단일 대회 최대 우승 상금이 걸려 있기 때문이다. '응씨배 세계 바둑 선수권 대회'가 '바둑 올림픽'이다. 1988년 대회 창설 이후 조훈현, 서봉수, 유창혁, 이창호가 연이어 우승한 뒤 6회 대회도 최철한이 제패해 '한국 바둑의 텃밭'이기도 한 대회이다. 7회(2012년), 8회(2016년) 대회의 우승은 중국 선수에게 돌아갔다. 대한민국 대표 박정환은 준우승에 머물렀다.

이 바둑 대회 명칭은 중국 본토 출신의 대만 재벌인 잉창치(응창기)의 이름에서 따왔다. 공식 명칭은 '응씨배세계직업위기금표새(應氏杯世界職業圍棋錦標賽)', 줄여서 '응창기배(應昌期杯, 잉창치배)'라고 한다. 우리 한자음으로 읽은 '응창기배(-盃)'가 귀에 익숙한 이 대회 명칭은 여러 표기로 매체에 등장한다. '응씨배'(약 7만 건), '응창기배'(약 2만 9,000건), '잉씨배'(약 2만 4,000건), '잉창치배'(약 1만 6,000건)(구글 검색)에서 보듯이 대회 명칭은 물론 선수 이름도 매체에 따라 달리 나타난다. '중국은 랭킹 1~4위인 탄샤오, 시에허, 콩지에, 장웨이지, 여기에 구리, 박문요…'(ㅇ 신문), '중국은 류싱(劉星), 쿵제(孔杰), 박문요, 구리(古力), 장웨이지에(江維杰)…'(ㅈ 일보).

'고 잉창치(응창기)가 고안한…'〈한겨레〉처럼 우리 한자음을 한글로 병기해 한자 읽기의 부담을 덜어 내는 게 아니라면 '잉창치[(응창기, 應昌期)', '구리(고력, 古力)]처럼 괄호 안에 한자(음)를 제대로 밝혀야 한다. '위안스카이'와 '원세개(袁世凱)'를 다른 사람으로 오인할 수 있기에 그렇다. 지린(길림, 吉林), 옌지(연길, 延吉), 투먼(도문, 圖們), 헤이룽장(흑룡강, 黑龍江) 같은 땅 이름도 마찬가지이다. 우리 한자(음) '해란강(海蘭江)을 밝히지 않고 '하이란장'으로만 쓰면 노래 〈선구자〉의 주인공이 말 달리던 곳이 그곳인지 알기 어렵기 때문이기도 하다. 그런 의미에서 '(연변처럼) 조선족 자치주 안의 고유명사는 우리 한자음으로 쓴다'는 한 일간지의 편집 방침에 담긴 뜻은 새겨볼 만하다.

휘거

스포츠 종목은 다양하다. 같은 육상이지만 10초 만에 '허무하게' 끝나는 남자 100미터 달리기가 있는가 하면 2시간 내내 '지루하게' 선수만 따라가야 하는 마라톤이 있다. 격렬한 현장 분위기 따라 함성 터지는 경기가 있는가 하면 사격이나 양궁처럼 사수의 호흡에 맞춰 숨죽여야 하는 종목도 있다. 눈 깜짝할 사이에 승패가 갈려 한시도 눈 뗄 수 없는 격투기가 있고, '경기 관전'보다는 '연기 감상'이라 하는 게 어울리는 '아름다운 종목'이 있다. 리듬체조와 피겨스케이팅이 그렇다.

2014 겨울 올림픽 무대에서 펼쳐진 김연아의 연기는 눈부셨다. 트리플 러츠-트리플 토루프 콤비네이션, 트리플 플립, 플라잉 카멜 스핀, 더블 악셀, 레이백 스핀, 스텝 시퀀스-체인지 풋 콤비네이션 스핀으로 구성된 김연아의 쇼트 프로그램은 훌륭했다. 트리플 악셀을 내세운 아사다 마오는 김연아의 라이벌이 아니었다. '트리플'은 '(공중) 3회전'이

고, '러츠'는 기술을 처음 선보인 사람 이름에서 온 명칭이다. 트리플 악셀은 피겨스케이팅에서 유일하게 앞으로 뛰어오르는 기술이다. '2회전 콤비네이션… 3회전 루프… 원형 스텝… 3회전 살코 점프…'(토리노 올림픽 중계 해설자) 같은 설명이 실황 중계에서 사라진 게 아쉽다.

지난달 북한 보통강변에 있는 '빙상관(아이스링크, 빙상경기장)'에서는 '빙상무용(피겨스케이팅)'이 펼쳐졌다. '모범출연(시범 경기)' 방식이었다. 중계 영상을 보니 연기와 기술에 대한 설명은 없었다. 그 대신 스포츠를 체제 유지 수단으로 삼으려는 뜻은 강하게 드러났다. "장군님의 약속을 지켜 세상에서 제일 좋은 '스케트(스케이트)'를…"처럼 삼대 세습을 찬양하며 시작한 행사는 '…목숨으로 사수'하겠다는 노래에 맞춰 수십 명이 나선 '집체 출연'과 '스케트무용(아이스댄싱)', '쌍경기(듀엣)' 등으로 구성되었다. 이 행사 이름은 '백두산상 국제 휘거 축전'. '휘거'는 러시아 말에서 온 것으로 피겨를 가리키는 북한말이다.

튀르키예

스포츠의 '광팬'이 아니어도 굵직한 이벤트에는 많은 이들의 관심이 모이게 마련이다. 김연아 선수가 은반 위를 날아다니는 경기, 축구 국가대표팀 대결 등이 대표적이다. 올림픽 메달이 걸린 중계방송의 시청률은 같은 시간대의 그것보다 높을 때가 많다. 축구 월드컵 조 편성 실황 중계방송도 큰 관심을 끄는 스포츠 행사의 하나이다. 어느 해 주말, 김연아 선수의 경기와 월드컵 대진표 추첨 방송이 한데 모여 있었다.

그 세상은 '아날로그'였다. 스케이팅은 모나지 않고 둥글었으며 월드컵 조 추첨은 슈퍼컴퓨터가 흔치 않은 세상임에도 유리 항아리에서 뽑아냈기 때문이다. 월드컵 조 추첨 방송을 두고 뒷말이 없지 않다. ㅅ 방송에서 몇 마디를 엉뚱하게 통역했던 까닭이고, 그럴듯한 조 편성의 음모론도 인터넷을 떠돌아다녔다. 음모론은 음모론일 뿐, '조 추첨 사전 조작설'은 말이 안 되는 것으로 보인다. 유리 항아리에서 '뽑다-건네다-펼쳐 보이다', 이렇게 딱 세 단계에 '음모'가 끼어들 여지가 없어 보이기 때문이다.

텔레비전 화면에 비친 국제축구연맹(FIFA, Fédération Internationale de Football Association)의 나라 이름은 영어를 쓰는 국제올림픽위원회(IOC)의 그것과 거의 일치한다. 몇 나라 이름은 그렇지 않았다. 멕시코(메히코), 스위철랜드(스위스), 혼두래스(온두라스), 아르젠티나(아르헨티나), 벨지움(벨기에), 알제리아(알제리) 등이다. 호주(濠洲, 오스트레일리아), 일본(日本, 니혼), 독일(獨逸, 도이칠란트), 미국(美國, USA)은 우리가 한자음으로 쓰는 국명이다. 중국은 '중궈(中国)'라 표기하고 일본이 '닛폰(Nippon)'이라 쓰니 우리도 '한국(HanGuk, HanKook)'이라 써야 한다는 얘기가 아니다. 국명을 제 나라 언어로 불러 주자는 것이다. 영어 이름을 따른 것이라면 더욱 그렇다. '에스파냐(스페인)'가 대표적이지만 터키도 한가지다. 2002 월드컵 때 '형제국'으로 여겼던 터키의 방송인이 '세계방송인대회'에서 볼멘소리를 했던 기억이 새삼스럽다. "'터키(Turkey)'는 영어로 '칠면조'와 같다. 우리나라 이름은 '튀르키예'이다. 미국(영국)도 아닌데 굳이 그 나라 언어에 따라 터키라 할 이유가 있는가. 제 이름 '튀르키예(Türkiye)'로 불러 달라". 일리 있는 얘기 아닌가.

터키는 터키어를 쓴다.

F1

전날 밤부터 내리기 시작한 빗줄기가 오후 들어 더 굵어진 전남 영암 서킷. '세이프티카(safety car)'가 들락거리며 폭우 속에 치러진 레이스 내내 선두는 페텔이었다. 55바퀴를 도는 경주가 종반으로 들어선 45바퀴까지 그랬다. '폴 투 피니시(Pole to Finish)'로 마무리될 거라는 예상이 현실이 될 즈음 뜻밖의 일이 눈앞에 펼쳐졌다. 쏜살같이 내달려 첫 코너로 진입하기 직전, 갑자기 속도가 떨어진 페텔의 경주차. '패덕(paddock)'의 관중들이 자리에서 일어났다. 어! 외마디 소리가 여기저기서 튀어나왔다. '드라이빙 머신(driving machine)'이 토해 내는 굉음에 묻힌 관중의 탄식은 이내 환호로 바뀌었다. 레드불의 5번 경주차 엔진에서 솟아오르는 연기와 불꽃을 뚫고 페라리의 알론소가 1위로 나서는 순간이었다.

페텔은 그렇게 탄식과 환호 속에 '리타이어(retire)'했다. '체커기(checker flag)'를 가장 먼저 받은 우승자는 알론소. 제 힘을 소진한 경주차를 '서킷(circuit)'에 남겨둔 채 '피트(pit)'로 돌아오는 페텔. 나이 스물셋의 페텔은 '미캐닉(mechanic)'을 비롯한 팀원과 포옹한 뒤 조용히 관중들 시야에서 사라졌다. 그의 뒷모습이 'F1의 황태자' 미하엘 슈마허가 남긴 말 "지는 것도 인생이다"를 떠올리게 했다. 대한민국에서 첫 대회를 치른 2010 F1 코리아 그랑프리 때의 일이다.

1950년 시작된 F1은 '세계 3대 스포츠'의 하나로 꼽히지만 우리나라에서는 아직 낯선 종목이다. 경기 용어가 어려운 것도 그 이유의 하나일 것이다. 원어를 번역한 '안전자동차(Safety Car)', '선두 출발 우승(Pole to Finish)', '예시장(paddock, 경마에서 그날의 출전마를 관객에게 보이기 위하여 만든 장소)', '달리는 기계(driving machine)', '탈락(retire, 포기)', '(레이스가 종료되었다는 의미로 표시되는) 바둑판무늬 깃발(checker flag)', '순환로(circuit)', '정비소(pit)', '정비사(mehanic)'는 원뜻을 오롯하게 담아내지 못한다. 문화 차이에서 비롯한 생소한 표현을 쉽게 다듬는 일은 F1 그랑프리를 비롯한 자동차 경주 대회의 이해와 저변을 늘리기 위해서도 필요한 일이다.

제7장

투박하지만 정감 있는 토박이말

– 사라지고 있는 살가운 우리말

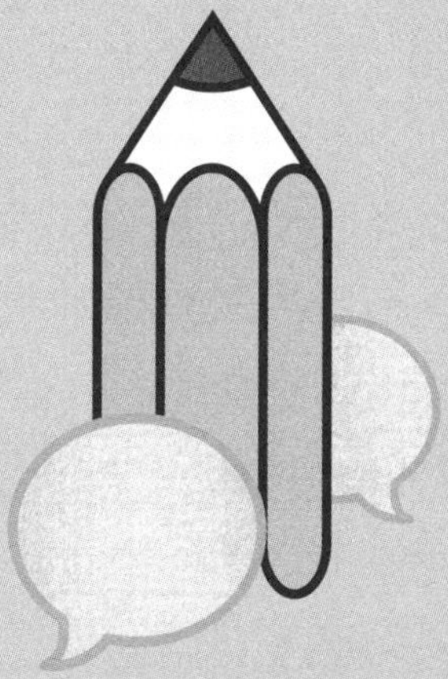

함함하다

뭉툭한 몸집에 네 다리는 짧고 주둥이는 거의 돼지처럼 뾰족한 동물. 야생에서는 낮 동안 나무뿌리 밑이나 바위틈 구멍에 숨어 있다가 주로 밤에 활동하는 동물. 얼굴과 몸, 배와 꼬리, 네 다리를 제외하고는 날카로운 침 모양의 털 1만 6,000여 개가 촘촘히 박혀 있는 이 동물의 이름은 고슴도치이다. 이 녀석을 애완동물로 키우는 사람들이 늘고 있다고 한다. 그래서일까, '고슴도치도 제 새끼는 예쁘다고 한다'는 속담에 볼멘소리로 대거리하는 이들이 있다. '고슴도치보다 못생긴 동물도 많은데, 왜 하필 속담의 주인공으로 삼느냐'는 것이다. 따져 보니 그렇다. 동물의 새끼들은 귀엽고 이파리도 애잎이 곱듯이 어린 생물은 다 예쁘지 않은가.

'어버이 눈에는 제 자식이 다 잘나고 귀여워 보인다'는 뜻을 담은 속담은 '고슴도치도 제 새끼는 함함하다고 한다'이다. '함함하다'는 '털이 보드랍고 반지르르하다'는 뜻이니 이 속담은 '털이 바늘같이 꼿꼿한 고슴도치도 제 새끼의 털이 부드럽다고 옹호한다는 뜻'이다.《표준국어대사전》 인터넷으로 검색해 보니 '고슴도치-예쁘다' 조합이 39만 건으로, 원형인 '고슴도치-함함하다' 조합보다 훨씬 더 많이 쓰인다.(구글 검색) 여기저기 두루 쓸 수 있는 '예쁘다'에 비해 '함함하다'의 쓰임이 털이나 머리카락에 한정되어 있기 때문일 것이다.

다산 정약용은 〈자설(字說)〉에서 낱말의 의미를 이해하지 못한 채 습관적으로 문장을 읽어 버리는 세태를 두고 '단어(字)의 뜻을 제대로 이해해야 글귀(句)가 풀리고, 이를 통해 문장(章)을 파악해야 전체(篇)를 알 수 있다'고 했다[1]. 글을 제대로 읽기 위해서는 낱말의 원뜻을 바르게 알아야 한다는 가르침이다. 속담 풀이도 이 틀에서 벗어나지 않는다. 원 속담인 '고슴도치도 제 새끼는 함함하다 한다'를 널리 써야 하는 까닭도 여기에 있다.

아무개

"아무개 아나운서 맞지요?"

어느 날 택시 기사가 뜬금없이 내게 건넨 한마디이다. 온종일 라디오를 벗하며 사는 택시 기사이니 손님이 누구인지 목소리만으로 알아채는 것은 놀랍지 않은 일이다. 방송 잘 듣고 있다, 요즘은 어떤 방송을 하느냐 따위의 말이 이어졌다. 뒷자리를 흘낏 바라보며 내가 누군지 확인까지 한 기사 아저씨. 내 이름 석 자까지 '강 아무개 아나운서'가 아닌 '아무개 아나운서'라 한 까닭은 무엇일까.

뉴스를 할 때, 사건 사고 소식을 전할 때 흔히 쓰는 표현인 '모 씨'를 나는 '아무개 씨'라 했기에 그랬다. 이를테면 '고속도로 삼중 추돌 사고

1 字義通而后句可解(자의통이후구가해), 句義通而后章可析(구의통이후장가석), 章義通而后篇之大義(장의통이후편지대의).

로 운전자인 김 모 씨가 숨지고 함께 타고 있던 박 모 씨 등 두 명은 크게 다쳤습니다.'는 '… 김 아무개 씨가 … 박 아무개 씨 등…'으로 말이다. 내가 '모 씨'를 '아무개 씨'로 전한 이유는 한자어보다 토박이말을 앞세워서 그런 것만은 아니다. 특정 성씨의 경우 뜻하지 않게 조상을 바꾸기 때문이다. 우리나라 '3대 성씨' 중 하나인 박 씨가 그렇다. '박 모 씨'의 소릿값은 [방모씨]. 기사에서 익명 처리한 '박 씨'가 방송 뉴스에서는 '방 씨'가 되기도 한다. '박 아무개'와 '방 아무개'로 하면 헷갈릴 일이 없지 않은가. 이런 까닭에 나는 한동안 '아무개'를 고집했다.

말과 글은 하나이면서 그렇지 않기도 하다. 방송 말은 뉴스 원고와 구성 대본 등의 글을 바탕으로 하지만 전달은 말로 한다. 소릿값을 제대로 따져 바르게 발음하는 것은 프로그램에 담긴 메시지와 뉴스의 사실을 정확히 전달하기 위한 기본 바탕이다.

-지기

우리나라에서 열린 세계박람회는 대전(1993년)과 여수(2012년), 두 곳에서 개최되었다. 두 박람회 모두 국제박람회기구(BIE, Bureau International des Expositions)가 인정한 '인정 박람회'였다. 세계박람회를 가리키는 '엑스포(EXPO)'라는 명칭은 1967년 몬트리올 박람회 때부터 쓰였다. 이 박람회의 화젯거리는 영국 전시관 여성 안내원의 제복이었다. 메리 퀀트(Mary Quant)가 디자인한 이 제복은 미니스커트였다.《상상력의 전시장 엑스포》, 다우출판, 2012년 엑스포가 미니스커트를 유행시키는 데 큰 몫을 한 셈이다.

세계박람회에서 빼놓을 수 없는 게 안내원이다. 우리나라에서는 '도우미'라고 부른다. 이 말은 '행사 안내를 맡거나, 남에게 봉사하는 요원'으로 대전 엑스포 때 등장한 표현이다. '도우미'는 '도움+이'에 뿌리를 두고 있는 것으로 알려져 있지만 '도움을 주는 우아하고 아름다운 여성'이라는 말의 머리글자를 따서 만든 것으로(여수 엑스포 조직위 자료) '용언의 명사형+-이'로 구성된 '알림이', '가꿈이', '지킴이' 따위와는 다른 형태인 것이다.

문화방송의 김정근, 한국방송(KBS)의 이지애 '아나운서 커플'의 혼인 소식을 전한 한 매체는 "두 사람이 한글날에 맞추어 날을 잡은 것은 평소 '우리말 지킴이'를 자처해 온 아나운서의 직업 정신이 발동한 것"이라며 아나운서를 '우리말 지킴이'로 추어올렸다. 아나운서에 대한 칭찬이 고맙기는 하지만 '우리말지기'라 했으면 더 좋지 않았을까 싶다. 등대지기, 묘지기, 문지기, 창고지기, 청지기…. 이처럼 '-지기'는 예전부터 널리 쓰이고 있었기에 그렇다. 뜻풀이를 살피면 '-지기'를 살려 써야 할 이유가 더 분명해진다. '지킴이(명사)'는 '한 집이나 마을, 공동 구역을 지켜 주는 신(집 지킴이인 터주신, 마을 지킴이인 장승 따위)'이나 '관리자를 달리 이르는 말'이고 '-지기(접미사)'는 '그것을 지키는 사람'《표준국어대사전》이기 때문이다. 명사는 앞말과 띄어 쓰고 접미사는 앞말에 붙여 쓴다.

나발/나팔

나팔은 나팔이고 나발은 나발이다. 원말의 한자 '라(喇, 나팔), 팔(叭, 입 벌릴)'은 하나지만 두음법칙에 따른 형태가 '나팔'이고, 이 말소리가 변한 게 '나발'이다. '관악기의 하나'인 나팔은 '끝이 나팔꽃 모양으로 된 금관 악기를 통틀어 이르는 말'로 '옛 관악기인 나발'을 가리키기도 한다.《표준국어대사전》 남한에서 나팔은 악기에 국한해 쓰지만 북한에서는 '(반드시 악기가 아니어도) 소리가 크게 울려 나오게 만든 기구'도 나팔이라고 한다. 나발은 '놋쇠로 만든 긴 대롱같이 만든 악기'이지만 악기가 아닌 것을 이를 때 쓰기도 한다. 나팔과 나발은 뿌리는 같지만 뜻과 쓰임이 다른 것이다.

'나발'에는 '지껄이거나 떠들어 대는 입을 속되게 이르는 말'이란 뜻도 있다. 북에서는 "'함부로 떠벌이는 당치않은 말이나 허튼소리'를 욕으로 이르는 말"로 풀이한다.《조선말 대사전》 '개나발'은 사리에 맞지 아니하는 헛소리나 쓸데없는 소리를 낮잡아 이르는 말이고, '병나발'은 (나발 불 듯이) 병째로 들이켜 마시는 것이다. '죽나발'은 숟가락으로 떠먹지 않고 그릇을 들고 훌훌 죽을 마시는 것을 낮잡아 이르는 북한말이다. '나발질'은 무슨 뜻일까. 우리 여러 매체들이 '괴뢰 역적들이 개성공업지구가 간신히 유지되는 것에 대해 나발질(헛소리)을 하며…'라는 내용의 북한 중앙특구개발지도총국 대변인 담화를 전하며 '나발질'을 괄호로 묶어 '헛소리'로 풀었다.

당시 북한이 발표한 담화문에 '나발'이 들어간 문장은 세 개였다. '헛나발을 불어 대며…, 모략 나발을 불어 대는 것이야 말로…, 나발질을 하며…'이다. 북한말 '헛나발'은 '허튼소리를 속되게 이르는 말, 사실보다 터무니없이 과장하여 말하는 것'을 뜻하는 것이니 '헛소리'와 비슷한 표현이다. '나발질'은 표제어로 오르지 않은 말로 '헛소리'로 풀기보다는 비하하는 뜻을 더하는 접미사 '-질'이 붙은 '나발+질'의 형태로 보는 게 맞을 것이다. 위 담화문에 '가소롭기 그지없는 망발질…, 존엄을 모독하는 망발질…'처럼 '-질'이 두 차례 더 등장하는 것을 보면 그렇다.

오른쪽

"'오른쪽'을 제 나름의 생각으로 설명하라" 언젠가 냈던 학기말 시험 문제의 하나이다. '정답 없는 문제'의 답은 참으로 기발했다. '운전석에서 조수석 연인과 손잡을 때 내미는 방향', '결혼반지 끼는 반대 손 쪽'라 밝힌 학생은 한창 연애 중인 듯했다. '컴퓨터 자판에서 한글 모음이 있는 쪽', '컴퓨터 화면에서 창 닫기(x)가 있는 방향', '마우스에서 설정이 목적인 버튼이 있는 쪽'은 펜보다 자판에 익숙한 세대임을 드러낸다. '지도를 정면으로 바라보았을 때 독도가 있는 쪽'은 '애국심' 투철한 학생, '남성복의 단추가 달려 있는 쪽'은 의상 디자인학과 학생, '자음 ㄷ의 열려 있는 쪽'은 국문과 학생, '피아노 건반의 음역대가 높아지는 방향'은 음대생, '도다리 주둥이를 마주 보았을 때 눈이 쏠려 있는 방향'은 횟집 딸? 아무려면, 또 아니면 어떤가. 골똘히 말뜻을 새기려는 듯 초롱초롱한 눈빛, 그것으로 되었다.

《표준국어대사전》은 '오른쪽'을 '북쪽을 향하였을 때의 동쪽과 같은 쪽'으로 설명한다. '오른손 방향'(훈+국어사전)으로 싱겁게 풀이한 것도 있지만 국어사전 대부분과 북한의 《조선말 대사전》도 뜻풀이는 같다. 영어권 사전의 뜻풀이 '북쪽을 바라보고 있을 때 동쪽'처럼 동서남북에 기대어 설명하는 방법은 동서를 가리지 않는다.

옛날 국어사전은 어땠을까. '사람이 동쪽으로 향하여 남쪽이 되는 곳'《수정 증보 조선어사전》, 1946년, '동쪽으로 향했을 때 남쪽과 같게 되는 편'《신찬 국어대사전》, 1963년처럼 '동쪽'이었다. '동쪽'이 '북쪽'으로 바뀐 것은 네 방위를 '북남동서'로 부르는 서구 문화의 영향 때문일 것이다. '숫자 10의, 0이 있는 쪽'. 일본 영화 〈행복한 사전〉에 나오는 '오른쪽'의 정의는 신선하다. 방위를 알 수 없어도, 문화가 달라도 쉽게 이해할 수 있는 설명이다. 소설가 김훈은 '언어 존재의 목적은 소통'이라 했다. 소통은 말뜻의 제대로 된 정의와 이해에서 비롯한다.

닭 볏

다음에 설명하는 것은 무엇일까. 스무고개처럼 하나씩 짚어 나가면 어렵지 않게 알 수 있을 만한 무엇이다. 이것은 동물성이다. 전문가들은 이것의 생김을 사물에 빗대어 구별하기도 한다. 장미처럼 생긴 게 있고, 완두콩 또는 호두 모양과 비슷한 것도 있다. 흔히 '관(冠)'을 붙여 장미관, 완두관이라 하는데 이 둘이 섞이면 호두관이 나온다.

이것을 가리키는 방언은 참으로 다양하다. 이것의 주인이 여염집 살림에서 빠질 수 없기에 그럴 것이다. 제주에서는 고달이라 하고, 강원도에서는 면두, 평안도에서는 멘두 또는 벤두미라고도 한다. 경상도 방언으로는 배실, 경북 일부에서는 장다루로 불리기도 한다. 같은 말로는 변두, 육관(肉冠)이 있다. 이것의 생김은 맨드라미와 많이 닮았다. 그래서, 맨드라미를 계관(鷄冠)이나 계두(鷄頭)라 이르기도 한다. 김유정의 《동백꽃》, 박경리의 《토지》를 비롯해 황선미의 동화 《마당을 나온 암탉》에도 등장하는 이것은 무엇일까.

이것은 '빛깔이 붉고 시울이 톱니처럼 생긴, 닭이나 새 따위의 이마 위에 세로로 붙은 살 조각'《표준국어대사전》이다. '우리 수탉을 함부로 해내는 것이다. 그것도 그냥 해내는 것이 아니라 푸드덕 하고 면두를…' 《동백꽃》의 '면두(멘두, 벤두)는 앞에서 보았듯이 방언이다. 영화 〈마당을 나온 암탉〉에서는 '벼슬'이라 했다. 사전은 '벼슬'도 방언으로 다룬다. '닭장에서 비어져 나간 한 마리가… 볏을 세우며 달아난다.'《토지》의 '볏'이 이것을 제대로 가리키는 말이다. 영화 〈마당을 나온 암탉〉의 원작에는 '볏을 가진 족속'이라는 표현처럼 '볏'으로 썼다.

볏은 암탉보다 수탉의 것이 돋보인다. 우람하게 솟아오른 볏에 대감마님 수염처럼 늘어뜨린 아랫볏은 수탉의 위엄을 보여 주는 듯하다. 〈마당을 나온 암탉〉에서 마당을 다스리는 수탉은 유난히 화려한 볏을 내세워 한껏 위세를 부린다. 하지만, 이 수탉의 위엄은 오래가지 못한다. 권위의 상징인 볏이 사실은 '가발'이었음이 드러나기 때문이다. '볏'은 '벼슬'이 아니다.

깃

이런저런 사정으로 회사를 잠깐 쉴 때 오랜 벗의 제안을 받았다. 강원도 철원 지장산 기슭에 있는 도연암에 함께 가자는 것이다. 생태동화작가인 그를 따라 길을 나섰다. 거기서 암자 주인 도연 스님이 거두어 돌보는 새끼 고라니를 만났다. 방 한가운데 주인인 양 퍼더버린 채 누워 있는 그의 이름은 '도란이'. 들고양이에 물려 생사 갈림길에 있던 걸 스님이 보살피고 있는 녀석이다. 깊은 눈동자 끔벅이며 주저앉아 있던 도란이가 가녀린 다리를 일으켜 세우더니 몇 걸음 내딛다 이내 뭉그러진다. 마음은 '겅중겅중'인데 몸은 말 그대로 '하체부실'이었다.

물끄러미 도란이를 바라보는 내 앞에 나를 그곳으로 이끈 작가가 슬그머니 책 한 권을 내밀었다. 경기도 고양시 백로마을을 지켜보며 엮어 낸 책《백로 마을이 사라졌어》이다. 백로가 깃들여 사는 '솔수평이(소나무 숲)'의 생태를 이야기로 담아낸 것이다. '백로나 왜가리나, 두루미나 학이나 그냥 거기서 거기'라 치부하던 내게 그네들이 쇠백로, 중백로, 중대백로, 대백로, 황로, 왜가리, 해오라기, 검은댕기해오라기, 덤불해오라기, 알락해오라기처럼 사뭇 다른 실체임을 알려 주었다. 그리고 또, 다른 앎을 덤으로 귀띔해 주었다. 토박이말이 건네는 살가운 느낌이었다.

치렛깃(몸치장을 위하여 붙어 있는 아름다운 깃), 날개깃(새의 날개를 이루고 있는 깃털) 따위의 말이 그랬다. '깃깃 깃으로 끝나는 말~'은 참으로 많았다. 발갯깃(김 따위에 기름을 찍어 바를 때 쓰는 꿩에서 떼어 낸 깃털), 빼깃(매의 꽁지 위에 표를 하려고 덧꽂아 맨 새의 깃), 솜깃(새의 보드라운 털), 칼깃(새의 날갯죽지를 이루는 빳빳하고 긴 깃), 살깃(화살의 뒤 끝에 붙인 새의 깃=궁깃) 등등…. 오른손잡이가 쓰는 '좌궁깃(새 오른쪽 날개깃으로 꾸민 화살 깃)', 왼손잡이가 쓰는 '우궁깃(새 왼쪽 날개깃으로 꾸민 화살 깃)'도 있었다. 세상에, 쓰는 손에 따라 깃 결을 달리하다니! 우리의 메달밭 '양궁 대회'의 '신궁 신화'는 헛된 게 아니었다.

꼬까울새

꼬까울새를 보았다. 서울 한강 언저리에서 찍어 올린 지인의 사진 덕분이다. 이름이 재미있어 국어사전을 찾아보니 나오지 않는다. 국내에서 처음 발견된 게 2006년 3월 홍도에서였고, 그해 4월에 이름 붙여졌으니 그럴 법하다. 이 새 이름은 '꼬(고)까울+새', '꼬까+울새', 어느 것일까. 녀석을 보면 '고까운(섭섭하고 야속한)'이 아닌 '(알록달록 곱게 만든 아이의 신발이나 옷 같은) 꼬까－'임을 단박에 알 수 있다. 깜찍한 모습을 이름에 담은 것이다.

새 이름을 짓는 방법은 세 가지이다. 생김새를 따서 이름 짓는 것이 하나이고, 몸짓의 특성을 따서 붙이는 게 다른 하나이며, 소리를 흉내 내어 부르는 게 나머지 하나이다. '머리와 멱에 까맣게 검은 줄이 박혀 있는' 곤줄박이, '정수리에 상모 모양의 노란 털이 두드러진' 상모솔새는 생김을 딴 이름이다. '물속의 먹이를 잡아먹으려 숟가락 모양의 부리를 좌우로 흔드는' 저어새, '방정맞게 머리를 깝작이는' 깝작도요새 따위는 행동이나 습성을 담아낸 것이다. 부채꼬리바위딱새처럼 '부채처럼 펼쳐지는 꼬리'와 '바위, 자갈에 주로 앉는' 습성을 엮어 지은 이름도 있다.

아나운서의 관심을 끈 이름은 소리를 흉내 낸 것이다. '뚜루뚜루' 우는 두루미, 울음소리가 물레질의 그것과 비슷한 물레새 등이다. 의성어 '졉졉'에 명사를 만드는 접미사 '-이'가 붙은 '졉이'가 제비가 되었고 울음소리 '갖갖'에 '-이'가 붙은 '갖이'가 까치가 되었다는 얘기에는 수백 년에 걸친 어휘 변화가 담겨 있다.《내 이름은 왜?》, 자연과생태, 2011년

새소리를 통역하려는 이가 있다. "새들의 의사소통 체계가 어렴풋하게나마 잡힐 듯하다"며 오늘도 새를 찾아 나서는 생태동화작가 권오준이다. 새소리도 통역이 될까? 스웨덴 웁살라 대학 미카엘 그리에세르(Michel Griesser) 팀이 발표한 '시베리아 어치들은 25가지 이상의 발성으로 복잡한 의사소통을 한다'는 연구 결과를 보면 가능한 일일 것이다. '살충제 계란'의 해법을 알려 주고, 'AI는 철새 탓'이라는 따위의 주장을 쏙 들어가게 할 '새 지저귐 통역사'의 등장을 기대한다.

처리뱅이

신문과 방송을 읽고 듣고 보는 매체 수용자는 여럿으로 나뉜다. 인쇄 매체를 읽는 사람은 독자. 돈 내고 사서 읽으면 구독자, 특정 매체를 즐겨 보면 애독자가 된다. 텔레비전을 보는 이는 시청자, 라디오는 청취자 그리고 즐겨 듣는 이는 애청자이다. 독자와 시청자는

지면과 전파로 전달되는 정보를 받는 것에 그치지 않고 제보, 문의를 통해 콘텐츠 생산에 참여하기도 한다.

방송사 아나운서 부서에는 프로그램 관련 일거리뿐 아니라 우리말과 글에 관한 문의도 들어온다. 아나운서들이 국립국어원의 '가나다 전화'(1599-9979), 전국 곳곳에 설치된 '국어상담소' 상담원과 비슷한 노릇을 한다고 보면 된다. 이번 얘깃거리는 〈우리말 나들이〉 애청자라고 밝힌 초등학교 교사의 전화 한 통에서 비롯했다.

"'철이뱅이'라는 방언이 있는데 뜻이 무엇이냐?" 사전을 찾아도 나오지 않으니 문의했을 터, 인터넷에서도 쓸 만한 자료를 찾기 어려웠다. '처리뱅이'를 검색하니 답이 나왔다. 잠자리의 경북 방언이다. 흔히 '가을의 전령'으로 알려진 잠자리의 방언을 찾아보았다. 이웃 동네여도 이름이 다를 만큼 잠자리의 방언은 참으로 많았다. 나마리, 밤부리, 밥주리, 붓쟁이, 잰자리, 철랭이, 오다리, 자마리, 찰랑개비, 철랭이, 청뱅이, 촐뱅이, 철구, 부잰째리, 곰부리, 잼자리…. 지금껏 '잠자리' 하나만을 잠자리로 알고 지낸 서울내기인 내게는 신선한 충격이었다.

진화사회학자인 다니엘 네틀(Daniel Nettle), 언어학자인 수잔 로메인(Suzanne Romaine)은 《사라져 가는 목소리들(Vanishing Voices)》에서 '언어의 사멸은 생태계 붕괴의 한 부분'이라며 '고유 문화를 담는 그릇인 언어의 보존'을 역설했다. 지역 정서와 문화가 담겨 있는 방언은 훌륭한 문화유산이다. 표준어를 앞세워 지역어가 숨 쉴 공간 빼앗는 일은 피해야 한다. 최근 한 오락프로그램에 출연한 원로 아나운서가 후배들에게 "우리말을 아끼고 보존한다는 데 자부심을 가져라"며 '청뱅이(잠자리)'를 보기로 든 까닭도 방언이 소중한 언어 유산임을 알리기 위해서였을 것이다.

안갚음

진나라 무제가 높은 관직을 내렸지만 이를 고사한 신하가 있다. 그는 자신을 까마귀에 비유하면서 "까마귀가 어미 새의 은혜에 보답하려는 마음으로 조모가 돌아가시는 날까지만 봉양하게 해 달라" 하였다. 이밀(李密)의 《진정표(陳情表)》에 나오는 이야기이다. 까마귀는 부화한 지 60일 동안은 어미가 새끼에게 먹이를 물어다 주지만 이후 새끼가 다 자라면 먹이 사냥에 힘이 부친 어미를 먹여 살린다고 한다. 그래서 까마귀를 '되돌려(反) 먹이는(哺)' 새라는 뜻을 담아 반포조(反哺鳥)라 하기도 한다. 이런 연유로 반포지효(反哺之孝)는 어버이의 은혜에 대한 자식의 지극한 효도를 뜻한다.

'판검사 돼라 닦달에 …부모 기대 부담감에 …빗나간 교육열, 끊이지 않는 비극'이란 제목의 기사가 반포지효를 떠올리게 했다. '공부 스트레스'로 부모를 시해하는 원인을 '교육 병리의 한계'로 다룬 전문가들의 분석에 공감했다. 아이들의 '극단적인 선택'은 상당 부분 어른들의 책임이다. '1등 지상주의, 성적 중심주의'의 사회는 어른들이 만들었기 때문이다. 내 자식 잘못되기를 바라는 부모는 아마 없을 것이다. 부모의 사랑을 거부할 자식 또한 없을 것이다. 부모의 빗나간 기대감은 자식의 앙갚음을 불러온다. 앙갚음은 '남이 저에게 해를 준 대로 저도 그에게 해를 줌'《표준국어대사전》이다.

보복을 뜻하는 앙갚음의 대척점에 안갚음이 있다. '안'은 마음을 뜻한다. 안갚음은 마음을 다해 키워 준 은혜를 갚는다는 뜻으로 '자식이 커서 부모를 봉양하는 일', 곧 반포지효를 두고 이르는 말이다. 아이들의 행복과 자신의 기대 충족 욕망을 혼동하며 자식 닦달하는 사람이 흔한 세상이다. 하지만 '이웃 생각하지 않고 자기만 잘 살면 된다고 여긴다면 성적이 아무리 좋아도 내 자식이 아니'라며 더불어 살아가는 사회의 중요성을 가르치는 부모도 적잖다. 자식에 대한 빗나간 사랑은 아이들을 엇나가게 할 수 있다. 받침 하나 차이로 뜻이 달라지는 앙갚음과 안갚음처럼 말이다.

태어나다

건국신화에는 시조가 알에서 왔다는 난생설화가 많다. 둥근 알을 태양으로 보았기 때문이다. 태양은 곧 하늘이니 건국 시조는 하늘에서 알을 빌려 내려온 것이라 믿었던 시대의 일이다. 고구려를 세운 고주몽, 신라의 박혁거세, 가야의 김수로왕 등이 난생설화의 대표적인 주인공이다. '유화는 그 알을 따뜻하게 덮어 주었고 얼마 지나지 않아 사내아이 하나가 알을 깨고 나왔다'(고주몽), '그는 하늘에서 내려온 백마가 낳은 알에서 출생했다'(박혁거세), '6개의 알에서 남자아이들이 태어났는데, 제일 먼저 사람으로 변한 것이 수로였고…'(김수로왕) 등은《위키백과》에 나온 설명이다. 모두 알에서 비롯했는데 '(알을) 깨고', '(알에서) 출생', '(알에서) 태어나' 세상에 나온 것이다. 표현의 차이만 있는 것일까.

'태어나다는 태 없이는 불가능한 표현'이라는 주장을 들은 적이 있다. 문화방송 다큐멘터리 〈남극의 눈물〉에 '태어나다'가 잘못 쓰였다는 것이었다. "'갓 태어난 새끼는 털이 없는 맨몸에 온도 조절 능력이 없어서…'처럼 '펭귄이 태어났다'는 표현은 바르지 않다"는 내용이었다. 일리 있는 지적이다. '태어나다'는 '사람이나 동물이 형태를 갖추어 어미의 태(胎)로부터 세상에 나오다'《표준국어대사전》는 뜻이니 난생동물에게는 해당되지 않는다. '해산', '태어남'과 한뜻인 '출생'도 마찬가지이다. '태어나다'는 이처럼 어미와 태로 연결된 젖먹이 동물에게만 쓸 수 있는 표현이지만 꼭 그렇게 볼 일만은 아니다.

'동물이나 사람이 (사람이나 동물이) 꼴을 갖추어 세상에 나오다'《우리말큰사전》, 《연세 한국어사전》처럼 '태어나다' 뜻풀이에 '어미의 태(胎)'를 적시하지 않은 사전은 여럿이다. '태(胎)'를 '태어나다'의 어원으로 볼 근거도 확실하지 않다. 다행히 국립국어원은 "'태어나다'가 비유적인 뜻을 나타내기도 한다는 점을 고려하여, 의미의 뜻풀이 추가를 검토하겠다"고 한다. 펭귄은 물론 닭과 공룡, 개구리도 태어날 수 있는 길이 하루속히 열리게 되기 바란다.

하룻강아지

'꺼져', '죽여 버려', '빨갱이', '(비정규직) 조리사는 생산성 낮은 밥하는 아줌마'…. 국회의원이 한 발언의 일부이다. 정당 대표 국회연설 때면 '막말 공방'이 심심찮게 등장한다. 연설 중계방송의 '오프마이크'를 통해 장내 소란이 고스란히 생방송으로 전파를 탔던 적도 있었다. 이런 경험이 쌓여 '막말'은 그저 그런 '국회의 일상'이라 여기는 게 현실이 된 듯하다. '너나 잘해'라고 외친 여당 대표, 이름에 빗대 '철수해라'라고 비아냥댄 국회의원의 발언은 얘깃거리로 삼기 민망하다. 현장 분위기에 휩쓸려 '어쩌다 보니 튀어나온' 실수였을 것이라 덮어 두고 싶을 정도이니까.

여야 서로가 '새정치민주연합'을 '새민련'으로, '새누리당'을 '새리당'이라 부르며 치고받는 모양도 점잖아 보이지 않았다. 지금이라고 다를까. '자유한국당'을 '자한당'이라 칭하는 것도 크게 다르지 않다. '내 이름을 이렇게 불러 달라' 하면 그 뜻을 존중하는 게 기본이기 때문이다.

'하룻강아지'를 입에 올린 어느 정당 대변인 말도 있었다. 공식 브리핑을 통해 '초년생 당 대표가 상대 당 대표를 향해 인신공격성 발언을 서슴지 않은 것'이라 단정했기 때문이다. 상대 당 대표를 '범에게 달려드는 하룻강아지' 꼴로 만든 것이다.

사전은 '하룻강아지'의 비유적인 뜻을 '사회적 경험이 적고 얕은 지식만을 가진 어린 사람을 놀림조로 이르는 말'로 풀이한다. '하룻강아지'는 '태어난 지 하루 된' 강아지를 가리키는 말이 아니다. '하룻'은 '나이가 한 살 된 소, 말 따위를 이르는 말'인 '하릅'이 변한 것으로 보는 게 통설이다. 우리 조상들은 하릅(1), 두습(2), 사릅(3), 나릅(4), 다습(5), 여습(6)…처럼 가축의 나이를 달리 매겼다. 하룻망아지, 하룻비둘기처럼 하룻강아지는 '한 살 된 강아지'인 것이다.

'하루 된 강아지'의 근거로 꼽히는 '일일지구(一日之狗) 부지외호(不知畏虎) 하룻강아지 범 무서운 줄 모른다.'는 중국 속담이 아니다. 다산 정약용이 고유 속담을 한문으로 옮겨 1820년에 펴낸 《이담속찬(耳談續纂)》이 출처이다. 갓 태어난 강아지는 눈도 뜨지 않은 '눈에 뵈는 게 없는' 존재인 것이니, '하룻(하릅)'의 뜻을 착각한 것으로 보인다. 한 살 된

강아지쯤 되어야 찧고 까불며 나댈 수 있는 것이다.

포뢰

"용의 아홉 자식을 '구룡자(九龍子)'라 하는데 성격이 다 달랐다. 그 중 툭하면 울음 터뜨리는 유약한 녀석이 셋째 아들인 '포뢰(용처럼 생긴 상상의 동물)《고려대 한국어대사전》'이다. 이 녀석은 목청이 좋지만 겁이 많은데 특히 고래를 무서워해 고래가 나타나면 '고래고래' 소리쳐 울었다. 종을 매다는 고리를 대개 '포뢰' 형상으로 만드는 연유가 그래서이다. 종을 치는 통나무에 고래를 새기거나 그 형태로 깎은 게 있는 것도 이런 까닭이다."

'유점사 청동범종'을 설명한 국립중앙박물관 해설사 말의 한 대목이다. 박물관을 둘러보는 재미는 전문가의 도움말 덕분에 더 쏠쏠했다.

박물관 한편에 펼쳐져 있는 병풍을 가만히 지켜보고 서 있노라니, 붉은색이 유난히 도드라져 보였다. 조선 정조 때 것이니 200년을 훌쩍 넘긴 것인데, 빛깔은 여전히 고왔다. 색이 여태 안 바랜 까닭이 무엇이냐, 물으니 놀라운 답이 돌아왔다. 안료의 성질도 중요하지만, 무엇보다 채색 방법이 달라서라는 것이다. 빛깔을 선명하게 하고 변색을 늦추는 '배채법' 덕분이라는 것. '배채'는 종이나 비단 뒷면에 물감을 칠해 앞으로 드러나게 하는 것이다. '포뢰', '배채'의 뜻을 제대로 새기려 국어사전을 찾아보았다. '배추의 방언(평안, 함경)'으로 '배채'가 나올 뿐 제 뜻에 걸맞은 풀이와 표제어는 나오지 않았다.《표준국어대사전》 박물관에 살아 있는 말이 사전에는 없는 것이다.

《표준국어대사전》을 비롯해 '방대한 어휘'를 자랑하는 국어사전을 들추고 검색해도 나오지 않는 낱말은 '포뢰', '배채'뿐이 아니다. '우리는 물론 일본조차 쓰지 않는 한자어까지 실어 한자어 비중을 부풀렸고, 일제가 우리말을 한자어로 바꿔 쓴 낱말을 그대로 담았으며, 남북한 언어를 아우르려는 욕심에, 1992년에 나온 《조선말 대사전》을 그대로 베껴서 섞어 냈다'《위키백과》는 비판은 괜한 것이 아니었다. 2016년 10월부터 시범 운영 중인 '우리말샘(개방형 한국어 지식 대사전, opendict.korean.go.kr)'이 이런 비판을 잠재울 수 있기 바란다.

한글박물관

1443년 훈민정음 창제, 1445년 《용비어천가》 지음, 1446년 훈민정음 반포, 1894년 갑오개혁 때 조선 공식 문자로 '국문' 채택. 1907년 '국문연구소' 설치. 1911년 일제의 '조선 교육령'에 따라 '국어'의 자리를 일본어에 빼앗기며 '조선어'가 됨. 1921년 조선어연구회(한글학회) 창립, 1926년 '가갸날(한글날)' 제정, 1933년 '한글마춤법(맞춤법) 통일안' 발표. 1940년 일제에 의해 우리글 책 출판 금지, 1942년 조선어학회 수난 사건 발생. 1957년 한글학회 《우리말 큰사전》 완성함. 1990년 국립국어연구원(국립국어원) 설치, 2005년 국어기본법 발표, 2014년 국립 한글박물관이 문을 엶.

한글박물관을 훑어보며 새롭게 안 사실도 있다. 정부 수립 이후 처음 나온 1948년 1학년 국정교과서 이름은 '바둑이와 철수'이고 주인공은 철수, 순이, 영이('영희'가 아니다), 바둑이라는 것. 'ㅏ'는 '위 아', '아래아(ㆍ)'는 16세기 이후 글 교재로 쓰인 '언문 반절표'의 순서 '가갸거겨고교구규그기ㄱ'에서 나온 이름이라는 것. '나랏말ᄊᆞ미…'로 시작하는 훈민정음 서문의 글자 수는 108개로 세종대왕의 불심이 담겨 있다는 것. 정조를 비롯한 임금과 김정희 등 양반도 한글을 썼다는 것 따위이다.

박물관 1층에 있는 도서관의 한쪽을 밀면 벽이 스르르 돌아가며 숨겨진 공간이 나온다. 벽이 책꽂이가 되는 '비밀방'은 어린이들이 재미있어 할 곳이다. 2층의 상설 전시실, 3층 특별 전시실과 한글 놀이터의 꾸밈도 눈길을 끈다. 시시콜콜한 재미를 안겨 주는 전시를 본 뒤 '한글박물관은 문자뿐 아니라 문화를 다루는 주제 박물관'이라는 담당자의 얘기에 고개가 끄덕여졌다. 이야기 엮기(스토리텔링) 방식의 전시 연출 덕분이다. 관람을 마친 뒤 박물관 직원 여럿에게 물었다. '전시물 가운데 딱 하나 골라 자랑할 게 있다면?' 답은 이구동성이었다. '정조 어필 한글 편지첩'. 백성은 물론 사대부와 임금도 한글을 썼다는 증거이기 때문일 것이다.

한글박물관은 서울 용산구에 있는 국립중앙박물관 옆에 있고 공짜로 들어갈 수 있다. 서울 이촌역에서 5분이면 걸어갈 수 있다.

고명딸

'시험 제작·방송을 통해 시청자와 광고주의 반응을 바탕으로 정규 편성을 결정하는 프로그램'을 파일럿 프로그램(pilot program)이라 한다. '맛보기 프로그램'인 셈이다. 파일럿 프로그램으로 시작해 정규 편성으로 자리 잡았던 〈사남일녀〉가 있었다. 전기도 들어오지 않는 첩첩산중의 주인공을 찾아 연예인 몇이 그들의 자식 노릇을 한다는 설정이다. '신개념 리얼리티 관찰 프로그램'을 내세운 이 제작물의 출연자는 단출했다.

외딴곳에 사는 노부부와 자식뻘의 남자 넷, 여자 하나. 거기에 개 몇 마리가 양념처럼 등장했다. 첫 방송 때 고개 갸웃거리게 한 대목이 나왔다. '4남 1녀의 외동딸을 소개한다'는 자막이다. '아들 많은 집의 외딸'은 '고명딸'이고, '외동딸'은 무남독녀를 이르는 말로 알고 있었기 때문이다. 확인해 보니 꼭 그런 것만은 아니었다.

'외동딸'은 '외동아들(외아들)'처럼 '외딸'을 귀엽게 이르는 말이다. 사전은 '외딸'을 '다른 자식 없이 단 하나뿐인 딸'로 설명하면서 다음 뜻으로 '다른 여자 동기 없이 하나뿐인 딸(독녀)'로 풀이하고 있다. 아울러 뜻풀이 뒤에는 참고 어휘로 '고명딸'을 제시하고 있다. 두 번째 뜻풀이에 따르면 '4남 1녀의 외동딸'이 틀린 표현은 아닌 것이다. 그래도 이 경우에는 '고명딸'이라 콕 찍어 표현하는 게 낫겠다. '고명딸'이라 하는 것이 뜻을 분명하게 할뿐더러, 이 말의 어원을 밝혀 보면 '외동딸'보다 한결 살갑게 다가오는 표현이기 때문이다.

'고명딸'은 '고명+딸'로 분석된다. '고명'은 '모양과 빛깔을 돋보이게 하고 맛을 더하기 위해 음식 위에 얹거나 뿌리는 것을 통틀어 이르는 말'이다. '고명딸'은 음식을 만들 때 주재료 위에 예쁘게 장식하는 고명처럼 아들만 있는 집에 예쁘게 있는 딸이라는 의미를 담고 있다. '고명딸'을 전남과 평안 지방 방언에서 '양념딸'이라고 하는 데에서도 알 수

있다. '고명딸'은 고명처럼 예쁜 딸이란 뜻이다.('21세기 세종계획 누리집')
'고명'에 기대어 나온 '고명 아들'이 없는 까닭은 그래서일 것이다.

경텃절몽구리아들

앞서 글감으로 삼았던 프로그램 누리집의 내용을 살펴보았다. 남자 출연자 넷을 첫째(아들), 둘째, 셋째, 넷째로 소개하고 '일녀'인 여자 출연자는 '고명딸'이라 했다. '외동딸'과 '고명딸'의 본뜻과 말맛 차이를 밝혀 놓은 것이다. "'(음식의)고명+딸' 형태인 것을 이참에 알았다"는 독자도 여럿 만났다. 내친김에 사전 속의 '딸'과 '아들'을 찾아 나섰다. 그에 담긴 뜻을 더듬고 어원을 들추어 보니 사전 속의 '딸'은 어휘 수, 담긴 뜻에서 '아들'보다 더 후한 대접을 받았다.

'알딸딸', '도리깨아들(도리깻열)'처럼 사람과 관계없는 표현을 빼고 헤아려 보니 '-아들'(33개)보다 '-딸'(44개)이 붙은 말이 많았다.《표준국어대사전》 좋은 뜻을 담아 '첫딸'을 이르는 '복딸(福-)'은 있지만 '복아들'은 없었다. '딸'에는 '귀동딸(貴童-)', '금딸(금같이 귀한 딸, 북한어)' 같이 입꼬리 올라가게 하는 단어가 눈에 띄지만 '아들'은 달랐다. '실없다(實--)'가 붙으면 '시러베아들(실없는 사람을 낮잡아 이르는 말)'이 되고 '홀(짝이 없어 혼자뿐인)'이 얹히면 '호래아들(후레아들)'이 된다. 배운데 없이 제풀로 막되게 자라 교양이나 버릇이 없는 사람을 낮잡아 이르는 말이다.

아버지와 딸(아들)을 아우르는 말은 '아비-'가 아닌 '어비딸(어비아들)', 어머니와 딸(아들)을 이르는 표현은 '어미-'가 아닌 '어이딸(어이아들)'이다. 아버지(어머니)의 어원이 '어비(어이)'인 까닭이다. 아버지와 어머니를 아울러 이르는 말은 그래서 '어버이'이다. '어버이'는 이제 '엄빠(엄마+아빠)'로 통한다. '-아들' 가운데 익살맞은 표현이 눈에 띄었다. '경텃절몽구리아들'이 그것이다. '경텃절'은 '정토(淨土)의 절'이 변한 말이고, '몽구리'는 '바싹 깎은 머리, 중을 놀림조로 이르는 말'이니 '머리를 빡빡 깎은 사람을 비유적으로 이르는 말'이다.《고려대 한국어대사전》

개쓰레기

배다해, 강다니엘, 여자친구, 공민지, 불후의 명곡, 박재상, ink 콘서트, 폴 포츠, 맨시티 리버풀, 고효준. 2017년 9월의 한 주말 저녁 무렵의 한 포털사이트 '실시간 이슈 검색어'이다. '실검' 상위 10개 검색어 모두 연예와 스포츠 얘기이다. 다른 포털사이트의 '핫 토픽 키워드'도 크게 다르지 않았다. 신문과 지상파 방송 등의 매체는 거의 다루지 않는 화제가 온라인 매체에서는 만발한다. 한 연예인의 부부 싸움이 명절을 맞아 한데 둘러앉은 식구들의 입길에 오르기도 했다. 사건의 장본인인 남편이 울먹이며 한 "기자의 왜곡 보도로 (자신은) '개쓰레기'가 되었다"는 인터뷰는 자막까지 덧입혀 고스란히 방송되었다.

어느 케이블방송이 보도한 가십성 기사의 '사실'과 '진실' 여부를 떠나 새삼 떠오른 게 '개-'의 뜻이다. 접두사 '개'에는 세 가지 뜻이 있다. '야생의, 질 떨어지는(개나리, 개머루, 개오동, 개살구)', '헛된, 쓸데없는(개꿈, 개죽음)', '정도가 심한, 엉망진창(개고생, 개꼴, 개판, 개망신)'의 뜻이다.

개차반은 '개가 먹는 음식, 즉 똥을 가리키는 말로, 행실이 더럽고 막된 사람을 욕하여 이르는 말'이다.《고려대 한국어대사전》 '개쓰레기'는 사전에 없는 말이다.

몇 년 전 통신사 광고에 '개고생'이 나왔을 때 갑론을박이 있었다. '비속어를 방송 광고에 썼다'는 게 이유였다. 당시 방송광고심의회는 '《표준국어대사전》에 등재된 표준어라면 문제가 없다'는 결정을 했지만, '개고생'은 1920년 이후 80년 동안 어떤 신문에도 등장하지 않았고 (네이버 검색 기준), 같은 시기에 나온 국어사전에도 오르지 않는 말이었다. 일상에서는 썼지만 '공공 언어'는 아니었다는 방증이다. 21세기가 되었어도 공공 언어의 가치는 달라지지 않는다. 방송과 신문이 다루는 표현의 자유는 언어의 공공성과 나란히 할 때 제대로 굴러간다.

좋은 발음

라디오 청취율 1위를 다투는 한 프로그램의 출연자가 "(김연아 선수는) 새로운 '슬레임'으로 다가오고 있습니다"라 했다. 여자 진행자가 멈칫하는 느낌이 전파 너머로 느껴질 순간 남자 진행자가 "영어가 아닌, '설레임!'" 하며 잡아챈다. "아, '슬레임'이 아니라 '설·레·임' 입니까?"로 되받은 출연자. '설렘'이 맞는 말이지만, '사투리가 귀엽다'는 청취자의 반응을 전하며 프로그램은 마무리했다. 그런가 하면, 그 옛날 어려웠던 청소년기를 얘기하며 '특수상고'를 졸업했다고 힘주어 말한 국어 선생님이 있었다. 그 학교가 '덕수상고'였음을 알게 된 것은 한참 뒤의 일이다. "(중랑구) '묵동'ㅎ아파트 가자고 했던 손님, 혹시 싶어 되물으니 (양천구) '목동'이었다"는 택시 기사를 만난 적도 있었고. 모두 'ㅓ/ㅡ' 구별이 모호한 경상 방언 때문에 생긴 일이다.

영화 〈마이 페어 레이디(My Fair Lady)〉에는 말씨가 엉망인 꽃 파는 처녀와 그의 말투를 다듬어 사교계에 데뷔시키겠다, 덜컥 장담하는 음성학자가 나온다. 그의 호언은 현실이 되고 영화는 행복 결말(해피 엔딩)로 끝난다. [h] 음가를 제대로 내기 위한 '촛불 불기'로 [후]와 [하] 따위의 후음을 익히고, '입에 구슬 넣고 발음하기'처럼 조음기관 길들이기로 모음의 바른 소릿값을 만드는 방법 등이 영화에 등장한다. '스페인에서 비는 평야에만 내린다(The rain in spain stays mainly in the plain)'를 되뇌며 [r]과 [l]의 소릿값을 익혀 가는 주인공의 노력은 '제값'을 한다. 훈련과 연습으로 발음 바룰 수 있음을 영화는 보여 준다. 좋은 발음, 곧 정확한 발음의 출발은 '법학[버박]', '밑을[미슬/미츨]', '그렇지[그러지]'가 아닌 [버팍], [미틀], [그러치]처럼 연음을 제대로 살리는 것이다.

모음 소릿값을 지키는 것 또한 중요하다. '6모음(ㅣ, ㅏ, ㅜ, ㅗ, ㅔ/ㅐ, ㅡ/ㅓ) 체계'인 경상 방언 화자도 반복 훈련으로 정확하게 발음할 수 있는 것이다. 국립국어원 누리집(www.korean.go.kr)의 '바른소리'는 좋은 발음의 길잡이로 삼을 만하다. '바른소리'의 여자 목소리의 주인공은 KBS 박경희 아나운서이다. 남자 아나운서는 누구일까. 스스로 밝히기 스스러우니 직접 확인하시기 바란다.

▶ '바른소리(www.korean.go.kr/hangeul/cpron/main.htm)'는 국립국어원 누리집 왼쪽 메뉴 '국어·한국어 교육'에서 '바른소리'를 찾으면 된다.

지슬

대만 총통부 건너에는 '백색공포정치수난자기념비(白色恐怖政治受難者紀念碑)'가 있다. 1947년 2월 27일 전매품인 담배를 팔던 여성을 단속하는 과정에서 비롯된 '228 사건'의 희생자를 기리기 위한 것이다. 대륙에서 온 '외성인'이 원주민인 '내성인'을 과잉 진압하면서 촉발된 이 사태는 28일에 타이베이시 전역으로, 그 이후에는 대만 섬 전역으로 확대되어 계엄령이 선포되었다. 1987년까지 40년간 이어진 '백색 공포'로 희생된 사람은 최대 2만 8,000명으로 추산되고 있지만 실체는 여태 분명히 밝혀지지 않고 있다.

대만의 '228 사건' 이듬해인 1948년 제주에서는 '4.3 사건'이 발생했다. '섬 해안선 5km 밖의 모든 사람을 무조건 사살하라'는 명령으로 당시 제주 인구의 10분에 1이 희생된 사건이다. 이 사태를 배경으로 한 영화 〈지슬〉을 15만 관객이 관람했다. 〈지슬〉을 보는 관객은 눈물 콧물 훔치다가 어느새 키득대며 웃는다. '일제 총, 미제 총'을 두고 승강이하는 대목, 제 목숨 위태로운데도 '홀로 남은 돼지 밥'을 걱정하는 원식이 삼촌의 대사에서는 웃음이 터지고, 무동 어멍(어머니)이 불에 타 죽으면서 남긴 감자, 군인에게 유린된 순덕의 주검 옆에 놓인 감자를 보면서 눈물이 흐른다. 제목이 '지슬'인 까닭이 여기 있을 것이다.

당시 새싹 기업(스타트업)을 이끌며 달려가던 '리니어블' 문석민 대표에게 〈지슬〉을 본 소감을 물었다. 그의 고향이 제주였기 때문이다. 전화로 물었는데 이메일로 답을 주었다. '4.3 사건'에 대한 소회보다 '대사의 사실성'에 주목한 내용이었다. 스타트업 대표다웠다. 뭍의 관객을 위해 자막 처리한 사투리는 물론이고, 상황 속 대화도 '토박이의 실상을 잘 담아냈다'는 것이다. '어른들과 대화하는 시간보다 TV를 접하는 시간이 많은 젊은 층은 지슬이 무슨 말인지 영화를 통해 비로소 알게 되었다'고 밝힌 그의 답장은 이렇게 끝났다. "말과 역사가 사라져 가고 있습니다. 4.3과 감저(고구마)와 지슬(감자)이 모두 잊혀져 갑니다". 그의 말에는 잊혀 가는 '4.3'과 사라져 가는 제주 사투리에 대한 아쉬움이 담겨 있었다.

≫ 재미있는 제주 방언은 다음과 같다. 더 자세한 내용은 네이버 국어사전>방언을 찾아보면 된다. 제주 방언에 관심 있는 사람이라면 《표준어로 찾아보는 제주어 사전》을 참고하는 것도 좋다.

제주 방언	뜻
가개비	개구리의 방언
가골라비	가오리연의 방언
가냐귀	까마귀의 방언
가마귀뭉게, 가마귀방석	불가사리의 방언
나록	벼의 방언
나리카르다	타이르다(잘 깨닫도록 일의 이치를 밝혀 말해 주다)의 방언
날개기	지느러미(물고기 또는 물에 사는 포유류가 몸의 균형을 유지하거나 헤엄치는 데 쓰는 기관)의 방언
다고마지	턱살의 방언
닥서렁	닭의어리(나뭇가지나 싸리 따위로 엮어 닭을 넣어 두는 물건)의 방언
닷닷하다	따뜻하다의 방언
마농지	마늘장아찌(마늘이나 마늘종, 마늘잎을 식초와 설탕에 절여 진간장에 넣어 두었다가 간이 밴 다음에 먹는 반찬)의 방언

▶ 실제로 사용되는 말인지 한 번 더 확인하고 싶어 제주 청년에게 물어보니 날개기, 마농지는 들어봤다고 한다. 하지만 실제 제주 청년들도 많이 사용하지는 않는 말들이며, 닷닷하다는 또똣하다나 맨도롱하다를 더 많이 들어봤다는 답변이 왔다. 〈맨도롱 또똣〉은 기분 좋게 따듯한이라는 제주어로 MBC에서 방송되었던 드라마 제목이기도 하다.

배뱅이

'서도소리의 명인, 국악 근대사의 살아 있는 전설'로 대변되는 이가 있다. 서도소리 예능 보유자 이은관 선생이다. 선생이 작고하기 한 해 전, 백제 설화 '도미의 아내'를 서도소리로 엮어 부르는 그를 화면에서 만났다. 당시 아흔일곱이었던 명인의 소리는 변함없이 카랑하고 쩌렁했다. 17분 45초 동안 쉼 없이 이어진 절창을 넋을 놓고 지켜보았다. 우리 소리를 쉽게 풀어내려 한 제작진의 배려가 프로그램 여기저기에 녹아 있었다. 사투리, 어려운 한자 성어를 자막으로 풀어주는 것도 그중의 하나이다.

'화용월태는 양귀비요(꽃과 달 같은 자태는 양귀비를 닮았고)', '똑같이 가장(변장)을 시켜'같이 대체로 잘 옮겼지만 '화촉동방(첫날밤에 켜는 초에) 불 밝힐제', '하해(하늘과 땅) 같은 우리 낭군'처럼 그렇지 않은 경우도 있었다. 화촉동방(華燭洞房)은 '첫날밤에 신랑 신부가 자는 방'이니 괄호는 '화촉' 뒤에 들어서야 맞는다. 큰 존재를 비유적으로 이르는 표현인 하해(河海)를 '하늘과 땅'으로 설명한 것은 잘못이다.

이은관 선생의 공연을 보며 '배뱅이'가 떠오른 것은 자연스러운 일이었다. '왔구나, 왔소이다, 왔소이다~'로 유명한 이 타령을《표준국어대사전》은 '배뱅잇굿'으로,《우리말 큰사전》은 '배뱅이굿'으로 다루었다. '배뱅잇굿[배뱅읻꾿]'은 '한글맞춤법 제30항'에 해당한다고 보았기 때문일 것이다. 서도소리보존회 관계자와 동료 아나운서의 발음은 하나같이 예사소리로 끝나는 [배뱅이굳]이었다. 문화체육관광부 산하에는 '배뱅이굿보존회'가 있고, 문화재청 누리집에도 '배뱅이굿'으로 올라 있다.《표준국어대사전》 표제어 가운데 '-굿'으로 끝나는 낱말 282개 중에 [-꾿]으로 소리 나는 경우는 '당굿', '멧굿' 등 몇 개를 빼곤 [-굳]이었다. '배뱅잇굿'은 1984년 처음 신문에 등장했지만 '배뱅이굿'은 1935년 이후 꾸준히 기사에 쓰이고 있고, 2000년 이후 검색 결과도 462건(배뱅이굿), 99건(배뱅잇굿)으로 차이가 크다.(네이버 뉴스 검색) '배뱅잇굿[배뱅읻꾿]'을 바루어야 할 이유가 여기에 있다.

▸ 2013년 3월에 쓴 글이다. 2017년 현재《표준국어대사전》의 관련 표제어는 '배뱅이굿'으로 바뀌어 있다. 오영진(인명)의 뜻풀이에는 아직 '배뱅잇굿'이 살아 있다. 오영진: 극작가(1916~1974). 호는 우천(又川). 주로 향토적인 소재에 한국적인 해학을 담으려 하였다. 작품에 〈배뱅잇굿〉, 〈맹 진사댁 경사〉, 〈시집가는 날〉 따위가 있다. 이 사전을 참고했을《고려대 한국어대사전》은 '배뱅이굿'을 아직도 '배뱅잇굿의 비표준어'로 다루고 있다.

제8장

명확한 말글살이를 위한 바루기

– 일상 속 잘못 쓰고 있는 우리말

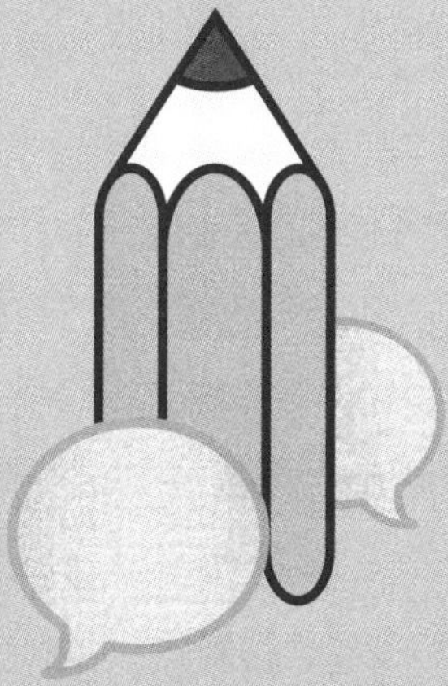

표피

겨울에 들어선다는 입동의 날씨를 보고 조상들은 그 해 겨울 추위를 예상했다고 한다. '입동 날씨가 따뜻하지 않으면 그 해 겨울 바람이 심하게 분다'며 제주 사람들이 점치는 것처럼 입동이 추우면 그 해 겨울이 추울 것으로 내다본 것이다. 입동에 춥지 않다면 겨울 한파를 걱정할 일은 없을 것이다. 그래서일까, 입동이 춥지 않던 어느 해의 기상청 예보도 그 해 겨울에 큰 추위는 없을 것으로 전망했었다.

입동은 겨울나기 준비를 시작하는 때이기도 하다. 겨우내 먹을 김장을 하고 옷장의 겨울옷을 꺼내 손질할 시기인 것이다. 백화점을 비롯한 의류 매장에는 지난달부터 겨울옷이 걸리기 시작했으니 유행을 따르는 새 옷 장만은 그 무렵에 이미 시작된다. 겨울옷 소재로 빠지지 않는 게 가죽이다. 옷 만들 때 쓰는 가죽은 무두질한 것이다. 무두질한 염소나 양의 부드러운 가죽은 '섀미'(chamois)이고, 새끼 양이나 새끼 소 따위의 가죽을 보드랍게 보풀린 가죽은 '스웨이드'(suede)이다.《표준국어대사전》 '쎄무'나 '세무'가 아닌 것이다. 일본어 '레자(レザー)'는 '인조 가죽'으로 다듬어 쓰는 게 맞다. 일본어 찌꺼기는 '골덴'과 '가디간', '비로도'에도 남아 있다. 누빈 것처럼 골이 지게 짠 옷감은 '코듀로이'나 '코르덴'이고, 앞자락이 트여 단추로 채우게 되어 있는 스웨터는 '카디건'이다. 크림전쟁 당시 이 옷을 즐겨 입은 영국의 카디건 백작 이름에서 유래한 바로 그 옷이다. 포르투갈어(Velodo)에서 온 말로 우단, 벨벳과 같은 뜻인 일본어 '비로도(ビロード)'는 '비로드'로 써야 반듯한 외래어이다.

옷 태에서 빠질 수 없는 게 무늬이다. '호피 무늬로 포인트를 주면 멋진 겨울 스타일…'(ㅅ 신문), '겨울에는 호피 패션…'(ㅍ 경제신문)에서 알 수 있듯이 언제부터인가 '호피 무늬'가 유행이다. 과연 그럴까. 요즘 눈에 많이 띄는 무늬는 표범의 가죽 같은 점박이 무늬이니 줄무늬인 호랑이의 것이 아니다. 호피(虎皮) 무늬가 아닌 표피(豹皮) 무늬인 것이다.

▶ 표범 무늬는 줄무늬 호랑이의 그것과 구별되지만, 같은 듯 다른 것으로 다음과 같이 또 나뉜다. 매화꽃 모양은 표범, 매화꽃 무늬 안에 점이 있으면 재규어, 그냥 점박이면 치타. 일반적으로 이렇게 구분한다. 그렇다고 '재피 무늬', '치피 무늬'를 따로 구별해 부르자는 건 아니니 오해 없으시길.

복약 설명서

'의약품 구입 불편, 약국에서 반드시 해결하겠습니다'. 대한 약사회의 광고 문구이다. "의사 처방 없이 약국에서 파는 일반 의약품은 20%에 불과하다. 이 가운데 70% 이상인 가정상비약을 약국 밖에서 팔 수 있다면 국민들이 더 불편해질 것"이라는 내용의 제목이었다. 이 내용을 전한 신문 광고를 보면서 '약은 약사에게 진료는 의사에게'라는 구호가 새삼 귓전을 울리는 듯했다. 당시의 갑론을박이 일반 의약품의 약국 외 판매를 두고 벌이는 요즘 논란과 크게 다르지 않다는데 생각이 미쳐서이다. 그때나 지금이나 이들의 주장은 한결같다. '국민의 건강과 편의를 위해 필요'하다는 것이다.

경구투여, 진경제, 하제, 동통, 담황색 제제, 제피정…. 약품 설명서에 나오는 표현이지만 웬만한 사람은 제 뜻 가늠하기 어려운 말이다. 경구(經口)는 입(口)을 통해(經) 들어가는 것이니 '먹는 약', 진경제(鎭痙劑)는 '경련을 진정시키는 약', 하제(下劑)는 설사가 나게 하는 약이다. '설사를 멈추게 하는 약'은 설사약, 한자어는 지사제(止瀉劑)이다. 동통(疼痛)은 '쑤시고 아픔', 담황색은 '옅은 갈색'으로 하면 좋겠다. 사전에는 제피(製皮)만 있으니 '제피정'은 가죽으로 거죽을 씌운 알약? 여기저기 찾고 물어보니 답이 나왔다. '위에서는 녹지 않고 장에서는 녹는 성질의 피막'《표준국어대사전》인 '장용제피(腸溶劑皮)'에 알약을 뜻하는 접미사 '-정(錠)'을 붙여 만든 말을 뚝 잘라 놓은 거였다. 참, 무심하기도 하다.

사전과 약전(藥典)을 참고해야 뜻을 앎 직한 경우만 있는 것은 아니다. 서울의 한 종합병원은 약 이름과 효능, 용법 따위를 사진과 함께 설명한 '복약 설명서'를 제공한다. '위에서는 녹지 않고, 장에서 녹는 캡슐임', '장의 기능을 도움, 유산균 제제'처럼 환자, 의약 소비자가 알기 쉬운 내용을 담은 설명서이다. 염좌를 다듬은 북한말 '시그러지기'도 눈여겨볼 만하다. '국민의 건강과 편의'를 살피는 일은 알기 쉬운 설명서에서 시작한다.

▸《표준국어대사전》을 찾아보면 이렇게 나온다. 염좌(捻挫) [염ː-]: 「명사」『한의학』=좌섬(挫閃). 영락없이 '좌섬'으로 가야 한다. 좌섬(挫閃) [좌ː-]:

「명사」『한의학』 갑작스러운 충격이나 운동으로 근막이나 인대가 상하거나 타박상으로 피하조직이나 장기(臟器)가 상한 것. ≒섬좌·염좌.

수입산

연구 수업을 참관하던 장학사가 지구본을 가리키며 학생에게 물었다. "저게 왜 기울어져 있지요." 학생이 놀란 눈으로 답한다. "제가 안 그랬어요." 어이없는 표정의 장학사와 눈이 마주친 교사가 당황하며 하는 말 "사 올 때부터 그랬는데요." 이때 교장이 끼어들며 "국산이 다 그렇지요." 하고 받아넘긴다. 실제 상황은 물론 아니다. 케케묵은 우스개이니까.

외제라면 다 좋다던 때가 있었다. '미제 아줌마' 보따리에서 풀려나온 'PX 물건', '월남 참전 용사'가 귀국할 때 사 들고 온 '일제 스테레오', 도회지에서도 드물게 볼 수 있던 '프랑스제 미니카' 따위가 대접받던 시절의 일이다. 시대는 바뀌어 외국 물건에 고개 젓는 일이 많아졌다. '신토불이(身土不二)'를 내세운 농수축산물인 경우 더욱 그렇다. '일본 방사능' 이후 원산지를 확인하는 이도 부쩍 늘었다. 나도 그 가운데 하나이다. 부산 출장길에 들른 '밀면집'의 식료품 원산지 표시를 보니 돼지고기와 김치는 국내산, 밀가루는 '수입산'이란다. 왠지 낯설었다. 국내산의 반대말은 '수입산'일까.

"국산 돼지고기는 붉은색이 선명하지만 수입산은 검붉은 색입니다."(ㅎ 방송 뉴스) "마늘은 뿌리가 붙어 있는 것이 국산, 뿌리 부분이 매끄럽게 잘린 것이 수입산입니다."(ㅅ 방송 뉴스) '-산(産)'은 '(지역을 나타내는 말 뒤에 붙어) 거기에서 산출된 물건의 뜻을 더하는 접미사'《표준국어대사전》이다. 국내산에 맞서는 말은 '미국(일본, 중국…)산'이다. 원산지가 '다국적(多國籍)'이면 '외국(산)'이라 하고, 국명을 따로 밝히는 게 맞다. 그래야 정직하고 바른말이다.

카키색

박근혜 전 대통령의 의상이 눈길을 끌었다. 취임 3년 차를 맞아 청와대 직원 조회에 참석했을 때 옷차림이다. 통상 비서실장이 주관하는 행사에 대통령이 직접 나섰기에 더욱 그랬을 것이다. '카키색 상의에 검정 바지 정장 차림의 박 대통령이…'(ㅇ 뉴스), '취임식 때 입었던 카키색 정장과 비슷한 차림으로…'(ㅎ 일보), '…카키색 상의를 입고 직원들 앞에 섰다'(ㅈ 일보). 한 방송은 '카키가 뭡니까? 군대에서 입는 전투복이에요…'라며 '(카키색은) 대통령의 결연한 의지를 보여주기 위한 복색'이라 해석하기도 했다.(ㅇ 케이블 뉴스) '박 대통령은 이날 국방색 재킷을 입었다'(ㄷ 일보)고 전한 신문도 있었다. 취임식 이후 해마다 같은 날 같은 빛깔로 차려입은 대통령의 옷은 카키색인가, 국방색인가.

카키색은 '누른빛에 엷은 갈색이 섞인 빛깔'이니, 그날 대통령이 입은 재킷은 '나뭇잎이나 풀잎과 같은 짙은 초록색'인 국방색에 가깝다.《고려대 한국어대사전》 당시 인터넷 뉴스 검색 결과는 '대통령-카키색'(29만

4,000개), '대통령-국방색'(288개)으로 차이가 크다.(구글 뉴스) 황토색과 초록색, 확연히 다른 것인데도 잘못 알고 있는 이들이 많은 건 '군복=카키색'이라 오해하는 사람이 많기 때문이다.

카키색은 흙먼지를 뜻하는 페르시아어 '카크'에서 온 말이다. '카키(khaki)'는 인도가 영국 식민지 시절일 때 군복 색깔이었다. 그 이후 사막과 해변에서 작전하는 군의 위장 색으로 애용되었다.《위키백과》 '카키'가 넓은 지역에 걸쳐 오랜 세월 군복의 위장 색으로 사용되었기에 우리나라에서는 '국방색'으로 잘못 쓰이고 있는 것이다. '육군의 군복 빛깔과 같은 카키색이나 어두운 녹갈색'이라 설명한 《표준국어대사전》의 흐리터분한 '국방색' 풀이는 그래서 문제이다. 그릇된 새김이 그렇고, '카키색(탁한 황갈색. 주로 군복에 많이 쓴다), '카키복(카키색의 군복. '카키'는 인도어로 '흙'을 뜻한다)'의 뜻풀이와도 어그러지기 때문이다.

다른 그림 찾기

서울지하철 1호선을 타고 인천역에 내리면 차이나타운이 있다. 130년 전 임오군란 당시 청나라 군인과 함께 이 땅에 발을 디딘 중국 상인 40여 명이 정착하며 시작된 곳이다. 우뚝 솟은 패루를 지나 비탈길을 오르다 보면 중국풍의 볼거리 먹을거리가 여기저기 눈에 띈다. 이 동네 한쪽에 인천광역시 중구 북성동 주민센터가 있다. 거기에서 '틀린 그림 찾기'를 만났다. 주민센터 어귀에 있는 전자 안내판 메뉴의 하나로 제공되는 차이나타운을 담은 사진 두 장의 서로 다른 부분을 찾아내는 놀이이다. 다른 부분을 찾아내는 놀이인데 안내 화면에 나온 이름은 '틀린 그림 찾기'였다.

언뜻 보면 똑같은 그림이지만 꼼꼼히 뜯어보면 서로 다른 그림이다. 그림 두 개를 번갈아 보며 포장지 무늬, 수염 모양, 가로등 장식, 머리띠 색깔 따위가 다른 걸 모두 찾아내면 놀이는 끝난다. 디지털 이미지가 많아지면서 컴퓨터로 손쉽게 다른 곳을 찾아내는 방법도 등장한 이 놀이 이름은 그래서 '다른 그림 찾기'라 하는 게 맞다. '틀린 것'이 아닌 '다른 것'을 찾는 놀이이니까. '틀리다'는 '셈이나 사실 따위가 그르게 되거나 어긋나다'이고, '다르다'는 '비교가 되는 두 대상이 서로 같지 아니하다'《표준국어대사전》이다. '틀리다'에 맞서는 말은 '맞다'이고, '다르다'의 반대말은 '같다'이다.

심심풀이로 즐겨하는 '다른 그림 찾기'를 '틀린 그림 찾기'로 버젓이 표기하는 곳이 여전히 많다. 인쇄 매체 시절부터 널리 쓰인 '틀린 그림 찾기'를 인터넷 시대에도 받아쓰기 때문일 것이다. '틀리다'와 '다르다'의 제 뜻을 살펴 쓰지 못한다고 타박하지만 말고 사전에 밝혀 주는 건 어떨까. '다른 그림 찾기'를 올림말로 삼고, '틀린 그림 찾기'는 '다른 그림 찾기의 잘못'임을 사전에 명시하는 거다. '다른 그림 찾기'의 사촌쯤 되는 '숨은그림찾기'는 표제어로 당당히 올라 있다. '복잡하게 그려 놓은 그림에 숨겨진 물건을 찾도록 한 놀이'가 숨은그림찾기의 뜻풀이이다.

등-용문

"'집채만 한 파도'와 '집채를 덮을 만한 파도'의 차이점, 구분되세요?" 국립국어원이 달마다 펴내는 〈쉼표, 마침표.〉에 실린 글의 제목이다. 조사와 보조사는 앞말에 붙여 쓰고 의존명사는 띄어 쓴다는 걸 설명한 글이다. 앞 문장의 '만'은 보조사, 뒤 문장의 '만'은 의존명사이니 띄어쓰기를 달리해야 한다는 것이다. 우리말 띄어쓰기 구별은 이래저래 쉽지 않은 일이다. 작은 아버지의 집은 '작은집'으로 붙여 쓰지만 규모가 작은 집은 '작은 집'으로 띄어 써야 하니 말이다. '큰집'과 '큰 집'의 차이도 마찬가지이다.

글쓰기에 띄어쓰기가 있다면 말하기에는 끊어 읽기가 있다. 끊어 읽기는 현행 어문 규정에 정리되어 있는 게 없으니 띄어쓰기보다 더 까다롭다. 같은 기사나 원고로 뉴스를 하고 낭독을 해도 사람에 따라 끊어 읽기가 달라지는 현상은 그래서 나오는 것이다. 자연스럽게 끊어 읽으려면 어절보다 뜻에 따른 '의미절'을 따져야 한다. 지구 온난화 방지 협약의 하나인 '교토의정서'를 '교토의 정서[교토에 정서]'로 잘못 말한 방송 진행자가 망신 톡톡히 당한 것도 문장의 뜻을 몰랐기에 벌어진 일이었다. 방송을 비롯한 입말의 세상에서는 띄어쓰기보다 중요한 게 끊어 읽기이다.

빅토르 위고의 작품인 《레미제라블》의 원제목은 'Les Miserables'로 '불쌍한(비천한) 사람들'이니 뜻에 따라 끊어 읽으면 '레-미제라블'이다. '레미-제라블'이 아닌 것이다. 오페라에서 주역을 맡은 여주인공 '프리마돈나(Prima donna)'는 '제1의 여인'이란 뜻이니《브리태니커 백과사전》 '프리마-돈나'가 된다. 신라 화랑인 '기파랑(耆婆郎)'을 기린 향가는 '찬-기파랑-가(讚---歌)', 죽은 누이(亡妹)를 위한 향가는 '제-망매-가(祭--歌)'로 읽는 게 맞다. '잉어가 황허강(黃河江) 상류의 용문(龍門)을 오르면(登) 용이 된다'에서 유래한 '등용문'은 그래서 '등-용문'으로 끊어 읽어야 제 뜻에 어울리는 것이다.

집행유예 '육 개월'

언젠가 교육감 선거 당시 '후보 매수 혐의'가 제기되던 때 서울시 교육청이 휘청거린 때가 있었다. 이와 관련한 법률적 쟁점을 다룬 신문의 기사를 살펴보니 이런 문장이 나온다. "공소시효는 통상적으로 '선거일로부터 6개월'로 알려져 있다. 그러나 2004년 3월 선거법 개정을 통해 '선거일 후에 행하여진 범죄는 그 행위가 있는 날부터 6월'이라며 사실상 공소시효를…"〈ㅎ 신문〉 한 문단에 '6개월'과 '6월'이 한뜻으로 쓰였다. 앞에 있는 '개월'은 일반적 쓰임이고, 뒤에 나온 '월'은 법조문을 인용한 것이다. '육월'이 아닌 '유월(시월)'은 '한 해 가운데 여섯째(열째) 달'이다《우리말 큰사전》. 한 달을 가리키는 '월'이 어쩌다가 기간을 뜻하는 '개월'의 뜻을 품게 되었을까.

이렇듯 묘한 표현은 어디서 왔는지 초등학교 선배인 한 판사에게 문의한 적이 있다. 그는 '일본 법조 문장을 베낀' 것이라 했다. 그릇된 관행은 바꾸어야 하지 않을까, 되물으니 "(기간의 뜻으로 쓰는) '월(月)'이 사리에 맞지 않음을 알지만 어쩔 수 없다. 판결은 법전의 틀을 벗어날 수 없기 때문이다."는 법관다운 답이 돌아왔다. 법조문이 그러하니 어쩔 수 없다? 그래서인지 《표준국어대사전》은 '월'의 두 번째 뜻으로 '기수(基數) 뒤에서는 주로 형을 선고하거나 구형할 때 쓴다'는 뜻풀이를 끼워 넣었다. 하지만 《우리말 큰사전》을 비롯한 사전 대부분은 '월'을 '한 달'의 뜻으로만 다루고 있다.

'징역(집행유예) ○개월'은 이미 여러 매체에서 쓰고 있는 표현이다. 신문사 열세 곳에 물어보니 다섯 곳에서 '월' 대신 '개월'을 쓰고 있었다. 방송 뉴스는 매체와 기자에 따라 달랐다. 옛날 기사를 찾아보니 1960년대까지는 '개월'이 오히려 우세했다. 판결, 선고, 구형을 다룬 기사의 '월'을 '개월'로 다듬지 않는 곳에 물으니 '적절치 않다고 보지만 그쪽(법조계)에서 사용하는 표현이니 받아쓴다'는 답을 한 곳도 있다. 법조계에서는 법전이 '준거의 틀'이 되지만 말글살이에 큰 영향을 미치는 매체에서는 '옳은 것'을 잣대로 삼아야 하지 않을까.

공공칠/영영칠

텔레비전 방송이 시작됐을 때 사람들은 말했다. "이제 영화관에 갈 사람은 없을 것이다". 그리고 또 말했다. "라디오 세상은 끝났다". '예언'은 빗나갔다. 영화관은 여전히 성업 중이고 라디오 또한 청취자와 더불어 살아간다. 엽서에 사연을 담아 신청했던 풍경은 인터넷과 스마트폰으로 바뀌었을 뿐, 라디오는 여전히 '내 친구'이다. 한낮의 나른함을 털어내 주는 문화방송 라디오의 〈싱글벙글 쇼〉. 어느 날

그 프로그램에서 재밌는 대화가 오갔다. '사연 보낼 우편번호 150-604'를 전하면서 생긴 일이다. 출연자가 영화 주인공 성대모사로 "일.오.영.육.영.사" 하니, 진행자는 "백오십에 육백사"라 받은 것. 지금 우편번호는 줄표(-) 없는 다섯 자리이지만 그때는 그랬다. 숫자를 하나씩 끊어 읽는 것, 숫자를 셀 수 있는 '수(數)'로 따져서 읽는 것, 어느 것이 맞을까.

1, 2, 3, 4… 0. 아라비아숫자는 '일, 이, 삼, 사… 영'이라 읽는다. '0'은 '공'으로 읽기도 한다. '한국 아파트 101동 1305호'는 흔히 '백일 동, 천삼백오 호'라 한다. 전화번호 '788-1001'은 '칠팔팔에 천일 번'이나 '칠팔팔에 일공공일(일영영일)'이라 하기도 한다. 주민등록번호 뒷자리 '2028721'은 '이공둘팔칠둘하나'처럼 불러 주기도 한다. '2'와 '1'을 확실하게 구별하기 위해서이다. 이처럼 '고유 번호'를 나타내는 숫자는 편한 대로 읽으면 된다. 헷갈리지 않게 전달하는 게 중요하니까. 다만, 수(數)의 뜻이 있는 '0'은 '영(零)'으로, 수 개념이 없는 기호일 때는 '공(空)'으로 읽으면 된다.

하프 마라톤 코스의 길이는 '21.0975[이십일 점 영구칠오]킬로미터', 박태환 선수가 세웠던 200미터 자유형 아시아 기록은 1:44.80[일 분 사십사 초 팔영]이다. 길이와 기록은 수 개념이 있으니 '영(零)'으로 읽는다. 영화 주인공 '제임스 본드'는 '007[공공칠]'이라 읽어도 된다. 여기서 숫자는 '기호'이기 때문이다. 영국(미국) 사람들은 '더블 오 세븐(Double O seven)'이라 읽는다.

쉐보레?

풍전(豊田)이 있다. 일본 사람 이름이고, 땅 이름이며, 자동차 회사 이름이다. 창업자 이름은 도요다, 본사가 있는 지명은 도요타, 한국에 세운 법인 이름은 토요타이다. 왜 그럴까. 도요다는 창업자인 도요다 에이지(とよだ えいじ)의 성을 편수 자료에 따라 한글로 옮긴 것이다. 도요타는 이 사람이 세운 자동차 회사가 있는 도시 도요타(とよた)를 외래어 표기법에 따라 적은 것. 일본어 'と[to]'가 어두에 오면 '도'로 표기한다(외래어 표기법 제2장 표기 일람표). 동경(東京)은 토쿄(とうきょう, Tokyo)이지만 도쿄라고 쓰는 것과 같은 경우이다. 토요타는 토요타(TOYOTA)를 영어 표기법에 따라 '한국 토요타 자동차 주식회사'라 정해 한국에 법인을 세우면서 생긴 표기이다. 도요다(창업자 이름), 도요타(도시 이름), 토요타(영어 외래어 표기법에 따른 한국 법인명). 이름은 하나인데 상황에 따라 달리 써야 하니 헷갈린다.

이런 일이 또 생길지 모른다. 새나라자동차(1962년)에서 신진자동차(1965년), 지엠코리아(GM Korea)(1971년)를 거쳐 새한자동차(1976년)와 대우자동차(1983년), 지엠대우(2002년) 그리고 '한국지엠주식회사'로 여러 차례 간판이 바뀐 회사의 일이다. 사명 변경과 함께 내놓은 브랜드는 '쉐보레'.

현재 'Chevrolet'와 관련해 쓰고 있는 외래어 표기는 두 개이다. 스위스에서 태어난 자동차 레이서는 '셰브럴레이', 그가 설계 제조한 자동차 이름은 관용을 인정한 '시보레'(외래어 심의 제53차 회의). 한국 철수 방안을 만지작거리고 있다는 미국 회사의 한국 법인명은 '쉐보레'. 우리나라 외래어 표기와 다르게 회사명을 정한 게 이상해 그 회사 관계자에게 물어보았다. "한국에서 함께할 100년을 내다보고 이름을 정했다. 영어 발음과 유사하게 바꾸는 게 적절하다고 판단했다."는 그 회사는 '쉐보레'에 [ʃ-] 소릿값은 없다는 걸 몰랐던 모양이다. '쉐' 발음은 [swe]로 '쇠/쇄'와 다르지 않기에 '쇠(쇄)보레'와 구별되지 않는다(표준발음법 4항 '붙임'). 〈마징가 Z〉의 쇠돌이도 아니고 [쇠보레]? "'시보레'를 원 발음에 가깝게" 외래어 표기법에 따라 표기하면 '셰보레'가 맞다.

▸그 자동차 회사에 외래어 표기와 발음을 짚어 알려 준 뒤 쉬, 보, 레 입모양 사진으로 만든 광고판이 등장했다. 발음기호와 입 모양이 눈길을 끈다. 한국어 발음을 잘못 전달한 광고를 보며 법원에 '광고 금지 가처분 신청'을 내려다가 접었다. '신청자에게 심각한 피해가 있음을 입증할 수 있어야 가능'하다는 변호사의 만류 때문이었다. '광고 심의'에 우리말(표기, 발음) 관련 사항은 없는 모양이다.

로마자 표기

일간지에 매주 우리말 칼럼을 쓴다는 게 보통 일은 아니었다. 칼럼을 쓴 지 몇 달이 지나면서 새삼 깨달은 게 있다. 글감을 골라 얼개를 잡고, 초고(草稿)를 쓴 뒤 퇴고(推敲)하는 일은 나 혼자만의 것이 아니라는 것이다. 누덕누덕한 글을 깁고 모자란 뜻을 보태며 원고를 다듬기 위해 곁에 있는 이들에게 도움을 청하기도 했다. 수십 차례 눈으로 훑어보고 소리 내며 곱씹어 읽어 가다 보면 뜻은 제대로 담았는지, 내용 흐름은 무리가 없는지 갈피를 잡지 못할 때가 없지 않기에 그렇다. 앞에서 되짚어 본 '사리'도 마찬가지 과정을 밟았다.

최현정 아나운서는 "마지막 문단의 순서를 바꾸면 뜻이 더 또렷해지겠다"며 문학 전공자답게 짚어 주었고, 〈뉴스데스크〉 진행 짬짬이 외국 서적 번역해 출간하랴 원고와 씨름했던 이정민 아나운서는 '이 빠진 따옴표'를 찾아 교정해 주었다. 스포츠 중계하며 외래어 표기에 부쩍 관심이 많아진 허일후 아나운서는 "D.O.C를 '디오시'로 표기하는 게 맞느냐"며 "차제에 외래어 표기를 제대로 짚어 달라"는 제안도 했다. 그래서, 이 글에서는 영어 외래어 표기를 따져 보려 한다.

ABCDEFGHIJKLMNOPQRSTUVWXYZ. 영어로서의 로마자를 한글로 옮기면 이렇다 –에이, 비, 시, 디, 이, 에프, 지, 에이치, 아이, 제이, 케이, 엘, 엠, 엔, 오, 피, 큐, 아르, 에스, 티, 유, 브이, 더블유, 엑스, 와이, 제트. C와 G, H 그리고 R와 S, V, Z에 유의하자. '씨, 쥐, 에이취, 알, 에쓰, 뷔, 지'가 아니다. YWCA(와이더블유시에이), TV(티브이)이고, 비무장지대는 DMZ(디엠제트)이다. '고엽제와 제초제는 춘천 북쪽 DMZ[디엠지] 지역에 살포됐습니다.'(ㅅ 방송 뉴스), '아시아나 OZ[오지] 140편을 시작으로…'(ㅁ 케이블방송)는 'Z'의 미국 발음을 잘못 따라한 것이다. 'Z'를 '지'로 표기, 발음하면 '지(G)'와 혼동될 수도 있다. 'Z'를 '제트'라 하는 게 입에 붙지 않는다면 '비무장지대', '아시아나항공 140편'이라 하면 될 일이다. '엠비시(MBC) 청룡'을 이어받아 1990년 출범한 프로야구단은 '엘지 트윈스(LGtwins)'이다.

[방:사썽]

내 일터는 '라디오나 텔레비전을 통하여 여러 가지 방송을 내보내는 회사'인 방송사[방:송사]이다. 그래서인지 여느 곳과 다른 풍경이 눈에 띈다. 회사 주차장에 붙어 있는 익숙한 안내문도 그 가운데 하나. "차량 열쇄를…"로 시작하는 문구는 "차량 열쇠를…"로 '교열'되어 있다. 누가 했는지 모른다. 방송사에서 일하는 이들의 기본은 말과 글을 뜯어보는 습성이 있기에 그럴 것이다.

'우리말지기'를 자처하는 아나운서들은 한술 더 뜬다. 아나운서국 곳곳에 대자보처럼 붙어 있는 벽보가 그 증거이다. 뉴스를 비롯한 여러 프로그램에 자주 나오는 용어, 틀리기 쉬운 발음 따위를 적시하는 게시물은 참으로 시의적절하다. 일본에 '쓰나미'가 훑고 간 뒤에 붙어 있던 내용은 '일본 지진 해일'과 관련한 것들이다.

'방사능 오염'이란 무엇이고, '방사성 동위원소'와 '방사선'은 어떻게 구별하며, '방사능의 단위'는 주로 mSv(밀리 시버트)를 쓴다…, 이런 항목들이다. 여기에 '방사성(放射性)'은 [방 : 사썽]으로 발음하고, '세슘137'은 [--일삼칠]이 아니라 [--백삼십칠]로 읽는다 등의 것도 들어 있다.

인사성[--썽], 역사성[-싸성], 배타성[--썽]처럼 '사람이나 사물 따위의 본성이나 본바탕'을 나타내는 '성(性)'이 끝가지(접미사)로 붙으면 된소리가 된다. 한자 방(放, 놓을 방)이 어두에 오면 [방:송사]처럼 길게 발음한다. 동위원소에 붙는 숫자는 질량수를 표시하는 것으로 '요오드131[---백삼십일]처럼 숫자로 읽는다. 아나운서는 이렇듯 시시콜콜 별 걸 다 따진다. 예사소리와 된소리를 구별하고, 길고 짧은소리도 따져야 반듯한 방송 말이 되기에 그렇다.

▶ '-성(性)'이 붙어 된소리가 되는 대표적인 보기는 다음과 같다. 중요성, 필요성, 상대성, 인간성, 감수성…순수성, 신축성, 양면성, 인간성, 잔인성, 적극성, 정확성, 창조성.

승자총통(勝字銃筒)

비트코인(bitcoin)[1]이 천정부지로 치솟는다는 소식이 들린다. 그리고 얼마 뒤 비트코인이 급락했다는 외신이 들어온다. 이랬다저랬다, 종잡을 수 없는 와중에 거래 시장이 여럿으로 나뉘어 활성화되고 있다는 뉴스가 이어진다. 금값도 천정부지로 치솟는다는 소식이 들린다. 멀지 않은 앞날에는 은이 금보다 더 귀할 거라는 전망도 나온다. 금붙이와 은붙이, 비트코인의 가치가 오르는 까닭은 사려는 이가 팔려는 이보다 많아서이다. 희귀한 것은 '부르는 게 값'인 게 세상 돌아가는 이치. 그래서인지 일상에는 쓸모없는 '보물'을 탐하다가 신세 망치는 이가 나오기도 한다.

몇 해 전 서해 앞바다에서 보물급 문화재가 발견되었다. 문화재를 도굴한 잠수부 등이 경찰에 붙잡히면서 알려진 보물은 '승자총통'이다. 오랜 세월 바닷속에 묻혀 있던 조선 시대 화포 도굴 소식을 여러 방송

1 블록체인 기술을 기반으로 만들어진 가상 화폐이다.《위키백과》

은 이렇게 전했다. "이들이 도굴한 유물 중에는 임진왜란 때 사용됐던 승자총통[승자총통]도 포함돼 있었습니다"(ㅅ 방송), "조선 시대의 화약 무기 승자총통[-자--] 같은 보물급 문화재도 포함돼 있었습니다"(ㅇ 케이블), "조선 전기 1583년에 제작된 길이 56cm 휴대용 화기, 승자총통[-자--]입니다"(ㅎ 방송). 앵커와 취재기자만 [승자총통]이라 한 게 아니다. 방송 인터뷰에 나온 문화재 전문가도 "《조선왕조실록》에 보이는 승자총통[-자--]과 관련한 최초의 기사를…"이라 했으니까. "경찰이 압수한 것보다 4년 먼저 만들어진 승자총통[-짜--]입니다"(ㅁ 방송)처럼 된소리로 발음한 경우도 없지 않았다. 이 총통의 이름은 '[승자]'일까 '[승짜]'일까.

조선 시대 총통의 이름은 그 크기 순서에 따라서 천(天)·지(地)·현(玄)·황(黃) 등의 이름을 붙였다. '하늘 천(天)이 새겨진 총통'은 '천자총통(天字銃筒)'이고, 발음은 [천짜총통]이다. 한자 자(字)는 낱말 첫머리가 아니면 된소리가 된다. 그래서 '지자총통[-짜--]', '현자총통[-짜--]', '황자총통[-짜--]' 그리고 승자총통(勝字銃筒)[-짜--]이다. [승자]는 '이긴 사람(勝者)'을, 나 어릴 적 담임교사는 '고문자(高文子)[고문자]' 선생님이고, 갑골문자 따위의 옛 글자는 '고문자(古文字)[고문짜]'이다.

▶ 글자 자(字)가 낱말의 첫 음이 아닐 때는 [-짜]로 발음하지만 《표준국어대사전》의 발음 정보를 일일이 찾아 확인해 보니 예외가 있다. 타자기(打字機)는 [타:자기], 인자(印字, 글씨를 찍음 또는 그 글자), 금자탑(金字塔, '金' 자 모양의 탑이라는 뜻으로, 피라미드를 이르던 말. 또는, 길이 후세에 남을 뛰어난 업적을 비유적으로 이르는 말)은 [금자탑], 정자(正字, 또박또박 쓴 글자 또는 본디의 글자)는 [정:자], 배자(排字, 글씨를 쓰거나 인쇄할 판을 짤 때 글자

를 알맞게 벌여 놓음)는 [배자], 사자(寫字, 글씨를 베끼어 씀)는 [사자], 세자(細字, 가늘고 작은 글씨)는 [세ː자], 원자(原字, 본디의 글자)는 [원자] 등이다. 글씨체의 종류를 뜻하는 전자(篆字, 전서체)[전ː자], 예자(隸字, 예서체)[예ː자], 초자(草字, 초서체)[초자]도 예사소리로 발음하는 것으로 사전은 밝히고 있다. 금자탑[금자탑]과 뜻은 다르지만 같은 표기인 금자(金字, 금빛 글씨)와 은자(銀字, 은빛 글씨)도 [금자]와 [은자]이다. '구릿빛 글씨'인 '동자(銅字)'는 표제어가 아니었다. '큰 글자'와 '작은 글자'를 뜻하는 '대자(大字)', '소자(小字)'는 [대ː자], [소ː자]인데 '큰대자(큰-大字)'는 [큰대짜]이다. '큰대자로 누워서…' 할 때 그 표현이다. 앞뒤가 안 맞는다. '글자 자(字)' 발음 대부분이 첫소리가 아닐 때는 [짜]가 된다는 것을 알려 주는 방증 아닐까. 탕수육이나 전골 요리 주문할 때 필요한, 크기를 말하는 표현은? '대짜', '중짜', '소짜'로 표기한다.

가(價)의 발음

한자 '글자 자(字)'가 첫소리가 아닐 때는 된소리 [-짜]가 된다. '승자총통(勝字--)[승짜--]' 관련 방송 뉴스에 바르지 않은 발음이 나왔기에 앞서 살펴본 발음법이다. 내 은사 가운데 한 분은 고문자(高文子)[--자] 선생님, 옛글자는 고문자(古文字)[--짜]를 보기로 들었다. 근데 두 가지 예외를 제대로 짚지 않고 넘어갔다. 그 하나는 수관형사 뒤에 자(字)는 예사소리가 된다는 것. 글자 수를 한 자, 두 자, 스무 자, 서른 자…처럼 헤아릴 때는 [한자], [두자], [스무자], [서른

자]이다. 한문 학습의 입문서로 널리 쓰이는, 사언(四言) 고시(古詩) 250구로 모두 1,000자(字)로 이루어진, 자연현상으로부터 인륜 도덕에 이르는 지식 용어를 수록한 책인 《천자문(千字文)》은 그래서 [-짜-]이 아니라 [-자-]이다. 글자를 뜻하는 문자(文字)와 같은 표기인데 '예전부터 전하여 내려오는, 한자로 된 숙어나 성구(成句) 또는 문장'의 뜻일 때는 [-자]가 된다는 것이 예외의 다른 하나이다. '공자 앞에서 문자(文字) 쓴다' 같은 속담이나 '선인의 문자향(文字香)을 좇는 삶'의 경우 [문자(향)]으로 발음하는 게 맞다.

한글 표기는 같지만 뜻에 따라 예사소리와 된소리가 되는 경우가 또 있다. 대표적인 게 '고가'이다. 높이 가로질러 세워 만드는 길인 '고가(高架)도로'는 [고가--], 오래된 집은 고가(古家)[고가], 비싼 값은 고가(高價)[고까]이다. [고까도로]라 소리 내면 건설비 많이 들여 닦은 길이란 뜻이 된다. 하루에도 몇 차례씩 널뛰듯 오르내리는 주식 값은 주가(株價)[-까], 장 설 때 시작한 값은 시가(始價)[-까], 폐장할 때 값은 종가(終價)[-까]이다. 돈, 가치를 떠올리면 빠지지 않는 표현이 있다. '같은 값이면 다홍치마'이다. 사자성어로 동가홍상(同價紅裳), 발음은 [-까--]. 이처럼 '값 가'(價)는 '자(字)'처럼 첫소리가 아닐 때 [-까]로 소리 난다. '가'와 '자'라고 쓰고 소리 환경에 따라 [까], [짜]로 읽는 게 우리 발음법의 세계이다.

▸ '값 가(價)'가 단어 첫 글자가 아니면 [-까]로 발음하는 보기는 다음과 같다. 평가(評價), 물가(物價), 원가(原價), 진가(眞價), 무가지(無價紙, 공짜로 주는 신문), 영양가(營養價), 양가감정(兩價感情, 논리적으로 서로 어긋나는 표상의 결합에서 오는 혼란스러운 감정. 어떤 대상, 사람, 생각 따위에 대하여 동시에

대조적인 감정을 지니거나, 감정이 이랬다저랬다 하는 따위이다. ≒모순 감정), 매가(小賣價), 구입가(購入價) 따위의 '가(價)'는 [까]로 읽는 게 맞다.

'호프=맥주'?

1810년 10월에 열린 바이에른의 황태자와 공주의 결혼을 축하하기 위해 개최한 행사에서 비롯한 축제가 있다. 20세기에 접어들며 세계적인 민속 축제로 발전해 오늘에 이른 이 행사는 브라질의 리우카니발, 일본의 삿포로 눈 축제와 더불어 세계 3대 축제로 꼽히는 옥토버페스트(Oktoberfest)이다. 이름을 보면 '10월(Oktober) 축제(fest)'지만 실제는 9월 셋째 토요일부터 16일 동안 열린다. 해가 길고 따뜻한 때에 축제를 즐기기 위해서 시작하는 날을 앞당겼기 때문이다. 첫 축제가 열린 이후 200년 동안 세계적인 명성을 이어 온, 보름 남짓에 600만 명이 찾아드는 이 행사의 힘은 맥주에서 나온다. 뮌헨 시장이 맥주통의 꼭지를 따는 의식으로 축제를 시작하는 것만 보아도 그렇다.

우리나라 맥줏집에서도 옥토버페스트에 즈음하여 갖가지 행사를 한다. 맥줏집은 '호프집'으로 통한다. '호프 한잔하자'는 말은 곧 '맥주 한잔하자'는 뜻이기도 하다. 문재인 대통령도 기업인을 초대해 '호프 미팅'을 마련한 바 있다. 청와대 누리집의 '대통령 공개 일정'에도 '주요 기업인과의 호프 미팅'로 기록되어 있다. '맥주 파티'나 '맥주 모임'이 아닌 '호프 미팅'?

'호프'는 맥주의 쌉쌀한 맛을 내는 재료에서 온 말이 아니다. 맥주

나 약재의 원료로 쓰는 열매는 홉(hop)이다. 《표준국어대사전》은 '호프(hof)'를 독일어로 밝히면서 '한 잔씩 잔에 담아 파는 생맥주. 또는 그 생맥주를 파는 맥줏집'이라고 설명한다. 호프=맥주, 맞는 걸까. 텔레비전 프로그램 〈미녀들의 수다〉에 출연한 독일인 미르야 씨는 '호프집에서 맥주를 파는 모습에 놀랐었다'며 호프는 독일어로 '농장'이라고 했다. 그렇다. '호프'는 맥주가 아니고 농장(또는 '(큰)마당')이다. '호프집'은 옥토버페스트가 열리는 뮌헨을 비롯한 독일 맥줏집이 광장처럼 넓기에 '독일인들이 호프(마당, 광장)에서 맥주 마시는 것'을 보고 만든 말일 것이다. 외래어로 받아들일 때 원뜻이 변해 '한 잔씩 담아 파는 생맥주'로 자리 잡았다 해도 어원과 풀이는 제대로 밝혀야 한다. 독일어로 '농장, (넓은) 마당, 광장'을 '생맥주'로 둔갑시킨 《표준국어대사전》의 뜻풀이가 그래서 아쉽다.

▸ '호프=맥주' 관련해 아래와 같은 답이 국립국어원 '온라인 가나다'에 올라 있다. 청와대 '호프 미팅' 직후에 시민 오 아무개님의 질문에 답한 국립국어원의 태도가 마땅찮다.

답변자 : '온라인 가나다' 답변 일시 : 2017. 8. 2.
질의하신 어휘 '호프(Hof)'에 대해서는 담당 부서(언어정보과)에 좀 더 알아본 뒤에 답변을 드리겠습니다. 2차 답변은 아래에 이어서 적고, 제목에 "2차 답변"이라고 적어 놓겠습니다.

[2차 답변]
담당 부서(언어정보과)에 문의한 결과를 알려 드립니다.

외국어가 우리나라로 들어와 아무런 의미 변화도 없이 쓰인다면 그것은 외국어이지 외래어라 하지는 않으며, 외국어라면 국어사전에 등재할 이유가 없습니다. '호프'는 어떤 경로인지는 알기가 어렵지만 독일에서 들어와 우리나라에서는, 독일어에서의 원래 뜻이 아닌 '맥주, 맥줏집'의 의미로 널리 쓰이면서 사전에 등재될 만한 가치가 생긴 것이라고 보아야 할 것입니다. 비슷한 예로 '보이02'가 있습니다. "식당이나 호텔 따위에서 접대하는 남자."라는 뜻으로 본래 영어의 의미와는 차이가 있는 의미로 사전에 등재되어 있습니다.

그럴듯한 답인 것 같지만 질문에 어울리는 대답은 아니다. 외래어와 외국어를 따지는 설명이 바르지 않기 때문이다. 외래어의 정의는 '외국에서 들어온 말로 국어처럼 쓰이는 단어'이지, '의미 변화된 단어'를 가리키는 게 아니기 때문이다. 사전에서 '생맥주'로 한정한 풀이를 넓히고('호프'에서는 생맥주만 파는 게 아니니까. 더욱이 '청와대 호프 미팅'에 나온 맥주는 생맥주가 아닌 병맥주였다) '광장(뜰, 안마당, 농장)을 뜻하는 독일어 호프(hof)에서 온 말'로 어원과 의미 변화를 제대로 설명해야 한다. '보이(boy)'도 뜻풀이에 덧붙여 일제강점기에 들어온 'ボーイ(호텔, 식당 등에서 손님을 안내하는 남자)'에서 왔음을 알리는 게 사전다운 것이다.

연륙교

마라톤 중계방송을 할 때 가끔 인용하는 격언이 있다. "물고기는 헤엄치고 새는 날고 인간은 달린다." '인간 기관차'로 널리 알려진 체코의 장거리 육상 선수 에밀 자토페크(Emil Zatopek)가 남긴 말이다. 사냥과 유목으로 살았던 민족의 본성을 드러낸 표현이다. 농업이 바탕이었던 겨레에게는 달리기보다 걷기가 더 어울린다. '올레길', '둘레길'처럼 걷기 좋은 길을 찾는 이가 늘어나는 것도 그래서일 것이다. 도로 상황도 바뀌고 있다. 길을 건널 때면 오르내려야 했던 육교가 사라지고 횡단보도가 생기고 있으니까.

다리는 원래 물을 건너기 위해 생긴 것이다. 개천을 건너고 큰 강을 가로질러 세우는 다리와 달리 '번잡한 도로나 철로 위를 사람들이 안전하게 횡단할 수 있도록 공중으로 건너질러 놓은 다리'《표준국어대사전》는 '땅 위의 다리'인 육교(陸橋)라 한다. 섬과 뭍을 잇는 다리는 연륙교이다. 〈한겨레〉를 비롯한 여러 매체가 '인천시가 영종도 제3 연륙교를 상반기에 착공하기로 방침을 정했다'는 소식을 전했다. 관련 방송 뉴스를 검색해 보니 '연륙교'의 발음이 한 꼭지 안에서도 서로 달랐다. '제3 연륙교[−−열륙꾜] 건설 타당성에 대한 용역 조사 결과…'(ㅅ 방송 기자), '제3 연륙교[−−연뉵꾜] 건설이 가시화되고 있습니다'(ㅅ 방송 앵커), '제3 연륙교[−−열륙꾜] 건설은…'(ㅁ 케이블방송 뉴스 앵커, 기자), '제3 연륙교[−−연뉵꾜]는 영종 하늘도시와 청라지구를 연결하는…'(ㅁ 케이블방송 뉴스 출연 공무원).

연륙교는 '강이나 바다, 호수, 섬 따위가 육지와 잇닿음. 또는 그 사이를 메워서 이음'의 뜻인 '연륙(連陸)'에 '다리 교(橋)'가 붙어서 생긴 말이다. 'ㄴ'은 'ㄹ'의 앞이나 뒤에서 [ㄹ]로 발음한다는 표준발음법 제5장에 따라 '연륙'은 [열륙]이고, '연륙교'는 [열륙꾜]가 된다. [연뉵꾜]는 '연−륙교'라 겉짐작해 생기는 잘못이다. '육교를 잇는(連)' 다리는 없다.

글을 말소리로 옮길 때 제 뜻 바로 헤아리면 발음은 저절로 바로잡히기 마련이다.

▸표준발음법 제5장은 '음의 동화'를 설명한다. '연륙'이 [열륙]이 되는 것은 제20항('ㄴ'은 'ㄹ'의 앞이나 뒤에서 [ㄹ]로 발음한다)에서 다루고 있다. 난로[날: 로], 신라[실라], 천리[철리], 광한루[광: 할루], 대관령[대: 괄령], 칼날[칼랄], 물난리[물랄리], 줄넘기[줄럼끼], 할는지[할른지] 따위의 발음이 그렇다. 첫소리 'ㄴ'이 'ㄹㅎ', 'ㄹㅌ' 뒤에 연결되는 경우에도 이에 준한다. 닳는[달른], 뚫는[뚤른], 핥네[할레] 같은 경우이다. 다만, 다음과 같은 단어들은 'ㄹ'을 [ㄴ]으로 발음한다. 의견란[의: 견난], 임진란[임: 진난], 생산량[생산냥], 결단력[결딴녁], 공권력[공꿘녁], 동원령[동: 원녕], 상견례[상견녜], 횡단로[횡단노], 이원론[이: 원논], 입원료[이붠뇨], 구근류[구근뉴].

그렇다면, 1986년에 출시되어 세계 100여 개국에서 팔리고 있는 '신라면'의 발음은 어떻게 해야 맞는 것일까. 언중은 [신나면]이나 [신라면]으로 읽는다. 매운맛을 강조하는 '신(辛, 매울 신)'과 '라면'의 합성어로 인식하기 때문일 것이다. [실라면]이라 하면 [실라-면], 그러니까 '신라에서 먹는(만든) 면(신라-면)'이 떠오르는 건 나 혼자만이 아닐 테니까.

광안리

뜬금없는 광안리 바람이 불었다. 모처럼 한자리에 모여 밥을 먹던 아나운서들 사이에서 일어난 바람이다. 부산광역시 수영구 광안 2동에 있는 '광안리 해수욕장'으로 유명한 곳의 발음이 [광알리]냐 [광:안니]냐 하는 설왕설래가 진원이었다. '[광:알리]가 맞다'는 쪽과 '[광:안니]라 해야 한다'는 쪽이 팽팽히 맞섰다. 부산이 고향인 후배에게 급전 띄워 물으니 '(실제 발음은)[강알리]가 우세하다'는 뜻밖의 답을 하기도 했다. 관련 규정을 뒤적여 봐도 '이것도 맞고 저것 또한 맞을 수 있다'는 어정쩡한 규정을 확인할 수 있을 뿐이었다.

[광:알리]의 근거는 'ㄴ'은 'ㄹ'의 앞이나 뒤에서 [ㄹ]로 발음한다는 '표준발음법' 5장 20항에 있다. '광안리(해수욕장)'의 로마자 표기법이 'Gwangalli'이므로, [광알리]로 볼 수 있다"는 국어원 누리집의 자료도 [광:알리]에 힘을 실어 준다. 그렇다고 [광:안니]가 틀렸다고 볼 수는 없다. [ㄹㄹ]로 발음되지 않고 [ㄴㄴ]으로 발음되는 보기가 있기 때문이다. 의견란[의:견난], 이원론[이:원논], 공권력[공꿘녁] 같은 것들이다. 이런 경우는 '실제 발음을 고려하여 정한 것'이며 '개별적으로 사전에 발음을 표시해야 한다'는 관련 규정에 따른 것이다.('표준발음법' 20항, '다만' 항목) 이 설명은 참으로 모호하다. '당인리', '탄천로' 따위의 발음을 따로 다루어 표시하지 않으면 [당일리], [탄철로]처럼 [ㄹㄹ]이어야 한다는 뜻으로 해석할 수 있기 때문이다. 실제 발음을 반영하려면 "'리(里)','로(路)','릉(陵)'처럼 뜻이 분명한 접미사가 붙는 복합어는 [ㄴㄴ]으로 발음한다"를 관련 규정에 담으면 어떨까 싶다.

그나저나, 뜬금없는 광안리 바람은 왜 불었을까. 2012년 문화방송 노동조합의 '170일 파업' 당시 부산역 광장에서 열릴 언론 노조 부산 지역 집중 집회 논의를 하던 중에 나온 얘기였다. 방송인들은 스튜디오를 떠나 있어도 말글살이에 대한 생각의 끈은 놓을 수 없는 모양이다.

▸국립국어원의 최혜원 박사가 〈새국어소식〉(2001년 1월)에서 위와 관련한 내용을 다루었다.

'노근리'의 표준 발음은 [노:근니]라는 것이다. 이에 따르면 [광:안니], [당인니], [탄천노]가 맞다. 글의 요지는 다음과 같다.

육이오 당시 미군 비행기가 무차별 총격을 가해 수백 명의 사상자를 낸 일명 '노근리 미군 양민 학살 사건'이 연일 신문과 방송에 오르내렸었다. 뉴스에서 이 사건을 보도할 때마다 '노근리(老斤里)'의 발음이 제각각이었다. [노:근니]로 내보내는 방송이 있는가 하면, [노:글리]로 발음하는 경우도 있었다.

우리말에서 'ㄴ'은 유음 'ㄹ' 앞이나 뒤에서 'ㄹ'로 바뀌는 현상이 있는데 이를 유음화(流音化)라고 한다. 이 유음화는 고유어와 한자어에 따라 달리 일어나는데, 고유어에서는 예외 없이 뒤에 오는 'ㄴ'이 앞에 오는 'ㄹ'의 영향을 받아 'ㄹ'로 바뀐다.(신라[실라], 난로[날:로], 말년[말련], 불능[불릉]) 그러나 한자어의 경우에는 항상 'ㄹㄹ'로 발음되는 것은 아니라는 사실을 알 수 있다.

광한루[광:할루] 대관령[대:괄령]/의견란[의:견난] 동원령[동:원녕]

앞의 두 예는 'ㄹㄹ'로 소리 나지만, 뒤의 예는 'ㄴㄴ'으로 발음된다. 이 두 경우의 차이는 무엇일까? '광한루'나 '대관령'은 '광한+루', '대관+령'과 같이 분석했을 때 '광한'이나 '대관'이 독립성이 없다. 그에 비해 '의견+란', '동원+령'으로 분석되는 뒤의 두 단어에서 '의견', '동원'은 독립적인 단어로 쓰인다. 이렇게 하나의 한자어를 두 부분으로 분석했을 때 독립성이 있으면 'ㄴ'으로 끝나는 앞의 말은 형태를 유지하려는 성질이 있어 'ㄴㄴ'으로 발음하고, 독립성이 없으면 'ㄹㄹ'로 발음한다는 것이 현재 표준발음법의 기준이 되고 있다.

'노근리'는 '노근'이라는 명칭 부분과 행정 구역 단위인 '리'로 분석할 수 있다. 서울과 그 주변의 '당인리(唐人里)', '일산리(一山里)', '화전리(花田里)'가 [당일리], [일살리], [화절리]가 아니라 [당인니], [일산니], [화전니]로 발음되고 있고, 이 마을들이 도시의 명칭이 되거나 도시 안에서 새로운 행정 구역 명칭을 얻을 때 '당인', '일산', '화전' 단독으로 쓰이고 있는 것을 보면, '리(里)' 앞의 말들이 일정한 독립성을 가지고 있다는 결론을 내릴 수 있다. 이러한 관점에서 본다면 '노근리'의 표준 발음은 [노:근니]이다.

내비게이터

"고객님 앞으로 주문 상품 '나이 한 살'이 배송 중입니다. 본 상품은 특별 주문 상품으로 취소·교환·환불이 불가합니다. 상품 수령 후 수취 확인 바랍니다."

연말에 접어들 즈음에 돌아다니는 문자메시지이다. 한창때인 젊은이들보다 '가는 세월' 아쉬워하는 세대가 공감할 내용이다. 김광석의 〈서른 즈음에〉의 맛을 마흔 넘어서야 되새김하는 늦깎이인 나는 '특별 주문 상품'인 '나이 한 살'이 싫지만은 않다. 청춘의 뒤끝은 여전히 내게 남아 있고 중년 이후에야 알 수 있는 신체의 변화를 몸소 겪으며 이해할 수 있기 때문이다.

한 해가 가고 새해가 밝아 오면 새해는 새 학기처럼 다가온다. 헌 해를 보내고 새해를 맞으며 한 해 '진급'하는 것이다. 한 해 더 '진급'하면서 자신을 들여다보는 시간을 마련하기도 한다. 호젓한 절간에서 '해맞이 템플 스테이'를 하고 고즈넉한 성당에서 '송구영신 피정'을 하는 것이다. 묵상과 성찰을 통해 시간에 쫓기지 말고 차분히 앞날을 도모하는 게 낫다고 여기기 때문일 것이다. '인생은 속도가 아니라 방향'이라는 경구는 그래서 뜻깊다.

인생의 속도와 방향은 부모와 스승, 동료 그리고 책을 항법사 삼아 결정한다. 낯선 길의 동반자는 '내비게이션'으로 《표준국어대사전》에 올라 있다. 항법사에 어울리는 외래어는 '내비게이션'이 아니라 '내비게이터'이다. "'내비게이션'은 '길도우미'로 다듬었다"고 밝힌 국립국어원 김선철 박사도 "'내비게이션'은 영어를 바탕으로 한 우리식 외래어, 이른바 콩글리시에 해당한다"고 지적했다〈한겨레〉, 2008년 7월. 국립국어원은 '신어 자료집'(2003년)에 '한 지점으로부터 다른 지점으로 정확히 도착하게 하는 데 이용하는 차량용 항법 장치'로 '내비게이터'를 수록한 바 있다. 2003년에 '내비게이터'를 인정했다가 '내비게이션'으로 방향을 바꾸면서 이렇다 할 설명이 없으니 갈팡질팡하는 것처럼 보이기도 한다. 우리 세금으로 돌아가는 국립국어원이 제 방향 잡아 용처럼 높이 날아오르기를 기대한다. 국방 예산의 백분의 일도 안 되는 그곳 예산도 늘어나기를 또한 바란다.

카이사르

'방송 언어와 방송 언어 정책'를 주제로 국립국어원과 한국사회언어학회가 함께 마련한 학술 대회에 참석한 적이 있다. 방송 언어 변천사와 전망, 방송 언어 정책과 방송계 현실, 뉴스 언어, 드라마 언어로 나뉘어 진행된 그 행사는 여러모로 유익했다. "비교적 최근에 등장한 '뜨거운 감자', '전향적'이라는 표현의 무분별한 사용은 지양해야 한다"거나 "방송이 청소년 언어에 미치는 영향은 친구와 인터넷 등의 작용에 비해 크지 않다"는 발표자들의 주장은 현직 방송인으로서 귀 기울여 들을 만한 것이기도 했다.

"'장맛비'의 사이시옷은 재고해야 한다", "'병점역', '당고개역' 등의 일부 역 안내 방송 발음은 바로잡아야 한다"는 얘기들은 학술 대회가 끝난 뒤 이어진 저녁 자리에서 나온 시빗거리였다. '장마비[장마비]'[2], 병점역[병점역][3], 당고개[당꼬개]로 하는 게 맞다는 주장이다[4]. 어느 게 맞고, 어떻게 할 것인가는 실태 조사와 어원 등을 따져 정리해 가야 할 일이다.

2 '장마+비'가 '장맛비'가 된 까닭은 한글맞춤법 제30항의 '사이시옷 규정' 탓이다. '순우리말로 된 합성어로서 앞말이 모음으로 끝난 경우, 뒷말의 첫소리가 된소리로 나는 것'이 여기에 해당된다고 본 것이다. "표준어권의 실제 발음은 [장마비]가 우세했으니 [장맏삐/장마삐]로 하는 것은 문제가 있다"는 주장이다.

3 '떡전골'을 한자로 옮긴 '병점(餠店)'이니 [병점]이 표준발음법을 따른 것이다. [병쩜]은 '병이 곧 나을 것인지 오래갈 것인지를 알고자 점을 침. 또는 그 점'을 가리키는 '병점(病占)[병:쩜]'을 연상시킨다는 주장이다.

4 '당고개'는 옛날 서낭당과 미륵당이 있던 '당(堂, 당집 당)-고개'임으로 '당+ㅅ+고개'로 보아 된소리 [당꼬개]가 되어야 한다는 주장이다.

'말과 글을 바루며 다루는 이들이 모인 자리에 단골로 오르는 이런 화제들 가운데 귀를 솔깃하게 한 새로운 말거리도 있었다. '루비콘 강을 건넜다'는 명언으로 알려진 '카이사르(율리우스)'는 보통명사이기도 하다는 것이다.

과연 그랬다. '카이사르(Caesar)'는 로마의 장군·정치가인 '율리우스'를 뜻하기도 하지만 '황제'를 이르는 표현이기도 하다. 서양 '황제'의 어원은 '카이사르'의 양아들인 로마의 초대 황제 아우구스투스에서 비롯한다. '임페라토르 카이사르 디비 필리우스 아우구스투스(Imperator Caesar Divi Filius Augustus)'의 '카이사르(Caesar)'가 황제를 뜻하는 독일어 '카이저(Kaiser)', 러시아어 '차르(царь)' 등의 어원이 되었다. 북한에서는 '짜리'라 한다.《위키백과》 '황제의 것은 황제에게 돌려주시오'《마태오 복음》 22장에서 보듯이 개신교 성경에 나오는 '카이사르(가이사)'를 《가톨릭 200주년 신약성서》는 '황제'로 번역한다. 성경에 나오는 '카이사르'는 셰익스피어가 노래한 '줄리어스 시저'가 아닌 것이다.

헤로인

"소리 없는 항의가 퍼져 나갔다. '볼 만하다 해서 갔더니 칼질 장면만 나오더라'는 볼멘소리였다" 2007년 일부 관객의 반응을 전한 영화 관계자의 말이다. 같은 때 개봉한 〈색계〉를 '식객'으로 잘못 알고 관람한 이들이 제법 되었던 모양이다. 이 영화로 세계적인 스타가 된 탕웨이가 한국 감독과 결혼했을 때 떠들썩했다. 그즈음의 언론 매체들은 '한·중 정상회담'을 머리기사로 다루었지만 인터넷은 '한·중 겹사돈' 소식으로 뜨거웠다. 한국 누리꾼이 '(중국 배우 가오쯔치와 결혼하는) 채림을 보내고, 탕웨이를 맞는다'는 글을 올리자 중국 '왕민(网民, netizen)'은 '전지현이나 송혜교라도 보내라'라며 응수했다고 한다. 중국 팬들의 희망 사항은 실현되지 않았다. 전지현은 금융업계의 한국인과 짝을 맺었고, 송혜교는 한류 스타 송중기와 '송송 커플'이 된 '품절녀'가 되었으니까 말이다.

'영화 〈만추〉의 김태용 감독과 그의 히로인 중국 배우 탕웨이가…'(ㅁ방송) 둘의 결혼 소식을 전한 '앵커 멘트'이다. '감독과 그의 히로인'이란 표현이 왠지 영화적으로 다가오지만 여주인공은 '히로인'이 아닌 '헤로인'이어야 한다. 남자 주인공은 '히어로(hero)', 여자 주인공은 '헤로인(heroine)'이다.《고려대 한국어대사전》"'여걸, 여장부'라는 뜻의 영어 'heroine[hérouin]'을 외래어 표기법에 따라 적으면 '헤로인'이다".(국립국어원 누리집)

'헤로인' 자리에 '히로인'이 널리 쓰이는 까닭은 무엇일까. 인터넷 정보를 훑어보니 갖가지 설명과 그럴듯한 답이 나왔다. "마약(헤로인, heroin)과 발음이 같아서 꺼리는 게 아닐까", "'히어로'이니 '히로인'으로 미루어 짐작한 것", "일본의 만화, 소설, 애니메이션 등에 자주 등장하는 '여주인공(히로인, ヒロイン)'의 영향일 것이다. 일본에서는 마약의 한 종류를 '헤로인(ヘロイン)'으로 구별해 쓴다" 따위가 그것이다. "'헤로인'이 맞는 줄 몰랐다"처럼 싱거운 답도 빼놓을 수 없다. 뉴스 검색 결과는 여주인공의 뜻으로 '히로인'(1,270건)이 '헤로인'(5건)보다 훨씬 많이 쓰이고 있음을 보여 준다.(구글 검색) 여주인공 '헤로인'의 자리, 어떻게 찾아 줄 수 있을까.

▸외래어 표기법에 따른 'heroine'의 표기는 '헤로인'이지만, 제127차 외래어심의회(2016. 6. 29)는 이 용어의 표기를 현실 쓰임 등을 고려하여 '히로인'으로 결정했다. 심의회 결정이 규범에 우선한다.

▸《표준국어대사전》은 '필로폰'과 '히로뽕'을 같은 것으로 다루고 있다. 둘 다 쓸 수 있다는 뜻이다. 방송과 신문을 비롯한 언론에서는 '필로폰'을 선호한다. 일본 흔적이 드러나지 않기 때문일 것이다. '히로뽕(ヒロポン)'은 1941년 일본 제약 회사가 판매했던 상품명이다. '노동을 사랑한다'는 뜻의 그리스어 'Philoponus'에서 따온 이름이다. '노동을 사랑한다'? '히로뽕'은 전쟁 당시 노동자들은 각성제로 팔렸다.

시해

"어떤 이유를 대더라도 씻지 못할 죄를 지었지만, 마음만은 다시 태어나 세상에 긍정적인 힘을 불어넣는 사람이 되겠습니다." 살인죄로 기소된 지 아무개 군이 재판에서 한 최후진술의 한 대목이다. '씻지 못할 죄'는 어머니를 죽이고 시신을 8개월 동안 방치한 것일 터이다. 지 군은 눈물을 보였고, 그의 아버지는 "절망에 빠진 아들 옆에 있어 주지 못한 제 잘못"이라며 통곡했다는 내용을 전한 기사는 '친모(모친, 엄마, 어머니, 母) 살해' 등의 표현으로 소식을 전했다. 이런 표현을 보면서 그 얼마 전 한 지상파 프로그램에 출연한 가수가 '10.26 사태(故 박정희 대통령 시해 사건) 이후 정신병원에 감금당한 적이 있다고 털어놨다'(ㄷ 일보)는 기사가 떠올랐다. 출연자가 말한 '10.26 사태'를 '대통령 시해 사건'으로 풀어 주었기 때문이다.

살해는 '사람을 해치어 죽임', 시해(弑害)는 '부모나 임금을 죽임'《표준국어대사전》이다. 살해자와 피살자의 관계에 따라 달리 표현하는 것이다. 이에 따르면 '모친 시해'이고, '대통령 살해(피살)'라 해야 앞뒤가 맞는다. 10.26 사태 당시 정부의 공식 발표는 '김(재규) 정보부장이 발사한 총탄으로 26일 저녁 7시 45분 (박 대통령이) 서거하셨습니다.'(김성진 당시 문공부장관, 1979년 10월 27일 오전 7시 23분)로 '시해'는 등장하지 않는다. 이 표현은 이튿날 '계엄사 합동수사본부장 전두환 육군 소장은… 박정희 대통령 시해 사건의 중간 수사 결과를 발표했다.'(ㄱ 신문)에 비로소 등장한다. 하루 사이에 대통령이 '임금' 대접을 받게 된 것이다.

말과 글은 의사소통의 기본 수단이다. 언어는 생각의 틀이며 가치의 집이다. 안중근 의사의 '테러'를 '의거'로 기록하면 '의사'가 되고, '(일제에 대한) 반역'으로 표현하면 '반역자'가 된다. '한일 합방'은 한국(대한제국)과 일본 두 나라가 한 나라로 합친 것(合邦)이 되고, '을사조약'은 을사년에 '상호 합의로 국가끼리 동등하게 합의'한 것이 된다. '한일 병탄(--倂呑, 남의 재물이나 다른 나라의 영토를 한데 아울러서 제 것으로 만듦)', '을사늑약(--勒約, 억지로 맺은 조약)'으로 해야 한다는 주장이 나오는 이유이다. 역사 기록으로 남길 때의 용어 선택과 표현은 그래서 가볍지 않다.

▸ "'갑오경장', '을미사변', '아관파천'은 식민 사관이 만들어 낸 용어로 바로잡아야 한다"는 주장이 대두되는 것도 같은 맥락이다. 1592년 일본이

조선을 침략한 사실을 '임진왜란'이라 하듯이 1894년의 일본 침략도 '갑오왜란'으로, 1895년에 일본인이 저지른 만행도 같은 이유로 '을미왜변'으로 해야 한다는 것이다. 고종이 일본의 국권 침해를 막으려 치외법권 지역인 러시아공관(아관)으로 거처를 옮긴 것은 '도망'의 뜻이 강한 '파천'이 아니라 '망명'이라고 해야 바른 역사 기술이 된다는 것이다.

위탁모

'자원봉사 희망 프로젝트, 나누면 행복'이라는 프로그램이 있다. 언젠가 그 방송의 주인공은 부모가 양육을 포기한 갓난아기였다. 어느 날 만난 화면의 주인공, 심장 수술을 받아 파리한 아기를 보니 콧등이 시큰거렸다. 그랬던 핏덩이에 살이 오르고 화색이 돌기 시작했다. 양부모가 나서기 전까지 보살피는 자원봉사자의 돌봄 덕분이다. 프로그램은 아기의 뜻깊은 백일을 담아냈다. 한 여배우가 '일일 엄마'로 나서 씻기고 먹이고 재우며 돌봐 준 것이다. 그의 역할은 '위탁모'였다.

"'위탁모(위탁 가정)'를 사전에서 찾으니 나오지 않는다. 방송에서 써도 되겠느냐"는 방송 작가의 문의가 '위탁모'를 글감으로 삼게 했다. 무심히 흘렸던 관련 표현을 찾아보았다. '(입양 전) 위탁모'는 1980년대 중반에 등장한다. 그 이전에 '위탁 양육 보호 제도를 처음 실시한 곳은 홀트아동복지회로 1967년부터였다… 위탁 양육 부모의 조건은…'에서처럼 '위탁 양육 부모'가 보이기도 한다.(ㅁ 경제, 1976년 3월 15일) 위탁(委

託)은 '남에게 사물이나 사람의 책임을 맡김'으로 여기에 붙어 만들어진 낱말은 '-무역', '-품', '-생', '-인' 등 32개였다.《표준국어대사전》 이에 기대어 '위탁모'의 뜻을 새기면 '일정한 계약 아래 남에게 아이를 맡긴 여자'가 된다. 우리가 알고 있는 '위탁모'와 다른 것이다.

'조어의 문제'로 '위탁모'를 배제하는 것은 또 다른 문제를 불러일으킬지 모른다. 역할에 걸맞은 말을 찾자면 '피(被)위탁모'와 '탁아모(託兒母, 보호자 대신 어린아이를 맡아 돌보는 여자)', '수탁(受託, 다른 사람의 의뢰나 부탁을 받음)모'쯤 되겠지만 이 또한 왠지 마뜩잖다. 이참에 '위탁모: 부모를 대신하여 아이들을 맡고 있는 사회 복지 기관에서 아이들을 돌보는 사람. 또는 주로 아이가 입양되기 전까지 기관으로부터 위임을 받아 자신의 집에서 아이를 키우는 사람'《고려대 한국어대사전》처럼 《표준국어대사전》에 표제어로 올려 설명해 주는 것은 어떨까 싶다.

▶ 2016년부터 국립국어원이 시범 운영하고 있는 개방형 웹사전인 '우리말샘'에는 '위탁모'가 나온다. '위탁모(委託母)[위탕모]: 입양을 기다리는 아이들을 임시로 맡아 돌보아 주는 여자'. 2016년 10월 3일에 국립국어원에서 편집해 올린 것이다.

희생자

"'틀짓기(프레이밍, framing) 이론'을 배웠으면서도 '북한의 포격 훈련' 하면 '도발'을 떠올리는 스스로를 보며 '고정관념'에서 자유롭지 못하다는 생각이 들었다. '도발(남을 집적거려 일이 일어나게 함)'의 뜻을 새겨보니 그랬다. '세월호 참사' 관련 기사를 차분하게 뜯어보았다. '희생자'와 '사망자'의 뜻 차이가 두드러지지 않았다. 사전 뜻풀이는 그렇지 않다. 재난 사건 보도에서 '희생자'와 '사망자'는 혼용 가능한 것인가…" 방송 화법을 공부하는 학생의 질문이다.

조선 시대 임금이 선왕에게 바치는 제사상에는 생고기 덩어리들이 빠지지 않는다. 희생(犧牲)을 올리기 위해서이다. '희(羲)'와 '생(生)'에 뜻을 나타내는 '소 우(牛)'가 붙어 생긴 이 말의 원뜻은 '제물로 바치는 산 짐승을 일컫는 말'이다. 《표준국어대사전》은 '희생자'를 '희생을 당한 사람'으로, '희생'을 '다른 사람이나 어떤 목적을 위해 자신의 목숨, 재산, 명예, 이익 따위를 바치거나 버림. 또는 빼앗김'으로 풀이한다. '다른 사람이나 어떤 목적을 위하여…'라는 제한 조건이 걸린다.

'폭탄 사건의 희생자', '전쟁 희생자'(ㄷ 일보, 1920년)에서처럼 재난과 전쟁 등의 피해자를 '희생자'로 표현한 지는 꽤 오래되었다. 원뜻에 발목 잡혀 세간의 쓰임을 제대로 담지 못한 사전을 어찌해야 할까. 국립국어원은 이와 관련해 '제한 조건에 대한 검토를 하여 (국어)심의회에 올리겠다'라고 밝혔다. '희생(자)'의 일반적인 쓰임을 담은 사전이 없는 것은 아니다. '희생: (뜻밖의 사고로) 헛되이 목숨을 잃음', '희생자: 피해를 당한 사람'《ᄒᆞᆫ+국어사전》, '희생: 예기치 않은 재난이나 사고로 목숨을 잃음', '희생자: 어떤 일이나 사건으로 말미암아 죽거나 다치거나 피해를 입은 사람'《고려대 한국어대사전》을 본보기로 삼을 만하다.

되갚음

어느 날 해거름 무렵 한 아나운서가 퇴근했다. '좋은 데 가는 모양?'이라는 의례적인 인사에 '남이사'라는 한마디를 남기고. 그는 떠났지만 아나운서 몇의 설왕설래는 이어졌다. 빈자리 늘어 가는 사무실을 채운 대화는 대충 이랬다. "'남이사'?", "그러게, (방송에) 써도 되나?", "(인터넷을 검색한 뒤) '남이사', 사전에 있네. '남이야 뭘 하든 무슨 상관이냐'는 뜻", "사전에 나오면 방송할 때 써도 되겠다", "어떤 사전? 《표준국어대사전》에는 없는데!", "그러면 안 되는 거네, 거기 없으면…", "찾았다! '남이사'는 경상도 사투리. '내사'와 같은 뜻인데 (사투리 억양으로), 내사~ 남이사~ 그럴듯하지?" 몇 해 전의 일이다.

또 다른 어느 날 점심 무렵에도 비슷한 갑론을박이 있었다. "'대갚음'은 맞지만 '대갚다'와 '되갚음(되갚다)'은 틀린 표현"이라는 인터넷에 떠다니는 정보가 단초가 되었다. 이 가운데 '대갚음'만 표제어로 올라 있으니 앞의 정보는 그럴듯해 보인다.《표준국어대사전》 같은 사전은 '분패'의 뜻풀이 뒤에 '전번 시합에서의 분패를 되갚아야 한다'는 예문을 들었다. 얼핏 보면 앞뒤가 안 맞는 정보이다. 이를 두고 국립국어원은 "'되갚다'는 '되+갚다'의 구성으로, 일부 동사 앞에 붙어 '도로'의 뜻을 더하는 접두사 '되-'가 붙은 꼴로 틀리다고 볼 수 없다. 사전에는 접사가 붙은 말을 모두 등재하기는 어렵기에 접사를 먼저 표제어로 올리고, 접사가 붙은 몇몇의 단어들을 표제어로 삼아 등재하고 있다"로 정리한다.('온라인 가나다')

'남이사'처럼 인터넷 '오픈' 국어사전에는 있고, '진짜' 국어사전에는 없는 게 있다. '되갚음'처럼 국어사전에 오르지 않았으니 바르지 않다고 단언하는 것 또한 무리이다. 사전에 나오지 않는다고 반드시 틀린 표현은 아니라는 얘기이다. 인터넷 정보 과잉은 말글살이 세상에도 해당된다. 중요한 것은 신뢰할 만한 정보와 그렇지 않은 것을 가려내는 안목인 것이다.

드론

세계 최고의 스피드 축제가 전남 영암에서 몇 해간 펼쳐졌다. 공식 명칭은 'FIA 포뮬러 원 월드 챔피언십(FIA Formula One World Championship)'이다. 포뮬러 그랑프리는 금요일부터 시작해 일요일까지 사흘에 걸쳐 진행된다. 금요일에는 시험(연습) 주행, 토요일 예선을 시작으로 일요일 결승으로 마무리되는 포뮬러 원(F1) 코리아 그랑프리가 영암에서 치러진 대회이다. 경주차의 굉음과 '쏜살보다 빠른' 속도를 즐기는 데 현장 관람보다 좋은 것은 없다. 현장 중계 화면의 백미는 헬리콥터에서 촬영한 '항공 샷'이다. 곧음과 굽이가 섞여 있는 경주로 여기저기의 이모저모를 한눈에 볼 수 있기 때문이다. 조종사와 카메라맨, 기술 감독이 한 팀이 되어 날아다니는 국내 방송사 항공촬영팀의 연간 직접 운영 비용은 2~3억 원쯤 된다고 한다.

국내 자동차 경주 대회를 중계하는 케이블방송 화면에도 항공촬영 그림이 나올 때가 있다. 무선 조종 소형 헬리콥터로 촬영한 화면이다. 관련 장비를 소개한 신문 기사 제목 '어디선가 날아와 당신을 찍는다…

드론의 습격'에 솔깃해 본문을 보았다. (군사용으로 개발된) 무인 항공기가 민간에서도 널리 쓰인다는 기사였다. '미국이 독점했던 드론(drone, 무인기)을 현재 세계 76개국이 보유하고 있다고…'(ㅈ 일보), '테러 용의자들이 타고 있던 차량을 드론으로 공격해…'(ㅅ 방송)처럼 '드론'을 분별없이 쓰는 매체가 많다.

'미국은 무인기 연구에 몰두설'(1949년, ㄷ 일보), '무인기 폭탄 장치 한국 전선에서 사용 중'(1952년, ㄱ 신문)에서 보듯이 1950년 전후의 무인기는 유도탄(미사일)으로 21세기의 무인기와 사뭇 다르다. 2000년 이후 쓰임이 많아진 '드론'(약 4,700건) 관련 뉴스는 무인 항공기(약 5,300건), 무인기(약 3,200건), 무인 전투기(약 2,000건), 무인 비행기(약 1,700건)보다 기사에 많이 등장한다.(다음 검색, 2012년 10월)

'드론'은 무인 비행기(선박)를 가리키는 영어이니 중국과 이란, 터키의 무인기를 '드론'이라 하는 것은 생뚱맞다. 기사를 쓸 때 '비행기'를 '에어플레인'이라 하지 않듯이 '무인기'도 '드론'이라 하지 않는 게 앞뒤가 맞는다. 국립국어원 말다듬기위원회는 2015년 4월에 '드론'을 '무인기'로 다듬어 발표했다. 모든 '드론'을 '무인기'라 하는 게 현실에 맞지 않는다는 의견도 있다. 2017년 10월의 뉴스 검색 결과는 '드론'(14만 7,000건)의 쓰임이 나머지 네 용어를 합한 것보다 압도적으로 많음을 보면 일리 있는 주장이다. 날개가 네 개 달린 원격 조종 무인기는 '드론'으로 따로 인정해야 하지 않을까 싶다.

시들다-시듦

가을은 낙엽과 함께 온다. 어느 가을날, 갈색으로 물든 이파리는 소슬바람에 길거리 여기저기에서 흩날리고 있었다. 아침부터 내린 비에 떨어진 것인지 물기를 머금은 낙엽도 있었다. 그 이파리 하나를 집어 들어 저녁때 만난 지인에게 건넸다. 가을을 확인하며 동그래진 그의 눈에서 언뜻 감동의 느낌이 배어나는 듯했다. 때는 바야흐로 단풍 들고 낙엽이 지는 가을이었다.

기후의 변화로 생기는 붉은 단풍은 안토시안이라는 성분 때문에 나타나는 현상이다. 사람에게는 '가을의 낭만'을 자아내게 하는 상징이지만 나무에게는 생리작용의 하나일 뿐이라는 것이다. 단풍은 가을에만 나타나는 게 아니다. 병리 현상의 하나로 단풍이 들기도 한다. 남산의 참나무 잎은 가을과 무관하게 이미 붉게 변한 게 많다. 나무끼리 앓는 전염병 때문이다. 남산에 이 병이 발생한 지는 꽤 여러 해가 되었다. 2008년에 처음 발견 된 후 급속히 확산되고 있다. 이 소식은 '산림청의 참나무시들음병 방제에 사용된…'(ㅇ 케이블방송 뉴스), '참나무시들음병균을 옮기는…'(ㅁ 방송) 등을 통해 여러 차례 보도되었다.

이 병은 말 그대로 '수분이 부족하여 아래쪽 잎부터 시들어 말라 죽는' 병이다. 시들시들 말라 죽는 병이니 '시드름병'이 맞을까. 'ㄹ' 받침으로 끝나는 동사, 형용사의 명사형은 어간 뒤 'ㅁ'을 붙여 만든다. 그래서 '참나무의 흑사병으로 불리는 시듦병인데요'(ㅇ 케이블방송 뉴스)처럼 '시듦병'이라 해야 조어법에 맞는다. 만듦, 힘듦, 베풂, 삶, 앎도 마찬가지이다.

일상에서 자주 쓰지 않는 표현의 맞춤법을 일일이 확인하며 기사 쓰는 게 쉽지는 않은 일이다. 그래서 필요한 게 교열 기능이다. 단순한 맞춤법 잘못은 문서 작성기의 '맞춤법 검색 기능' 등으로 충분히 고칠 수 있다. 언중에게 익숙하지 않은 전문용어, 물 밀듯이 밀려오는 외래어 표기 등도 웬만한 워드프로세서의 이 기능을 통해 바로잡을 수 있다. '맞춤법 검사기'를 쓰는 작은 번거로움이 반듯한 말글살이에 큰 도움이 될 수 있다.

▸ 갈다, 거칠다, 날다, 어질다, 줄다, 잘다, 길다, 돌다, 물다, 놀다, 달다, 불다…. 이런 낱말처럼 어간이 'ㄹ'로 끝나는 동사, 형용사가 명사형이 되면 'ㄹ'은 사라지지 않고 'ㅁ'이 붙어 받침이 'ㄻ'이 된다. 갊, 거칢, 낢, 어짊, 줆, 잚, 긺, 돎, 묾, 놂, 닮, 붊….

발음은 겹받침 두 개를 모두 살리려고 애쓰지 말자. 'ㅁ'만 살리면 된다. 어간의 장단음은 살려야 하고. [감ː], [거침], [남], [어짐], [줌ː], [잠], [김ː], [돔ː], [뭄], [놈], [담], [붐]….

푸껫

"강 선생, 이번 주제는 뭡니까." 해외 출장지까지 일거리 짊어지고 온 내게 함께 길 떠나온 이가 한 말이다. 아, 이번 주 주제? "이번 주에 할 얘깃거리는 '이곳'의 이야기…"라고 답했다. 거기에 며칠 머무는 동안 나라와 도시 이름을 헷갈려하는 이들을 여럿 보았기에 떠올린 글감이다. 그곳은 어디일까. 다음에 늘어놓은 조각 정보를 맞춰 함께 맞혀 보자. 해안을 따라 남북으로 1,600km에 걸쳐 길게 뻗어 있는 나라. 커피 생산량이 세계 1위인 브라질에 버금가는 나라. 미국과 프랑스, 중국과 전쟁을 치른 나라. 축구 선수 박지성보다 '동방신기'의 인기가 훨씬 높은 나라. 고엽제 환자가 가장 많은 나라. 스프래틀리(난사, 쯔엉사) 군도 문제로 중국과 갈등을 빚고 있는 나라. 오토바이를 대리 주차를 시키는 나라. '안남미'의 고향이며, 쌀국수 '퍼(Phở)'로 유명한 나라. 월남이라 하기도 하는 이 나라는 베트남이다.

동남아 국가로는 드물게 한자 문화권에 속하는 이 나라의 공식 언어는 베트남어이다. 예전에는 한자와 비슷한 '쯔놈'을 썼지만 프랑스 선교사가 로마자를 바탕으로 만든 '꾸옥응으(國語)'를 1945년 독립 이후 쓰고 있다. 성조(聲調)는 6성(聲)으로 문자 위 또는 아래에 '삐침표', '물결표', '물음표', '삿갓표', '점표' 따위를 더한다. 도시 이름도 역사 따라 바뀌었다. 베트남전쟁 당시 '월남'의 수도였던 사이공은 통일된 뒤 독립운동을 이끈 정치가 이름을 딴 호찌민이 되었다. 호찌민의 로마자 표기는 'Ho Chi Minh'이지만 공항 코드는 사이공 때 그대로인 'SGN'이다. 이 때문인지 도시 이름을 헛갈려하는 이가 적잖다.

2004년에 '동남아 3개국 외래어 표기법'이 고시되었다. 현지 발음에 따른 된소리 표기(ㄲ, ㄸ, ㅃ)를 허용한 표기법이다. 이전 표기법의 일반 원칙을 적용한 '호치민'과 '붕타우'는 호찌민, 붕따우로 적는 게 맞다. 여름 휴양지로 인기 있는 태국의 섬은 그래서 '푸케트'나 '푸켓'이 아니라 푸껫이다.

▸외래어 표기의 원칙은 크게 다섯 가지이다. 제1항. 외래어는 국어의 현

용 24자모만으로 적는다(ㅸ ㅿ ㆍ등은 쓰지 않는다). 제2항, 외래어의 1음운은 원칙적으로 1기호로 적는다. 제3항, 받침에는 'ㄱ, ㄴ, ㄹ, ㅁ, ㅂ, ㅅ, ㅇ'만을 쓴다('샾', '그뤠잍', '케잌'은 외래어 표기법에 어긋난다). 제4항, 파열음 표기에는 된소리를 쓰지 않는 것을 원칙으로 한다('빠리-paris', '바게뜨-Baguette'는 '파리', '바게트'). 제5항, 이미 굳어진 외래어는 관용을 존중하되, 그 범위와 용례는 따로 정한다.(괄호 안은 필자의 설명)

'외래어 표기법'의 세부 사항과 용례 찾기는 국립국어원 누리집(www.korean.go.kr)에서 '사전 · 국어지식'을 찾아 들어가면 확인할 수 있다.

정정 보도

언론이 '최고 존엄'을 욕되게 한 일이 여러 차례 있었다. 이승만 대통령이 '견통령(犬--)'으로 둔갑해 신문에 실린 '견통령 사건'이 대표적이다. '큰 대(大)'를 '개 견(犬)'으로 착각해 벌어진 실수였겠지만 편집자와 신문사 사장이 구속되고 정간 조치가 내려진 사건이다. '견(犬)자의 심술'은 우리만의 일이 아니었다. 중국의 한 신문은 '전국인민대회(-大会)'를 '전국인민견회(-犬会)'로 잘못 표기하기도 했고, 일본의 어느 일간지는 '메이지대제(-大帝)'라 할 것을 '메이지견제(-犬帝)'로 보도해 곤욕을 치렀다. 모든 경우에 정정 보도가 이어졌음은 물론이다.

학보사 기자 노릇 할 때만 해도 신문은 납 활자로 만들었다. 책꽂이처럼 늘어선 활자함의 낱자들은 식자공의 잰 손놀림을 거쳐 활판으로 변신했다. 교정쇄부터 시작해 초교, 재교, 삼교를 거쳐도 오자 발생 위험은 사라지지 않았다. 오죽하면 '(오자) 하나 잡으면(찾으면) 맥주 500cc'라는 현상(懸賞)까지 나왔을까. 잘못 찍힌 활자 때문에 빚어진 일만 있는 게 아니다. 대통령 귀국 행사를 생중계 하던 어느 아나운서는 '육영수 여수'라 방송해 정보기관 구경을 했던 적도 있었다. 같음 모음을 무심히 발음한 '죗값'을 치른 것이다. 학보사의 오자는 '맥주 한 잔'으로 그쳤지만 신문과 방송의 오자와 발음 실수는 치도곤으로 이어지기도 한 것이다.

미국 〈뉴욕타임스(NYT)〉 지가 사람 이름 '노섭(Northup)'의 철자를 독자 제보로 바로잡았다는 '161년 만의 정정 보도'라는 기사가 인상적이었다. '오자 없는 세상'이 꿈이기 때문이다. 오자는 '맞춤법 교정 프로그램'으로 웬만큼 고칠 수 있으니 '꿈'이 현실이 될지 모른다. 하지만 '교정'만으로 바른 문장을 만들 수 있는 것은 아니니 문제이다. "일본에서 건너온 '수입산'으로…"(ㅎ 신문), "유족에게는 보상금, 의료 급여 등이 '주어진다'"(ㅈ 일보) 같은 문장은 '교열'로 바루어야 반듯한 문장이 된다. '외국산(수입품)으로…', '…등을 지급한다'처럼 말이다.

▶ '맞춤법 검사기(교정기)'는 공짜로 쓸 수 있는 게 여러 개 있다. '다음 맞춤법 검사기(http://dic.daum.net/grammar_checker.do)'는 띄어쓰기 오류까지 제법 정확하게 잡아 준다. 한 번에 1,000자까지 입력 가능하고 사용자 환경이 편하게 구성되어 있다. '네이버 맞춤법 검사기'는 500자 입력이 가능하고 입력창과 검사창이 다음(Daum) 것에 비해 작다. 부산대학교 권혁철 교수팀이 이끄는 '나라인포테크'의 '한국어 맞춤법/문법 검사기(http://speller.cs.pusan.ac.kr/PnuWebSpeller/)'는 교정 내용은 물론 도

움말까지 상세히 알려 준다. 한 번에 300어절까지 검사할 수 있다.

염두

말글과 더불어 사는 이들은 낱말과 문장, 소릿값을 늘 염두에 두고 지낸다. 염두(念頭)는 한자 뜻 그대로 '생각의 머리(시작)'이고 '의중'이나 '심중'과 비슷한 뜻이기도 하다. 사전 뜻풀이는 '생각의 시초'와 '마음속'《표준국어대사전》. '염두에 두다', '염두에 없다', '염두 밖의 일'처럼 쓴다. '염두를 떠나지 않는다', '염두에 놓치지 않다' 같은 용례도 있다. 이런 표현은 어떤가. "연휴 정체 상황 염두하시기 바랍니다." 교통 정보에 나온 말이다. 이 방송을 들으며 내 귀를 의심했다. '염두하다'?

동사형인 '염두하다'는 우리말에 없다. "실종자들의 사망을 염두한 것이 아니냐…"(ㅇ 케이블방송), "지수 조정 및 2000P 염두한 저가 매수 반등" (ㅇ 경제 케이블방송), "재선을 염두한 포석을 두었다, 이렇게 볼 수 있겠군요."(ㅁ 방송).

모두 틀렸다. 관련 표현을 검색해 보니 2000년대 중반부터 '염두하다' 꼴이 나타나기 시작했다. 누구인가 '염두에 두다'를 '염두해 두다'로 잘못 받아들여 쓰기 시작한 게 '오용의 씨앗'이 되었으리라. 이 같은 오용은 문장을 다양하게 표현하는 방법으로도 바로잡을 수 있다. '(사망을) 염두하다'는 '－예단하다'로, '재선을 염두한 포석'은 '－내다본 포석' 등으로 다듬을 수 있다.

방송인은 보도, 교양, 오락… 어떤 프로그램을 하든 충실한 전달자(커뮤니케이터)이어야 한다. 정보를 제대로 전하기 위한 바탕은 바른 낱말 사용이다. 낱말의 제 뜻 살펴 쓰는 데 사전만 한 길잡이는 없다. 반듯한 아나운서는 오늘도 사전을 벗 삼아 산다.

육/륙

날마다 출근을 한다. 여느 직장인들처럼 아나운서도 출근을 한다. 새벽이나 심야에 방송하는 이들은 다른 이에겐 한밤중일 오전 세 시에 출근하기도 하고, 밤을 꼴딱 새우기도 한다. 1년 365일, 방송은 하루도 쉬는 날이 없으니까. 출근길 교통편도 다른 회사원과 다르지 않다. 승용차를 탈 때도 있고 대중교통을 이용할 때도 있다. '시간이 생명'인 방송인에게 운행 시간에 맞춰 수도권을 거미줄처럼 연결하는 전철은 아주 쓸모 있는 교통수단이기도 하다. 이렇듯 유용한 전철에 쓴소리할 게 생겼다. 5, 6, 7, 8호선을 운영하는 '서울도시철도(현 서울교통공사)' 안내 방송에 아쉬움이 있어서이다.

'5678 서울도시철도' 로고송이다. 경쾌한 음악에 실려 나오는 숫자 발음은 [오육칠팔]. 아라비아 숫자 '6'은 '여섯 륙'. '6'은 낱말 첫머리에서는 두음법칙에 따라 '육'으로 쓰고 읽지만 그렇지 않으면 '륙'이다. '5.16'은 그래서 '오일륙[오:일륙]'이고, '6.25'는 '육이오[유기오]'가 된다. 마찬가지로 대여섯 살은 '5~6세[오륙-]', 예닐곱 명은 '6~7명[육칠-]'이라 하고, 구구단을 욀 때도 '9×6=54[구륙오:십사]', '6×

9=54[육구---]'라 하는 거다. '서울도시철도' 각 역 플랫폼의 안내 방송처럼 '6(륙,육)'의 제 표기와 소릿값을 찾아 주면 좋겠다. 대한민국 수도 서울의 대중 교통망은 세계 어느 도시와 견주어 봐도 참으로 훌륭하다. '오륙칠팔 서울도시철도' 객차 내 안내 방송도 그에 걸맞게 제대로 하면 더 훌륭해질 것이다. 오늘도 달리는 '서울도시철도'에 주마가편(走馬加鞭)하는 마음으로 건네는 제안이다.

▶위 칼럼이 실린 뒤 서울도시철도에서 해명 글을 같은 신문에 실었다. 고객홍보팀장이 '전자음 변경 과정에서 차이 생겨'라는 제목으로 올린 내용의 요약문은 다음과 같다.

칼럼에 '륙—육' 제목으로 게재된 기사와 관련하여 공사 입장에서 설명드리고자 합니다. 먼저 하루에도 수백만 명이 이용하는 대중교통인 만큼 시민에게 바르고 정확한 정보 전달이 필요함에도 일부 안내 방송에서 다소 정확하지 못한 발음으로 전달되어 유감의 뜻을 표합니다. 결론부터 말씀드리면 '5678 서울도시철도' 로고송의 원음은 소릿값에 맞게 '오륙칠팔 서울도시철도'로 녹음하였음을 알려 드립니다.

공사에서 방송 중인 '5678 서울도시철도' 로고송은 2005년도에 제작하여 원음을 모든 안내 방송 등에 삽입하여 사용하고 있습니다. 일부 전동차 안내 방송에서 '육(6)'으로 들린다는 지적에 따라 로고송 원음과 5~8호선 전동차 방송 내용을 확인하였습니다. 전문가에게 자문한 결과 일부 안내 방송에서 '륙'의 'ㄹ' 발음이 약하게 표출되어 '육'으로 들릴 수도 있다는 의견을 받았습니다.

현행 전동차 내 안내 방송은 원음을 전자음으로 변경, 압축 저장 후 다시 방송 장치를 통해 송출되며 이 과정에서 일부 원음과 다르게 소리 나는 것으로 확인되었습니다. 동일한 소리 원본이라도 여러 가지 환경적 요인에 의해 다르게 표출될 수 있다는 것입니다.

공사에서는 현재 전동차 내 방송 음질 향상을 위하여 고음질 압축 파일 저장 방식(MP3)으로 시스템 개선 사업을 추진 중이며, 해당 사업이 완료되면 이러한 문제는 해소 가능합니다. 이용 시민께 불편을 드린 점에 대하여 다시 한 번 유감을 표하며, 앞으로도 안전 운행과 고객 편의를 위해 시민 고객의 조그만 소리에도 귀 기울이는 '5678 서울도시철도'가 되겠습니다.

퍼센트/퍼센트포인트

2011년 35대 서울시장 재보궐 선거 결과, 한나라당 나경원 후보는 1,867,880표를, 무소속 박원순 후보는 2,158,476표를 얻었다. 두 후보의 득표 차이는 290,596표이다. 중앙선거관리위원회가 발표한 두 후보의 최종 득표율은 각각 46.21퍼센트와 53.40퍼센트로 지상파 방송 3사의 출구 조사 결과와 크게 다르지 않았다. 그 결과 박원순 후보는 서울시장이 되었고, 이후 재선에 성공했다. 새삼 개표 결과를 정리하며 뒷북을 치는 까닭은 퍼센트, 퍼센트포인트 차이를 짚어 보기 위해서이다.

퍼센트는 '백분율을 나타내는 단위로 기호는 %'이고, 퍼센트포인트는 '백분율로 나타낸 수치가 이전 수치에 비해 증가하거나 감소한 양'

《표준국어대사전》이다. 임금 인상률이 10%에서 15%로 늘었다면, 퍼센트포인트로는 불과 5퍼센트포인트가 늘어난 것이지만 퍼센트로는 무려 50퍼센트나 증가한 것이다. 당시 서울 시장 선거에 나선 두 후보의 득표율 차이는 53.40%에서 46.21%를 뺀 7.19퍼센트포인트이고, 박원순 후보는 나경원 후보보다 15.56퍼센트 표를 더 얻었다. 이렇듯 여론조사와 물가 상승률 따위의 통계 수치를 다룰 때 헷갈리면 안 되는 게 퍼센트와 퍼센트포인트이다. 셈법에 따라 '체감 효과'가 달라지기도 한다.

퍼센트와 같은 뜻으로 쓰는 '프로'는 어찌 다루어야 할까. 이 말은 네덜란드어 '프로센트(Procent)'가 일본을 거쳐 우리나라에 들어온 표현이다. 일본이 개항 초기에 서양 문물을 받아들인 주요 창구는 네덜란드였고, 이 나라의 한자 음역어인 화란(和蘭)에서 들어온 학문인 난학(蘭學)은 곧 서양 학문을 뜻했다. 이 땅에 '프로'를 넘겨준 일본은 요즘 '프로'보다 '퍼센트(パーセント)'를 많이 쓴다. 백분율과 한뜻인 퍼센티지는 외래어로 인정하지만 같은 뜻으로 쓰고 있는 '프로티지(프로테이지)'는 바르지 않은 표현이다. 마일리지(mileage)처럼 무엇의 '양'을 나타내는 영어 접미사 '-age'를 네덜란드어가 어원인 '프로'에 붙여 만든 얼치기 말이기 때문이다.

레스쿨제라블

대한민국 학원은 휴일에도 쉬지 않는다. 직장인이 숨 돌릴 시간에 적잖은 학생들은 학원에 가야 하는 것이다. 지난 주말 학원에 다녀온 딸이 상기된 표정으로 방문을 벌컥 열더니 "아빠, 그거 봤어?" 한다. 학원에서 벗들과 함께 본 동영상이 꽤 인상적이었던 모양이다. 〈레 밀리터리블〉[5]을 패러디 한 〈레스쿨제라블〉이다. '거금 120만 원'을 들여 한 달 반 만에 만들었다는 작품이 예사롭지 않은 까닭은 그들의 눈높이에 맞춰 '흥미와 극적인 재미를 위하여 가상으로 연출하지 않' 았기 때문일 것이다.

〈레미제라블〉의 '룩 다운(Look Down)'을 '야자! 야자!'로 개사해 사실상 '타율'인 '야자(야간 자율 학습)'의 실상을 드러내며 시작하는 이 작품에서 여고생 판틴 양은 '1등급의 꿈'이 사라진 안타까움을 노래하고(I Dreamed a Dream), 장발장 군은 선도부원 자베르와 맞서 '(만난 지) 100일도 안 된 여자 친구와 헤어질 형편'임을 호소한다(The Confrontation), 재치가 엿보이는 합창 '레드(Red) 빨간 펜 줄 치고, 블랙(Black) 핵심 요약 정리…'(Red&Black)에 이어, '해도 해도 너무하는 대한민국 입시 전쟁/하지만 곧 봄이 와'(Do You Hear The People Sing)가 교정에 울려 퍼지며 작품은 끝난다.

'지도 교사 없이 청소년들이 만든' 기특하고 대견한 작품에 아쉬움이 없지는 않다. 자막 실수가 눈에 띄어서이다. '레드(Red) 그녀의 머리(머리)핀', '졸업하기길(하길) 기원하며' 같은 단순 오타에서 생긴 잘못이 그렇다. '답지 보고 했잖아/남몰래 배껴(베껴) 왔잖아', '시간을 되돌려 돌아가길 바래(바라)'처럼 규범에 어긋난 게 또한 그러하다. 교사 감수를 거친 영어 자막처럼 한글 자막에도 신경 썼으면 금상첨화였겠다.

---

5 한국 공군이 뮤지컬 영화 〈레미제라블〉을 패러디해 만든 홍보 영상으로 유튜브에서 화제가 되었다.

'동영상 조회 수 30만 넘으면 즉흥 공연'을 약속한 학생들의 뜻이 이루어졌는지는 확인하지 못했다. 2017년 10월 현재 조회 수는 40만을 넘었다.

사리

잊을 만하면 찾는 우리 식구들의 단골집이 있다. 메뉴는 늘 한 가지, 뭘 먹을까 주저할 일 없는 곳이다. 김치찌개로 유명한 집이기 때문이다. 자리 잡자마자 '간판 음식'을 주문하니 아내가 혼잣소리처럼 한마디 한다. "또 값이 올랐네…" 김치찌개 1인분에 6,500원. 살림하며 느끼는 체감 물가는 엊그제 물가 당국의 발표로 확인되었다. 김치찌개 값은 그 전해보다 7.3%가 올랐다. 소비자 물가 상승률의 갑절 가까이 오른 셈이다. 새로 붙인 가격표가 밉살스러워서일까, 무심히 보았던 차림표가 왠지 낯설게 다가왔다. 물가 상승 탓? 아니, '허리케인 박' 때문이다.

떡볶이를 좋아하는 그녀. 없는 돈에도 이것저것 주문했건만, 그녀는 먹지 않고 딴 곳만 바라본다. 그녀 시선 머무는 곳은 뮤직 박스 안에 있는 '허리케인 박'이다. 디제이 디오씨(DJ. DOC)가 노래한 안타까운 삼각관계는 '신당동 떡볶이집'에서 얽힌다. '라면사리'와 '쫄면사리'는 물론이고 '만두사리'에 '계란사리'까지 있는 '신당동 떡볶이집'. '허리케인 박'이 앞가르마 넘기는 집에 있는 엉뚱한 메뉴가 김치찌개 집 차림표에도 있었다. '고기사리 4,000원'. 그러고 보니 부대찌개 집에는 '베이컨사리', 철판볶음밥 집에는 '치즈사리', 닭갈비집에는 '고구마사리'에 '닭사리'도 있었다.

'사리'는 '국수, 새끼, 실 따위를 동그랗게 포개어 감은 뭉치' 또는 '그 뭉치를 세는 단위'《표준국어대사전》이다. 식당에서 "냉면 하나 추가요" 하면 냉면 '한 그릇'을, "냉면 사리 추가요" 하면 똬리 튼 냉면 '한 뭉치'를 내온다. 하지만 떡볶이집의 '만두사리', 김치찌개 집의 '고기사리'는 '(만두, 고기) 추가'의 뜻으로 통한다. '(한 사람이 먹을 만큼의) 삶은 국숫발'을 뜻하는 사리가 어쩌다 사리(事理)에 어긋하게 되었을까. '사리'가 '추가'의 뜻이 된 건 원뜻 살피지 않는 말글살이 탓이다. '계란사리', '고기사리'처럼 차림표에 엉뚱하게 올라 있는 '사리'는 '추가'로 바로잡아야 제 뜻을 담아낸다.

X-mas

크리스마스는 성탄절과 한뜻이다. 성탄절은 대부분의 기독교가 기념하는 최대 축일로서 예수의 탄생을 기리는 날이다. 기독교 내에서는 '예수 성탄 대축일', '그리스도 탄신일'이라고도 하고 대한민국 법정 명칭으로는 '기독 탄신일'이다.《위키백과》 크리스마스가 12월 25일로 정해진 것은 4세기부터인 것으로 알려져 있다. 크리스마스를 X-mas로 쓰기도 한다. 이 표기를 두고 "'X-mas'의 'x'는 예수 탄생일을 확실히 알 수 없어서 붙인 '미지수를 나타내는 기호 x'"라며 그럴싸한 주장을 하는 이도 있다.

X-mas는 그리스어인 'Χριστός'(Christ)의 머리글자에서 따온 'X'에 예배와 미사를 뜻하는 고대 영어 'mas'를 붙여 만든 표기이다. 그래서 '엑스마스'가 아닌 크리스마스라고 읽는다. 그리스도는 예수에 대한 칭호로 머리에 성유(聖油) 부음을 받은 자, 곧 왕이나 구세주라는 뜻이다.《표준국어대사전》 그리스도를 한자로 음역한 게 기독(基督)이고, 천지 만물을 창조한 유일신을 섬기며 그 독생자 예수 그리스도를 구세주로 믿는 종교가 기독교이다. 기독교는 개신교뿐 아니라 천주교(가톨릭교)와 성공회, 정교회 등을 두루 이르는 말이다. 천주교 성당에서 볼 수 있는 ☧는 그리스어 'ΧΡΙΣΤΟΣ(그리스도)'의 머리글자 X, P 두 글자를 따서 만든 모노그램(합일문자)이다.

성탄절이 되면 떠오르는 게 '산타 할아버지의 선물'과 함박눈에 덮인 '화이트 크리스마스'이다. 무척 추운 어느 해 겨울의 날씨 예보를 보니 거슬리는 대목이 눈에 띈다. '크리스마스이브인 24일 새벽에 서울, 경기, 강원 영서, 충청도, 전라도 지방에 1~3cm 내외의 눈이 내릴 것'(ㄱ 신문)이라는 대목이다. 이 문장은 '크리스마스 전날인 24일 새벽…'으로 바로 잡아야 한다. 이브(eve)는 '명절이나 축제일 따위의 전날 밤'으로 크리스마스이브는 성탄 전야, 곧 24일 밤을 가리키기 때문이다.

3M

어느 대기업 사장이 시설 담당자를 불러 호통쳤다. "우리가 테이프 만드는 회사인가? 안내판 표기 제대로 못 하면서 믿을 수 있는 제품을 어찌 만들 수 있겠는가!" 주차장 천장 높이 안내판의 '3M'이 문제였다. 이것은 다국적기업의 회사 이름이고, 단위로 해석하면 '3메가(M, 백만)'가 된다. 안내판은 '3m'로 바로잡혔다. 그 일은 사내 문서는 물론 소비자를 위한 제품 설명서도 쉽고 바른 문장으로 만드는 계기가 되었다고 한다. 어디 이런 일뿐일까. 단위를 밝히는 기호는 전문 영역뿐 아니라 일상에서도 제대로 격에 맞게 써야 '뒤탈'이 없다.

도량형 표준화의 공식적인 움직임은 1789년 프랑스대혁명에 즈음해 시작되었다. 토지 면적을 줄여 세금을 적게 내려는 귀족의 꼼수에 맞서기 위한 필요성 등이 제기되었기 때문이다. 이에 발맞춰 1791년 프랑스 국민회의는 과학아카데미에 십진법에 기초한 측정법을 보고하도록 했다. 길이에 미터(m), 무게에 킬로그램(kg), 시간에 초(s, second)를 기준으로 삼은 '엠케이에스(MKS) 시스템'은 여기에 기초를 두고 있다. 국제단위계(SI, Système international d'unités)는 1960년 국제 도량형 총회에서 결정되었다.

SI의 기본 단위는 길이(m, 미터), 질량계(kg, 킬로그램), 시간(s, 초), 전류(A, 암페어), 온도(K, 켈빈), 물질량(mol, 몰), 광도(cd, 칸델라)의 일곱 개다. 단위 기호와 접두어는 로마자 소문자로 쓰는 게 원칙이지만 고유명사(인명)에서 온 경우에는 대문자를 허용한다. 넓이(m^2)는 '제곱미터', 부피(m^3)는 '세제곱미터'로 읽는다. '평방'과 '입방'은 쓰지 않는다. 'm/s'의 이름은 '미터 매초'이지만 읽을 때는 '초 당 ○미터'라 하면 된다. "사고 당시 차량 속도는 '백삼십칠 킬로미터 퍼 아워(137km/h)'였던 것으로 드러났습니다". 걸그룹 '레이디스 코드' 교통사고 조사 결과를 전한 ○ 케이블방송 뉴스의 한 대목이다. '퍼(per)'와 '아워(hour)'는 영어이다. '시속 137킬로미터'라 해야 시청자가 이해하기 쉽다.

제9장

곱씹어 볼 우리말

– 헷갈리고 모호해서 쓸 때마다 되짚어 볼 우리말

뒷담화

20세기 어느 날 어느 곳에서 열린 '민속예술경연대회' 중계 방송 때 생긴 일이다. 땅 위에서 펼쳐지는 민속놀이를 보여 주던 카메라가 하늘을 비추었다. 흰 구름을 배경으로 온갖 연들이 휘영청 떠 있는 장면이 나오자 아나운서의 설명이 이어졌다.

"다양한 연들이 하늘을 수놓고 있습니다. 멋진 문양의 방패연과 가오리 연, 그리고 그 뒤에는 '쌍연'이 날고 있습니다."

쌍룡(용 두 마리), 쌍알(노른자가 두 개 있는 달걀)처럼 '둘씩 짝을 이룬 것'을 '쌍-'이라 하니 나란히 붙어 나는 연 두 개를 그렇게 표현한 것인데 하필 발음이 [쌍년]이었다. 시청자 항의가 없지 않았던 그때, 뒷감당을 어찌했는지 뒷이야기는 듣지 못했다.

어느 주말 방송 뉴스에 '뒷담화'가 등장했다. '사실로 믿고 한 뒷담화, 명예훼손 해당 안 된다'는 기사이다. 관련 자료를 찾아보니 '직장 내 뒷담화 명예훼손'(ㅎ 경제), '상사 비리 뒷담화'(ㅎ 일보)처럼 '뒷담화'를 제목에 올린 곳이 대부분이었다. '비리를 저질렀다고 험담을 한 혐의'(ㅅ 경제), '사실로 믿은 험담 명예훼손 아니다'(ㅈ 일보)처럼 '험담'으로 다룬 매체는 별로 없었다. 국립국어원은 '뒷담화'를 두고 '사전에 등재되어 있지 않아서 표준어로 보기 어렵다"라고 했다.('온라인 가나다', 2011년 2월)

'뒷담화'는 '뒷다마'라는 일본에서 온 것이고 비속한 느낌이 강해

'-다마(たま)' 대신 발음이 비슷한 '담화'를 붙여 만든 말로 본다.〈한겨레〉, 2006년 8월 24일 '정론지'나 '공영방송'에서 쓰기에는 격이 낮은 '뒷담화[뒫땀화]'는 '뒷다마[뒫따마]'처럼 잘못 발음하거나 달리 들릴 수 있다. '쌍연[쌍년]'처럼 방송 매체에서는 특히 가려 써야 할 표현인 것이다. 〈우리말 나들이〉가 2011년 초 방송에서 "비속어인 '뒷담화'는 '뒷말'이나 '뒷소리'로 다듬어 쓰자"라고 한 것도 그래서일 것이다.

▸ 포털사이트 다음(daum)이 제공하는 《고려대 한국어대사전》은 뒷담화를 다루면서 다음과 같이 설명했다. 뒷담화[-談話]: 뒤에서 서로 말을 주고받는 행위 또는 그러한 말을 이르는 말.

백열

남북 문인 교류를 위해 북한에 다녀온 선배가 들려준 '전구 시리즈'가 있다. 휘황한 전등으로 빛나는 만찬장에서 들었다며 그가 전한 내용은 대충 이랬다.

"북에서는 전구를 불이 들어오는 알, '불알'이라고 한다. 형광등은 '긴-불알'이고, 거기에 꽂혀 있는 점등관은 '씨-불알'이다. '불알' 여럿으로 만든 것은 '떼-불알', 가로등은 '선-불알'이다…." 하지만 북한 사람을 만나서 '불알' 얘기를 꺼내면 오해받기 십상이다. 이 얘기는 한자어와 외래어를 다듬어 쓰는 북한 언어 정책을 비틀어 지어낸 것일 뿐 사실이 아니기 때문이다. 이런 우스개가 농담을 넘어 진담처럼 퍼져 있다. 그냥 떠도는 게 아니라 ㄱ 교수(ㅅ 스포츠신문 칼럼), ㄱ 논설위원(ㅅ 신문)처럼 일부에서는 사실인 양 받아들이고 있으니 안타까운 일이다.

북한에서는 샹들리에를 '무리등(여러 개의 전등알이나 갖가지 모양의 형광등으로 이루어진 큰 조명등)'이라 하지만 '샨데리야'도 적지 않게 쓰인다. 흔히 '스타트전구(램프)'라 하는 점등관(glow starter)은 북한 사전에 '글로우 스위치(glow switch)'로 올라 있기도 하다. 표기 방식의 차이일 뿐 북한도 외래어를 제한적으로나마 쓰고 있는 것이다.

남한의 '꼬마전구'는 북한에 가면 '콩알전구'가 된다. '전등알(전기알)', '등알'은 전구를 두루 이르는 북한말이다.《조선말 대사전》 '2014년부터 백열전구 국내 생산과 수입 금지' 소식을 듣고 '전구 시리즈'를 떠올렸다. 전기 에너지의 95%가 빛이 아닌 열로 날아가기에 '빛 효율'은 떨어지지만 '백열전구'에 담긴 뜻은 새겨볼 만하다. '백열(白熱)'의 뜻은 '물체가 흰빛이 날 만큼 온도가 높음', '최고조로 오른 기운이나 열정'이다.《고려대 한국어대사전》. '백열'은 물리 현상만 가리키는 게 아니라 '백열하다', '백열적이다'에서처럼 인성을 드러낼 때도 쓰는 표현인 것이다. 새 기술에 밀려 백열전구는 사라지지만 그 불빛 아래에서 일하고 바느질하고 공부하던 우리의 백열함은 사라지지 않기를 바란다.

사전이 틀렸다

'다쿠아즈', '카스타드', '갸또', '후렌치파이', '칙촉', '엄마손파이'…. 지난주 회의 테이블에 놓여 있던 과자 이름이다. 바른 외래어 표기를 국립국어원에 물었더니 '정답'이 돌아왔다. '다쿠아즈(dacquoise, 달걀 흰자 위에 설탕을 섞은 머랭 사이에 버터크림을 발라 겹친 디저트)', '커스터드(custard, 우유나 달걀노른자에 설탕 따위를 섞어 굽거나 쪄서 크림처럼 만든 과자)', '가토(gateau, 케이크 · 과자)', '프렌치파이'…. '칙촉'은 촉촉한 초콜릿 과자로 운율을 맞추기 위한 것, '엄마손 파이'는 '엄마손'이 들어간 게 아니라('애플파이' 같은 게 아닌!) '엄마의 정성'으로 만든 것을 드러내기 위한 이름일 것이다.

과자 이름에 눈길이 간 까닭은 지난주 '웨하스 파동'이 우려된다는 얘기를 한 뒤끝이기 때문이다. 웬 '웨하스 파동'?《표준국어대사전》은 '웨하스'를 '웨이퍼의 잘못'으로 단언한다. '웨하스(ウエハース)'는 유럽에서 건너온 과자 '웨이퍼(wafer)'의 일본 발음을 딴 것이기 때문이다. 웨이퍼는 '집적회로를 만들 때 쓰는 실리콘 단결정의 얇은 판'처럼 얇은 조각을 가리키는 말이기도 하다. 반도체에서는 '웨이퍼', 과자에선 '웨하스'로 통하는 '두 얼굴의 wafer'와 비슷한 팔자인 게 또 있다.

'대장균 후레이크'로 세간을 시끄럽게 한 '시리얼'의 한 종류는 '(콘)플레이크(flake)', 1961년에 첫 제품이 나온 '크라운산도'는 '-샌드(sand)'로 적어야 외래어 표기법에 맞는다. 포르투갈에서 전래한 '카스테라'는 '카스텔라(castela)'가 되어야 하고. 일본어 찌꺼기 묻어 있는 과자 이름은 어찌해야 할까. 표기를 몽땅 바꾼다? (관용 표현이니) 사전이 받아들인다? '설기과자(카스텔라)', '켜과자(웨이퍼)'처럼 다듬어 쓴다? 결정은 사전 편찬자의 몫이다. 사전을 손본다면, '카스텔라'의 포르투갈어 표기로 밝힌 'castella'도 바로잡아야 한다. _〈한겨레〉, 2014년 10월 20일

내가 어릴 때 '웨하스'는 고급 과자였다. 조심스럽게 포장을 뜯으면

달콤한 냄새가 풍겨 나왔다. 지금 코끝을 간질이는 듯한 그 내음. 켜켜이 포개진 과자를 베어 물면 입속에서 살강거리며 씹히는 느낌 또한 여느 과자와 다른 느낌이었다. 산지사방으로 흩어진 과자 부스러기는 '웨하스'를 먹은 뒤에 비껴갈 수 없는 자랑스러운(?) 흔적으로 남았고.

'웨하스'는 '웨이퍼의 잘못'이라는 얘기는 여러 차례 했었다. 문화방송 아나운서의 웹진 〈언어운사〉를 비롯한 여러 곳에서였다. '반도체와 웨하스'란 제목을 걸고 끼적였던 몇 줄을 이 자리에서 되짚어 보려 한다.

"아나운서국에는 간식 시간이 있다. 점심과 퇴근 시간 중간쯤에 누군가가 제공하는 간식거리. 스튜디오와 야외 녹화 현장을 누비다 방에 들른 아나운서들에게는 기분 좋은 시간이다. 바쁜 일정에 쫓기는 이들에겐 그저 눈요깃거리에 그칠 때도 있긴 하지만…. 오늘 아나운서국 '간식 테이블'에 놓인 군것질거리는 '웨하스'. 방송을 마친 이들에겐 문제없지만, 방송을 앞둔 아나운서에게는 적절한 '먹이'가 아니다. 단것을 먹으면 입안에 침이 돌기에 방송 중 발음이 지나치게 원활하게(?) 흐를 수 있는 탓이다. 한마디로, '웨하스'는 방송 중에 먹으면 안 되는 과자인 것이다. '웨하스'는 말로 따져도 방송에 적절하지 않은 이름이다. 웨하스: 웨이퍼의 잘못. 사전 풀이 때문이다.

웨이퍼는 뭔가. '양과자의 하나. 밀가루, 설탕, 달걀, 레몬즙 따위를 섞어 틀에 넣고 살짝 구운 다음, 크림이나 초콜릿을 두 쪽 사이에 끼워서 만든' 것이다. '웨하스' 포장을 보면 Wafer라 쓰인 영어를 확인할 수 있다. 그럼, 어떻게 부르면 좋을까. 얇은 과자를 켜켜이 쌓아 만든 것이니 '켜과자'는 어떨까. 강재형의 제안, 웃긴가?"

'설기과자'는 '카스텔라'를 가리키는 북한말이다. '켜과자'는 '우리말 일기'를 쓸 당시 내가 제안한 표현이다. '설기과자'와 '켜과자'를 살려 널리 퍼뜨려 쓰자는 주장을 하는 것은 아니니 마뜩잖은 표현이라며 괜한 어깃장 놓는 이 없기를 바란다.

규범과 현실 사이에 제자리 찾지 못하고 있는 '웨하스' 얘기가 나간 얼마 뒤 국립국어원 관계자를 만났다. 이런저런 회의를 끝낸 뒤 "'웨하스'의 사전 풀이, 이 표현을 올림말로 삼을지 여부에 대해서는 바로 답하기 어렵다. 다만, 사전 팀에 포르투갈어의 원문 표기로 올린 'castella'는 'castela'의 잘못이라는 점을 알렸다. 그런데, 그 정보는 확실한 것인가?" 국어원 관계자가 조심스럽게 꺼낸 말이다. 여러 외국어 검색 정보를 통해 밝힌 것임을 아는 눈치였지만, 왠지 미심쩍은 구석이 없지 않은 듯했다. 내친김에 현지 언어 능통자를 통해 한 번 더 확인하기로 했다. 이럴 때 손을 내밀 곳은 주한 외국 대사관이다.

포르투갈 대사관에 연락해 "카스텔라의 원문 표기가 어떤 것이냐"라고 물었다. 답은 뜻밖이었다. "한국과 일본에서 '카스테라(카스텔라)'라 하는 것이 포르투갈에는 없다. 비슷한 형태와 맛의 빵은 '팡드로(pão-de-ló)'이다. 우리가 알고 있는 '카스테라'는 스페인 중부 지방 이름인 '카스티야(castilla)'를 포르투갈어로 표기한 '카스텔라(castela)'일 것이다. 이것을 일본어로 '카스테라(カステラ)'라 한 데서 오류가 생긴 것 같다. '카스텔라(카스테라)'가 무엇인지 정작 포르투갈 사람들은 알지 못한다." 주한 포르투갈 대사관의 한국인 직원은 포르투갈 직원은 물론 대사와 영사에게도 확인한 뒤에 답하는 것이라며 '굳이 표기하자면'이라는 단서를 여러 차례 달아 언급했다.

"포르투갈에서 전해진 과자를 바탕으로 일본에서 독자적으로 발전한 것이다 … 이름뿐 아니라 원형도 포르투갈의 것과 제법 다르다 … 이름의 유래는 스페인 카스티야(castilla) 지방의 포르투갈어 발음인 카스테라인 것으로 알려져 있다 … 제조 과정에서 설탕을 넣고 휘저어서 거품을 낸 달걀흰자를 '성(카스텔로, castelo)처럼 높게 올리다' 해서 카스텔로=카스테라가 됐다는 설도 있다…" 일본 《위키백과》에서 보듯이 참고할 만한 자료 어디에서도 '카스테라 이름의 정확한 유래'를 확인하기는 어렵다.

과자 이름의 유래를 제대로 알지 못한다고 문제 될 것은 없다. '다쿠아즈'와 '갸또(가토)'가 프랑스의 과자 이름에서 따왔다는 사실은 몰라도 여태 잘 먹어 왔으니까. 그래도 아쉬움이 없지 않다. '사브레(사브르)', '빠다코코낫(버터코코넛)', '썬(선)', '꼬깔콘(고깔-)', '쵸코하임(초코-)', '미니쉘(-셸)', '카라멜콘(캐러멜-)', '콘칲(-칩)'…. 누군가 '남친'에게 받았다며 블로그에 올린 '종합 과자 선물 세트'에 담긴 과자 이름이다. 괄호 안 표기가 이른바 '규범에 맞는 바른 표기'이다. 한글 깨치기 전부터 접하게 되는 과자(이름). 그릇된 표기와 쓰임으로 어지러운 우리 말글살이를 보는 것 같아 께름하다.

한글, 오해와 진실

한글날은 한글이 만들어진 날이 아니다. '한글'은 '큰 글, 세상에서 첫째가는 글'이란 뜻을 담아 주시경 선생이 20세기에 만든 말이다. 세종대왕이 1443년에 창제한 글자는 '훈민정음'이다. 훈민정음의 반포는 1446년.

3년 가까운 '보완 기간'을 거쳐 발표된 셈이다. 한글날은 반포일을 기준으로 삼았다. 한글은 국어가 아니다. 한글은 문자의 이름이지 '한국어'를 가리키는 말이 아니라는 얘기이다. 인도네시아 찌아찌아족과 볼리비아의 아이마라족은 고유 언어를 표기할 문자로 한글을 택했을 뿐, 한국어를 사용하는 것이 아니다.

21세기 한글은 외국으로 수출되지만 19세기 중국에서는 한글을 수입하자는 논의가 있었다. 청나라 위안스카이는 중국의 높은 문맹률이 어려운 한자 때문이라고 생각했고 이 문제를 해결하기 위해 조선의 문자를 중국의 소리글자로 도입하려 한 사실이 그것이다. 당시 조선 문자 도입 계획은 '망한 나라의 글'이라는 반대에 부닥쳐 백지화되었다고 한다. 100여 년이 지난 지금 중국은 그때 결정을 후회할지 모를 일이다. 4만 자가 넘는 한자의 자판 입력 속도는 한글에 비해 7배가 더 걸린다니 말이다. 음절문자인 일본 가나의 자판 입력 속도도 크게 다르지 않다.

가나는 중국 한자에 획을 빼고 보태서 만들었다. 그래서 '일본은 모방했고 우리는 (훈민정음, 한글을) 창조했다'고 자랑하기도 한다. 이를 두고 일본의 어떤 재야 사학자는 이렇게 받아친다. "한국은 (세계 최고 문자로 인정받는 훈민정음 창제 이후에도 500년 가까이 한자를 상용하며) 중국을 모방했고, 일본은 가나를 창조했다."[1] 듣고 보니 그렇다. 부끄러움에 뒷목까지 달아오를 만큼 정곡을 찌르는 말이다. 세종대왕과 집현전 학사들이 만든 창의적인 문자, 다른 언어권 부족도 쉽게 익혀 쓸 수 있고 중국이 한때 도입을 검토했을 만치 편리한 글자, 외국의 학자들도 한입으로 인정하는 과학적으로 우수한 한글은 우리에게 그저 자랑거리로 그치는 건 아닌지 요즘 말글살이를 돌

1 《역설의 일본사》(이자와 모토히코, 유재성 옮김, 고려원, 1995년) 끄트머리 부분에 나오는 대목이다.

아보며 성찰해 볼 일이다. _〈한겨레〉, 2011년 10월 7일

[2]한글날에 즈음해 '한글에 관한 오해와 진실'을 짚어 보려 한다. "'한글은 우수하다, 그것도 세계에서 가장 빼어난 문자다. 게다가 한글은 세종대왕이 직접 만드신 글자다. 한글은 삼라만상의 모든 소리를 다 표현할 수 있다. 한글은 독창적인 문자다. 한글을 모르면 말을 못한다' 따위의 명제들은 모두 진실이다." 하고 조금의 고민도 없이 외칠 수 있을까. 먼저, '한글날은 어떤 날인가?'부터 따져 보자.

한글날은 '한글이 반포된 날'인가? 아니다. 세종대왕이 반포한 건 '훈민정음(訓民正音)'이다. '한글'은 '큰 글, 세상에서 첫째가는 글'의 뜻으로 주시경 선생이 지은 이름으로 알려져 있다. 10월 9일은 훈민정음 반포일로 기록된 서기 1446년 9월 상한(上澣, 상순의 뜻)을 근거로 상순의 끝날인 9월 10일을 양력으로 환산하여 정한 날이다. 한글날의 원조 격인 제1회 '가갸날'은 1926년 11월 4일(음력 9월 29일)이었다. 제대로 알고 있어야 할 게 또 있다. 한글 반포 아니, '훈민정음 반포'는 올해로 572돌을 맞는다. 훈민정음 제정(완성)은 그보다 3년 전(1443년)으로 거슬러 올라간다. 그래서 '훈민정음 제정(완성)은 575년 전에 했다'고 말해야 한다.

'한글은 단군이 만들었다[3]'고 공공연히 주장하는 이가 있다. 누구는 '인도 구자라트 지역 문자를 본떴을 것'이라고 하고, 다른 누구는 '단군

---

2 이 글은 여기저기에 뿌려 놓았던 '한글날' 관련 원고를 짜깁기 한 것이다.

3 《한글은 단군이 만들었다》, 정연종 지음, 넥서스, 1996. 12.

조선 때 존재했던 가림토 문자를 이어받은 게 확실하다'고도 한다. 한글은 세종대왕이 창제한 게 아니란 말인가. 훈민정음 창제 당시 기록을 살펴보자. '글자 자체는 옛 글자(古篆, 고전)를 보방하였다[4](정인지의 기록)', '한글은 죄다 옛 글자(古字, 고자)에 근거했고, 그 고자는 새로운 글자가 아니다《세종실록》에 실린 세종대왕의 말씀'. 그렇다면 훈민정음은 '표절작품(?)'이란 말인가. 그건 아니다. '그래픽'의 특정 부분이 비슷하다고 표절은 아니니까 말이다. 확실하고도 중요한 건 훈민정음, 곧 한글을 만들어 주신 이가 세종대왕이란 사실이다.[5] 세종대왕이 없었다면 지금 우리는 'zippy ziggy(지피지기)', 'zizibe(지지배, 계집애)'[6]처럼 로마자를 빌려 우리말을 표기하고 있을지도 모를 일이다.

'한글은 국어이다.'라고 하는 이가 많지만, 한글은 국어가 아니다. 한글은 문자일 뿐 언어가 아니란 얘기다. 어눌한 이에게 '너는 한글도 모르니?'라며 타박하는 건 무식함을 드러내는 일이다. 글은 몰라도 말은 잘할 수 있다. 한글을 모르는 사람은 '말더듬이'가 아니라 '까막눈이', 한자어로는 '문맹자(文盲者)'라고 한다. 내친김에 흔히 저지르기 쉬운 오해 하나 더 짚어 보자. '네 이름은 영어로 어떻게 쓰니?'에 대한 답은 뭘까. 'Kang, Jae-hyung'일까, 아니다. 내게 영어 이름은 없다. '강재형'의 로마자 표기가 'Kang…'일 뿐이다.

---

4 보충하였다는 뜻.

5 이 대목에 관해 더 알고 싶은 이는《언어의 비밀》(장영준, 한국문화사, 1999.)을 참고하시기 바란다. 재미있는 책이다. 장영준 교수는 영문과를 나와 언어학을 공부한 사람이다.

6 신촌에 실존했던 옷가게 이름과 표기이다.

네가 더 '낳다'?

"'일해라 절해라', '마마 잃은 중천공', '골이 따분한' 친구 대신 멘토로 '삶기 좋은' 선배를 만나라. 엄마의 잔소리는 오늘도 빠지지 않는다. 친구까지 들먹이는 건 '어면한' '사생활치매'다. '더우기', '일해라' 하는 건 이해하겠는데 절까지 하라니, 알랑거리며 살라는 건지 솔직히 헷갈린다. 근데, 마마(엄마)를 잃은 중천공은 누구지? 옛날 양반 같은데, 인터넷에 물어봐도 답해 주는 사람이 없다."

사회관계망서비스에서 관심을 끌고 있는 '놀라운 맞춤법 모음'의 보기를 엮어 꾸며 낸 글이다. '이래라저래라', '남아일언중천금', '고리타분한', '삼기 좋은', '엄연한', '사생활 침해', '더욱이'를 들리는 대로 옮긴 데서 나온 잘못이다. 이러한 예는 참으로 많다. '미모가 일치얼짱(일취월장)', '나물할 때(나무랄 데) 없는 맛며느리(만-)', '삶과(삼가) 고인의 명복을', '오랄을(오라를) 받아라', '시험시험(쉬엄쉬엄)', '장례희망(장래희망)', '눈을 부랄이다(부라리다)', '문안하다(무난하다)', '설흔(서른)즈음에', '곱셈(꽃샘)추위'….

설마, 정말 모르고 쓰는 걸까 싶은 생각이 앞서지만 현실은 엄연하다. 〈우리말 나들이〉에서 '복불복(福不福, 사람의 운수를 이르는 표현)'을 다룬 적이 있다. '볼걸복/복궐복/볶을복/복골복'으로 잘못 쓰는 사람이 많다는 후배 아나운서의 주장이 강했기 때문이다. '사이먼과 가펑클(Simon&Garfunkel)'을 '사이먼과 평클'로 알고 있던 군대 동기를 만난 적도 있다. 제 딴에 들리는 대로 써서 생긴 잘못이다. 뜻만 통하면 되는 것 아닌가? 맞다. 제대로, 잘 통하게 하기 위해 맞춤법이 존재한다. 한글맞춤법 제1항은 '표준어를 소리대로 적되, 어법에 맞도록 함을 원칙'으로 내세운다. 어법에 맞도록 한다는 것은, 뜻을 알기 쉽게 하기 위해 각 형태소의 본 모양을 밝히어 적는다는 말이다. '꼰노리', '꼳받'이 아닌 '꽃놀이', '꽃밭'이 가독성을 높이기 때문이다.

_〈한겨레〉, 2015년 4월 13일

〈말글살이〉를 쓰면서 염두에 두는 게 있다. 어문 규정과 현실 언어, 둘 사이에서 중심을 잡는 것이다. '특정한 교의나 사상을 절대적인 것으로 받아들여 현실을 무시하고 이를 기계적으로 적용하려'는 교조주의와 '현실의 조건이나 상태를 그대로 인정하며 그에 입각하여 사고하고 행동하는' 현실주의이다. 어느 쪽에 치우치지 않으려 하는, 이른바 '중용의 도(道)'를 찾으려 한다는 얘기이다. 이번에는 좀 달랐다. 아나운서에게는 믿기지 않는 현실을, 가능하면 날것으로 담으려 했으니까. 그래서일까, 독자들의 반응이 여느 때와 사뭇 달랐다.

"어제 신문 보고 '빵 터졌다'. 글머리에서는 '뭔 말인가' 싶었는데, 가만히 읽어 내리다 '마마 잃은 중천공'이 '남아일언중천금(男兒一言重千金)'인 걸 알고는 주위 아랑곳하지 않고 웃음이 터졌다"는 지인의 '독후감'을 보면 그렇다. 그와 관계없는 이들이 엮인 '단톡방'의 대화에도 비슷한 상황이 나타났다. "목숨 내놓겠다 하더니 이내 경솔한 발언이었다며 취소하는 총리를 보니 '마마 잃은 중천공' 생각이 난다", "아주 '일치얼짱'입니다", "자꾸 대통령께 '일해라 절해라' 하니 '하딱지'가 '침일어올라' 집을 나가셨나 봅니다", "집 나간 대통령은 오랄을 받아랏". 이런 따위의 '맞춤법 파괴 표현'이 난무한 것이다.

사회관계망서비스에서 떠도는 '충격! 맞춤법 실화'는 믿거나 말거나 우리 국어 현실의 한 면을 담고 있다. 이참에 지면의 한계로 일일이 쓰지 못했던 사례를 이 자리에 옮겨 보려 한다. 아래 꼽은 보기는 너무 심각하게 받아들이지 않기 바란다. 그저, 웃으면서 보기를 바란다는 얘기이다.

> 연낙 안하고 십엇는대 진짜 더 이상은 한개다. 나는 아직도 니가 내인생의 발여자라고 생각하는데… /빨리 낫으세요. 낫으세요가 머니. 낳으세요지멍충아. 낳으세요는뭐냐 애낳냐. 나으세요가맞네요 ㅋㅋㅋ. 나으세요지 인간들아 좀. 낳으세요야 멍충이들아 한글안배웠냐/회계모니 싸움/덮집회의/'재 어디서 했데?' 휴*성형외과의원(버스광고)-왜 저 짧은 카피에서 맞춤법을 두 개나 틀리는 것인가/육구 시타리아(강아지를 찾습니다)-한참 생각해봤더니, 요크셔테리아!/내가 아는 사람은 지금까지 '에어콘 시래기'라고 알고 있었답니다/채널A 뉴스 특보에 '박수경, 어린 시절부터 쇠뇌교육'- 송국 뉴스에서 내보낸다는 맞춤법이 뉴스 특보감이긴 하네/수박겁탈기!/숯처녀/떡국 끊이는 법, 봉지라면 편하고 빨리 끊이는 법…/벅꽂/압건/흙인/외않되/족음씩/뒷자석/왜승모/침형타/시럽게/입문계/아맹어사/입옥구비/무기징혁/명예회손/바람물질/고정간염/유교전쟁/김을파손/동물확대/무릎쓰고/혜자정리/괴자번호/산외커플/수간신청/김에김씨/오회말카드/어르봉카드/안핵갈려요/빼손이사고/권투를 빈다/문안한 스타일 /거북암/마음이 절여온다/숲으로돌아가다/우리는 티목이좋다/식인종먹기/어버의날/계론식/윌빙/괘적/흑탕물/싫컷

설마 이 정도는 아니겠지, 여기고 싶은 건 여러분만이 아니다. 어찌 보면 억지로, 일부러 비틀어 놓은 표기일 것이라 여길 만한 것도 없지 않겠지만, 과연 그럴까.

최근 몇 달 사이 문화방송의 '흘림 자막'에도 이런 경우가 제법 있었다. 세대를 어우르는(아우르는), 사죄를 받으려 하는데(용서를 받으려 하는데/사죄하는데), 뇌졸증(뇌졸중, 腦卒中), 카페(카페), 천상 여자(천생 여자), 천상 주부(천생 주부), 부득히(부득이), 마회장이였음을(마회장이었음을), 프리지아(프리지어), 배껴서(베껴서), 팜므파탈(팜파탈), 알러지(알레르기), 무릎쓰고(무릅쓰고), 쉐프(셰프), 런닝맨(러닝맨)…. 문장 호응 오류와 비속어, 은어 따위를 남용한 경우는 뺀 사례들이다. 다행히(?) 예로 든 '흘림 자막'은 손질을 거쳐 제대로 방송되었다.

함께 공부하는 학생들에게 이런 현상의 원인을 물으니 '무식해서!' 단 한마디가 답처럼 돌아왔다. 우리말에 대한 무식함(무지함)을 부끄러워하지 않는 세태가 문제의 시작이라는 것이다. 이럴 때일수록 아나운서의 말글살이가 본보기가 되어야 한다. 방송에서는 물론이고 사회관계망서비스를 비롯한 온라인 활동에서도 그러하다. 누군가는 동시 녹화와 녹음을 하고, 모든 화면이 저장되는 세상에, 자칫하면 '무식한 아나운서'로 낙인찍힐지 모를 일이기 때문이다.

▸이른바 '땅콩회항' 이란 게 있었다. 이 사건 뒤끝에 '긁어 부스럼'이 따랐다. '땅콩회항' 주인공의 동생이 사회관계망서비스에 올린 글 때문이다. 반성하기는커녕 '복수하겠다'는 내용 탓에 불거졌지만 맞춤법도 문제였다. 반성 없는 태도를 지적한 이에게 답하며 '무근한 발전(무궁한 발전)', '명의 회손(명예훼손)'이라고 쓴 게 화를 키웠다. 30대 젊은 나이에 국적항공사 상무 자리에 오른 사람이 우리말을 제대로 알지 못하는 현실을 안타까워하는 이들이 많았다. 누리꾼의 지적에 대거리하던 그는 끝내 '저도 창피해요. 다시는 (맞춤법) 안 틀리겠다'며 꼬리를 내렸다. 그날 이후

맞춤법 제대로 지키는지, 함께 지켜볼 일이다.

'살인 진드기'는 억울하다

'전신이 나른해지고, 구역질이 나는 경우가 많다. 그 후 고열과 설사 등 증상을 보이는 한편, 혈소판이나 백혈구가 급감한다. 2011년에 병원균이 확인된 전염병이다.'《위키백과》 중증 열성 혈소판 감소 증후군(Severe fever with Thrombocytopenia Syndrome, SFTS)의 설명이다. 중국과 일본에 이어 지난주 국내에서도 이 전염병 감염으로 의심되던 환자가 숨졌다. "이 병의 위험성이 일본 뇌염 등 많이 알려진 곤충 매개 감염병에 견주어 더 큰 것은 아니다"라는 질병관리본부의 발표에도 불안감은 쉽게 사라질 것 같지 않다. 야외 활동이 잦아지는 시기인데다 매개체가 이른바 '살인 진드기'로 알려져 있기 때문이다.

에스에프티에스(SFTS)로 의심되는 환자가 사망했다는 뉴스를 듣는 순간 공포를 느꼈다. "매개 진드기 중에 전염시킬 바이러스를 지닌 개체는 '100마리 중 1마리 미만'"이라는 전문가의 설명도 두려움을 덜어내지는 못했다. 신문 기사를 '읽는 것'과 뉴스를 '듣는 것'의 차이 때문이었을 것이다. '살인(사람 죽이는) 진드기'라는 표현이 영화 〈연가시〉의 한 장면을 떠올리게 했으니 말이다. 오래전부터 우리나라에 서식하고 있는 것으로 알려진 이것의 원이름은 '작은소참진드기'이다.

'신증후군 출혈열(유행성 출혈열)'을 옮기는 설치류나 조류 독감의 하나인 'H5N1'을 옮기는 조류, 뇌염과 말라리아를 전염시키는 모기 따위를 두고

'살인 쥐', '살인 새', '살인 모기'라 하지 않는다. 마찬가지로 맹독을 지녔다는 이유로 '살인 뱀'이나 '살인 벌'이라 하지 않는다. 그래서 "'살인 진드기' 의심 1명 사망" 같은 기사 제목은 어색하고, '살인 진드기'라는 표현은 왠지 섬뜩하다. '살인 진드기'의 따옴표를 드러낼 수 없는 라디오에서는 앞에 '이른바', '속칭'을 붙이고, '중증 열성 혈소판 감소 증후군(SFTS)'이 길어서 부담스럽다면 영문 약자 '에스에프티에스'를 쓰는 것도 방법이다.

_〈한겨레〉, 2013년 5월 20일

진드기는 억울하다. 더욱이 '살인-'이 붙은 진드기는 더욱 그러하다. 라디오 뉴스로 듣는 '살인 진드기' 소식은 섬뜩했고, 텔레비전 '어깨걸이'에 자막과 함께 나오는 '살인 진드기'는 납량 특집의 한 장면을 보는 듯했다. 치사율과 전염성 따위를 놓고 보면 별 것(?) 아닐 수 있는 일을 두고 방송과 신문에서 괜한 호들갑을 떠는 것 아닌가 싶었다. '팩트'를 따져 보면 그렇다. 위 글이 신문에 실린 뒤에도 이른바 '살인 진드기'의 억울함은 한동안 이어졌다. 그러기를 며칠, 글에 담은 내 뜻과 비슷한 칼럼이 나왔다. 고립무원(孤立無援)에 원군(援軍)이 나타난 느낌이었다. '살인 진드기' 표현 문제를 지적한 〈말글살이〉가 힘을 얻게 된 것이다. 위 칼럼이 나오고 일주일 남짓 지난 후 나온 칼럼 두 개의 내용을 간추려 옮기면 아래와 같다.

"1980년대 후반 박사 학위 연구를 하느라 내가 머물던 스미스소니언 열대연구소는 진드기 천국이었다 … 자칫 무료해지기 쉬운 연구소의 삶에 활력을 불어넣기 위해 우리는 늘 새로운 놀이를 고안해 함께 즐기곤 했다. 우리끼리 '틱 카운트(tick count)'라 부르던 내기가 있었는데, 초 단위로 시간을 재는 게 아니라 말 그대로 진드기의 숫자를 세는 내기였다. 하루 연구를 마치고 숲에서 돌아오면 각자 몸에 들러붙은 진드기를 청테이프로 떼어 내 식당 문 앞에 매달기로 했다. 제일 많은 진드기를 매단 사람에게 맥주 캔 하나를 상품으로 주기로 했는데 아마 내가 가장 맥주를 많이 마신 연구자가 아니었나 싶다.

얼마 전부터 '살인 진드기'가 우리 사회를 때 아닌 공포로 몰아넣고 있다. 세계적으로 2만 종 이상 알려진 진드기류는 크기가 훨씬 작고 다양한 응애(mite)와 진드기(tick)로 나뉜다. … 지금 문제가 되고 있는 중증 열성 혈소판 감소 증후군은 주로 소에 기생하는 '작은소참진드기'가 일으키는 증상이다. 이미 이 증후군으로 사망한 환자까지 나온 상황에서 전혀 염려할 필요 없다고 말하는 것은 결코 아니지만 다짜고짜 '살인'이라는 끔찍한 수식어를 붙인 까닭이 무엇인지 의아하다. 지나치게 호들갑스러운 양치기 소년 같다. 매년 수백만 명의 목숨을 앗아가는 말라리아 열원충을 옮기는 얼룩날개모기에게도 아직 '살인 모기'라는 낙인을 찍지 않았는데 말이다."

_〈조선일보〉, 최재천(이화여대 석좌교수), 2013년 5월 29일

"9년 전 여름이었다. '쓰레기 만두' 사건이 터졌다. 폐기 처리해야 할 중국산 단무지로 만두소를 만든 악덕 업자들을 입건했다고 경찰이 발표한다. 식중독까지 일으키는 만두소를 대부분의 만두 업체가 썼다고 했다. 하루도 지나지 않아 식탁은 뒤집어진다. 식품 업체와 동네 만두 가게가 줄줄이 넘어진다. … 시간이 지나면서 수사의 문제점이 드러난다. … 수사 내용도 그렇지만 그 작명(作名)이 더 문제였다. 경찰이 '쓰레기로 버려질 수 있는 무의 자투리를 속에 이용한 만두'라고 표현하자 언론은 '쓰레기 만두'라고 헤드라인을 뽑았다. 다섯 음절은 예상하지 못한 집단 공포를 일으킨다.

…요즘 '살인 진드기' 공포가 퍼지고 있다. … 하지만 '살인'에 맞지 않게 치사율은 일본뇌염의 4분의 1 수준이다. 변형 바이러스를 지닌 놈도 1,000마리 중 5마리에 불과하다. 공포 확산의 요인 중 하나는 잘못된 작명이다. 사실 살인 진드기라는 표현은 정확하지도, 적합하지도 않다. 매년 복어를 먹고 죽는 사람들이 나오지만 '살인 복어'라고 하지 않는다. 조개를 먹고 치명적인 패혈증을 보이는 사람도 나오지만 '살인 조개'라고 부르지 않는다. 만약 언론이 일제히 그렇게 칭한다면 전국의 복집, 횟집은 줄초상이 날 것이다.

… '공포 작명 금지법'이라도 만들어야 할까. … 공포 수위를 줄여 줄 사회적 장치나 신사 규칙이 있었으면 좋겠다. 가령 신종 질환이 출현했을 때 질병관리본부와 출입 기자단이 머리를 맞대고 덜 격하고 더 걸맞은 표현을 재빨리 찾아내는 식이다. 괴기스러운 표현이 이미 등장했다 해도 기민하게 조기 퇴장을 유도하는 것이다. 과학 보도에서만이라도 공포의 작명은 사라져야 한다. 살인 진드기와 SFTS, 둘은 같으면서도 엄연히 다르다."

_〈중앙일보〉, 이규연 논설위원, 2013년 6월 1일

아나운서는 '언어운사(言語運士)'이다. '언어운사'의 역할 가운데 빼놓을 수 없는 것은 기자와 작가, 피디가 거르지 못한 부적절한 내용을 손질해 시청자에게 전달하는 것이다. 문젯거리를 다듬어 내는 것은 '언어운사'의 의무이기도 하다. 그나저나, '살인 진드기'라는 오명으로 한동안 억울한 누명을 써야 했던 진드기는, 이제 '본명'인 '작은소참진드기'보다 '야생 진드기'로 불릴 때가 많아졌다. 위와 같은 지적과 제안, 논의를 거쳐 '살인 진드기' 표현의 문제를 바루었기 때문이다.

'아카시아'가 '아까시나무'이다

이 자리에서 살펴볼 말은 '아카시아'와 '아까시나무'이다. 앞엣것은 '아카시아'인데, 뒤엣것은 반드시 '-나무'가 붙어야 한다. 글머리부터 헷갈리기 시작한다. '아카시아나무', '아까시' 하면 안 되는 것인가. 《표준국어대사전》의 올림말을 따르면 그렇다. 섞갈리고 헛갈리는 '아까시나무'와 '아카시아'를 도마에 올린 글 두 꼭지를 한데 모아 짚어 보면 오히려 더 헷갈리려나?

실바람 타고 솔솔 풍겨 오는 향긋한 꽃냄새, 눈송이처럼 날리는 하얀 꽃이파리 때문이 아니다. 얼굴 마주 보며 생긋거리게 하는 그 꽃 탓이 아니란 얘기다. 〈배철수의 음악캠프〉 때문이다. 향긋한 꽃 냄새가 실바람 타고 솔솔 풍기는 '동구 밖 과수원길'이 아닌, 교정에서 담당 피디의 전화를 받은 것은. "엊그제 방송에서 '이것과 그것의 이름은 같다' 했더니 한 청취자가 '이번에는 배철수 씨가 항복하라'며 잘라 말했다. '종류가 다르니 이름도 다르다'는 것이다. 국립국어원 자료까지 확인해 방송한 내용이었는데…" 피디는 〈시선집중〉, 〈세계는 그리고 우리는〉 등을 기획한 정찬형이다. 얼렁뚱땅 넘어가는 피디가 아닌 것이다. 디제이(DJ) 25년째를 맞은 배철수 또한 엉성하게 방송하지 않는다. 이들은 왜 '항복 요구'를 받아야 했을까.

대한민국에서 흔히 '아카시아'라 부르는 나무는 '아까시나무'이다.(《위키백과》, 《두산백과》) '아까시나무'는 1873년 일본에 들어와 일본 《위키백과》, 1911년 이 땅에 첫 뿌리를 내렸다.《브리태니커 백과사전》 일본을 거쳐 도입될 당시 이름이 '아카시아(acacia, アカシア)'였다. 19세기 말 메이지 시대에 잘

못 알려진 이름으로 여전히 불리고 있는 것이다. 오스트레일리아 등에서 자라는 '아카시아'와 혼돈을 피하기 위해 학계에서는 '아까시나무'라 부르고 있다.《한국민족문화대백과》 "일반인이 '진짜 아카시아'를 볼 기회는 거의 없을 것이다"(박석근 한국식물원연구소장), 국어사전 여럿도 둘을 구별해 설명하면서 뜻풀이 두 번째로 '아카시아=아까시나무'라 밝히고 있다.《표준국어대사전》도 '한동안' 그랬었다. 얼마 전까지는 그랬다는 말이다. 어쨌든, 둘은 식물 분류상 분명히 종류가 다른 것이다. 배철수는 항복해야 하나? 이 정도를 몰랐을 제작진이 아니다. '규범 사전'에 기대면 얘기는 달라진다. '〈배철수의 음악캠프〉를 위한 변명'은 다음 주에 이어진다.

_〈한겨레〉, 2014년 5월 26일

일본에서는 '아카시아 꿀'처럼 '아까시나무'를 '아카시아(アカシア)' 또는 '아카샤(アカシャ)', '아케샤(アケイシャ)'라고 부르는 경우가 많다. 메이지 시대에 수입된 '아까시나무'를 당시 '아카시아'라 칭하고 있던 때부터 현재까지 혼동하는 경우가 많다.일본《위키백과》 식물 분류상 엄연히 다른 '아카시아'와 '아까시나무' 이름을 우리나라와 일본에서 헷갈려 하고 있는 것이다.

'아카시아'와 '아까시나무' 얘기를 했더니 많은 이들이 이런저런 뜻을 전해 주었다. 학계에서는 해묵은 논쟁거리였지만 관련 설명을 낯설게 받아들인 독자도 꽤 여럿이었다. 전문 · 백과사전에 나오는 '아카시아'는 상록교목으로 열대와 일부 온대 지역에 산다. 우리나라 산야에서 볼 수 없는 나무인 것이다. 이 땅에 사는 식물의 원래(?) 이름은 '아까시나무'로 원산지가 남아메리카인 낙엽교목이다. 1950년대 이전 자료에는 '아까시(나무)', '아카시(나무)', '아까시야', '아카시아'…처럼 다양한 표기가 나온다. 둘의 이름을 혼동해 부른 역사는 꽤 오래된 것이다.

"언중이 그렇게 알고 널리 쓰는 말은 인정해야 한다. 전문용어와 일치하지 않는다고 '아까시나무'만 강요하는 것은 폭력이다"(안상순, 국어사전 전문가), "상록수인 '아카시아'를 본 한국 사람은 거의 없을 것이다. 전문 영역이 아니라면 낙엽교목을 '아카시아'로 인정하는 게 맞다"(박석근, 한국식물원 연구소장), "일부 교과서에서 '아카시아는 열대지방 나무이므로 아까시나무로 부르는 것이 옳음'이라 설명하는 것은 지나친 단정이라 본다. 학명으로는 '아까시나무'라고도 한다, 정도로 하는 것이 어떨까"(이승구, 교학사 부회장).

학계와 현장의 소리는 하나로 모인다. '아카시아'를 인정하고 필요할 경우 '아까시나무'를 병기하는 것이다. 아카시아: 「1」 '아까시나무'를 일상적으로 이르는 말. 「2」 '아까시나무'를 통틀어 이르는 말. 《표준국어대사전》은 '아카시아=아까시나무'라고 분명하게 밝힌다. "우리나라에 있는 나무는 '아카시아'…"라 한 〈배철수의 음악캠프〉는 '규범 사전'을 따른 것이다. 뜻풀이에서 상록교목인 '아카시아'가 사라진 점은 아쉽다. 국어원은 "식물 전문어 감수 내용을 반영한 것이지만 설명이 이상하다는 지적이 있어 표준 정보 보완 심의회에 올리는 것을 검토 중"이라 한다. _〈한겨레〉, 2014년 6월 2일

'아까시 ㅋㅋㅋ 진짜 웃긴당', '아까시 나무와 아카시아 나무는 다릅니다. 우리가 흔히 보는 나무는 아까시 나무(흔히 '아까시아'라고 부르는 것)', '아까시가 맞는 이름이라는데 입에 잘 안 붙어요^^', '아까시는 콩과 식물이네요. 확연히 다른 종이네요. 아저씨가 틀리셨어요! 아까시와 아카시아는 다른 종이에요'…. 〈배철수의 음악캠프〉 청취자 사연들이다. 한때나마 '규범도 모르는 무식한 디제이'로 몰렸던 배철수를 두둔

하려 했던 게 아니다. 그는 KBS 1TV 〈콘서트 7080〉의 '명 엠시(MC)'이기도 하니까 말이다. 엄연히 '규범 사전'을 근거로 내세운 것이다.

▶《표준국어대사전》은 2017년 가을 현재, 상록교목(키가 큰 늘푸른나무)인 '오리지널 아카시아'를 여전히 다루지 않고 있다. 우리나라에서 보기 힘든 나무여서 사전 표제어에 올리지 않는다? 그건 아닐 것이다.
판자과의 낙엽교목. 높이는 20미터, 둘레는 10미터 정도이며, 잎은 어긋나고 긴 손바닥 모양이다. 꽃은 흰색이고, 열매는 수세미와 비슷하며 단단하고 잔털이 빽빽이 덮여 있다. 열매는 식용하거나 약용하고 껍질의 섬유로는 직물을 짠다. 아프리카 특산종으로 열대의 진귀한 나무이다. 수령 2,000년에 달하는 노목(老木)도 있다고 한다.《표준국어대사전》에서 '바오바브나무'를 다룬 것을 보면 그렇다. 생텍쥐페리가 쓴《어린왕자》에 나오는 바로 그 나무를 외래어 표기법에 따라 표기한 것이다.

기림비

1. "'대동아전쟁' 때 '국민학교'를 다녔고, 해방 이후에 '동란'을 겪고, '5.16 혁명'이 일어나며 세상이 바뀌는 걸 경험했으니 참 오래 살았지요. 현역 기자 시절 맞닥뜨린 '광주 사태' 때는 혼란스러웠고…." 팔순의 한 언론계 선배가 혼잣말처럼 회고한 내용이다. 말 그대로 '격변의 시대'를 살아온 그가 무심히 내뱉는 말속에는 경험할 당시의 '시대정신'이 고스란히 남아 있었다. 지금 시대에 맞는 공식 표현은 '태평양전쟁', '한국전쟁', '5.16 군

사 정변(쿠데타)', '5·18 광주 민주화 운동'이다.

역사 인식의 귀결은 개념과 용어의 명명으로 귀착되곤 한다. 사태, 항쟁, 반란, 폭동, 운동, 혁명…. 이 가운데 어느 것으로 호명되고 이해되느냐에 따라 한 사건과 그 사건에 연관된 사람들에 대한 사후적인 이해와 평가는 판이해진다. '한일 합방'은 무력에 의한 침탈이니 '-병탄'으로, '을사조약'은 억지로 맺은 조약이니 '-늑약'으로 하자는 주장은 그래서 타당하다. 이런 논의에서 빠지지 않는 게 '종군 위안부', '정신대'이다.

미국의 힐러리 클린턴이 국무장관 시절에 "'위안부'는 '강제된 성적 노예'로 표현하기로 했다"는 뜻을 밝힌 바 있다. "'일본군 위안부=강요된 성노예' 미국 인식 맞다"(ㄷ 일보), "'종군 위안부' 아니라 '강제적 성노예'가 맞다"(ㅅ 신문)처럼 국내 신문이 이 표현에 힘을 실어 주기도 했다. 당시, 정부와 한국정신대문제대책협의회(정대협)는 "피해 당사자들의 정서적 측면을 고려해 '일본군 위안부'라 하지만 번역할 경우 의미를 제대로 담기 어렵기에 영어로 '성적 노예'라고 하는 것을 용인하는 것"이라 설명했다.

'위안부'와 '정신대' 용어를 둔 그치지 않는 논란을 보면서 어느 시청자의 주장이 새삼 떠오른다. "'종군', '위안부', '(결사대의 뜻인) 정신대' 그 무엇도 당시 피해자의 실체를 담아내지 못한다. 일본 제국주의에 강제로 희생된 분들이니 '일제 피해 여성'이라 하면 어떨까." 전화기 너머에서 들린 작지만 단호한 목소리가 전한 뜻이다. _〈한겨레〉, 2012년 7월 13일

2. 경남 창원시 상남동 분수광장에는 '마디미 기림비'가 있다. 옛 고을 이름인 '마디미'를 기리기 위한 것이다. 부산 수영구 광안동 순교 성지에는 '수영 장대 여덟 순교자 기림비'가 있다. 병인박해 때 처형된 순교자를 기리기 위한 것이다. 서울 광진구 화양동 건국대에는 '10.28 항쟁 기림비'가 있다.

1987년 6월 항쟁의 시발점이 된 1986년 '10.28 민주 항쟁'을 기리기 위한 것이다. 전북 남원시 금지면 금지초등학교에는 '김주열 기림비'가 있다. 4.19 혁명의 도화선이 된 김주열 열사를 기리기 위한 것이다. 전북 무주군 무풍면 목정 공원에는 국회의원의 이름을 딴 기림비가 있다. 지역 발전에 이바지한 그의 뜻을 기리기 위한 것이다. 인터넷 자료를 톺아보며 찾아낸 우리나라의 '기림비'이다.

'기림비'는 '기리다'의 명사형인 '기림'에 '기념하여 세운 물건'의 뜻을 나타내는 '비'(碑)를 붙여 만든 말이다. '기리다'는 '뛰어난 업적이나 바람직한 정신, 위대한 사람 따위를 추어서 말하다'는 뜻이다.《표준국어대사전》 '위안부 기림비'도 그럴까. 말뜻에 기대어 보면 그렇지 않다. '위안부'의 피해와 일제 만행은 잊지 말고 규탄할 일이지 기릴 대상이 아니기 때문이다.

2014년 2월 국회 본회의를 통과한 '일본군 위안부 피해자 추모 공원 조성 및 기림비 설치에 관한 결의안'에는 열한 번의 '기림비'를 포함해 '기리다'의 표현이 열네 차례 등장한다. 미국에 세워진 것, 한국에 있는 것 어디에도 '기림비'라 새겨져 있지 않음에도 '위안부 기림비'로 뭉뚱그려 표현한 것이다. 어느새 '위안부' 관련한 '기림비'가 특정 조형물을 가리키는 고유명사가 아니라 일반명사로 쓰이고 있는 셈이다. '위안부' 할머니의 명예를 회복하고 일제 만행을 잊지 않기 위해 세우는 '(위안부) 기림비'. 달리 부를 이름은 없을까. _〈한겨레〉, 2014년 6월 16일

3. '(위안부) 기림비'는 미국과 일본, 우리나라에 설치되어 있다. 국회가 밝힌 국내 '기림비'를 찾아보니 '평화비'(주한 일본 대사관 앞), '정의비'(正義–, 통영시 남망산 조각공원), '해원비'(解寃–, 공주 영명고등학교) 등으로 새겨진 이름은 각기 달랐다. 미국 뉴욕과 뉴저지, 캘리포니아에 세워진 조형물

에는 '위안부'(Comfort Women), '성노예'(Sexual Slavery), '~추모하며'(In Memory)라는 표현이 등장할 뿐 '기림비'라는 명칭은 확인할 수 없다.

"'위안부'나 '위안부의 넋'을 '기리는 것'이 말이 되는가. '뛰어난 업적이나 바람직한 정신, 위대한 사람을 추어서 말하다'의 뜻인 '기리다'와 '위안부'는 어울리지 않는다. '한중비'(恨中碑)라 하는 건 어떨까." 국립국어원에 들어온 민원 내용이다. 이 얘기를 전해 듣고 전문가 여럿에게 의견을 물었다. 돌아온 답은 한결같았다. "'(위안부) 기림비' 명칭 검토 민원은 일리 있다"는 것이다. '…기림비 설치에 관한 결의안'을 대표 발의한 국회의원에게 위 내용을 알렸다. '기림비의 뜻을 제대로 알지 못했다, 바로잡겠다'며 '부적절한 용어'임을 인정하고 개선할 뜻을 비쳤지만, 거기까지였다.

전문가들의 의견을 종합한 결과 '추념비', '불망비'가 '기림비'를 대신할 명칭으로 제시되었다. '추모비'는 '죽은 사람을 위한 것'으로 생존해 계신 '위안부' 할머니를 고려하면 적절하지 않은 명칭이어서, '물망비'(勿忘-)는 물망초의 꽃말 '나를 잊지 마세요'를 떠올리게 하지만 낯설다는 이유로 제외하였다. '추념비'는 '지나간 일을 돌이켜 생각하다'라는 뜻이 담긴 명칭이다. '불망비'(不忘-)는 '후세 사람들이 잊지 않도록 사실을 적어 세우는 비석'으로 사전에 올라 있는 말이다. 학생들은 왜 '해원비'라 했을까. "'위안부'를 기린다는 말은 얼토당토않다고 생각해서 학생회의를 통해 '(위안부 할머니의) 원한을 풀어 드리는 비석'이라는 명칭으로 결정했다." 공주시 청소년기자단이 누리집에 올린 내용이다. 어른보다 깊은 학생들의 생각이 갸륵하다.

_〈한겨레〉, 2014년 6월 23일

광복 70년에 즈음해 시차를 두고 쓴 글을 살짝 손보아 한데 모아 보았다. 일본 정부의 사과(사죄)는 이렇다 할 내용이 없고, 위안부 할머니들의 쌓인 한을 풀어낼 뾰족한 방법 또한 없는 현실이 안타까워서이다. 1991년 8월 14일, 고(故) 김학순 할머니가 자신이 '위안부'였음을 처음으로 증언한 이후 오랜 세월을 가슴앓이 하던 할머니들이 이 대열에 합류했다. 그리고, 이른바 '기림비'가 세워지기 시작했다.

우리 정부에 등록된 위안부 할머니는 모두 238명, 2015년 8월 15일 현재 생존 위안부 할머니는 47명이다.(2018년 3월 현재 31명이다.) '벙어리 냉가슴 앓다' 세상을 달리 한 이들은 훨씬 더 많다. '기림비'는 대체 무엇을 기리자는 것일까?

▶ '기리다'와 '기림비'의 원뜻을 밝힌 글이 신문에 실린 뒤 관련 법안을 대표 발의한 국회의원 보좌관의 연락을 받았다. "관련 단체의 의견을 수용했을 뿐 '기림비'의 사전적 의미는 깊게 따지지 않았다. 문제가 된다면 바로잡도록 하겠다"는 전향적인 자세였다. 얼마 뒤, 국립국어원도 "'위안부'가 역사적 용어라는 걸 알고 있지만 광주 사태를 광주민주화운동으로 고쳤듯 지금 상황에 맞춰 더 적합한 용어로 고치는 게 좋다"는 뜻을 외교부 등에 전달했다. 국어원의 김문오 학예연구관은 "기림비 역시 일반인들은 위안부 만행을 기린다는 등의 뜻으로 오해할 소지가 있으니 '추모비'나 '추념비', '넋 기림비' 등이 명확하다"고 설명하기도 했다. 그리고 얼마 뒤 '기림비(명칭) 논의'는 흐지부지되었다. '명칭을 제대로 따지자'는 소리가 예상보다 높지 않았기 때문일 것이다.

한국정신대문제대책협의회 등이 민간 차원에서 자체적으로 기념해 온 '위안부 피해자 기림일'은 문재인 정부가 들어서면서 정부 차원의 기념일로 공식화되었다. '기림비'의 말뜻을 놓고 따지는 일은 이제 접으려 한다. '말뜻'보다 '사회적 합의'를 존중하는 게 낫다고 판단하기 때문이다.

행각과 순방

프랑스 파리는 흡연에 관대했다. 실내는 금연이지만 문밖은 천지가 흡연 구역이었다. 유모차 밀고 가면서, 횡단보도 건너면서, 유적지에 들어가려 줄 서 있으면서 담배 피우는 사람을 보는 건 어려운 일이 아니었다. 이런 파리의 풍경이 부럽다는 이를 만났다. 어렵게 찾은 흡연 구역에서 담배를 피우노라면 죄인 보듯이 인상 찌푸리고 손사래 치는 사람이 많은 우리 현실에 빗대어 말한 것이다. '상대에 대한 배려 없는 우리 사회'를 두고 볼멘소리 하던 그가 '애정 행각도 흡연처럼 단속해야 한다'며 말을 돌렸다. 공공장소의 '애정 행각'이 눈살 찌푸리게 한다는 것이다. 그가 말한 '애정 행각'은 무엇일까.

'엘리베이터를 탔다가 불쾌한 경험을 했다. 남녀 커플이 서슴없이 애정 행각을 벌인 것'(ㄷ 일보), '우리 결혼했어요, 닭살 행각의 결정판'(ㅅ 일보), '전 검찰총장, 성추행 피소. 대담 행각'(ㅈ 일보)…. 신문 기사에 등장한 '행각'의 쓰임이다. 인터넷 연관 검색어인 '공공장소(공원/10대/S대/…) 애정 행각', '애정 행각 대학생(교사/버스/경찰/…)'에서 '행각'은 '과도한 애정 행위'와 한뜻으로 쓰이고 있다.

'행각'은 '(주로 부정적인 의미로 쓰여) 어떤 목적으로 여기저기 돌아다님'이다.《표준국어대사전》 구걸 행각, 도피 행각, 애정 행각은 '행위'보다는 '돌아다니는(다닐 行, 다리 脚) 것'에 무게가 실린 표현이다. '엘리베이터, 녹화 현장, 도우미 숙소'처럼 한 장소에서 하는 행위는 '행각'이 아닌 것이다. '전국 유세 행각 이범석 씨'(ㄷ 일보, 1956년), '친일 1호 김인승 묻힌 행각 드러나'〈한겨레〉, 1996년에서 보듯 옛날 기사 속 '행각'은 제 뜻을 담고 있다. '11년간 31차례 강도 행각 30대'(ㄱ 신문), '농촌 빈집 찾아다니며 절도 행각'(ㅇ 경제

신문), '복무 이탈 수배 중 절도 행각 공익 요원 구속'(ㄴ 통신) 따위는 '행각'의 뜻을 제대로 쓴 뉴스의 보기이다

—〈한겨레〉, 2014년 11월 24일

제 뜻 확인하지 않고 허투루 쓴 '(애정) 행각'을 글감 삼아 쓴 글이다. 위 칼럼을 쓰고 해가 여러 차례 바뀌었다. 돌이켜 보니, 한동안 금요일이 되면 도지는 고질병(?)을 안고 살았다. 햇수로 5년, 날 수로 꼽으면 4년 5개월이다. 〈한겨레〉에 '말글살이'를 연재한 기간이다. 주말 판에서 월요일로 실는 날짜가 바뀌어도 원고 마감은 늘 금요일이었다. 〈한겨레〉 연재를 끊은 뒤에도 금단현상은 한참을 붙어 다녔다. 금단현상은 곧 '고질병', 글감을 훑어 찾고 뭔가 쓰지 않으면 불안한 증상이었다.

'글쟁이'가 아닌 '말쟁이' 아나운서가 실릴 곳 없는 글을 쓸 까닭이 뭐가 있을까. 원고는 '마감'이 있어야 나오는 것. 그런데 꼭 그런 것만은 아니었다. 까닭 없는 글쓰기는 지금도 이어지고 있으니 말이다. 글쓰기에 요긴한 연모인 노트북을 배낭에 늘 넣어 업고 다니는 것도 그래서일 것이다. 다음은 지난해 이맘때 '원고 청탁'과 무관하게 끄적인 글이다.

박 대통령이 '미국 순방'을 연기했다. 뉴스 속보로 처리된 내용이다. '미국 순방 연기'는 적절한 표현일까. 그럴 수 있지만, 아닐 가능성이 크다. 무슨 얘기인가. 예정되어 있던 대통령의 미국행은 '방문'이라 하는 게 적합한 표현이기 때문이다. 순방은 '나라나 도시 따위를 차례로 돌아가며 방문함'이다.《표준국어대사전》 캐나다와 중남미가 이번 여정에 포함되었다면 '순방'이 맞겠지만 미국 한 나라만 찾는 것은 '방문'이다.

매체 보도를 확인해 보았다. '속보 자막'으로 1보를 전한 한 지상파

방송은 '미국 순방 연기'라 했다. 청와대가 관련 사실을 발표한 오전 11시 반 이후 만 하루치 기사 검색 결과는 '순방'(145건)–'방문'(451건)으로 차이가 크다. 온라인 매체와 방송을 뺀 '일간지 검색 결과'는 '순방'(31건)–'방문'(93건)으로 전체 검색 결과와 다르지 않다. 일간지 검색 결과를 따로 뽑아 본 까닭은 그나마 신문사의 '교열 기능'이 작동하고 있다고 보기 때문이다.

옛날에는 어떻게 다루었을까. 1980년대 대통령 해외 외교를 다룬 기사에는 '순방'과 '방문'이 두루 쓰였다. 차이는 분명했다. '유럽 4개국 순방', '미주 순방'처럼 복수의 나라를 방문할 때는 '순방'이라 했다. '미국 방문', '일본 방문'처럼 특정 국가 한 곳을 찾을 때는 '방문'을 썼다. 1999년까지의 기사 가운데 '일본 방문'을 검색하면 1만 6,970건이 나오고 '일본 순방'은 2,984건으로 차이가 크다.

대통령의 '미국 순방 연기' 소식이 불편한 까닭은 정치적 함의를 저울질한 결과에서 비롯한 게 아니다. '순방'과 '방문'의 제 뜻을 제대로 담아내지 못했기 때문이다. 한 나라 방문을 여러 나라를 찾은 것으로 바꾼 언론 매체는 한마디로 무지했다. 청와대는 어땠을까. 청와대의 공식 발표를 전한 기사를 보니 '불행 중 다행'이란 표현이 떠올랐다.

김성우 대통령홍보수석비서관은 이날 "박 대통령은 메르스 조기 종식 등 국민 안전을 챙기기 위해 방미 일정(14~19일)을 연기하기로 결정했다"고 밝혔다. 정부 일각에서는 '미일 신(新) 밀월 시대' 속에 박 대통령의 방미 연기로 한미 동맹을 공고히 할 기회를 놓치는 것이 아니냐는 지적에 대해 김 홍보수석은 "한미가 '상호 편리한 가장 빠른 시기에' 방미 일정을 재조정하기로 합의했다"고 밝혔다.

대통령이 미국을 찾는 것을 '순방(巡訪)'이 아닌 '방문(訪問)'으로 공식

발표한 것이다. (2015년 5월, '까닭 없이 쓴 글')

다산 정약용은 〈자설〉에서 '단어(字)의 뜻을 제대로 이해해야 글귀(句)가 풀리고, 이를 통해 문장(章)을 파악해야 전체(篇)를 알 수 있다(字義通而后句可解, 句義通而后章可析, 章義通而后篇之大義)'고 했다. 글을 제대로 읽기 위해서는 낱말의 원뜻을 바르게 알아야 한다는 가르침이다. 시청자와 독자에게 사실을 전하는 일의 기본은 낱말 하나하나의 뜻을 바로 새기는 것에서 시작한다. '행각'을 '행위(行爲, 사람이 의지를 가지고 하는 짓)'와 구별하지 못하고, '순방'을 '방문(訪問, 어떤 사람이나 장소를 찾아가서 만나거나 봄)'과 한뜻으로 알고 있는 아나운서, 기자, 피디, 작가는 '기본' 없이 겉치레만 번지르르한 얼치기인 셈이다.

[땅거미]와 [김:밥]?

올해 태양이 가장 높게 뜬 순간은 지난 6월 21일 낮 2시 4분 즈음이었다. 낮 길이가 가장 긴 하지의 한때였다. 여름 기운 짙어지는 칠월에 접어들면서 더위가 깊어 간다. 한여름의 더위가 기승을 부리겠지만 낮 길이는 한겨울 동지까지 짧아진다. 해넘이가 빨라지면 어스름이 찾아오는 때도 빨라진다. 황혼이 깃들고 땅거미 지는 시간이 일러지는 것이다. 황혼은 '해가 지고 어스름해질 때. 또는 그때의 어스름한 빛'이고 땅거미는 '해가 진 뒤 어스레한 상태. 또는 그런 때'이니 비슷한 표현이지만 말맛은 조금 다르다. 빛(황혼)과 그림자(땅거미), 어느 쪽을 보느냐의 차이일 것이다. 이와 비슷한 말로 '옅은 밤'인 박야(薄夜), '저녁 그늘'인 '석음(夕陰)', '어스레한 낮'의 뜻인 '훈일(曛日)'도 사전에 올라 있지만 죽은말(死語)에 가깝다.

해거름 무렵 드리워지는 '땅거미'는 노래와 시에 잦게 등장한다. 노래로 불리고 시어로 살아 있는 '땅거미'가 나오는 곡은 얼마나 될까. '땅거미'를 노래한 이는 많았다. 같은 곡이어도 부르는 가수, 편곡이 다른 경우까지 따져보니 132곡이었다. 한명훈 · 이범용 〈꿈의 대화〉, 이선희 〈영〉, 〈혼자된 사랑〉, 남궁옥분 〈나의 사랑 그대 곁으로〉, 김승진 〈스잔〉의 것처럼 귀에 익은 노래는 물론 그 옛날 배호 〈먼 여로〉의 곡도 있었다. 〈밤의 디스크쇼〉로 유명한 디제이 이종환 〈나의 누이여 나의 신부여〉의 시 낭송을 포함해 발음은 하나같이 [땅꺼미]였다. 에스지워너비(SG WANNABE)(〈꿈의 대화〉 아르앤비 소울(R&B Soul) 버전)는 [땅·거미]라 했지만 유의미하지 않았다. 어쿠스틱 버전에서는 [땅꺼미]로 했으니 악센트 때문이었기에 그렇다. [땅꺼미]는 '땅거밋과의 거미를 통틀어 이르는 말'로 '땅에 사는 거미'를 가리킨다. 사전은 황혼녘의 '땅거미' 발음을 [땅거미]로 제시하고 있다. [땅꺼미]가 대세인 현실 발음과 다른 것이다.

_〈한겨레〉, 2013년 7월 1일

위 글감은 우연히 주웠다. 스마트폰에 깔아 놓은 애플리케이션 '한글 교정기와 모든 사전'을 갖고 놀다가 우연히 찾아본 '땅거미'. 표기는 하나이나 뜻에 따라 발음 정보가 다른 것을 알게 된 것이다. '땅에 사는 거미'와 '해가 진 뒤 어스레한 상태' 모두 내가 하던 발음은 [땅꺼미]였으니 사전에서 후자의 것으로 밝힌 [땅거미]가 귀에 설었던 게 어찌 보면 당연한 일이었다. 그래서 찾아 나선 게 노래였다. 문화방송 종합방송정보시스템에 '땅거미'가 노래 속에 포함된 곡은 132개. 하나하나 들어서 '땅거미'의 소릿값을 확인한 결과 위 칼럼에 밝힌 것처럼 하나같이 [땅꺼미]였다. '요즘 애'들이 부르는 최신곡만 그런 게 아니었다. '땅거미 내려앉아…'로 시작하는 〈꿈의 대화〉 원곡(1980년대)은 물론 그 옛날 명가수 배호가 부른 노래(1960년대)도 그랬다. 그래서 마지막 문장에서 조심스럽게 밝힌 뜻이 '(현실 발음인)[땅꺼미]를 인정하라'이다.

동자이음(同字異音)인 경우는 우리말에 무척 많다. 대표적인 게 국가권력을 입법-사법-행정, 셋으로 나눌 때의 하나인 사법[사법](司法, 국가의 기본적인 작용의 하나. 어떤 문제에 대하여 법을 적용하여 그 적법성과 위법성, 권리관계 따위를 확정하여 선언하는 일, jurisdiction)과 사법[사뻡](私法, 개인 사이의 재산, 신분 따위에 관한 법률관계를 규정한 법. 민법, 상법 따위가 있다, private law) 그리고 사법[사법](射法, 총이나 활 쏘는 법), 사법[사:법](死法, 효력을 잃은 법) 따위이다. 이처럼 한글 표기는 같지만 발음이 달라지는 경우에는 이유가 있다. 뜻과 조어 방식의 차이에서 비롯한 일정한 규칙이 있는 것이다. 하지만 '땅거미'를 [땅거미]로 발음해야 할 이유를 찾기는 어렵다. '거미'를 '어스름(조금 어둑한 상태. 또는 그런 때)'과 동의어로 다룬《표준국어대사전》을 바탕으로 보면 '땅거미'는 '땅+거미' 형태가 된다. 땅에 사는 거미인 '땅+거미'와 같은 조어인 것이다. '…그렇다면 발음도 [땅꺼미]가 되어야 하는 거 아닌가?', 국립국어원에 문의했다. 시원한 답은 돌아오지 않았다. 국어원도 이 말의 발음 정보에 문제가 있음을 에둘러 인정하는 것으로 봐도 무방하지 않을까.

지난주 어느 날 저녁에 대학에서 국어를 가르치는 교수 몇몇과 어울렸다. 학위 논문 심사를 마친 이들의 뒤풀이 자리에 숟가락 하나 더 얹은 자리였다. 국어 선생들과 만난 자리에 국어 얘기가 빠질 리 없었다. 지난 호에 실린 '땅거미'를 읽은 소감을 물으니 전공에 따라 다양한 답이 돌아왔다. "'땅거미'는 삭막한 도시 환경에 어울릴 정경이 아니니 언중의 일상 어휘에서 사라질 것이다", "내 고향에서는 '땅끔'이라 했던 걸 보면 표준어권의 현실 발음 [땅꺼미]를 인정해야 하지 않을까", "'땅끔', '땅끄미'의 '-끔(끄미)'은 '그믈다(까무러지다, 꺼지다)'에 어원을 둔 '그믐'과 무관하지 않을 것이다", "북한 발음은 [땅꺼미]이다"…. 이처럼 여러 갈래로 오가던 '땅거미 논의'는 이내 한뜻으로 모여졌다. '현실 발음을 사전에 반영해야 한다'는 것이다.

'현실 발음을 사전에 반영'하는 것은 그리 어려운 일이 아닐 것이다. 이 주장을 뒷받침할 만한 실태 조사와 연구가 여럿 나와 있기 때문이다. 2003년에 발표된 국립국어원의 〈서울말 발음 실태 조사 결과〉는 [땅꺼미]가 표준 발음인 [땅거미]보다 널리 쓰이고 있음을 보여 준다. 당시 국어원은 '사전의 발음 정보와 다른 경우가 많아 표준어를 재사정할 필요성이 드러났다'며 '발음 정보 수정이 불가피하다'고 밝혔다. 2012년에 국립국어원이 시행한 '표준발음법 영향 평가' 연구 결과도 이와 크게 다르지 않다. '(경음화의 경우) 표준발음법을 따랐을 때와 현실 발음대로 했을 때 괴리가 있으니 규범에서는 원칙만 제시한 뒤 사전에서 두 가지 발음 모두 인정'할 수 있으며 '맞춤법 규정에 어긋나지 않는 복수 표준 발음이 필요하다'고 제안한 것이다. 한마디로 복수 표준어처럼 복수 표준 발음도 인정해야 한다는 것이다. 사전의 발음 정보는 박제가 아닌 살아 있는 것이어야 한다. 그간 쌓아 온 연구·조사 결과가 '개방형 한국어 지식 대사전(우리말샘)'에 담기기를 기대한다.

_〈한겨레〉, 2013년 7월 8일

"표준어 사정과 발음 제시는 앞으로 방송에서 이끌어 가야 한다. 국어원은 방송사가 제시한 어휘와 발음에 문제가 없다면 그것의 이론적 뒷받침을 해 나가면 된다. 국어순화에도 이러한 역할 분담이 바람직하다."

2000년대 초중반에 6대 국립국어원장을 지낸 남기심 선생이 한 말이다. '한국어에 대한 언중의 인식을 바꾸는 방법으로 정부가 국어 능력 인증 시험을 시행하고 특정 기관에는 강제할 필요가 있다'는 내 제안에 답하면서 밝힌 내용이다. 학계의 흐름도 '현실 언어를 규범에 적극 반영'하는 쪽으로 기울고 있다. 〈표준발음법 영향 평가〉 연구 결과 등을 보면 그렇다. 방송 언어는 현실 언어와 함께 숨 쉰다. 방송 언어의 중심은 아나운서이다. 아나운서가 우리말 톺아보며 발음 하나하나를 허투루 하지 않아야 할 이유가 여기에 있다.

▸ 국립국어원의 〈표준 발음 실태 조사Ⅱ〉(김선철, 2003년)에 따르면 표준 발음을 보완할 필요가 있다. 소릿값 조사 결과 몇 개를 봐도 그렇다. 땅거미, 수놈, 온랭(溫冷), 관건의 발음 실태는 [땅꺼미], [순놈], [온냉], [관껀]이었다. 규범에 맞는 발음은 [땅거미], [수놈], [올랭], [관건]이다. 말은 변한다. 살아 있기 때문이다. 말의 변화는 발음부터 시작한다. 말과 글의 현상이 바뀌면 어문 규범에도 반영되어야 한다. '우리말샘'과 《표준국어대사전》의 발음 정보는 여전히 [땅거미]이다.(2017년 12월)

세노야

'세노야(senoya)'는 미국 시카고에 있는 뷔페식당이다. 곽재구 시인은 1990년에 시집 《서울 세노야》를 발표했다. 김혜수와 변우민이 출연한 일일 연속극 〈세노야〉는 1989년에 방송되었고, 가수 남진과 하춘화가 주인공을 맡은 영화 〈세노야〉는 1973년에 개봉했다. 노래 〈세노야〉는 조영남, 최백호, 최양숙, 나윤선, 김란영 등의 가수는 물론 배우 최민수도 불렀다. 양희은의 것으로 널리 알려졌지만 방송에서 처음으로 노래한 이는 작곡자인 김광희이다. 〈세노야〉의 노랫말은 고은 시인이 1970년에 발표한 시이다. '세노야'는 미국 피아니스트 짐 브릭만의 음반에도 들어 있다. '세노야'가 라디오 방송 전파를 타고 세상에 퍼지기 시작한 때는 1970년 이맘때인 가을이었다.

'세노야'의 역사와 존재를 더듬은 까닭은 어느 선배의 말 한마디 때문이다. "'에야누 야누야…'가 일본 '뱃노래'에서 왔다"는 얘기를 건네니, "'세노야'도 그렇다"며 나직하게 응답한 그는 《한국 민요 대전》을 엮어 낸 최상일 민요 전문 피디이다. 그가 자신의 누리집에 올린 내용을 간추리면 이렇다. "'세노야'가 일본 말이라는 사실은 민요 취재를 하면서 알게 되었다. '세노야'는 일본 어부들이 배에서 (주로 멸치잡이) 그물을 당기면서 부르던 뱃노래 후렴이다. 남해 지역에서 취재한 여러 자료를 분석하면 동쪽으로 갈수록 일본 말이 많아진다. '세노야'는 우리말이 아닌 것이 확실해 보인다."

시인이 나고 자란 곳은 전북 군산시(당시 옥구군). 어릴 때 들었던 그물질 소리의 뿌리가 일본이라는 것을 몰랐을 것이다. 그물 올리며 메기고 받는 흥겨운 소리 '세노야'는 훗날 시가 되었고, 처연함 뚝뚝 떨어지는 노래로 거듭났다. 이런 이유로 〈한겨레〉가 창간 두 돌을 맞아 뽑은 '겨레의 노래'에 〈세노야〉가 꼽혔을 때 이의가 없지 않았다. 오히려 질곡의 역사가 반영된 민족의 노래가 될 수 있다는 의견 또한 만만치 않았다. 글쎄, 어느 쪽 손을 들어줘야 할까. _〈한겨레〉, 2012년 10월 26일

노래와 가게 이름 등으로 사십 대 이후에게 익숙한 '세노야'는 일본어, 적어도 일본의 영향을 받은 것이라는 뜻을 담아 쓴 글이다. 이 글이

실린 뒤 일주일이 채 되지 않았을 때 고은 시인이 '반박문 아닌 반박문'을 같은 신문에 게재했다.

이것은 반박문이 아니다. 1960년 말 내가 취중의 즉흥으로 일필휘지 한 노랫말 '세노야'에 관한 사연을 밝힌다.

1968년인가 그 다음 해인가 나는 미당과 함께 경남 진해의 육군대학 문예 강연에 갔다. 육군 고급장교들이 교생이었는데 전두환 노태우 등도 교생이었던 사실을 나중에 알았다. 강연 뒤 육군대학 총장 김익권 장군의 호의로 육군대학 전용의 소형 군함에 두 사람이 타고 통영에서 여수까지의 다도해를 경유하게 되었다. 도중에 박재삼의 고향인 삼천포에도 잠시 기항해서 소주를 마시는 여유를 누렸다.

바로 그 남해 난바다까지 나가 나의 뜻에 따라 멸치잡이 어선들에 조심스레 접근했다. 멸치 그물을 후리고 끄는 선상 노동은 노래 없이는 불가능하다. 그 어부가 중 후렴으로 '세노야 세노야'라는 낯선 낱말이 내 뇌리에 박혔다.

이 '세노야'는 내 고향 군산 앞바다의 그것이 아니라 남해 일대의 노동요 발흥의 허사이다. 그런데 훗날 나는 일본 규슈를 여행하다가 규슈 해안의 어부가로 다시 '세노야'를 만날 수 있었다.

〈한겨레〉 10월 26일치 30면 '말글살이'란의 '세노야'는 이 낱말이 일본 말이라는 것을 강조하고 나서 내가 그 사실을 모르고 일본 말로 노래 제목을 삼았다고 지적하고 있다. 군산 앞바다 어부가에는 '세노야'가 있지 않다.

과연 일제강점기에 우리 모국어는 금지된 언어일 뿐만 아니라 그 기간 이후로도 많은 손상과 오염 그리고 지배 언어의 잔재가 거기에 개입한 바 있다. 아니 근대어의 경우 일본의 조어를 그대로 받아들인 사실을 굳이 숨길 까닭도 없다. 이는 현대 한국어나 중국어의 관념어 대부분에 해당한다. 그래서 우리 언어의 한 부분은 고대에는 중국에 빚지고 근대에는 일본에 빚지고 있는 것도 사실이다.

그런데 남해 일대의 언어는 당대의 시각으로 한국어다 일본어다 하고 분별하기보다 고대 한국어가 일본으로 건너간 분명한 사실이 일본어의 기원에 대한 절대 조건인 것을 전제한다. 그래서 남해의 이쪽 한국 쪽이나 그 건너 일본 쪽에서 해상 언어의 공동 사용이 아주 오랫동안 이어져 온 것이다. (이런 사례가 아니더라도 심지어는 고대 이집트어가 한국어로도 충분히 토착화되었다. 만주어의 경우도 적지 않다.)

나는 '세노야'가 일본어라고만 단정하는 것을 주저한다. 그것은 오랜 공해상의 흥취를 담은 고대 한국어이자 지금 국제어로서의 한 낱말이기 십상이다.(고은 시인)

_〈한겨레〉, 2012년 11월 1일

'세노야'가 어디에서 온 표현인지 설왕설래, 갑론을박이 오가는 자리에 최상일 피디가 점잖게 나섰다. 〈세노야〉는 일본 노동요이다 – 아니다 – 현장 취재 결과 '일본 어부들의 추임새'가 맞다. 이렇게 줄기가 흘러갔다. 다음은 최 피디의 '반박문'과 취재 결과를 밝힌 내용이다.

얼마 전 〈한겨레〉에 '세노야'에 관한 글과 반박문이 실렸다. 우리가 잘 아는 '세노야'가 실은 일본 말이라는 미디어언어연구소 강재형의 글에 대해, '세노야'를 쓴 고은 시인이 일종의 반박문을 실은 것이다.

나는 강재형 소장에게 '세노야'가 일본 말이라는 사실을 알려 준 바 있다. 그리고 고은 시인의 반박문을 보고 어이가 없었다. 반박문이 아니라고 하면서 궤변에 가까운 반박문을 썼기 때문이다. 그래서 나는 고은 시인의 글에 반박하는 글을 써서 〈한겨레〉에 보냈다. 하지만 무슨 이유에서인지 실리지 않았다. 그래서 여기에 그 글을 싣는다. 먼저 두 사람의 글을 읽어 보기 바람.

'세노야'는 일본 말이 확실하다

2012년 11월 1일자 〈한겨레〉 '왜냐면'에 실린 고은 시인의 "'세노야'에 대해서"라는 글을 읽었다. 10월 26일자 '말글살이'에 실린 강재형 미디어언어연구소 소장의 글에 대한 답글이었다. 본인의 시에 우리말이 아닌 '세노야'라는 일본 말이 들어 있다는 지적에 대해 고은 시인은 "이것은 반박문이 아니다"라고 글을 시작했지만, 결론은 거의 반박문에 가깝다. 나는 강재형 소장에게 〈세노야〉라는 민요에 대한 고증을 해 준 사람으로서, 고은 시인의 답글에 잘못된 점이 있음을 밝히고자 한다.

'세노야'는 일본의 멸치잡이 배에서 그물을 당길 때 뱃사람들이 부르던 민요 후렴구의 일부이다. 이에 관한 증거는 MBC가 남해안 일대에서 취재한 《한국 민요 대전》 자료도 충분하거니와, 내가 경남 고성에서 취재한 어느 소리꾼의 증언으로도 확실하게 증명할 수 있다. 고성의 그 소리꾼 어르신은 농사꾼이었지만 품팔이를 위해 당시 해안에 진출했던 일본 멸치잡이 배를 탔고, 조업을 하면서 일본 어부들이 부르는 노래를 따라 불렀다. 멸치잡이는 여럿이 합심해야 하는 일이기에 동작을 맞추기 위해 노래가 필요했다. '세노야'는 멸치가 잡힌 그물을 배 위로 끌어 올리는 과정에서 부르던 노래의 일부이다.

일본의 멸치잡이 배는 일제강점기에 우리나라 남해안에 대거 진출했다. 우리의 전통적인 멸치잡이 배보다 훨씬 크고 어로 방식이 다른 어선이었다. 일본에 가까운 부산 앞바다에서부터 서쪽으로 남해, 여천, 완도에 이르기까지, 일본 멸치잡이 배가 남긴 흔적은 바닷가 사람들이 기억하는 일본식 뱃노래의 형태로 남아 있다. 일본에 가까운 동쪽에는 일본식 뱃노래의 영향이 강한 반면, 서쪽으로 갈수록 그 영향이 줄어들고 우리 민요의 모습이 살아난다. 이는 곧 일제강점기에 특정한 상황에서 일본의 민요가 우리 민요에 끼어들었다는 것을 보여 준다.

일제강점기가 36년이나 계속되었던 만큼, 우리 민요에 일본 말이 삽입되는 현상은 어찌 보면 자연스러운 것이다. 하지만, 우리는 민요뿐 아니라 우리가 쓰는 말에 어떤 외래어가 얼마나 섞여 들어가 있는지를 분명히 알아야 한다. 그래서, 소통에 문제가 없다면 될수록 외래어 대신 우리말을 쓰는 일에 힘써야 한다. 일찍이 대중에게 익숙한 '세노야'라는 말이 일본 말이라는 것을 뒤늦게라도 알았다면, 우리 모두의 무지를 반성하고 다시는 그런 일이 없도록 교훈으로 삼는 것이 옳다.

그런 면에서, 고은 시인이 '세노야'에 대해 내놓은 변명은 쉽게 납득이 가지 않는다. 그는 '세노야'가 어쩌면 고대 한국에서 일본으로 건너간 말일지도 모른다든가, 한일 양국에서 공통적으로 사용하던 고대 해상 언어 또는 국제어일지도 모르니 '세노야'가 일본 말이라고 단정하기 어렵다고 말한다. 검증되기 어려운 고대 언어를 들먹이면서 눈앞의 진실은 인정하지 않고 있는 것이다. 그런 식으로 말한다면 일본 사람들이 어쩌면 모두 고대 한국에서 건너간 사람들일지도 모르고, 일본 말이 어쩌면 고대 한국에서 건너간 말일지도 모르는 것이 아닌가? '세노야'가 고대 한국에서 건너간 말이라면 왜 일본에만 그 말이 남아 있고 본토인 한국에는 남아 있지 않는가? 《우리말 갈래사전》을 포함한 어떤 한글 사전을 찾아봐도 '세노야'라는 말은 찾아볼 수 없고, 그 비슷한 말조차 올라 있지 않다.

고은 시인은 자신의 반박문에서도 '세노야'가 '일본 규슈 지방의 어부가'라고 밝힌 바 있다. 자신이 남해에서 들었던 '세노야'라는 말이 실은 일본 말이었다는 것을 오래전에 이미 알았던 것이다. 그런데도 왜 여태까지 그에 대해 한 마디도 없었는지 궁금하다. 자신이 잘못 알고 쓴 시 한 편이 유명한 대중가요가 되고, 영화나 드라마 제목이 되고, 주점이나 미용실의 상호가 되고, 다른 시인의 시집 제목(곽재구 시인의 《서울 세노야》)에도 쓰이고, 어느 신문사에서 펴낸 '민족의 노래'로 뽑히기도 하는데 말이다.

'세노야'가 일본 뱃노래의 후렴구라는 것은 더 이상 논란의 여지가 없다. 일본과 한국은 인종이나 언어 구조에서 다른 어느 나라보다 비슷한 점이 많지만, 민요를 포함한 전통음악은 같은 점보다 다른 점이 더 많다. 일본 민요의 음계와 리듬과 시김새는 우리 민요와는 매우 다른 반면, 동남아시아의 민요와 비슷한 점이 많다. 우리말이나 우리 민요에 일본 말이 남아 있는 것은 일제강점기라는 뼈아픈 근대사의 산물이지, 고대 문화 교류의 결과가 아니다. 잘못된 것을 솔직히 인정하고 반성하는 데서부터 새로운 지식과 문화의 역사가 시작될 수 있다.

▶MBC라디오 〈최상일의 민속기행〉 2007. 10. 21 방송/경남 고성 소리꾼 천의생 어르신의 '세노야' 관련 증언 부분이다.

"살아 나온 기 고생이라. 6남맨데 먹을 게 있나. 요샌 우유도 있고… 그땐 아들 여섯을 키우다 보니 고생이라. 배도 탔고."

"오구도리배. 걸망. 멜치가 걸리는 거는 걸망배. 오구도리는 그물로 놔가지고 싸가지고 땡기는 거고… 방맹이로 돌려서 그물이 갱기 올라온다 아이가. 메루치. 그게 일본 놈 배 아이가?"

"배가 여러 대야. 뗏마, 운반선, 배가 많아. 맘메(큰배), 사까메, 뗏마. 뗏마는 그물 논 데 대니면서 돌보는 일 하고. 잡으면 운반선(에 실어서) 팔러

간다."

"뱃노래는? 세노야, 세노야 하면서, 그물 댕길 때는 세노야, 세노야, 세노야… 그물 댕길 때."

"세노야는 그물을 손으로 땡기면서 한다고. 로꾸리로 감아올리고 다 땡긴 다음에 들어서서 '세노야'를 하지. 그물을 졸이면서. '세노야' 그게 조선 사람 소리가 아니지. 그게 일본 놈 소리라. 배 탄 사람은 알지. 본인이 직접 했으니까네." (최상일 피디 블로그, 〈우리소리연구소〉 누리집 http://blog.daum.net/sichoi2)

폭탄주 빗기, 문답

바야흐로 송년회 시절에 떠도는 숫자가 있다. '112'와 '119'이다. '술은 1종류로, 1차로 끝내며, 2시간 넘지 않게 마신다(밤 9시 전에 마친다)'는 뜻을 담은 것이다. 술은 아예 마시지 않고 공연이나 영화를 보며 한 해를 마무리하는 '문화 송년회'를 하는 모임이 꽤 많아졌지만 맨송맨송한 자리는 왠지 허전하다며 '술 권하는 사회'를 좇는 세력은 여전하다. 웬만한 술자리에 빠지지 않는 게 폭탄주이다. 폭탄주는 1983년 강원도의 군, 검찰, 경찰 등의 지역 기관장 모임에서 처음 만들어 마셨고, 당시 춘천 지검장이던 박 아무개가 널리 퍼뜨렸다고 한다.《위키백과》

1986년 이맘때 언론 매체에 처음 등장한 폭탄주는 '퇴폐풍조'의 하나로 꼽혔고(ㄷ 일보), '속칭 폭탄주'로 다루어질 만큼 제도권 밖의 표현이었다.(ㅇ 통신) '맥주가 담긴 잔에 양주를 따른 잔을 넣어서 마시는 술'《표준국어대사전》인 폭탄주는 술 따르는 잔을 거꾸로 하는 '수소폭탄주'에 이어 '소폭(소주+맥주)'이 대중화된 세상이 되었다. 폭탄주는 술자리의 역할도 분화시켰다. '제조사'가 나왔고, '대량 제조'가 필요한 곳에는 '제조창'도 등장한다. 폭탄주 '제조법'의 차이는 여럿이지만 대개 '마는 방법'에서 비롯한다.

폭탄주를 만드는 일은 화합물인 알코올을 다루는 것이니 '조제(여러 가지를 적절히 조합하여 약을 지음)'라 하는 게 '제조(공장에서 큰 규모로 물건을 만듦/원료에 인공을 가하여 정교한 제품을 만듦)'보다 원뜻에 어울리는 듯하다. '(폭탄주를) 말다'는 표현은 낯설다. 내 언어 직관이 '밥을(국수를) 말다'처럼 '건더기를 물이나 국물에 넣는 것'을 '말다'로 받아들이기 때문이다. '술에 술 넣는 행위'는 '섞다, 타다, 배합하다'인 것이다. '담그다', '빚다'를 쓰는 것도 괜찮겠다. '(폭탄주) 한 잔 빚어(담가) 드릴까요' 하면, 자칫 거칠어질 수 있는 술판이 예스럽게 다듬어질지 모르니 말이다. 그 덕에 추억까지 빚어낸다면 금상첨화이고! _〈한겨레〉, 2012년 12월 14일

바야흐로 송년회 시즌이라 했다. 이미 숱한 모임을 거쳤고 앞으로도 그 이상의 송년회가 기다리고 있을 것이다. 한 해를 보낸다, 이런 뜻인 '송년회(送年會)'는 [송ː년회]로 첫소리를 길게 발음한다. '보낼 송(送)'이 긴소리이기 때문이다. '망년회(忘年會)'라 하기도 하지만 이 바닥(방송계, 국어학계)에서는 환영받지 못하는 표현이다. 《표준국어대사전》은 이 표현을 '송년 모임', '송년회'로 순화해 쓸 말로 밝히고 있다. 일본어 '보넹카이(忘年會, ぼうねんかい)에 뿌리를 둔 용어이기 때문이다.

먹고 마시고 노래 부르다 질펀하게 퍼지는 모임은 많이 줄었다. 가볍게 한잔하고 뒤탈 없이 깔끔하게 정리하는 요즘 추세를 따르는 이들이 많아진 까닭이다. 그래도 폭탄주는 건재하고, 국제적이다. 폭탄주를 뜻

하는 영어 속어, 보일러메이커(Boilermaker)를 봐도 그렇다.

'폭탄주를 말지 말자, 빚자'는 뜻을 담은 윗글에 편집자가 몇 가지 의견을 보냈었다. '의견'이라기보다는 질문 형식을 빌려 마뜩잖은 대목의 답을 청했다는 게 오히려 맞을 내용이었다. 당시 편집자의 의견(질문)과 그에 답한 내 생각을 정리해 보려 한다. 1,000자 안에 담지 못한 이모저모가 드러날 수 있으니, 심심풀이 삼아 훑어봐 주시기 바란다.

편집자 : 약을 짓는 조제(調劑)보다는 제조(製造)가 낫지 않을까, 싶다.

필자 : '알코올은 화합물'임을 전제하고 풀어 간 까닭이 바로 거기 있다. 술(알코올)도 넓은 의미의 향정신성의약품이기 때문이다. 알코올 중독은 곧 약물중독과 같이 취급된다는 게 정신과 전문의의 의견이다. '만드는 공정'에 비중을 둔 '제조'보다는 '(약을 짓듯이) 섬세한 과정'을 살리기 위한 '조제'를 생각해 보자는 뜻이다.

편집자 : 발효 과정이 있어야 '담그다, 빚다'를 쓸 수 있지 않을까.

필자 : 바로 그 점에 착안했다. 발효 과정이 필요한 것에 어울리는 말이 '빚다/담그다'이다. '송편을 빚다'에서 보듯이 '빚다'에 발효가 꼭 필요한 조건은 아니다. '(폭탄주) 말다' 대신 '빚다/담그다'를 제안한 것은 '퍼마시는' 술자리가 아니라 '뜸 들이 듯', '찰나의 가벼움'을 덜어 내자는 뜻을 담으려 한 것이다. '빚다/담그다'의 수사적 표현인 셈이다. 내 취향을 드러낸 것은 단점일 수 있지만, 강요하는 것은 아니니 '개인 취향'으로 인정하면 될 일이다.

편집자 : '(폭탄주) 말다'도 괜찮은 표현 아닌가. 맥주를 국으로 보고 소주잔이나 양주잔을 건더기로 보아 마는 것처럼 보면 그렇다.

필자 : 이른바 '소폭'의 경우 잔을 빠뜨리지 않는 게 일반적이다. 수많은 '폭탄주 제법' 가운데 '건더기'로 잔이 들어가는 경우는 많지 않다. '한 잔 말

아 봐라!' 표현을 처음 들었을 때 '격 낮은 표현', 곧 비속어의 느낌이 강하게 전해졌다. '대박', '(한턱) 쏘라' 따위의 표현도 같은 느낌이다. 내 언어 직관이 대중과 멀리 떨어져 있다고 반박하면, 할 말은 없다.

편집자 : '폭탄주 빚자(담그자)'는 제안이 별로 공감을 사지 못할 것 같다.

필자 : 내가 겪은 술자리 몇 군데에서 위 표현을 제안해 보았다. 결과는 나쁘지 않았다. 무턱대고 '말자' 하던 이들이 '빚다/담그다'에 공감하던 순간이 여럿이었다. '술자리에 우리의 정을 버무려 담가, 추억을 빚자'는 뜻이 요즘 정서에 맞지 않을 수 있다. 생뚱맞은 비유이긴 하지만, 뜻도 표현도 지나칠 만큼 차고 넘치는 '건배사'가 오히려 억지라는 생각이다.

편집자의 오밀조밀한 질문에 시시콜콜 답한 내용을 본 여러분의 소감은 무엇일까. 그럴듯하다 여기는 이는 '술자리'를 앞세워 사람과 어울리는 사람, 시답잖은 문답이라 치부하는 이는 '술은 술술 마시는 것' 쯤으로 생각해 사람보다는 '술 자체'를 중요하게 꼽는 사람이리라. 나는 당연히(?) 전자일 것이다. 조지훈 선생이 남긴 수필 〈술은 인정(人情)이라〉에 절대 공감하기 때문이다.

의사/열사

'의사와 열사의 차이는 무엇인가'. 삼일절을 앞둔 어느 날 강의실에서 만난 이들에게 물었다. 이런저런 말만 입안에서 우물거릴 뿐 시원하게 바로 대답한 이는 없었다. 중·고등학교에서 배운 기억 조각을 짜 맞추어 내린 결론은 '맨몸으로 저항하면 열사, 무력으로 항거하면 의사'였다. 강의를 마친 뒤 사전을 찾아보니 이렇게 나온다. '열사: 나라를 위하여 절의를 굳게 지키며 충성을 다하여 싸운 사람. 의사: 의로운 지사(志士, 나라와 민족을 위하여 제 몸을 바쳐 일하려는 뜻을 가진 사람)'

국가보훈처가 2005년 10월에 발표한 자료에 따르면 "국가보훈처에서는 의사·열사를 구분하지 않고 '독립 유공자'로 표기하고 순국선열과 애국지사로 구분하고 있으며 법률적 용어는 아님"이라고 명시하면서 '(통용되는 기준은 아니지만) 의사와 열사를 민간이나 학계에서 통념적으로 구분하고 있다'고 밝히고 있다. 여기에서 밝힌 '의사'와 '열사'의 차이는 이렇다. '의사'는 '성패에 관계없이 목숨을 걸고 무력으로써 적에 대한 거사를 결행한 사람'으로 대표적인 인물은 안중근 의사(이토 히로부미 저격), 이봉창 의사(일본 천황에게 폭탄 던짐) 등이며, '열사'는 '직접적인 행동 대신 강력한 항의의 뜻을 자결로써 자신의 굳은 의지를 내보인 사람'으로 유관순 열사, 민영환 열사(을사늑약 체결 반대 자결), 이준 열사(헤이그 밀사로 독립 의지 표명 자결) 등이 대표적 인물이라는 것이다.

은정태 역사문제연구소 연구원은 《역사용어 바로쓰기》에서 "1980년대 이후 민주화·노동운동 과정에서 산화한 이들을 '열사'라 호명한 것은 정부가 아니라 운동 세력 스스로였다"고 말했다. 죽음으로 대의를 드러낸 이들을 '열사'로 일컫는 것은 특정 집단만의 일은 아니다. '독립 유공자', '순국선열', '애국지사'를 뽑아 기리는 일도 정부의 몫만은 아닐 것이다.

지지지난

'청춘 작가' 최인호가 2013년 가을에 우리 곁을 떠났다. 향년 68세, 한창나이에 서둘러 떠난 작가. 그의 선종 소식이 전해진 날 밤, 보석처럼 빛나던 학창 시절 추억의 여러 조각이 선생이 남긴 작품과 엮여 있음을 새삼 되새긴 이들이 많을 것이다. 그날 밤 이후 고인의 작품 세계와 그를 추모하는 글이 각 신문과 방송 등을 통해 전해졌다. 그중 어느 일간지에 실린 추모사의 한 대목은 이랬다. "지지난해였네요. 선생님께서 몇몇이 모여 점심 식사라도 하고 싶어 하신다는 연락을 받았습니다 … 그날이 아니어도 다시 선생님을 뵐 수 있겠지, 여겼습니다." 면역력 약해진 선생에게 자칫 감기를 옮길까 저어해 선뜻 나설 수 없었던 소설가 조경란의 아쉬움이다.

선생을 추모한 글 여럿 가운데 이 글이 유독 관심을 끈 까닭은 '지지난해'라는 표현 때문이다. 선생이 별세하기 몇 시간 전 말 다듬기 회의에서 만난 조 작가에게 인사말 삼아 "'지지지난 호'에 실린 단편 잘 보았다'" 했었다. 지난해 겨울에 나온 문학 계간지 발행 호수를 밝히려 되짚다 나온 표현이었다. '지지난'은 '지난번의 바로 그 전'이니 '지지지난'은 '지지난의 바로 그 전'이 된다. '지난 호의 전전번'인 셈이다. 소설가와 아나운서가 주고받은 표현 '지지지난'은 어법에 맞는 것일까.

그날 회의 자리에 함께 있던 국어학자들은 "'그저께'의 전날로 '그끄저께'를 인정하고, '다음번의 바로 그 뒤'를 '다다음'이라 하니 '지지지난'을 틀렸다라고 할 수 없다"고 했다. '사전 표제어가 아니면 잘못된 표현'이라는 일부의 주장은 타당하지 않다는 뜻이다. "'다음 주'가 안 되면 '다다음 주', '다다다음 주'의 일정은?" 하며 약속 잡은 경험이 있다면 이런 설명이 '2주 뒤', '3주 뒤'보다 직관적으로 다가올 때가 있다는 것을 알 것이다. '지지난-지난-지금-다음-다다음(다음다음)'을 뒤와 앞으로 확장해 짚어 가는 '지지지난', '다다다음'을 올림말이 아니라는 까닭으로 배척할 이유는 없는 것이다.

탄신일

분홍빛 잇몸에서 삐죽이 돋아나는 배냇니 생각을 했다. 곱게 돋아나는 연둣빛 여린 잎사귀를 보며 떠올린 느낌이다. 연초록이 싱그럽게 빛나는 완연한 봄날, 그중 오월에는 '날'이 참 많다. 온갖 날의 시작을 알리는 어린이날은 그냥 '아이들의 날'이 아니다. 어린이는 '어린아이를 대접하거나 격식을 갖추어 이르는 말'《표준국어대사전》이니까. '어린이'를 처음 쓴 사람이 방정환이라고 알려졌지만 그보다 최남선 먼저 썼다고 한다.[7] '철없는 어린것'도 존중하듯 '날'을 높이기도 한다. 태어남, 출생을 높여 탄생이라 하고, 생일을 높여서 생신, 탄신이라 이른다. 탄신(誕辰)은 탄생일과 한 뜻이다.

---

7 '어린이'라는 말을 처음 사용한 사람은 소파 방정환(1899~1931)이 아니라 육당 최남선(1890~1957)이라는 주장. "1914년 〈청춘〉 창간호 '어린이의 꿈'이라는 권두사에 어린이라는 말이 처음 사용됐다".(《한국잡지백년》, 현암사)" 지금까지 어린이라는 말은 소파 방정환이 1920년 8월 〈개벽〉 3호에 실린 번역 동시 〈어린이의 노래〉를 발표하면서 처음 사용한 것으로 알려져 왔다.(연합뉴스, 2004. 6. 3)

'탄신일'이란 말을 쓰기도 한다. "충무공 탄신일을 기념해 새롭게 보물로 지정됐습니다."(ㅁ 방송 뉴스), "이순신 장군 탄신일을 맞아 충남 현충사에…"(ㅅ 방송 뉴스)처럼 꽤 많이 쓰는 표현이다. '탄신일(誕辰日)은 생신, 탄신의 '신(辰)'이 '날'을 뜻하는 한자이기에 '생신일'처럼 사전에 오르지 못한 표현이다. 의미가 겹치기 때문이라는 게 국립국어원 관계자의 설명이다. 하지만 생일날(生日-)이 표제어인 걸 보면 옹색한 답이다.

'부처님 오신 날' 곧 '석가 탄신'이 되면 관련 기사가 많이 나온다. 주요 행사인 봉축 법요식과 연등 행렬을 다룬 기사에는 '석가 탄신'과 '석가탄신일' 중에 어느 게 더 많이 나올까. 지난 20년 동안의 방송, 통신사 뉴스를 검색해 보니 답이 나왔다. '탄신일'(2,650건), '탄신'(85건)이었다(ㄷ 사이트 기준). 족발(足-)과 의붓아비(義父--), 초가집(草家-)처럼 관용으로 굳어진 말은 인정하는 게 옹색함을 벗어나는 길이다.

영업시운전

김포공항에서 잠실종합운동장까지 38분 만에 갈 수 있게 되었다. 2015년 봄에 서울지하철 9호선 2단계 구간이 개통되면서부터이다. 연장 운행을 앞두고 열차의 배차 간격이 달라졌었다. 배차 간격 변경을 알리기 위해 역 곳곳에 붙어 있는 '9호선 2단계 구간 개통을 위한 영업시운전 안내문'을 보니 얼른 이해되지 않는 대목이 눈에 띄었다. '영업시운전'이 첫눈에는 '영업-시(時) 운전'으로 들어왔기 때문이다. 이내 '영업 시운전'이라 생각했지만 미심쩍은 느낌은 가시지 않았다. '영업 시 운전'일까 '영업 시운전'일까.

운영 회사 고객지원센터에 물으니 '영업(을 위한) 시운전'이란다. 애초에 띄어쓰기를 제대로 했으면 엉뚱한 오해는 생기지 않았을 것이다. 이런 경우는 의외로 많다. 띄어쓰기를 제대로 하지 않아 괜한 오해를 부르고, 생뚱한 뜻이 떠오르는 문장 몇 개를 꼽으면 이렇다. 누나가자꾸만져요(–자꾸 만져요/자꾸만 져요), 무지개같은사람(무지 개같은–/무지개 같은–), 비상용차(비상용–차/비–상용차(商用車), 간호사의사랑하는이야기(간호사 의사랑 하는–/간호사의 사랑하는–), 서울시장애인복지관(–시장 애인–/–장애인 복지관) ….

'영업시운전'의 뜻을 단박에 알아차리지 못한 까닭은 띄어쓰기에만 있는 게 아니다. 관련 업계에서 통하는 이 용어의 뜻은 '손님을 태우지 않는 것만 빼면 운행 구간, 배차 간격을 비롯한 모든 운영 방법이 정식 개통 이후와 똑같이 하는 시운전'이다. '시운전'은 차량 점검을 위한 뜻이 강하다. '기차, 배, 자동차, 기계 따위를 새로 만들거나 수리하였을 때에 실제로 사용하기 전에 시험 삼아 하는 운전'이 '시운전'이고, '정해진 길을 따라 차량 따위를 운전하여 다님'은 '운행'이다.《표준국어대사전》'포항 KTX 열차 시험 운행…'(ㄱ 신문) '…승객만 태우지 않을 뿐 실제 승객이 탔다는 가정 하에 시험 운행이 이뤄진다'(ㄱ 일보)에서처럼 '영업 시운전'은 '시험 운행'이라 해야 제 뜻에 더 맞는다.

어기여차

어촌에 가을이 드니 고기마다 살쪄 있다/닻 들어라 닻 들어라/넓고 푸른 물결 한껏 즐기자/지국총 지국총 어사와/인간 세상 돌아보니 멀수록 더욱 좋구나.

고산 윤선도가 지은 〈어부사시사〉 가을 편의 한 대목이다. 말년을 전남 보길도에서 세상을 등지고 살았던 고산. 그가 자신의 거문고 '아양'을 뜯으며 읊었을 이 노래의 여음구 '지국총 지국총 어사와'는 예스러움을 즐기는 이들에게 여전히 사랑받는 구절이다. '지국총'은 '노를 젓고 닻을 감는 소리'이며, '어사와'는 '어여차(어기여차)를 예스럽게 이르는 감탄사'이다.《표준국어대사전》

〈어부사시사〉의 여음구 '지국총 지국총 어사와'는 노를 저으며 용쓰는 사공들이 서로 메기고 받는 '어기여차 에헤야…'를 떠올리게 한다. 우리 민요 〈뱃노래〉의 후렴으로 널리 알려진 바로 그 소리이다. 어부들은 일하는 과정에 따라 '배 닦는 소리', '닻 감는 소리', '노 젓는 소리', '그물 올리는 소리', '고기 푸는 소리' 등을 부르는데 이 가운데 후렴구가 익숙한 노래가 '노 젓는 소리'이다.《브리태니커 백과사전》

"일본 규슈 나가사키현 히라도 항구의 '뱃노래' 후렴구가 귀에 익어 깜짝 놀랐다"는 글을 보았다. 어느 해 봄날 경기도 과천에서 열린 '한일 전통 민요 교류 공연'을 찾았던 한 관객이 인터넷에 남긴 글이다. 입학 30주년에 즈음한 모교 방문 행사장에서도 〈뱃노래〉를 불렀다. 모처럼 만난 동창들과 어깨를 겯고 부른 노래는 학창 시절의 그것과 달랐다.

일본 전통 민요 공연단의 그것과도 달랐을 것이다. '에야누 야누야 에야누 야누…'는 '어기여 디여차 어기여 디여…'로 바뀌어 있었다. 학교 측에 물어보니 1990년대 중반 가사를 바꾸었단다. '에야누 야누야…'는 일본 '뱃노래'의 후렴구에서 흘러들어 온 것임을 뒤늦게 안 때가 그 시기였던 것이다.

수능 듣기 평가

이른 아침부터 학교 주변이 붐볐다. 부근 길목에는 차량이 꼬리를 물고 늘어서 있었고, 들머리 양쪽에는 수험생을 응원하러 나온 이들의 격려 함성이 이어졌다. 그간 닦은 실력을 제대로 풀어 내기 위한 바람과 흡족할 만한 결과에 대한 기대는 시험장 안의 것만은 아니었다. 시작부터 끝까지 자리를 지키며 무사히 시험 마치기를 기원한 이들이 교문 밖에 있었다. 수험생을 위한 기도회가 열린 법당과 예배당, 성당 등에서는 꾹꾹 눌러 담아 두었던 염원이 울음과 함께 터져 나오기도 했다. 대학수학능력시험 날의 풍경이다.

2012학년도 대학수학능력시험 첫 시간인 언어영역의 듣기 평가는 가곡 〈보리밭〉이 흘러나오며 시작했다. 수험생들은 "문제를 이해하고 답하기에 어려움은 없었다"며 낭독자의 전달력을 높게 평가했다. 한국교육과정평가원이 공개한 언어영역 듣기 평가 파일을 들어 보았다. 표준발음법 제3장에 명시된 '음의 길이', 곧 '모음의 장단'은 따르기 어려웠을 것이다. 규범에 따라 모음의 길고 짧음을 낭독하면 스물 안팎의 나이가 대부분인 수험생들에게 오히려 자연스럽지 않게 들렸을지 모른다. 남녀 성우의 낭랑한 목소리는 귀에 쏙쏙 들어왔다. 문맥에 따른 끊어 읽기나 억양 따위는 적절했고, 받침의 발음은 대부분 명료했다. 아쉬움이 없지는 않았다. 모음의 소릿값, 특히 양성모음 'ㅐ'와 음성모음 'ㅔ'의 구별이 그랬다.

'경작해서[해-]', '재배[재배] 면적이', '식품의 재료[재-]'(듣기 평가 1번), '대[대]나무를'(듣기 평가 2번), '기술에 대해[대해]', '간략히 소개해[-개해]', '얻기 위해[-해]', '있기 때문에[때--]'(듣기 평가 3번)의 성우 발음은 음성모음 'ㅔ'로 들렸다. [애]를 [에]로 발음해도 문제없는 내용이었기에 다행이다. '내(네)가 그랬다'와 '제(재[재])가 그랬습니다'의 발음이 어정쩡하다면 얘기가 달라진다. 갈수록 모호해지는 소릿값의 틀을 잡기 위해서 '받아쓰기'를 평가에 반영하는 것은 어떨까.

국어영역

대학수학능력시험 문제를 풀어 볼 때가 있다. 수학과 과학은 '내 영역'이 아니니 패스. 국어(언어) 영역은 지금도 만만해(?) 보인다. 2015년 수능 영역 가운데 '어려웠다'는 국어 문제 45문항을 훑어보았다. 수험생 시절로 돌아가 보려 했던 마음은 오래가지 못했다. 까다로운 지문의 양이 꽤 많아서 멀미가 날 것 같았기 때문이다. '서술어의 자릿수'를 다룬 문제는 낯설었다. 우리말에서 '반드시 갖추어야 하는 문장 성분의 수'를 굳이 따져야 하나, 싶은 생각이 따라왔다. 쉽게 넘길 수 있으리라 예상했던 맞춤법 문제는 만만하지 않았다.

한글맞춤법에 맞게 쓰인 것은? ① '엇저녁'에는 고향 친구들과 만나서…, ② …안건은 다음 회의에 '부치기로' 했다, ③ '적쟎은' 사람들이 그 의견에…, ④ …'깍뚜기'를 먹어 보았다, ⑤ 저기 '넙적하게' 생긴 바위가…. '어제(의)저녁'의 준말은 '엊저녁', '적은 수나 양이 아닌' 뜻의 표기는 '적잖은', 무를 '깍둑썰기'로 다듬어 담근 김치는 '깍두기', '편편하고 얇으면서 꽤 넓은' 것은 '넓적-'이다. '넙적하다'는 '넙죽하다'와 같은 말이다. 안건을 회의에 '부치다'는 맞춤법에 맞는 표현으로 정답은 ②번이다. '부치다'의 뜻과 쓰임은 여럿이다. 편지를 부쳤다, 안건을 회의에 부친다, 편집장이 창간호에 부치는 글, 토론 결과를 비밀에 부치다, 빈대떡을 부쳐 먹다, 실력이 부친다(모자라거나 미치지 못한다), 부채를 부쳐라… 등이다.

오래전 서울대 본고사 문제가 생각난다. 한자 '樂'의 음과 뜻을 쓰라, 이런 문제였다. 중학교 교과서에도 나오는 수준이었지만 당황한 수험생이 많아서 화제가 된 것이다. 덕분에 웬만한 일반인들도 '즐길 락(樂), 노래 악(樂), 좋아할 요(樂)'를 한동안 읊고 다니던 때의 기억이다. 오락(娛樂), 음악(音樂), 요산요수(樂山樂水[8])가 달리 쓰인 표현의 보기이다.

2015년 수능 국어 영역 문제에는 '모둠'이 여러 차례 등장한다. '초·중등학교에서, 효율적인 학습을 위하여 학생들을 작은 규모로 묶은 모임'을 이르는 말이다. 기성세대에게는 생소한 표현이다. 사전은 '교육'에 한정해 풀이했지만 사회 일반에서 두루 쓸 수 있는 용어이다. 시험은 평가 도구이지만, 습득의 계기가 되기도 한다.

---

8 산수(山水)의 자연을 즐기고 좋아함.

현수막

대통령 선거와 국회의원 선거, 거기에 지방자치 단체장 선거…. 흔히 선거를 '잔치'와 '축제'에 비유하기도 하지만 '사찰 바람'과 '막말 시비' 따위의 볼썽사나운 일이 빠지지 않는 게 선거이기도 하다. 아무려나, 선거가 끝나면 동네 시끄럽게 했던 확성기 소리는 사라진다. 웬만한 사거리, 시장 입구, 대중교통 탈 곳 등에 걸려 '날 좀 보소' 하는 듯 공약을 담아 나부꼈던 선거 홍보 현수막도 덩달아 사라진다.

선거운동이 시작되면서 홍보 현수막과 선거 공보, 홍보 인쇄물 수요가 늘어 관련 업계가 반짝 호황을 누린다. 전국을 뒤덮는 그 많은 현수막은 어떻게 처리될까. 선거관리위원회는 '홍보 현수막은 각 후보가 지체 없이 회수해야 하며 그러하지 않을 경우 과태료를 부과'한다고 밝혔다. 업계 호황의 그림자는 후보들이 짊어져야 하는 것이다. 자원순환사회연대는 국회의원 선거에 사용된 현수막을 모두 태워 버릴 경우 28억 원이 들 것으로 추산하면서 '폐현수막을 장바구니나 신발주머니, 마대, 농사용 덮개 등으로 재활용하자'는 제안을 내놓기도 했다. 튼튼한 재질로 만든 현수막은 재활용 가치가 높기 때문이다.

현수막은 '매달아(懸, 매달 현) 늘어뜨린(垂, 드리울 수) 막(幕)'으로 '선전문 구호문 따위를 적어 드리운 막'이다.《표준국어대사전》 '드리우다'는 '한쪽이 위에 고정된 천이나 줄 따위가 아래로 늘어지다'이니 현수막은 세로쓰기 시대에 어울리는 말이다. 가로쓰기가 대세인 시대에 걸맞은 표현으로 '펼침막'이 있다. 이 말은 인터넷에 15만여 건이 나오는 것(구글 검색 기준)에서 보듯이 꽤 널리 쓰이고 있는 표현이다. '손펼침막'의 등장도 눈여겨볼 만하다.(2005년 신어 자료집, 국립국어원) 1980년대 대학가 등에 등장해 인정받은 '걸개그림'처럼 '펼침막'도 사전에 제자리를 찾아 줄 때가 되었다. '손펼침막'보다 검색 빈도가 4배 정도 높은 '손팻말'과 함께라면 더 바랄 게 없겠다.

전공의

장관을 지낸 여당 최고 위원을 만난 적이 있다. 창덕궁 언저리에 있는 밥집에서 여럿과 함께한 자리였다. 오래전 일이지만 당시 기억 가운데 두 개가 인상적으로 남아 있다. 식당 이름과 그가 건넨 질문이다. 옥호가 여름에 보라색 꽃이 피며 어린잎과 줄기는 먹기도 하고 꽃은 염색할 때 쓰는 꽤 쓸모 있는 들풀과 같아서였고, 왠지 편안한 저녁 자리에는 어울리지 않는 질문이어서였다. '방송·통신 융합에 대한 생각은?' 허튼 질문이 아니었다. '방송통신위원회'가 출범하기 전의 일이다. '방송을 산업이 아닌 문화로 여겨 달라!'라고 답했다. '방송 산업'보다 '방송 문화'가 한결 자연스럽게 어울렸던 때의 일이다.

영리와 이익을 '산업 육성'이라는 이름으로 키워 내는 현장에는 의료계도 포함되었다. '의료 산업'은 이제 남의 나라 얘기가 아니다. '영리병원'과 '의료 민영화'를 밝힌 정부 방침에 맞서 이를 반대하는 의사협회의 집단 휴진은 일파만파로 이어졌다. 2014년 3월에 '24일로 예고된 대한의사협회 2차 휴진에는 삼성서울병원을 제외한 나머지 이른바 빅(Big) 5 병원 전공의들이 참여한다'는 소식이 나왔다. 그래서인지 '전공의'는 어떤 의사인가, 묻는 이들이 많다.

"의예과(2년)와 본과(4년)를 마치고 국가시험을 통과하면 개업할 수 있는 의사가 된다. 비뇨기과, 정신과처럼 '의학의 일정한 분과를 전문으로 하는' 전문의가 되려면 종합병원에서 인턴(1년, 수련의)과 레지던트(4년, 전공의) 과정을 거친 뒤 시험에 합격해야 한다. 전문의 자격증이 있어도 '펠로(2년, 전임의 · 임상 강사)'를 거쳐야 비로소 '스태프(교수)'가 된다. 과정에 따라 기간의 차이가 있긴 하지만 종합병원 '정규직 의사'가 되려면 군 복무 등을 빼도 13년이 걸리는 것이다." 개업의를 하고 있는 전문의의 설명이다.

요즘 언론에서 말하는 '전공의'는 인턴이 아닌 레지던트를 가리키지만 관련 법률과 국어사전의 뜻풀이는 '현장'의 그것과 차이가 있다. 인턴(의사 면허를 받은 후 임상 실습을 받는 전공의)과 레지던트(인턴 과정을 마친 뒤에 밟는 전공의의 한 과정)를 아울러 전공의라 한다. 《표준국어대사전》은 수련의와 전공의를 한뜻으로 보는 것이다. '전임의(펠로)'와 병원의 '스태프'는 아예 나오지 않는다. '현장'과 다른 법령의 정의와 국어사전의 뜻풀이가 잊을 만하면 불거지는 정부와 의사협회의 맞선 주장처럼 시민을 헷갈리게 한다.

갹출/각출

아나운서 사무실에는 다양한 전화 문의가 들어온다. 그 가운데 표준어와 표준 발음, 맞춤법 관련한 내용이 빠질 리 없다. 아나운서는 우리말의 이모저모를 꿰뚫고 있다고 믿는 시청자들 덕분에 공부를 게을리할 수 없으니 고마운 일이다. 이런 질문은 저녁 이후 시간에 많다. 그 까닭은 '내기' 때문으로 보인다. 어느 것이 맞다, 답하면 전화기 너머로 환호와 탄식이 엇갈리는 소리가 들리는 것으로 미루어 그렇다. 아나운서는 '밥값(술값) 내기'의 심판자가 되기도 하는 셈이다.

아나운서들에게 걸려 오는 전화에는 바람직한 언어 사용을 위한 제안이나 방송 언어 오남용을 걱정하는 쓴소리를 담은 내용도 들어 있다. 며칠 전 "방송에서 '더치페이(Dutch pay)'는 용인하면서 '분빠이(分配, ぶんぱい)'를 거부하는 것은 형평에 어긋난다"는 전화를 동료 아나운서가 받았다. '더치페이'는 '각자 내기'로 이미 다듬은 말(국립국어원, 2011년)이니 긴 설명이 필요하지 않았다. "영어에서 왔건 일본어에서 왔건 둘 다 '갹출'의 뜻"이라며 이어간 시청자의 볼멘소리 때문에 문제의 초점은 다른 곳으로 옮겨졌다.

몇몇에게 물으니 30대 이상은 '갹출'을, 20대는 '각출'을 처음 듣는다 했다. 각출(各出)은 「1」 각각 나옴 「2」 각각 내놓음', 갹출(醵出)은 '같은 목적을 위해 여럿이 돈을 나누어 냄'이다. 어느 학원 강사가 "'각출'은 같은 비용, '갹출'은 각자 능력껏 다른 금액을 부담하는 것"이라 가르친다는 소리를 들었다. "밥값 5만 원을 다섯 명이 1만 원씩 내면 '각출', 누구는 3만 원을 내고 어떤 이는 5,000원을 내서 5만 원을 만드는 것은 '갹출'이니 '더치페이'에 딱 들어맞는 것은 '각출'"이라 밝힌 칼럼(ㅈ 일보)도 있다. 근거 없는 주장이다.

24시

《25시》. 루마니아 소설가 게오르기우(Constantin Virgil Gheorghiu)가 1949년에 펴낸 소설이다. 이탈리아 배우 앤서니 퀸(Anthony Quinn)의 영화로 널리 알려진 작품이기도 하다. 소설은 주인공의 아내를 탐한 경찰서장의 계략으로 유대인 수용소로 보내지며 시작되는 농부의 기구한 삶을 담고 있다. 루마니아인이면서 유대인 수용소에, 헝가리인으로 루마니아 수용소에, 독일인으로 헝가리 수용소와 미국인 수용소에서 간난신고(艱難辛苦)하는 주인공. 한때 아리안족의 영웅으로 대접받기도 하는 등 이리 치이고 저리 치이는 순박한 농부 요한이 주인공이다. '이십오시'는 작품 제목을 넘어 '이미 지나서 뒤늦은 때의 절망과 불안을 이르는 말'로 자리 잡은 표현이기도 하다.《표준국어대사전》

'24시'. 시와 시간을 나타내는 것으로 우리나라 도시 간판에서 흔히 볼 수 있는 숫자이다. 한동안 무심히 지나쳤던 '24시'가 유난히 많이 띄었다. 어느 날 함께 산책하던 이가 유심히 내뱉은 말 "이 집은 '24시'에만 예약 가능한 집인 모양…"이 내 귀를 솔깃하게 했기 때문이다. 빨간 바탕에 흰 글씨로 '24時'가 찍힌 간판 아래에 '24시 예약'이 눈에 들어왔다. 길 건너 모퉁이에 있는 중국집 간판 문구는 '24시간 영업합니다'였다. 동네 간판을 훑어보니 영어로는 '24 hours'라 바로 쓰면서 한글로는 '24시'라 한 곳이 꽤 많았다.

시(時)는 '차례가 정하여진 시각을 이르는 말'이다. '24시'는 하루를 1시, 2시, 3시…로 따질 때 마지막 시간인 것이다. '24시'는 하루를 시작하는 영시로 자정, 밤 열두 시와 같다. '어떤 시각에서 어떤 시각까지의 사이'는 시간이다. 시간은 '시간의 어느 한 시점'인 시각과 같은 뜻이기도 하다. 세관 통관 실무서의 한 대목은 '24시'와 '24시간'의 뜻을 확연하게 알려 준다. '해상 화물은 적재하기 24시간 전에, 항공 화물은 적재항공기 출항 익일 24시에 목록을 제출하여야 한다'. '24시'의 뜻을 제대로 알지 못해 낭패를 보는 일은 무역에만 있는 게 아닐 것이다.

염장

박근혜 전 대통령 시절의 어느 날 오후에 '최고위원 사퇴 속보' 관련 얘기를 들었다. "국회 밥만 축내고, 대통령에게 염장만 뿌린다"며 사퇴를 선언한 새누리당 김태호 최고위원 관련 소식이었다. '속보 홍수 시대'에 정치인 당직 사퇴 소식은 '속보 가치'가 있어 보이지 않았다. 뜬금없는 발표의 속뜻에 모이던 관심은 이내 언어 표현으로 쏠렸다. '대통령한테 염장을 뿌렸다'는 게 그것이다. 어느 시사 프로그램의 진행자와 출연자는 "'염장 지른다'는 표현은 하는데, '염장을 뿌린다'는 건 무슨 말인가?", "'염장을 뿌린다'는 표현은 없지만, 굉장히 강한 표현"이라며, '사퇴 선언'보다는 '염장'에 초점을 맞춘 대화를 주고받기도 했다.

국립국어원 누리집에는 "'염장을 지르다'는 자식이 부모에게 해서는 안 될 표현"이라는 글이 올라왔다. 《국어 비속어 사전》(김동언 편저, 1999)'에 '화나게 하다'는 뜻의 욕으로 설명해 놓았기 때문이라는 것이다. "부모님과의 대화에서 '염장 지르다'를 쓰면 안 되는 것인가?"에 대한 답이었다. 여기에 기대면 '염장 지르다(뿌리다)'는 어원과 뜻풀이를 떠나 공공 언어로는 적절하지 않은 표현인 셈이다.

《표준국어대사전》은 '염장' 표제어 9개를 제시하지만 위 쓰임에 딱 들어맞는 뜻은 없다. 항간에 떠도는 '염장(지르다)'의 유래 또한 선뜻 받아들이기 어렵다. '염통(염)+창자(장, 腸)'는 조어가 어색하다. '고문할 때 소금(염, 鹽)과 간장(된장/고추장, 醬)을 상처에 뿌렸기 때문'이라는 설은 '상처에 간장을 끼얹다'에서 깬다! '심복인 염장이 찌른(지른) 칼에 죽은 장보고'를 기록한《삼국유사》에서 왔다는 주장은 '천년의 공백'이 설득력을 잃게 한다. '염장 지르다'는 표현은 1990년대에 등장하기 때문이다.《고려대 한국어대사전》은 '염장 지르다'를 '(어떤 사람이 다른 사람의) 가만히 있는 곳을 들쑤시어 괴롭고 힘들게 하다'로 풀이한다. 요즘 청춘의 '염장(질)'은 애인 없는 이들에게 보이는(들리는) 애정 표현을 가리킨다. '사랑한다'는 말만 100여 차례 반복하는 〈염장송(-song)〉을 들어 보면 뭔 말인지 안다.

닭의어리

시는 읽는 게 아니다. 시는 읊는 것이다. '읊다'는 낭송하다, 노래하다, 부르다와 한뜻이다. 시의 원형이 노래인 까닭이다. 노래하듯, 다음 시를 읊어 보자. 기왕이면 나직하게, 느릿하게.

강나루 건너서/밀 밭길을 // 구름에 달 가듯이/가는 나그네 // 길은 외줄기/남도 삼백리 // 술 익는 마을마다/타는 저녁놀 // 구름에 달 가듯이/가는 나그네.

강나루는 하천 정비 사업으로 부두가 되었고, 밀밭은 값싼 수입 밀에 밀려났다. 집집마다 담가 먹던 가양주는 근근이 명맥을 이어 왔다. 세태 변화는 목월의 시 〈나그네〉를 '시 속의 정경'으로 만들었다.

지금은 잊힌, 잊혀 가는 '시 속의 정경'을 동남아 어느 시골 마을에서 오감으로 느꼈다. 쩍쩍 갈라진 논 사이의 논두렁길을 걸었다. 군데군데 터져 있는 물꼬에는 물 대신 먼지바람이 휘돌고 있었다. 건기여서 물 빠진 논바닥에는 송아지 한 마리가 칭얼대듯 어미 소에 몸을 비비고 있었다. 푸드덕 홰치는 수탉 옆에는 '병아리 떼 쫑쫑쫑 봄나들이 갑니다'가 '라이브 쇼'로 펼쳐졌다. 암탉 언저리에 반구 모양 둥우리가 눈에 띄었다. 아, 이름이 뭐더라? 동행에게 물으니 선뜻 답이 오지 않는다. 일행 가운데 국어학자를 찾아 물었다. 그는 명칭을 알고 있을까.

"표준어 형태로는 '닭의어리'이다." 국립국어원 김문오 박사가 단박에 답했다. "'쇠고기(소의 고기)', '달걀(닭의 알)'과 같은 조어 형태라는 설명이 따라왔다. 과연 그랬다. 사전을 확인하니 '나뭇가지나 싸리 따위로 엮어 닭을 넣어 두는 물건'은 '닭의어리', 방언형은 '닭어리'였다.

이른바 욜로(YOLO, 현재 자신의 행복을 가장 중시하고 소비하는 태도)《위키백과》 바람이 불면서 여러 매체가 '여행 가기 좋은 곳'을 소개하며 나들이하라, 등 떠민다. 어디론가 가야 할 것 같은 느낌이 스멀스멀 신경을 긁어 댄다면 마음 평안하게 쉴 수 있는 장소로 떠나 보자. 기왕이면, 고즈넉하고 한갓진, '닭의어리'가 살아 있는 곳으로 가면 어떨까. 그런 곳은 어디? 혹시, 찾으면, 내게도 알려 주시길….

방방곡곡

여느 때보다 늦게 나온 매미가 이곳저곳에서 울어대기 시작할 무렵, 재·보궐 선거 벽보가 여기저기 붙기 시작했다. 온라인 곳곳에서는 'SNS로 효도라는 것을 해 보자'는 이름을 내건 어느 후보 딸의 트위터가 화제가 되기도 했다. 동네방네 사방팔방 주유하며 지내는 선배는 '우리 강토 면면촌촌 골골샅샅 삼천리 곡곡 갈 데까지 가 보겠다'며 호기를 부린다. 증권가에 불어 닥친 감원 바람에 거리로 내몰린 후배는 '나 같은 이가 도처에 널려 있다'며 구직 활동에 진땀 흘린다. '세계 각지를 여행하며 여러 곳의 문화를 두루 살피고 싶다'던 학생의 꿈은 '스펙 쌓기' 현실에 밀려 뒷전이 되었다. 그해 아나운서가 된 새카만 후배의 메일 군데군데에는 칠전팔기의 과정이 옹이처럼 드러나 있었고.

이곳저곳, 여기저기, 곳곳, 동네방네, 사방팔방, 곡곡, 도처, 각지, 여러 곳, 군데군데…. 뜻 차이는 있지만 쓰임 폭을 넓게 잡으면 비슷한말이다. 사전은 한자어인 면면촌촌(面面村村), 토박이말인 골골샅샅도 같은 뜻으로 제시한다. 모두 방방곡곡과 동의어, 유의어인 표현이다. 방방곡곡은 '여러 마을(坊, 동네 방)'과 '산천과 길의 굽이굽이(曲, 굽을 곡)'의 한자를 반복해 만든 말이다. '전국 방방곳곳 이색 갈비 소개'(ㅈ 일보), '쉬는 동안 맛집 찾아 방방 곳곳 여행'(ㅁ 경제), '방방곳곳으로 여행

계획하는 7월 말, 고속도로 전쟁'(ㄴ 뉴스)처럼 '방방곳곳'도 제법 쓰인다. '곡곡'이 '곳곳'으로 탈바꿈한 바르지 않은 표현이다. '방방 곳곳'처럼 띄어쓰기 하면 괜찮을까. 《표준국어대사전》은 '방방'을 '곳곳(여러 곳 또는 이곳저곳)'의 북한어로 설명한다. 남한에서는 이 뜻으로 쓰지 않는다는 것이다. "'방방 곳곳' TV 모니터, 세컨드 TV로 급부상"(ㅈ 신문)은? (TV 수신이 가능한 모니터 값이 내려가면서) TV를 '방마다(방방, 房房)' 설치하는 집이 많다는 내용을 담은 기사이니 재치 있는 제목 뽑기이다.

베짱이

열심히 일해 겨울 양식을 넉넉히 마련하는 녀석이 있다. 이웃에 사는 다른 녀석은 그저 시원한 나무 그늘에 앉아 노닐다가 하릴없이 겨울을 맞는다. 부지런한 녀석은 개미, 노니는 녀석은 베짱이. 이솝 우화가 원전으로 알려진 우화 《개미와 베짱이》에 담긴 이야기이다. 영어권에서는 《개미와 여치》, 일본에서는 《개미와 귀뚜라미》, 프랑스에서는 《개미와 매미》로 주인공이 바뀌긴 하지만 '부지런함 – 게으름'의 대비는 크게 바뀌지 않는다. "겨울이 되고 먹을 것이 없어진 매미가 개미를 찾아가면 그동안 뭐했느냐는 핀잔을 듣는다. 매미는 '열심히 노래해서 모두들 즐겁고 신명 나게 만들어 주었지'라고 대답한다. 그러자 일밖에 몰랐던 개미는 반성하고, 매미와 먹을 것을 나누며 즐겁게 겨울을 넘겼다"는 쿠바의 《개미와 매미》 같은 '반전 우화'도 여럿 만들어졌다.

유치원 선생님이 들려준 이 동화는 한동안 내게 《개미와 '배짱이'》로 기억되었다. 남들의 핀잔은 아랑곳하지 않고 제 뜻대로 즐길 줄 아는 '배짱 있는 녀석'이라 생각했기 때문이다. '배짱이'가 배짱과 관계없는 '베짱이'라는 걸 알게 된 때는 어른이 되고도 한참이 지난 다음이었다. 선배 라디오 피디가 '베짱이 소리는 베 짜는 소리랑 같다'고 한 얘기를 들은 뒤의 일이다. 알고 보니, 베짱이 이름은 길쌈과 관련 있는 것이었다.

베짱이 수컷은 울음소리로 암컷에게 자신의 위치를 알리며, 앞날개를 이용해 암컷을 유인하는 소리를 낸다.《위키백과》 이 소리가 '베 짜는 소리'와 비슷해 유래한 게 '베+짜−+앙이'인 것이다. '−앙이'는 작은 것을 나타내는 접사이니 베짱이는 곧 '베를 짜는 작은 동물'이란 뜻인 셈이다. '배짱이'처럼 'ㅔ'를 'ㅐ'로 잘못 알고 쓰는 말이 또 있다. 배짱과 맞선 뜻인 '쩨쩨하다'이다. 노래 〈사노라면〉의 널리 알려진 가사에 담긴 '째째하게'는 그래서 이렇게 바로잡아야 한다

'쩨쩨하게 굴지 말고 가슴을 쫙 펴라/내일은 해가 뜬다 …'

센티

얼마 전 기상청장을 만났다. 고위 공직자(장·차관) '화법 교육'을 하는 자리에서였다. "기상청 야유회 때는 비가 온다고 하더라"는 우스개를 건넸더니 "몇 해 전 정말 그런 일이 있어서 '기상청'이 박혀 있는 현수막을 가장 먼저 걷었었다"며 멋쩍게 웃었다. 우리나라는

바다에 둘러싸인 산악 지형이어서 '정밀 예보'가 힘든 곳이라는 해명이 덧붙었다. 예보보다 중요한 게 '신속한 알림'이기에 '재난 문자 서비스' 개선에 힘쓰고 있다는 얘기에는 고개가 끄덕여졌다. 기상 특보 등은 방송사의 '긴급 자막 방송'으로 자동 송출되고 있다.

어느 해 겨울날 뉴스의 머리기사는 주말부터 이어진 일부 지방의 폭설 관련 보도였다. 텔레비전에서는 특보를 내보냈고 라디오 뉴스도 시간마다 톱기사로 다루었다. 당시 ㅁ 방송 뉴스의 한 대목은 이랬다. "주말에 1미터 가까운 기록적인 폭설이 내린 영동 지역에 또 많은 눈이 내리고 있습니다. 설상가상(雪上加霜)이 아니라 설상가설(---雪)인데요…(앵커)", "지금까지 속초에 [십팔쩜팔 센찌미터]… 동해 [오 센찌미터]의 적설량을 보이고 있습니다.(강릉 기자)", "지금까지 내린 눈은 경남 밀양이 [십쩜오 센티미터]를 기록하고 있습니다.(포항 기자)". '설상가설'로 시작한 눈 소식에 담긴 적설량은 영동 지방의 [센찌미터]와 영남 지방의 [센티미터]로 달리 전해졌다.

비가 내린 양은 'mm(밀리미터)'로 재고 눈은 'cm(센티미터)'로 측정한다. 'm(밀리)'는 1,000분에 1을 나타내는 접두어, 'c(센티)'는 100분에 1 단위를 나타낸다. 국제단위계(SI, Système International)에 따른 것이다. 센티미터(centimeter)는 '센티'로 줄여 쓰기도 한다. '센치(센찌)'는 일본어 'センチ'의 영향을 받은 것으로 삼가야 할 표현이다. "그는 가을이 되면 센티멘털한 기분을 자주 느낀다."《처자》, 채만식에서처럼 '감상적이거나 감정적인 특성이 있'을 때 쓰는 '센치하다' 또한 'センチ'에서 왔다. 이럴 때도 '센티하다', '센티멘털하다' 하는 게 바른 우리말이다.

기상청장의 교육 프로그램은 화기애애한 가운데 마무리되었다. 스튜디오 관계자, 교육 프로그램 실무자와 인사를 하고 밖으로 나서니 가는 빗방울이 점점이 떨어진다. 기상청장과 간간이 떨어지는 비 맞으며 나란히 걸었다. 기상청장이 비 올 것을 모르고 우산 준비를 안 했을까. 뒤돌아보니 기상청 직원이 우산을 접은 채 따라오고 있었다. '(기상청장) 혼자만 우산을 쓸 수 없어' 그랬던 것이다.

찾아보기

| ㄷ |

| ㅅ |

| ㅇ |

| ㅈ |

상식과 이치로 보는 우리말 특강
강재형의 말글살이

초판 1쇄 발행 2018년 5월 17일
초판 2쇄 발행 2018년 8월 27일

지은이 강재형
펴낸이 고용석
펴낸곳 기쁜하늘

등록번호 제2016-000069호(2005년 2월 22)
주소 서울시 마포구 토정로 222 한국출판콘텐츠센터 422
전화 02-701-3443
팩스 0505-115-3443
이메일 onbooker@gmail.com

ISBN 978-87-88964-46-0 (03800)

이 도서의 국립중앙도서관 출판예정도서목록(CIP)은 서지정보유통지원시스템 홈페이지(http://seoji.nl.go.kr)와 국가자료공동목록시스템(http://www.nl.go.kr/kolisnet)에서 이용하실 수 있습니다.(CIP제어번호: CIP2018002800)

* 파본은 구입한 서점이나 본사에서 교환해 드립니다.
* 책값은 뒤표지에 있습니다.